中国古代文学论丛

明代词学演进研究

——以唐宋词选的接受为视角

甘 松 · 著

北京师范大学出版集团
BEIJING NORMAL UNIVERSITY PUBLISHING GROUP
安 徽 大 学 出 版 社

图书在版编目(CIP)数据

明代词学演进研究:以唐宋词选的接受为视角/甘松著. —合肥:安徽大学出版社,2018.5

(中国古代文学论丛)

ISBN 978-7-5664-1605-6

Ⅰ. ①明… Ⅱ. ①甘… Ⅲ. ①词学—诗歌史—中国—明代 Ⅳ. ①I207.23

中国版本图书馆 CIP 数据核字(2018)第 103719 号

2012 年度教育部人文社会科学研究青年基金项目“唐宋词选的接受与明代词学演进”(12YJC751016)资助成果

2012 年安徽高校省级人文社会科学研究项目“明代词集序跋整理与研究”(SK2012B381)结项成果

合肥师范学院学术著作出版基金资助出版成果

明代词学演进研究

——以唐宋词选的接受为视角　　　　**甘　松　著**

出版发行: 北京师范大学出版集团
安 徽 大 学 出 版 社
(安徽省合肥市肥西路 3 号 邮编 230039)
www.bnupg.com.cn
www.ahupress.com.cn

印　　刷: 合肥创新印务有限公司
经　　销: 全国新华书店
开　　本: 170mm×240mm
印　　张: 17
字　　数: 284 千字
版　　次: 2018 年 5 月第 1 版
印　　次: 2018 年 5 月第 1 次印刷
定　　价: 52.00 元

ISBN 978-7-5664-1605-6

策划编辑: 卢　坡　张　锐　　**装帧设计:** 李　军
责任编辑: 张　锐　　**美术编辑:** 李　军
责任印制: 陈　如

目　录

绪　论

第一节　明词“中衰”与明代词学的建树

明清以来，文人学者几乎异口同声地认为明词“中衰”。如沈德潜《清绮轩词选序》云：“词昉于唐，盛于宋，稍衰于元明。”[①]陈廷焯《白雨斋词话》云：“词至于明，而词亡矣。伯温、季迪，已失古意。降至升庵辈，句琢字炼，枝枝叶叶为之，益难语于大雅。自马浩澜、施阆仙辈出，淫词秽语，无足置喙。明末陈人中，能以秾艳之笔，传凄婉之神，在明代便算高手。然视国初诸老，已难同日而语，更何论唐、宋哉。”[②]吴衡照《莲子居词话》曰：“论词于明，并不逮金元，遑言两宋哉。”[③]对于明代词体文学中衰的情况，明人自己也不讳言。如陈霆《渚山堂词话》曰：“予尝妄谓我朝文人才士，鲜工南词。间有作者，病其赋情遣思，殊乏圆妙，甚则音律失谐，又甚则语句尘俗。求所谓清楚流丽，

---

① 沈德潜《清绮轩词选序》，见施蛰存《词籍序跋萃编》，中国社会科学出版社 1994 年版，第 762 页。

② 陈廷焯《白雨斋词话》，见唐圭璋《词话丛编》，中华书局 1986 年版，第 3823 页。

③ 吴衡照《莲子居词话》，见唐圭璋《词话丛编》，中华书局 1986 年版，第 2461 页。

绮靡蕴藉，不多见也。”[①]王世贞《艺苑卮言》亦云：“我明以词名家者，刘诚意伯温，秾纤有致，去宋尚隔一尘。杨状元用修，好入六朝丽事，近似而远。夏文愍公谨最号雄爽，比之辛稼轩，觉少精思。”[②]陈子龙《王介人诗余序》云：“本朝以词名者，如刘伯温、杨用修、王元美，各有短长，大都不能及宋人。”[③]他们将本朝名家词人与唐宋人相较，皆有自愧不如之感。

近年张璋等先生主编的《全明词》（中华书局 2004 年版）、周明初等先生编纂的《全明词补编》（浙江大学出版社 2007 年版）相继问世，前者收词二万余首，后者补词五千余首，有明一代词作的基本面目呈现于世人面前，可能还有不少遗漏。[④] 对于明词创作，学界正在展开深入研究，[⑤]简单地说“词亡于明”或明词“中衰”都是不太科学和准确的。但从整体上看，明词创作成就上不逮唐宋、下不能比肩清代，这一判断应无大问题。那么，明词“中衰”的原因是什么呢？

王昶《琴画楼词钞序》云：“有明三百余年，率以《花间》《草堂》为宗，粗厉媟亵之气乘之，不能如南宋之旧。”[⑥]朱彝尊《词综・发凡》云：“古词选本若《家宴集》《谪仙集》《兰畹集》《复雅歌辞》《类分乐章》《群公诗余后编》《五十大曲》《万曲类编》及草窗周氏《选》，皆轶不传。独《草堂诗余》所收最下最传，三百年来，学者守为《兔园册》，无惑乎词之不振也。”[⑦]陈廷焯《白雨斋词话》云：“《花间》《草堂》《尊前》诸选，背谬不可言矣。所宝在此，词欲不衰，得乎？”[⑧]

---

① 陈霆《渚山堂词话》，见唐圭璋《词话丛编》，中华书局 1986 年版，第 378～379 页。

② 王世贞《艺苑卮言》，见唐圭璋《词话丛编》，中华书局 1986 年版，第 393 页。

③ 陈子龙《王介人诗余序》，见《安雅堂稿》，辽宁教育出版社 2003 年版，第 48 页。

④ 据悉，由周明初先生担任首席专家的 2012 年国家社科基金重大项目“《全明词》重编及文献研究”已获立项。

⑤ 近几年明词创作研究正在向纵深推进，如郑海涛的博士论文《明代词坛与词风嬗变研究》（陕西师范大学 2009 年）、许秋群的博士论文《中晚明词的传承与新变》（广西师范大学 2010 年）、张若兰博士的《明代中后期词坛研究》（中国社会科学出版社 2010 年版）都在张仲谋《明词史》（人民文学出版社 2002 年版）的基础上进一步细化、深化了明词创作的研究。

⑥ 施蛰存《词籍序跋萃编》，中国社会科学出版社 1994 年版，第 738 页。

⑦ 朱彝尊《词综・发凡》，见朱彝尊、汪森编《词综》，上海古籍出版社 1978 年版，第 11 页。

⑧ 陈廷焯《白雨斋词话》，见唐圭璋《词话丛编》，中华书局 1986 年版，第 3970 页。

王昶、朱彝尊、陈廷焯等人都将明词萎靡不振的原因归罪于《花间集》《草堂诗余》等词选的流播。蒋兆兰《词说》认为《草堂诗余》误人最深之处在于"诗余"之名，导致人们对词体文学的轻视："独至'诗余'一名，以《草堂诗余》为最著，而误人为最深。所以然者，诗家既已成名，而于是残鳞剩爪，余之于词。浮烟涨墨，余之于词。诙嘲亵诨，余之于词。忿戾谩骂，余之于词。即无聊酬应、排闷解酲，莫不余之于词。亦既以词为秽墟，寄其余兴，宜其去风雅日远，愈久而弥左也。此有明一代词学之蔽。"[①]吴梅也认明词中衰的原因之一为"托体不尊，难言大雅"，其《词学通论》云："论词至明代，可谓中衰之期。……永乐以后，两宋诸名家词，皆不显于世，惟《花间集》《草堂诗余》诸集，独盛一时。于是才士模情，辄寄言于闺闼；艺苑定论，亦揭橥于香奁。托体不尊，难言大雅，其弊一也。"[②]类似的说法在清人词话中经常出现，俨然已成为一种共识。

人们往往从唐宋词选《花间集》《草堂诗余》的流播去寻找明词"中衰"的原因，其实找错了方向，正如张仲谋先生所指出的："这种现象及其所反映的认识方法的根本问题，在于只见现象，未及本质；或者说将流作为源，以果为因。明人能看到或可以选择的词籍很多，为什么他们不选《乐府雅词》《花庵词选》《绝妙好词》等等，而偏偏选中了编选旨趣不甚高的《草堂诗余》呢？应当说，是明人主动选择了《草堂诗余》，造就了《草堂诗余》的流行。"[③]张仲谋先生将明词衰落的原因概括为四点：1. 从文体自身的发展规律来看，词的黄金时代已经过去；2. 从文学发展的总趋势与文体互动规律来看，俗文学的崛起加速了传统雅文学的衰颓与变异；3. 与词的地位下降有关；4. 词乐的失传。[④] 应当说，《花间集》《草堂诗余》等唐宋词选在明代的强势传播对明词创作和明代词学都产生了直接而深远的影响，那么，明代词学的发展演进与唐宋词选有何关系？明代词学自身有何特点？在词学史上有何地位和影响？这是本书试图探讨的问题。

明词创作虽然不够景气，但是明代词学却有一定的建树。一般而言，文

① 蒋兆兰《词说》，见唐圭璋《词话丛编》，中华书局 1986 年版，第 4631 页。
② 吴梅《词学通论》，上海古籍出版社 2006 年版，第 100 页。
③ 张仲谋《明词史》，人民文学出版社 2002 年版，第 8～9 页。
④ 张仲谋《明词史》，人民文学出版社 2002 年版，第 9～14 页。

学创作（实践）与文学理论（批评）是相互影响、相互作用的。文学创作发达时，多数文人一般都会加入创作的队伍中来，相对忽略对文学理论的建设；而一旦文学创作进入低谷期，人们又往往对先前文学创作的得失进行思考，着手理论建设和批评，明代词学属于后者。张仲谋先生指出：过去论明代词学，基本的词学资料就是《词话丛编》收录的《词品》《渚山堂词话》《弇州山人词评》《爰园词话》四部词话，事实上，还有大量的明代词学资料有待进一步整理，如明代大量的词选、词集序跋、评点等资料都是明代词学理论和批评的重要载体，均应纳入明代词学研究的视野；明代词学的理论建树主要有：明人在婉约与豪放两大体派之间确立了婉约词风的正宗地位，在诗词异同之辩中对词体个性有更深刻的把握，在词集评点方面采取以曲释词、词曲互证的方式也颇具特色。[①] 朱惠国先生认为，明人词集序跋是明词批评的重要资料，应注意加强研究。[②] 孙克强先生认为："作为词学史上的一环，明代上承宋元，下启清代，自有其历史地位，对明代词学的考察不仅有环补词学史的意义，而且对认识号称'中兴'的清代词学亦有不可或缺的作用。"[③]以上学者观点对本书的研究都颇具启发性。

第二节　研究现状、研究思路与创新之处

一、研究现状

20 世纪八九十年代，人们对明词及明代词学的印象和认识主要依据赵尊岳《明词汇刊》（上海古籍出版社 1992 年影印本）辑录的明人词作以及唐圭

① 张仲谋《明代词学的理论建树》，载《文学遗产》2006 年第 5 期。
② 朱惠国《论明代的明词批评》，载《文艺理论研究》2007 年第 5 期。
③ 孙克强《明代词学思想论略》，载《河南大学学报》2004 年第 1 期，第 59 页。

璋先生《词话丛编》(中华书局 1986 年版)收录的数种明代词话,而近年来,随着张璋等编纂《全明词》(中华书局 2004 年版)、周明初等编纂《全明词补编》(浙江大学出版社 2007 年版)、朱崇才编纂《词话丛编续编》(人民文学出版社 2010 年版)、邓子勉编纂《明词话全编》(凤凰出版社 2012 年版)等明代词学文献资料相继出版,为学界深入研究明代词学提供了便利和可靠的文献材料,对明代词学研究起到了积极的推动作用。

进入 20 世纪 90 年代后,明词及明代词学研究的价值及意义逐渐受到重视,尤其是近 10 年来,明代词史及词学研究的相关著述或专题著作不断问世,取得了可喜的成绩,兹简要评述如下:

方智范、邓乔彬等先生的《中国词学批评史》(中国社会科学出版社 1994 年版)将明代词学批评称为"词学批评的凝定期",并从词的起源、体性、正变、创作等方面阐述明代词论。丁放先生的《金元明清诗词理论史》(安徽大学出版社 2001 年版)第二章涉及明代词论,对明代四种主要词话进行了比较详细的评述。李康化先生的《明清之际江南词学思想研究》(巴蜀书社 2001 年版)从词人群体、词派、词选等角度深入考察了明清之际江南地区词学思想的演变。谢桃坊先生的《中国词学史》(巴蜀书社 2002 年版)将明代称为"词学的中衰"期,但该著较早地论及明代词籍、词谱、评点等问题,为之后的明代词学研究提供了有益启示。张仲谋先生的《明词史》(人民文学出版社 2002 年版)是第一本明代词史,比较详细地描述了明词发展的历程,为明代词学的建构提供了重要参考。余意先生的《明代词史》(北京大学出版社 2015 年版)在张仲谋先生研究的基础上,在明代词史分期、明词词坛创作等方面又有新的思考和拓展。岳淑珍教授的博士论文《明代词学研究》(河南大学 2008 年)将明代词学分为前(明朝开国至成化年间)、中(弘治初至隆庆末)、后(万历初至明亡)三个时期,[①]从古典文献学与古典文学理论两方面对明代词学进行观照和考察。余意先生的《明代词学之建构》(上海古籍出版社 2009 年版)以地域文化为切入口,提出"词学吴中"的概念,为明代词学研究提供了新的思路和

① 本书借鉴、参照了岳文的分期方法。岳淑珍的博士论文《明代词学研究》修订后更名为《明代词学批评史》,由社会科学文献出版社 2014 年出版。

判断，也值得重视和参考。陈水云先生的《唐宋词在明末清初的传播与接受》（中国社会科学出版社 2010 年版）以唐宋词在明清之际的传播与接受为线索，进一步深化了明清之际的词学研究。萧鹏先生的《群体的选择——唐宋人选词与词选通论》[①]以唐宋词选为主要研究对象，从词人群体的角度考察唐宋词选的编撰，并兼顾唐宋词选在后世的接受情况。台湾学者陶子珍的《明代词选研究》（台北秀威资讯科技股份有限公司 2003 年版）、《明代四种词集丛编研究》（台北秀威资讯科技股份有限公司 2006 年版）与凌天松博士的《明编词总集述评》（华东师范大学 2008 年博士论文）为学界研究明代词总集提供了丰富的文献资料。

值得注意的是，2013 年张仲谋先生的《明代词学通论》（中华书局出版）问世，该书对明代词谱、词话与词选三个分支课题进行了系统研究，王兆鹏先生评价该书："标志着明词研究推进到了一个新的阶段，明代零散纷乱的词学史料得到了有序化的盘点清理，一批真伪杂陈、正误莫辨的词谱、词话和词选等词学文献得到了正本清源、去伪存真的严密考辨。明代词学，由此而自具面目，自成格局。"[②]该书对明代词学的深入研究具有启发意义。

学术著作之外，杨万里《论〈草堂诗余〉成书的原因》（《文学遗产》2001 年第 5 期）、叶辉《从明代的〈草堂诗余〉批评看明人的词学思想》（《人文杂志》2002 年第 6 期）、周焕卿《论〈草堂诗余〉在明清两代地位之升降》（《中国诗学》第十一辑，人民文学出版社 2006 年版）、张宏生《杨慎词学与〈草堂诗余〉》（《南京师大学报》2008 年第 2 期）、张宏生《统序观与明清词学的递嬗——从〈古今词统〉到〈词综〉》（《文学遗产》2010 年第 1 期）、张仲谋《文献价值与选本价值的悖离——论陈耀文〈花草粹编〉》（《文学遗产》2012 年第 2 期）、范松义《明代〈花间集〉接受史论》（《中国社会科学院研究生院学报》2004 年第 4 期）、丁建东《〈花间〉与〈草堂〉在明代的接受比较》（《枣庄学院学报》2005 年第 6 期）等诸多学术论文，对《花间集》《草堂诗余》《花草粹编》《古今词统》等

---

① 萧鹏《群体的选择——唐宋人选词与词选通论》，台北文津出版社 1992 年出版；后来该书修订为《群体的选择——唐宋人词选与词人群通论》，由凤凰出版社 2009 年出版。

② 王兆鹏《明代词学通论·序》，见张仲谋《明代词学通论》，中华书局 2013 年版，第 1 页。

词选与明清词学的关系作出了有益探讨,可资参考。

目前,明代词学研究取得了显著进展,但远非系统、深入和完善。一方面,大量的明代词学资料有待进一步梳理和研究,如明代词选、词集序跋、词学评点、词创作等都属于明代词学批评的重要载体,均应纳入明代词学研究的视野,从不同角度观照,会得出新的结论;另一方面,明代词学的发展演变、自我特色、词学史地位等问题还有待进一步探究。

二、研究思路

20 世纪 90 年代以来,文学的传播接受研究逐渐成为古典文学研究中的热点和学术生长点,研究成果大量涌现,不胜枚举。就词学研究而言,代表性的成果有:程继红《辛弃疾接受史研究》(吉林人民出版社 2001 年版)、朱丽霞《清代稼轩接受史》(齐鲁书社 2005 年版)、李冬红《〈花间集〉接受史稿》(齐鲁书社 2006 年版)、张璟《苏词接受史研究》(光明日报出版社 2009 年版)、钱锡生《唐宋词传播方式研究》(复旦大学出版社 2009 年版)、谭新红《宋词传播方式研究》(武汉大学出版社 2010 年版)、陈水云《唐宋词在明末清初的传播与接受》(中国社会科学出版社 2010 年版)、刘双琴等《六一词接受史研究》(中山大学出版社 2011 年版)等,以上著作涉及词人、词选、词作的接受以及唐宋词传播方式的整体研究,各有特点,予人启发。

本书认为,明代词学的演变发展与唐宋词选在明代的传播接受关系密切,目前这一论题尚未得到学界充分重视和系统、深入研究。本书拟以唐宋词选的接受为切入口,将明代词选编纂、词学评点、词谱制作、词坛创作等纳入明代词学研究的视野,探讨在特定历史文化背景下,明人选择、利用唐宋词选(尤其是《花间集》《草堂诗余》《花庵词选》等选本)作为建构明代词学的重要基石,在词选学、词学评点、词谱建设、创作实践等不同层面影响和推动明代词学演进的历程,揭示明代词学由衰微走向复苏并体现自我个性的动态过程,彰显明代词学对于清代词学"中兴"的铺垫意义,为明代词学研究提供一种新的观照视角。

本书涉及"词学""接受""演进"等关键词以及"唐宋词选的接受"与"明代

词学演进”的关系问题，内涵丰富，兹将研究思路和依据略作说明：

1.“词学”概念有广、狭义之分，狭义的词学主要是指词学理论，广义的词学则包含词学理论、词选、词谱、评点、创作等与词体文学相关的诸多方面，本书采用的是广义的词学概念。

2. 本书中的“接受”一词，意为明人对唐宋词选的接受，大体包括三个层面的意思：一是词选层面的接受，例如，明代词选如何接受、利用唐宋词选资源而编选本朝词选；二是批评层面的接受，例如明代词学评点、词谱与唐宋词选的关系；三是创作层面的接受，即唐宋词选对明词创作的影响。

“接受”，还有“显性”“隐性”之别。“显性”接受比较直观明显，例如，明人刊印《花间集》《草堂诗余》《花庵词选》等词选，明人在《花间集》《草堂诗余》等唐宋词选基础上的改编、重编、扩编出新的词选等；“隐性”接受则相对幽潜隐晦，例如，《乐府雅词》《绝妙好词》《阳春白雪》等宋代词选，虽被明人藏抄，但没有引起明人的注意和兴趣，一直处于“雪藏”状态；明人利用唐宋词选资源来制作词谱，明人的词学评点受到宋人的影响，明人的创作受到唐宋词选的影响等大都属于“隐性”接受。

3.“演进”一词，意在揭示明代词学演变的动态过程及原因。明代词学有其自身的发展规律和特点，如仅从静止眼光来看，容易误以为明代词学沉溺于“花草”不能自拔，其实不尽然。例如，清人朱彝尊《词综·发凡》云：“独《草堂诗余》所收最下最传，三百年来，学者守为《兔园册》，无惑乎词之不振也。”[①]朱彝尊痛诋明人热衷于《草堂诗余》，将明词不兴的罪责归于此书的流行，这一观点其实并不准确。明人虽然偏嗜《草堂诗余》，但并非盲目崇拜，《草堂诗余》在明代（尤其是嘉靖、万历之后）被不断改编、新编，其编选体例、选源、选域及审美趣味处于不断变化调整之中，已远非《草堂诗余》原书所能牢笼，体现出明人词学观念的嬗变。又如，在创作上，明人深受《花间集》《草堂诗余》影响，其学习策略也不断调整，大体上历经了由唱和模仿到能入能出，形成自我创作特色的过程。

4.“唐宋词选的接受”与“明代词学演进”之间的关系，亦即本文选取唐宋

① 朱彝尊《词综·发凡》，见朱彝尊、汪森编《词综》，上海古籍出版社1978年版，第11页。

词选的接受为视角考察明代词学的依据，主要有三点：

(1)明嘉靖、万历年间，唐宋词选（尤其是《花间集》《草堂诗余》《花庵词选》等选本）的传播、接受处于高潮状态，明代词学也于这一时期渐趋繁兴，① 两者之间的内在联系有迹可寻。

(2)明代词学的主体内容如词选、词谱、评点、创作、批评等皆与唐宋词选的传播接受有着密切关系，此不可不察。

(3)明人对唐宋词选的接受和利用，直接影响到明代词学的自身特点（包括局限），如明人热衷《花间集》《草堂诗余》，使明代词学各方面难免打上"花草"烙印，但明代词学也并未深陷"花草"泥淖而不能自拔，此不可不辨。

因此，本书的研究思路是以相关文献为基础，以唐宋词选在明代的传播、接受为切入口，以明代词学为研究主体，从词选、评点、词谱、创作、批评等层面多角度研究明代词学演进的过程、原因和影响，揭示明代词学自身特点及不足。

三、主要研究内容与创新之处

由于切入视角及本人学术能力的关系，本书难以对所有关涉明代词学的话题进行阐述，但其主体内容已纳入其中。本书主体研究内容分为以下五部分：

1. 明人对唐宋词集文献资源的选择性利用

在明代特定的文学复古思潮、嗜俗趣味等诸多因素的作用下，明人对唐宋词集文献（主要包括词别集、选本）的接受、利用具有明显的偏向性。具体表现为：一方面，唐宋词选中的《花间集》《草堂诗余》《尊前集》《花庵词选》等选本受到明人的重视和利用，流播广远，对明代词学产生了直接影响，而《绝妙好词》《乐府雅词》《阳春白雪》《梅苑》等尚雅词选则处于"雪藏"状态；另一

① 李康化《明清之际江南词学思想研究》一书中指出："词学中兴始于嘉靖，结论或许不能令人信服，但不容置疑的是，嘉靖后的明人毕竟更多地眷顾词坛，而且他们的词学思想迥异于前贤，对后世却有深远的影响。"巴蜀书社 2001 年版，第 25～26 页。

方面，明代虽然抄藏了大量唐宋词别集，然而不少南宋名家却未能在明代词坛产生实际影响。例如，南宋著名词人姜夔、史达祖、吴文英、周密等人的词集虽有钞本存世，并没有引起明人学习、探究的兴趣。明人对唐宋词集文献资源的偏向性选择，造就了明代词学的自身特点，也在一定程度上限制了明人的词学视野。

2. 唐宋词选与明代词选的承袭及新变

明代前中期的词选家多以《花间集》《草堂诗余》为范本和主要选源，在此基础上重编或改编出《唐词纪》《花间集补》《类编草堂诗余》等词选；到了明代后期，选家更多地摆脱《花间集》《草堂诗余》的局限和束缚，编选出《花草粹编》《草堂诗余四集》《古今词统》等比较富有个性特色乃至具有集成性意义的大型词学选本。总体来看，明代词选选录范围和重心从关注晚唐、北宋词逐渐发展到对南宋词的大量选录，姜夔、张炎等风雅派词人开始受到选家注意，明代词选的选源与选域呈现扩大趋势，明人的词学视野渐趋合理，审美趣味处于不断调整变化之中。明代词选的编选体例、选源、选域及其演进趋向映射出明人词学观念的嬗变。明代词选大多附有评点内容，评点普遍成为明代词选的“副文本”，在一定程度上加强了词选的文学批评功能。

3. 唐宋词选与明代词学评点的发展兴盛

宋代词的评点处于发轫阶段，现存的附有评点的宋代词集主要有黄升的《花庵词选》、何士信的《增修笺注妙选群英草堂诗余》，刘辰翁也曾评点词集，这对明代的词学评点具有重要的启示、引导作用。杨慎评点《草堂诗余》、汤显祖评点《花间集》、沈际飞评点《草堂诗余四集》、卓人月与徐士俊评点《古今词统》代表了明中后期词学评点的特点和成就。明代许铨胤编选的《古今女词选》与女词人王端淑编纂的《名媛诗纬初编诗余集》皆有评点，值得注意。明代词学评点内容极为丰富，“主情”“尚丽”等成为明代词学评点中比较流行的批评观念。考察中国古代词集笺注、评点的发展演变可以发现：词集笺注始于宋，盛于清，其体例及内容由单一性走向综合性，由普及性走向学术化；词集评点发轫于南宋，明后期趋于繁荣，清代又有新发展，评点的内容趋向丰富，目的及性质由大众化、商业化转向专业化、文人化，甚至成为词人骚客标榜理论主张或切磋词艺的手段。笺注与评点共同构成词学诠释学的重要内容，对词集传播接受、词派形成发展等具有积极意义。

4. 唐宋词选与明代词谱的创制和建设

唐宋词选《花间集》《草堂诗余》《尊前集》《花庵词选》等为明代词谱的创制与建设提供了重要基础与参照。明代周瑛所编制的第一本词谱《词学筌蹄》，就直接脱胎于《草堂诗余》，如其《词学筌蹄序》云："《草堂》旧所编，以事为主，诸调散入事下。此编以调为主，诸事并入调下，且逐调为之谱。圆者平声，方者侧声，使学者按谱填词，自道其意中事，则此其筌蹄也。"其后，词谱建设继续发展，张綖所撰的《诗余图谱》除了少数词调不见于《草堂诗余》外，其他词调的例词大多数选自《草堂诗余》，但张綖又新增了数十首《草堂诗余》未录之词，表现出对《草堂诗余》的有所超越。徐师曾的《词体明辨》则从《花间集》《尊前集》等词选中采录了数十种词调，也增加了不少唐五代人的词作，如花间词人的代表温庭筠、韦庄、孙光宪、顾敻、毛文锡的词作均选录 10 首以上，这既是词谱建设的需要，也反映出明人对以《花间集》《尊前集》为代表的晚唐五代词的重视。

5. 唐宋词选对明词创作的影响

《花间集》《草堂诗余》等词选在明代风行，自然对明代词坛创作产生了直接影响。陈铎、张綖、杨慎、陈子龙等诸多明代词人的创作与《花间集》《草堂诗余》有密切关系，但明人学习《花间集》《草堂诗余》的策略又有所不同。例如，陈铎直接唱和模仿《草堂诗余》，虽有标举学词范本的意义，然其创作成就未能获得明人的普遍认可；张綖师法秦观，选择《草堂诗余》中最能体现词体本色特征的宋代词人作为学习对象，多受明人肯定和好评；杨慎的创作直接受到《花间集》和《草堂诗余》的影响，较多地呈现出花间风味与民歌情调，而贬谪云南的人生经历又使其词具有一定的个性；明末的云间派词人陈子龙早期词主要抒写爱情相思，颇得花间词神韵，晚期词作借用"香草美人"寄托家国兴亡之感。总体来看，明人学习《花间集》《草堂诗余》的策略在不断调整和提升，历经了由唱和模仿到能入能出，逐步形成自我创作特色的过程。

本书的主要创新之处有以下几方面：

1. 梳理了唐宋词集在明代的收藏与传播状况，揭示唐宋词选（尤其是《花间集》《草堂诗余》《花庵词选》等选本）的传播接受对明代词学演进产生的重要影响,为明代词学建构提供一种新的视角和思路。

2. 以唐宋词选的接受为切入口,将明代词选编纂、词学评点、词谱制作、词坛创作等纳入明代词学研究的视野,揭示明代词学由衰微走向复苏并体现自我个性的动态过程:明人一度曾"沉溺"于《花间集》《草堂诗余》,明代词学的方方面面难免打上"花草"烙印,但明代词学最终突破了自我局限,并未深陷"花草"泥淖而不能自拔,为清代词学中兴作了铺垫和准备。

3. 考察《花间集》《草堂诗余》等唐宋词选对明词创作的影响,揭示明人学习《花间集》《草堂诗余》的策略在不断调整和提升,明人学习《花间集》《草堂诗余》实际上历经了由唱和模仿到能入能出,逐步形成自我创作特色的过程。

第一章
明人对唐宋词集文献资源的选择性接受

元明之际，唐宋词集文献大量散佚，但仍有相当数量的文献资料保存下来，明代公私藏书目录著录的词集信息以及明代词集丛编收录唐宋词集的情况都可证明明人是拥有比较丰富的唐宋词集文献的。但是，在明代特定的社会思潮、文学观念、审美心态等诸多因素的作用下，明人对唐宋词集文献（主要包括词别集、选本）的阅读和利用方面具有明显的选择性和偏向性，具体表现为：一方面，唐宋词选中的《花间集》《草堂诗余》《尊前集》《花庵词选》等选本受到明人的重视和利用，流播广远，对明代词学的演进产生了直接影响，而《梅苑》《阳春白雪》《绝妙好词》《乐府雅词》等词选则处于"雪藏"状态；另一方面，明代抄藏大量唐宋词别集，然部分南宋名家词未能在明代词坛产生实际影响。明人作词受《花间集》《草堂诗余》影响，趋于浅俗、香弱，南宋著名词人姜夔、史达祖、吴文英、周密等人的词集虽有钞本存世，并没有引起明人学习、探究的兴趣。明人对唐宋词集文献资源选择上的偏向性，造就了明代词学的某些特点，也在一定程度上限制了明人的词学视野。

第一节 唐宋词集的编纂方式与传播效应

唐五代时期，词体文学处于兴起阶段，编纂的词集极少，令人瞩目的是出现了第一部文人词总集《花间集》。两宋时期词体文学发展繁荣昌盛，出现了许多词集文本，词集主要包含别集、选本、丛编等三种类型，词集编纂成为宋人词学文献整理和词学批评活动的重要内容。词人自己或子孙、门人编纂的别集质量较高，易于流传，而书坊编刊的质量则良莠不齐，对词集传播有正负两方面影响；词选对部分词人具有彰显或遮蔽功能，词选自身传播也有冷热、显隐之别；词集丛编容易获得规模优势和品牌效应，三者从不同层面共同促进了唐宋词的保存和传播。可以说，唐宋词集的编纂方式和目的不同，其传播功能和效果也各具特点。

一、求善与求售：词别集的编纂和传播

词别集是将同一词人的若干首词作辑录编纂而成的词集。单篇词作容易散佚，结集则便于保存和传播，所以宋人比较重视词别集的编纂。别集编纂主要有两种方式，一是作者自编，一是他人编纂（子孙后裔、门人弟子和书坊代为编辑刊印的情况比较常见）。编纂主体不同，词集的编纂质量和传播效果也会有所差异。

词人自编别集，注意求真、求善，力求符合本人意愿，宋代著名词人晏几道、贺铸、姜夔、陆游、史达祖等生前都曾编定词集。如陆游对词体文学态度复杂，曾因作词“晚而悔之”，但“念旧作终不可掩”，[①]还是将自己的词编入《渭南文集》。有的词人希望作品得到朋友欣赏或前辈揄扬，如南宋汪莘作词后，“念与吴中诸友共之，欲各寄一本，而穷乡无人佣书，乃刊本而模之”。[②]史达祖曾携带自编词集拜谒张镃，张镃为之作序，对其词赞赏有加：“大凡如行帝苑仙瀛，辉华绚丽，欣盼骇接。因掩卷而叹曰：有是哉，能事之无遗恨也！”[③]还有词人借编纂词集的机会，宣示其词学理念和创作主张，如北宋词人黄裳自编《演山居士新词》，其序言中将词的创作与《诗经》“六义”相比附，

① 陆游《长短句序》，见施蛰存《词籍序跋萃编》，中国社会科学出版社 1994 年版，第 222 页。

② 汪莘《方壶诗余自序》，见施蛰存《词籍序跋萃编》，中国社会科学出版社 1994 年版，第 270～271页。

③ 张镃《梅溪词序》，见施蛰存《词籍序跋萃编》，中国社会科学出版社 1994 年版，第 263 页。

颇有推尊词体之意，并宣称“予之词，清淡而正，悦人之听者鲜”。[①] 南宋词人林正大自编词集《风雅遗音》，推崇雅词，序言宣称自己作词“婉而成章，乐而不淫，视世俗之乐，固有间矣”。[②]

词人自编词集往往反复斟酌和选汰，以提高词集质量，取信于世人。如韩元吉编词集时将不满意的词作“取而焚之，然犹不能尽弃焉，目为《焦尾集》，以其焚之余也”。[③] 一般而言，自编词集质量较高，传播也较广。《四库全书总目》“集部总叙”云：“夫自编则多所爱惜，刊版则易于流传。”[④]

出于子孙、门人之手的别集，大多也比较精善。宋代文治颇盛，士人多注重诗礼传家，看重家集的编纂和流传。如赵以夫的《虚斋乐府》由其子编纂，《虚斋乐府自序》云：“余平时不敢强辑，友朋间相勉属和，随辄弃去。奚子偶于故书中得断稿，又于黄玉泉处传录数十阕，共为一编。”[⑤]词人过世，子孙注意为父祖编刊遗集。辛弃疾去世后，其子孙编刊了《辛稼轩集》，张元幹的《芦川词》也由其子张靖编纂刊行。门人弟子对乃师文章道德相知较深，颇利于为其编集传世，如辛弃疾生前第一部词集由门人范开编纂刊行，其《稼轩词序》云：“开久从公游，其残膏剩馥，得所沾焉为多。因暇日裒集冥搜，才逾百首，皆亲得于公者。以近时流布于海内者率多赝本，吾为此惧，故不敢独闷，将以祛传者之惑焉。”[⑥]范氏从学于稼轩，编刊的词集比较真实可信，更易受到读者欢迎。赵师侠的《坦庵词》、京镗的《松坡居士乐府》也是由门人编纂而成。

宋代刻书业发达，书坊也编纂刊刻了大量的词别集，王兆鹏先生在《唐宋词史的还原与建构》(湖北人民出版社 2005 年版)一书中曾考述两宋 73 家词

---

① 黄裳《演山居士新词序》，见金启华《唐宋词集序跋汇编》，江苏教育出版社 1990 年版，第 38 页。

② 林正大《风雅遗音序》，见金启华《唐宋词集序跋汇编》，江苏教育出版社 1990 年版，第 243 页。

③ 韩元吉《南涧甲乙稿》卷十四，文渊阁四库全书本。

④ 纪昀等《四库全书总目(整理本)》，中华书局 1997 年版，第 1971 页。

⑤ 赵以夫《虚斋乐府自序》，见施蛰存《词籍序跋萃编》，中国社会科学出版社 1994 年版，第 329 页。

⑥ 范开《稼轩词序》，见施蛰存《词籍序跋萃编》，中国社会科学出版社 1994 年版，第 199 页。

集的版本情况，据此可发现40余家词人的别集首见为书坊刊刻，可见书坊有力地促进了宋词的保存和传播。但书商刻书，多求利售，坊刻词集质量良莠不齐，对词集传播也带来一定的负面影响。如南宋周刊给其父周紫芝的《竹坡词》作跋说："先父长短句一百四十八阕，先是浔阳书肆开行，讹舛甚多，未及修正。适乡人经由宣城搜寻此，未得其半，遂以金受板东下。未几，好事者辐凑访求，鬻书者利其得，又复开成，然比宣城本为善，盖刊亲校雠也。"[①]周紫芝去世后，书坊曾多次编刻其词集，但坊刻本错讹较多、词作收录不全，质量不高，经周刊重新校雠刊印的家集方称善本。

词体文学远不如诗文受宋人重视，单独编刊的词别集在传播过程中容易散失，朱彝尊《词综・发凡》云："唐宋以来作者，长短句每别为一编，以是散佚最易。"[②]如果将词集附入作者诗文集中，则更容易保存流传，陆游之子在《渭南文集跋》中记载："（陆游）尝谓子遹曰：如《入蜀记》、《牡丹谱》、乐府词，本当别行，而异时或至散失，宜用庐陵所刊欧阳公集例，附于集后。"[③]陆游认为词集"本当别行"，但考虑到词集单行本容易散失，便援《欧阳文忠公集》编纂之例，将词集附于《渭南文集》中，这是宋人为词集能够长久保存与传播而采取的编纂策略。

二、彰显与遮蔽：词选的编选和传播

一般读者阅读作品，大多依据选本而不是作家别集，选本是一种普遍的、有效的传播方式。宋代词体文学流行，文人雅士和坊贾平民都曾参与选词。宋人编纂的词选数量相当可观，流传至今者尚有《尊前集》《金奁集》《梅苑》《乐府雅词》《花庵词选》《草堂诗余》《阳春白雪》《绝妙好词》等多种。由于选本"既然是选择，就有淘汰，因而选本既具有彰显与强化的功能，也有遮蔽与

① 周刊《竹坡老人词跋》，见金启华《唐宋词集序跋汇编》，江苏教育出版社1990年版，第106页。

② 朱彝尊《词综》，上海古籍出版社1978年版，第7页。

③ 陆子遹《渭南文集跋》，见陆游《渭南文集》卷首，《四部丛刊本》。

埋没作品的可能”。[①] 基于不同的编选目的和审美趣尚，词选彰显或遮蔽词人词作的情况不尽相同，而词选自身的传播也有冷热、显隐之别。

早期的词体文学多用于“娱宾遣兴”，词选也以应歌为主，如《花间集》《尊前集》《金奁集》等便是如此，随着词的创作和欣赏逐渐走向案头化，词选的文学批评功能也大大增强。如宋南渡之后，词坛出现“复雅”思潮，在崇雅观念影响下，词人或学者相继编选《乐府雅词》《阳春白雪》《绝妙好词》等词选，着意彰显和遮蔽某些词人，以达到开宗、尊体之目的。曾慥《乐府雅词》选录欧阳修词 83 首，位居所选词人作品数量之冠，而柳永词竟然一首也未选入，其《乐府雅词引》云：“余所藏名公长短句，裒合成篇，或后或先，非有诠次。多是一家，难分优劣，涉谐谑则去之，名曰《乐府雅词》。……欧公一代儒宗，风流自命，词章幼眇，世所矜式。当时小人或作艳曲，谬为公词，今悉删除。”[②]曾慥认为欧词为北宋雅词典范，并将他认为是“谬为公词”的“艳曲”“悉删除”，彰显以欧阳修为代表的雅词，遮蔽和压抑以柳永等代表的俗词作者。赵闻礼的《阳春白雪》大量选录史达祖、吴文英、周邦彦、姜夔等人的词作，对“下里巴人”的俚俗之作尽量摒弃不录。周密的《绝妙好词》也多选雅正一派的词人，周密、吴文英、姜夔、王沂孙、史达祖等人词作选录均达 10 首以上，辛弃疾词作仅入选 3 首，辛派词人也只选录了陆游、刘过等人的数首作品，辛派词人受到了一定程度的遮蔽。

当然，也有尽量突出彰显功能、弱化遮蔽功能的词选。如黄升的《花庵词选》规模宏大，广搜博采，共选录唐宋词人 223 家，词作 1285 首，宋代著名词人晏殊、张先、欧阳修、柳永、晏几道、苏轼、秦观、贺铸、周邦彦、李清照、张孝祥、辛弃疾、陆游、刘过、姜夔、史达祖、吴文英等都有较多作品入选；许多中小词人也被选入集中，虽然只录有一二首作品，却体现出以选存史的编纂意图。黄升选词不拘一格，“盛丽如游金、张之堂，妖冶如揽嫱、施之袪，悲壮如三闾，豪俊如五陵”[③]的佳词均为入选，顾及词作风格的多样性，能够体现词史发展

① 王兆鹏《中国古代文学传播方式的思考》，载《文学遗产》2006 年第 2 期，第 16 页。

② 曾慥《乐府雅词引》，见金启华《唐宋词集序跋汇编》，江苏教育出版社 1990 年版，第 352 页。

③ 黄升《绝妙词选序》，见唐圭璋等《唐宋人选唐宋词》，上海古籍出版社 2004 年版，第 685 页。

的各个侧面，正如陈匪石所言："黄氏此选，非姝姝为一家之言，唐、五代以来，千门万户，无所不收，颇能存各人之真面目，与《阳春白雪》《绝妙好词》之有宗派者不同。"①

宋代书坊选词情况又有所不同。宋代书坊编选刊刻的词选为数众多，陈振孙《直斋书录解题》一书曾著录坊编词选《类分乐章》《群公诗余前后编》《五十大曲》《万曲类编》等多种，可惜均已亡佚。由于书坊最关心的是商业营利，所以选词主要面向市井大众，注意迎合这一庞大的文化消费群体。最有名的是《草堂诗余》，此编大量选录周邦彦、苏轼、柳永、秦观、欧阳修、康与之等人的词作，体现出雅俗共赏的审美趋向，适与《乐府雅词》等词选形成鲜明对照。

词选的审美趣味会影响到自身的传播命运。如《绝妙好词》刊刻面世后，流传不广，显得比较冷寂。当时张炎记载："惜此版不存，恐墨本亦有好事者藏之。"②该集在元明时期湮没不彰，直到清康熙年间才被浙西词派中人发掘出来重新刊刻。《草堂诗余》与之相反，宋明时期传播颇为火热，明末毛晋曾对此迷惑不解："宋元间词林选几屈百指。唯《草堂》一编飞驰，几百年来，凡歌栏酒榭，丝而竹之者，无不拊髀雀跃；及至寒窗腐儒，挑灯闲看，亦未尝欠伸鱼睨，不知何以动人一至此也。"③清人朱彝尊则一语道破两者传播冷、热分殊的原因："词人之作，自《草堂诗余》盛行，屏去激楚阳阿，而巴人之唱齐进矣。周公谨《绝妙好词》选本虽未全醇，然中多俊语。方诸《草堂》所录，雅俗殊分，顾流布者少。"④简单而言，《草堂诗余》尚通俗，易受大众欢迎；《绝妙好词》尚雅正，一般的读者未必欣赏接受。

值得注意的是，词选的彰显或遮蔽效应，整体上并未给唐宋词的保存、传播带来负面影响，因为某些词选所遮蔽的词人可能会在其他词选中得到彰显，曾经沉寂或火热的选本也可能在后世改变传播命运，诸多词选从不同侧面保存和促成了唐宋词的传播。

---

① 陈匪石《宋词举（外三种）》，江苏古籍出版社 2002 年版，第 195 页。

② 张炎《词源》，见唐圭璋《词话丛编》，中华书局 1986 年版，第 266 页。

③ 毛晋《草堂诗余跋》，见施蛰存《词籍序跋萃编》，中国社会科学出版社 1994 年版，第 670～671 页。

④ 朱彝尊《书绝妙好词后》，见施蛰存《词籍序跋萃编》，中国社会科学出版社 1994 年版，第683 页。

三、规模与品牌：词集丛编的刊刻和传播

唐宋词作为当时受人欢迎的文化消费品，宋代图书市场上还出现了《百家词》《典雅词》《琴趣外编》《六十名家词》等大型的词集丛编来满足读者需求。将多种词集汇集刊刻出版，容易赢得规模优势和品牌效应，使丛编词集具有独特的传播效果。

《百家词》由南宋长沙刘氏书坊刊行，据陈振孙《直斋书录解题》记载，该集收《南唐二主词》至《笑笑词》，共录词集 92 种，词人 97 家，名曰“百家”，乃取其整数而言。《典雅词》由南宋钱塘陈氏书棚刊行，收录词集数量今天已无法确知，流传至今者仍有 21 种。《琴趣外编》由南宋闽中书肆辑刻，收录词集的具体情况亦无法确知，但至少包含欧阳修《醉翁琴趣外编》、黄庭坚《山谷琴趣外编》等 7 种词集。《六十家词》约刊于南宋末年，仅见张炎《词源》一书的记载，虽未说明编纂者，估计也是由书坊编集刊印。四种词集丛编均由书坊编选、刊刻传播，可见书坊刻词规模之大和图书市场巨大的消费空间。

从市场消费的角度看，一套丛编控制在多大规模，出多少种书，每种书卷帙多少，都是编者需要考虑的因素。如果丛编规模过大，读者难以承受，如果规模太小，力度又不够，唯有适度才能赢得市场。南宋的四种词集丛编，编选词集多在数十至百种之间，规模基本适度，《百家词》《典雅词》中的词集大多都是一卷本，便于读者购买、阅读和携带，有助于丛编词集的消费和传播。

汇刊词集是书坊大规模出版词集的商业化行为(书商可能会雇请下层文人参与策划、编辑等活动)，这对丛编的“品牌”形象塑造具有积极意义。赵万里曾据《典雅词》中词集行款一致等版本信息考求其传世情况：“传世《典雅词》，至少亦当有十有九种矣。更以江阴缪氏藏本行款推之，半叶十行，行十八字，与汲古阁影宋陈氏书棚本赵以夫《虚斋乐府》、许棐《梅屋诗余》、戴复古《石屏长短句》均合。平阙之式，亦有同者。与毛氏影宋本《知稼翁词》《和石湖词》《辛稼轩词》，亦无不合，殆均为陈氏书棚所刻。”[①]变换角度，从广告心

---

① 赵万里《校辑宋金元人词自序》，见施蛰存《词籍序跋萃编》，中国社会科学出版社 1994 年版，第 743 页。

理学上看，书坊将丛书冠以主题，统一版式装帧，随着各种词集的连续出版，犹如书坊的一系列广告，可以促使读者产生品牌的联想。

词集丛编与单部词集相比，容易获得品牌效应的优势。词人对自己的词集辑入丛编，往往持欢迎的态度。南宋滕仲因《笑笑词跋》记载了郭应祥《笑笑词》被辑入《百家词》的情况："词章之派，端有自来，溯源徂流，盖可考也。昔闻张于湖一传而得吴敬斋，再传而得郭遁斋，源深流长……长沙刘氏书坊既以二公之词锓诸木，而遁斋《笑笑词》独家塾有本。一日，予叩遁斋，愿并刊之……遁斋笑而可之。"[①]郭应祥在南宋词坛名气并不大，其词被选入刻有名家词集的丛编中，既可有助于传播，又能提升词名，自然"笑而可之"。

词集丛编虽容易赢得品牌效应和市场，但其质量能否保持较高水准又是另一个问题。如果词集刊刻质量参差不齐，就会出现部分词集影响整套丛编质量的情形。陈振孙《直斋书录解题》卷二十一郭应祥《笑笑词集》下注云："自《南唐二主词》而下，皆长沙书坊所刻，号《百家词》。其前数十家皆名公之作，其末亦多有滥吹者。市人射利，欲富其部帙，不暇择也。"[②]初时，书坊选择名家词集编刻，但由于市场需求量大，为了更多更快地赢利和凑合"百家"之数，便来不及精心编选刊刻了。南宋末张炎曾在《词源》中说："旧有刊本《六十家词》，可歌可诵者，指不多屈。中间如秦少游、高竹屋、姜白石、史邦卿、吴梦窗，此数家格调不侔，句法挺异，俱能特立清新之意，删削靡曼之词，自成一家，各名于世。"[③]张炎是著名词人和词学家，手眼俱高，他认为《六十家词》中能"自成一家"的词人并不多。明末毛晋曾批评宋代坊刻《琴趣外篇》："又曾见《琴趣外篇》六卷，章次颠倒，赝作颇多，不能悉举。至如席上赠人《清平乐》，昔人称为集中之冠，反逸去，可恨坊本之乱真也。"[④]书坊编书的主要目的在于赢利，质量参差、真赝杂陈的弊病在所难免，这自然影响到丛编的美誉度和传播效果。四部词集丛编散佚严重，没有完整流传下来，应与此有一定关系。

---

① 滕仲因《笑笑词跋》，见施蛰存《词籍序跋萃编》，中国社会科学出版社 1994 年版，第 318 页。
② 陈振孙《直斋书录解题》，上海古籍出版社 1987 年版，第 629 页。
③ 张炎《词源》，见唐圭璋《词话丛编》，中华书局 1986 年版，第 255 页。
④ 毛晋《介庵词跋》，见施蛰存《词籍序跋萃编》，中国社会科学出版社 1994 年版，第 224 页。

宋代词集丛编虽然散佚不存，但其中若干种词集以单刻本或钞本的形式流传于世，对宋代词集的保存与传播起到了重要作用。宋代词集丛编的品牌效应还对明人产生了积极影响，如吴讷编辑《唐宋名贤百家词》、毛晋辑刻《宋六十名家词》等，彰显出丛编在词集文献保存、传播方面的优势和作用。

第二节　从明代书目、词集丛编看唐宋词集的收藏传播

宋代词体文学创作流行，图书出版业也繁荣兴盛，刊印了大量词集文献。南宋藏书家尤袤著《遂初堂书目》专设“乐曲类”，著录唐宋人词集、词话文献14种。南宋末陈振孙的《直斋书录解题》于集部析出“歌词”一类，全书共著录唐宋金人词集多达132种。[①] 南宋时期书坊还编刊《百家词》《典雅词》《琴趣外篇》《六十家词》等多部大型词集丛编，唐宋词集之富，可窥其涯略。而宋元之际，大量图书典籍包括词集散佚不存，明人对词集进行了搜集、传抄、整理等工作。谢桃坊先生指出：

> 中国的图书典籍在宋元战乱之际又经历了一次浩劫，词籍也蒙其难。南宋朝廷修内司所刊的巨帙百余的古今歌词之谱《乐府混成集》、南宋嘉定间长沙刘氏书坊刊行的《百家词》一百二十八卷，钱塘陈氏书棚刊行的《典雅词》三十册、南宋末年的词集丛刊《六十家词》等大型词学丛刊，经过兵燹之后都散佚了。明代学者和藏书家对词籍的搜集、传抄、整理和刊行等工作都作出了很大贡献。明抄本宋词别集现在能见到的即有七十余种，此外重要的词书有以下几种：
>
> 《诗渊》明初抄本，现存二十五册，其中收了近一千首词。……
>
> 《百家词》明初吴讷辑。……
>
> 《花草粹编》二十二卷，附录一卷，明陈耀文编。……

① 吴熊和《唐宋词通论》，商务印书馆2003年版，第312页。

《词苑英华》明末毛晋辑。……

《宋六十名家词》毛晋辑录，实收六十一家，是最通行的宋词别集丛刻。……①

虽然经历宋元之际和元明之际的战乱，词学书籍大散佚，但明代很多学者和藏书家通过搜集、传抄、整理等方式收藏了许多唐宋词集。其中，最突出的代表当属明末著名藏书家、出版家毛晋。毛氏无意于仕途，立志藏书，多方搜集善本秘籍，不惜高价购求宋元刻本，刊刻图书数百种。毛氏汲古阁富藏词集，刻印词集《词苑英华》《宋名家词》等多种。

明人到底收藏了哪些唐宋词集？邓子勉先生认为，明人编撰的藏书目录是今人考核宋金元人词集典藏与流传的重要参考书。现在可知的著录唐宋金元人词集的明代公私书目有二十余种：孙能传等《内阁藏书目》、杨士奇《文渊阁书目》、钱溥《秘阁书目》、晁瑮《晁氏宝文堂书目》、阮元《天一阁藏书总目》（虽为清人所编，但反映了范氏明朝时的藏书情况）、高儒《百川书志》、叶盛《菉竹堂书目》、朱睦㮮《万卷堂书目》、赵琦美《脉望馆书目》、徐𤊹《徐氏家藏书目》、李廷相《濮阳蒲汀李先生家藏目录》、李鹗翀《江阴李氏得月楼书目》、陈第《世善堂藏书目录》、焦竑《国史经籍志》、祁承㸁《澹生堂藏书目》、王道明《笠泽堂藏书目》、赵用贤《赵定宇书目》、董其昌《玄赏斋书目》、杨士奇等《明书经籍志》、毛晋《汲古阁毛氏藏书目录》《汲古阁校刻书目》等。其中，《秘阁书目》《天一阁藏书总目》和《汲古阁毛氏藏书目录》所载词集最多，足资考证，分别代表明代初、中、末三个时期宋金元词集的收藏流播情况。②

除明人藏书目录外，明人辑抄或刊刻的词集丛编也是考察唐宋词集典藏与传播的重要资料。王兆鹏先生指出："从词集传播的历史状况来看，词集的传播实多赖于丛编。尤其是在明清两代，唐宋人词集的单行本并不多，主要

① 谢桃坊《中国词学史》，巴蜀书社2002年版，第153～155页。

② 邓子勉《宋金元词籍文献研究》，上海古籍出版社2008年版，第110页，第120页。

是通过丛编的形式来传播。”[①]兹将明代词集丛编简介如下：[②]

1.《唐宋名贤百家词》

明吴讷辑钞，又称《唐宋名贤百家词集》《宋元百家词》《四朝名贤词》，或简称《百家词》。此书辑成于明正统六年（1441），辑录唐宋金元明人词集100种，其中五代词别集2种，总集2种；宋词别集83种，总集1种；金元词别集11种；明词别集1种。天津图书馆藏明钞本，1989年天津古籍出版社据此影印。

2.《宋六十名家词》

明末毛晋辑刻，原题《宋名家词》，实际收录宋代61家词。《宋六十名家词》不是一次刻成，按得书先后付刻，随得随刻。该书对宋词的保存、传播起到了积极作用，近人叶恭绰在《毛刻宋六十家词勘误序》中说：“汇刻宋词，始于虞山毛氏，虽编校疏舛，犹夫明人刻书遗习。然天水一代词集，藉是而存者不鲜，实有宋词苑之功臣也。”[③]

3.《词坛合璧》

明人朱之蕃将《花间集》《草堂诗余》《四家宫词》《词的》汇刻在一起，除《四家宫词》为诗集外，其他3种皆为词选。

4.《词苑英华》

毛晋辑刻，收录《花间集》《尊前集》、黄升《唐宋诸贤绝妙词选》和《中兴以来绝妙词选》《草堂诗余》、杨慎《词林万选》、张綖《诗余图谱》《秦张两先生诗余合璧》（《少游诗余》与《南湖诗余》）等词选集与别集合刻。有明末毛氏汲古阁原刊本（四十五卷本），又有清乾隆十七年（1752）洪振珂据毛氏原板修印本（四十三卷本）。

5.《南词》

题明西涯主人编，书前有明天顺六年（1462）西崖主人（李东阳）所作之

---

① 王兆鹏《词学史料学》，中华书局2004年版，第101页。

② 明代词集丛编简介，综合参考了王兆鹏、刘尊明主编《宋词大辞典》、王兆鹏《词学史料学》一书第四章第一节“宋明两代的词集丛编”，以及陶子珍《明代四种词集丛编研究》一书中的相关论述。

③ 《宋六十名家词》附朱居易《宋六十名家词勘误》卷首，上海古籍出版社1989年影印本，第611页。

序，经前人考察，该序乃抄袭清汪森《词综序》而成，故此书当为托名李东阳所辑。但邓子勉先生认为，生活于弘治、正德年间的李廷相在《濮阳蒲汀李先生家藏书目》中曾提及此书，说明此书已在明代流传，该书为李东阳未登第时所辑，距吴讷《百家词》辑本有二十年左右。[①]《南词》共辑录词集 64 种，其中选集 2 种(《乐府补题》、元凤林书院《草堂诗余》)，词人别集 62 种(五代《南唐二主词》2 家，宋代 50 家，元代 8 家，明代 2 家)。原书现藏日本，学者不易得见。另有清董氏诵芬室传抄本《南词十三种》，可略见《南词》概貌，今藏中国国家图书馆。

6.《宋元名家词》

明钞本，因版心下方镌有“紫芝漫钞”四字，故习称为“紫芝漫钞本”。全书收录宋元明词集 70 种，其中选集 1 种(《花间集》)，词人别集 69 种(宋代 61 家，金元 6 家，明代 2 家)，今藏北京大学图书馆。

7.《宋元明词》

明钞本，该书残缺不全，仅存宋元明人词别集 16 家(宋代 12 家，元代 3 家，明代 1 家)，今藏浙江绍兴鲁迅图书馆。

8.《宋元明三十三家词》

明石村书屋钞本，凡五十三卷。全书收录词人别集 33 家(宋代 25 家，金元 7 家，明代 1 家)，今藏中国国家图书馆。

9.《宋明九家词》

明钞本，钞录词人别集 9 家(宋代 8 家，明代 1 家)。全书凡九卷，附录一卷，未刊刻，今藏南京图书馆。

10.《宋二十家词》

明钞本，凡二十六卷，内收晏殊、欧阳修、柳永、黄庭坚、秦观、晏几道、毛滂、姜夔、谢逸、程垓、张元幹、王安中、李之仪等词人别集。各家词集后多有丁丙跋语，今藏南京图书馆。

11.《宋名贤七家词》

明钞本，凡七卷：《逍遥词》一卷，《信斋词》一卷，《乐斋词》一卷，《竹斋词》

① 参邓子勉《宋金元词籍文献研究》关于《南词》的论述，上海古籍出版社 2008 年版，第 221～224页。

一卷,《简斋词》一卷,《竹洲词》一卷,《沧浪词》一卷。今藏南京图书馆。

12.《宋五家词》

明人辑钞,凡六卷:《龙川词》一卷,《龙洲词》二卷,《西樵语业》一卷,《石屏词》一卷,《樵隐诗余》一卷。今藏中国国家图书馆。

13.《汲古阁四家词》

为毛氏汲古阁精写本,未刊刻,收录宋、元词人别集 4 种:王以宁《王周士词》一卷,周必大《近体乐府》一卷,陈深《宁极斋乐府》一卷,吴澄《吴文正公词》一卷。曾经厉鹗、丁丙等人收藏。

14.《汲古阁宋五家词》

毛氏汲古阁钞本,凡十卷:《东溪词》一卷,《澹庵词》一卷,《拙庵词》一卷,《可斋词》六卷,《碎锦词》一卷。

15.《汲古阁词》

刊本,将诗词集合为一帙,凡 8 种。其中词集 2 种(朱淑真《断肠词》一卷,李清照《漱玉词》一卷),其他为王建、花蕊夫人、王珪、宋徽宗等唐宋人宫词。

本书根据明代藏书目录著录的唐宋词集信息以及明代词集丛编收录唐宋词集情况制作表 1-1“明代书目著录之唐宋词人别集”、表 1-2“明代书目著录之唐宋元词选本、丛编”、表 1-3“明代词集丛编收录之唐宋词别集、选本”,以便探讨唐宋词集在明代的收藏、传播情况。

表 1-1　明代书目著录之唐宋词人别集

书目 作者	内阁藏书目录	文渊阁书目	秘阁书目	晁氏宝文堂书目	天一阁藏书总目	百川书志	菉竹堂书目	万卷堂书目	脉望馆书目	徐氏家藏书目	蒲汀李先生家藏目录	江阴李氏得月楼书目	世善堂藏书目录	国史经籍志	澹生堂藏书目	笠泽堂书目	赵定宇书目	玄赏斋书目	明书经籍志	汲古阁毛氏藏书目录	汲古阁校刻书目	著录次数
温庭筠														●								1
韦　庄				●										●								2
冯延巳														●								1
李璟、李煜			●						●					●								3

续表

书目/作者	内阁藏书目录	文渊阁书目	秘阁书目	晁氏宝文堂书目	天一阁藏书总目	百川书志	菉竹堂书目	万卷堂书目	脉望馆书目	徐氏家藏书目	蒲汀李先生家藏目录	江阴李氏得月楼书目	世善堂藏书目录	国史经籍志	澹生堂藏书目	笠泽堂书目	赵定宇书目	玄赏斋书目	明书经籍志	汲古阁毛氏藏书目录	汲古阁校刻书目	著录次数
柳　永		●	●	●	●		●		●				●				●	●	●	●	★	12
张　先			●		▲				●				●				●	●		●		7
晏　殊			●		▲													●		●	★	5
杜安世			●		▲															●	★	4
欧阳修																				●	★	2
王安石						●																1
苏　轼					▲	●			●			★	●					●		●	★	8
黄庭坚						●		●			●		●			●		●		●	★	8
秦　观		●	●		★								●	●				●		●	★	8
晁端礼			●																	●		2
陈师道						●							●	●				●		●	★	6
晁补之		●	●				●		●				●				●		●	●	★	9
晏几道			●		▲													●		●	★	5
贺　铸			●																	●		2
李之仪					▲				●											●	★	4
赵令畤			●																	●		2
毛　滂			●											●						●	★	4
谢　逸			●																	●	★	3
谢　薖			●																	●		2
王　观			●																	●		2
周邦彦			●	●							●		●	●			●	●		●	★	9
苏　庠			●																	●		2
万俟咏			●																	●		2
叶梦得			●																	●	★	3
张元幹			●														●			●	★	4

续表

作者 \ 书目	内阁藏书目录	文渊阁书目	秘阁书目	晁氏宝文堂书目	天一阁藏书总目	百川书志	菉竹堂书目	万卷堂书目	脉望馆书目	徐氏家藏书目	蒲汀李先生家藏目录	江阴李氏得月楼书目	世善堂藏书目录	国史经籍志	澹生堂藏书目	笠泽堂书目	赵定宇书目	玄赏斋书目	明书经籍志	汲古阁毛氏藏书目录	汲古阁校刻书目	著录次数
晁冲之			●																	●		2
陈与义		●	●			●	●									●			●	●	★	8
刘一止			●		▲															●		3
康与之			●																	●		2
朱敦儒			●											●		●				●		4
程　珌																					★	1
赵长卿																					★	1
李处全																				●		1
王安中			●																	●	★	3
葛胜仲			●																	●	★	3
向子諲			●																	●	★	3
李清照			●						●				●							●	★	5
赵　鼎																				●		1
韩元吉			●																	●		2
陆　游						●							●							●	★	4
周必大																					★	1
范成大			●																	●		2
王之道			●																	●		2
蔡　伸			●																	●	★	3
蔡　枏			●	●																●		3
张孝祥																				●	★	2
辛弃疾	●	●	●	●	★		●	●	●										●	●	★	11
黄人杰			●																	●		2
沈　瀛			●																	●		2
周紫芝			●		▲															●	★	4

续表

书目 作者	内阁藏书目录	文渊阁书目	秘阁书目	晁氏宝文堂书目	天一阁藏书总目	百川书志	菉竹堂书目	万卷堂书目	脉望馆书目	徐氏家藏书目	蒲汀李先生家藏目录	江阴李氏得月楼书目	世善堂藏书目录	国史经籍志	澹生堂藏书目	笠泽堂书目	赵定宇书目	玄赏斋书目	明书经籍志	汲古阁毛氏藏书目录	汲古阁校刻书目	著录次数
林正大			●		●	●			●							●	●	●				7
曹　冠			●																	●		2
程　垓											●									●	★	3
向　滈			●														●			●		3
沈端节			●															●		●	★	4
袁去华			●																	●		2
廖行之			●																	●		2
扬无咎			●		▲															●	★	4
王庭珪			●																	●		2
毛　幵			●		▲															●	★	4
黄公度			●										●					●		●	★	5
吕渭老			●		▲															●	★	4
石孝友																				●	★	2
葛立方			●																	●	★	3
陈　克			●																	●		2
王　灼					▲																	1
葛　郯			●																	●		2
黄　谈			●																	●		2
王以宁			●																	●		2
林　淳			●																	●		2
赵师侠			●	●																●	★	4
黄　定			●																	●		2
张孝忠			●																	●		2
钟将之			●																	●		2
王千秋			●						●		●									●	★	5

续表

书目 作者	内阁藏书目录	文渊阁书目	秘阁书目	晁氏宝文堂书目	天一阁藏书总目	百川书志	菉竹堂书目	万卷堂书目	脉望馆书目	徐氏家藏书目	蒲汀李先生家藏目录	江阴李氏得月楼书目	世善堂藏书目录	国史经籍志	澹生堂藏书目	笠泽堂书目	赵定宇书目	玄赏斋书目	明书经籍志	汲古阁毛氏藏书目录	汲古阁校刻书目	著录次数
杨炎正			●																		★	2
京　镗			●																	●		2
韩　玉			●																	●	★	3
刘光祖			●																	●		2
曾　觌			●						●								●			●	★	5
郭应祥			●		▲															●		3
高观国			●														●			●	★	4
刘克庄				●	▲																★	3
刘德秀																				●		1
魏子敬			●																	●		2
姚　宽																				●		1
黄　机					▲																★	2
刘　过			●																	●	★	3
苏　泂			●																	●		2
严　仁																				●		1
孙惟信			●																			1
吴则礼														●								1
洪　瑹																					★	1
陈　亮														●							★	2
方千里																					★	1
吴　潜																	●	●				2
洪咨夔																		●			★	2
许　棐																		●				1
姜　夔	●	●	●				●										●		●		★	7
史达祖			●																		★	2

续表

作者 \ 书目	内阁藏书目录	文渊阁书目	秘阁书目	晁氏宝文堂书目	天一阁藏书总目	百川书志	菉竹堂书目	万卷堂书目	脉望馆书目	徐氏家藏书目	蒲汀李先生家藏目录	江阴李氏得月楼书目	世善堂藏书目录	国史经籍志	澹生堂藏书目	笠泽堂书目	赵定宇书目	玄赏斋书目	明书经籍志	汲古阁毛氏藏书目录	汲古阁校刻书目	著录次数
侯 寘			●		▲													●			★	4
卢祖皋			●																		★	2
卢 炳			●																		★	2
刘辰翁		●	●				●												●			4
韩 淲		●	●																●			3
黄 升																					★	1
王武子			●																			1
韩 [目翏]			●																			1
宋伯仁		●	●				●												●			4
陈从古			●																			1
张 辑		●					●												●			3
张 榘																		●			★	2
李 洪																●						1
朱淑真															●			●			★	3
陈允平					▲																	1
李昴英					▲																★	2
赵彦端			●	●	▲																★	4
赵汝茪			●																			1
王沂孙				●	▲																	2
戴复古					▲	●											●				★	4
周 密					▲											●						2
吴文英											●										★	2
蒋 捷					▲						●							●			★	4
汪元量						●																1

表 1-2　明代书目著录之唐宋元词选本、丛编

书目/作者	内阁藏书目录	文渊阁书目	秘阁书目	晁氏宝文堂书目	天一阁藏书总目	百川书志	菉竹堂书目	万卷堂书目	脉望馆书目	徐氏家藏书目	蒲汀李先生家藏目录	江阴李氏得月楼书目	世善堂藏书目录	国史经籍志	澹生堂藏书目	笠泽堂书目	赵定宇书目	玄赏斋书目	明书经籍志	汲古阁毛氏藏书目录	汲古阁校刻书目	著录次数
花间集						●		●	●		●						●	●		▲		7
尊前集																●	●	●			★	4
家燕词		●	●				●												●			4
乐府雅词									●				●			●				●		4
梅　苑		●	●				●		●		●							●	●			7
草堂诗余		●	●	●	●	●	●			●			●		●			●	●		★	12
唐宋诸贤绝妙词选					★											●		●			★	4
中兴以来绝妙词选					★						●					●		●			★	5
阳春白雪		●	●	▲	▲		●												●	●		7
阳春白雪外集					▲																	1
绝妙好词选									●							●	●	●				4
乐府混成集	●																					1
五十大曲																				●		1
万曲类编																				●		1
中州乐府				●	▲	●			●							●	●					6
名儒草堂诗余								●														1
元人草堂诗余																		●				1
鸣鹤余音						●																1
南词(二套)											▲											1
宋四十家词																●						1
抄词四十家					▲																	1
唐宋名贤词					●																	1
唐宋名贤百家词					▲				●													2

表 1-3　明代词集丛编收录之唐宋词别集、选本

词集丛编 词别集/词选	唐宋名贤百家词	词坛合璧	宋六十名家词	词苑英华	宋五家词	宋名贤七家词	宋二十家词	宋明九家词	宋元明词	宋元明三十三家词	南词	宋元名家词	汲古阁四家词	汲古阁宋五家词	汲古阁词	收录次数
王建宫词															★	1
(冯延巳)阳春集	▲															1
南唐二主词	▲										▲					2
花蕊夫人宫词															★	1
(潘阆)逍遥词	▲					▲		▲	▲		▲					5
(柳永)乐章集	▲		★				▲				▲	▲				5
(晏殊)珠玉词	▲		★				▲				▲					4
(欧阳修)六一词	▲		★				▲				▲					4
(张先)张子野词	▲															1
(王安石)半山词	▲							▲	▲		▲					4
(文同)文湖州词								▲			▲					2
(杜安世)寿域词	▲		★				▲				▲					4
王珪宫词															★	1
(晏几道)小山词	▲		★				▲				▲					4
(苏轼)东坡词	▲		★								▲	▲				4
(秦观)淮海词	▲		★	★			▲			▲						5
(李之仪)姑溪词	▲		★				▲			▲	▲	▲				6
(黄庭坚)山谷词	▲		★				▲				▲					4
(晁补之)琴曲外篇			★													1
(谢逸)溪堂词	▲		★				▲				▲	▲				5
(谢薖)竹友词								▲			▲	▲				3
(周邦彦)片玉集	▲		★							▲		▲				4
(贺铸)东山词												▲				1
(陈师道)后山词	▲		★				▲				▲					4
(毛滂)东堂词	▲		★				▲									3

续表

词集丛编 词别集/词选	唐宋名贤百家词	词坛合璧	宋六十名家词	词苑英华	宋五家词	宋名贤七家词	宋二十家词	宋明九家词	宋元明词	宋元明三十三家词	南词	宋元名家词	汲古阁四家词	汲古阁宋五家词	汲古阁词	收录次数
（张继先）虚靖词	▲							▲		▲	▲	▲				5
宋徽宗宫词															★	1
宋杨太后宫词															★	1
（王安中）初寮词	▲		★				▲		▲		▲	▲				6
（陈与义）简斋词	▲		★			▲					▲	▲				5
（葛胜仲）丹阳词	▲		★								▲	▲				4
（周紫芝）竹坡词	▲		★							▲		▲				4
（赵鼎）得全居士词												▲				1
（叶梦得）石林词	▲		★									▲				3
（高登）东溪词														▲		1
（向子諲）酒边词	▲		★						▲	▲	▲	▲				6
（蔡伸）友古词	▲		★				▲									3
（黄公度）知稼翁词	▲		★						▲		▲	▲				5
（朱敦儒）樵歌	▲										▲	▲				3
（李清照）漱玉词															★	1
（刘一止）苕溪词	▲									▲		▲				3
（王以宁）王周士词	▲										▲	▲	▲			4
（张元幹）芦川词	▲		★				▲			▲		▲				5
（王之道）相山词	▲									▲		▲				3
（葛立方）归愚词	▲		★									▲				3
（王千秋）审斋词	▲		★									▲				3
（张孝祥）于湖词	▲		★								▲	▲				4
（王庭珪）卢溪词	▲											▲				2
（吕渭老）圣求词	▲		★				▲				▲					4
（杨无咎）逃禅词	▲		★				▲			▲	▲	▲				6

续表

词集丛编 词别集/词选	唐宋名贤百家词	词坛合璧	宋六十名家词	词苑英华	宋五家词	宋名贤七家词	宋二十家词	宋明九家词	宋元明词	宋元明三十三家词	南词	宋元名家词	汲古阁四家词	汲古阁宋五家词	汲古阁词	收录次数
(赵彦端)介庵词	▲		★							▲						3
(胡铨)澹庵词														▲		1
(曾觌)海野词			★													1
(毛幵)樵隐词	▲		★		▲			▲			▲	▲				6
(朱淑真)断肠词												▲			★	2
(侯寘)懒窟词	▲		★							▲		▲				4
(向滈)乐斋词	▲					▲					▲	▲				4
(葛郯)信斋词	▲					▲					▲	▲				4
(管鉴)养拙堂词	▲										▲					2
(吴儆)竹洲词	▲					▲					▲	▲				4
(赵磻老)拙庵词														▲		1
(李处全)晦庵词	▲									▲	▲					3
(廖行之)省斋词	▲										▲	▲				3
(程垓)书舟词	▲		★				▲									3
(陈亮)龙川词	▲		★		▲						▲	▲				5
(京镗)松坡词	▲									▲	▲					3
(周必大)近体乐府			★										▲			2
(沈瀛)竹斋词	▲					▲					▲	▲				4
(沈端节)克斋词	▲		★								▲	▲				4
(刘过)龙洲词	▲		★		▲						▲					4
(辛弃疾)稼轩词	▲		★								▲	▲				4
(陆游)放翁词	▲		★									▲				3
(赵长卿)惜香乐府			★													1
(石孝友)金谷遗音	▲		★							▲	▲	▲				5
(韩玉)东浦词	▲		★			▲			▲		▲	▲				6

续表

词集丛编 / 词别集/词选	唐宋名贤百家词	词坛合璧	宋六十名家词	词苑英华	宋五家词	宋名贤七家词	宋二十家词	宋明九家词	宋元明词	宋元明三十三家词	南词	宋元名家词	汲古阁四家词	汲古阁宋五家词	汲古阁词	收录次数
(赵师侠)坦庵词	▲		★							▲		▲				4
(杨炎正)西樵语业	▲		★		▲						▲	▲				5
(卢炳)烘堂词	▲		★				▲		▲		▲	▲				6
(姜夔)白石词			★				▲		▲	▲	▲					5
(郭应祥)笑笑词	▲									▲		▲				3
(韩淲)涧泉诗余												▲				1
(戴复古)石屏词	▲		★		▲						▲	▲				5
(史达祖)梅溪词	▲		★									▲				3
(高观国)竹屋痴语	▲		★									▲				3
(洪咨夔)平斋词			★									▲				2
(魏了翁)鹤山长短句												▲				1
(卢祖皋)蒲江词	▲		★						▲		▲					4
(方千里)和清真词			★													1
(程珌)洺水词			★													1
(黄机)竹斋诗余	▲		★													2
(严羽)沧浪词	▲					▲		▲		▲		▲				5
(张辑)东泽绮语								▲	▲		▲					3
(赵以夫)虚斋乐府	▲											▲				2
(夏元鼎)蓬莱鼓吹	▲									▲	▲					3
(李昴英)文溪词	▲		★							▲	▲	▲				5
(吴潜)履斋词	▲								▲	▲	▲	▲				5
(刘克庄)后村词	▲		★													2
(陈经国)龟峰词	▲									▲	▲	▲				4
(吴文英)梦窗甲乙丙丁稿			★													1
(洪瑹)空同词	▲		★								▲	▲				4

续表

词集丛编 词别集/词选	唐宋名贤百家词	词坛合璧	宋六十名家词	词苑英华	宋五家词	宋名贤七家词	宋二十家词	宋明九家词	宋元明词	宋元明三十三家词	南词	宋元名家词	汲古阁四家词	汲古阁宋五家词	汲古阁词	收录次数
（黄升）玉林词	▲		★									▲				3
（张榘）芸窗词			★													1
（李好古）碎锦词														▲		1
（周密）周草窗词	▲															1
（蒋捷）竹山词	▲		★									▲				3
（汪元量）水云词	▲															1
（王沂孙）玉笥词	▲									▲		▲				3
（陈德武）白雪词	▲								▲		▲	▲				4
（张炎）玉田词	▲									▲						2
（李曾伯）可斋词														▲		1
（赵崇祚辑）花间集	▲	★		★								▲				4
（无名氏）尊前集	▲			★												2
（无名氏）草堂诗余		★		★							▲					3
（黄升）唐宋诸贤绝妙词选				★												1
（黄升）中兴以来绝妙词选				★												1
（陈元龙辑）白石词选												▲				1
（陈恕可辑）乐府补题	▲										▲					2

说明：表 1-1、表 1-2 参考了邓子勉《宋金元词籍文献研究》第 110～119 页的“表一”“表二”。表 1-3 参考了陶子珍《明代四种词集丛编研究》“附录一”和“附录二”。词集抄本、刻本和版本不详者分别用▲、★、●标示。

一、唐宋词选在明代的“冷热”际遇

选本是我国古代文学传播的重要途径，也是一种重要的批评方式。选本大都有特定的编选宗旨和选择标准，而这种选择标准往往代表当时一部分人的文学观念与审美趋向。龙榆生先生在《选词标准论》中说:“选词之目的有四:一曰便歌,二曰传人,三曰开宗,四曰尊体。前二者依他,后二者为我。操选政者,于斯四事,必有所居。又往往因时代风气之不同,各异其趣。”[①]从词选的选择标准、意图等方面可以考察各个时代词学观念的演变。其实,从后人对前代词选的接受状况亦可看出词学观念的变迁。唐宋词选多为应歌而编,另外宋人多视词体文学为“小道”“末技”,未加重视,因此词选在流传过程中多有散佚,流传至今者不过十种左右。兹将唐宋词选简介如下:[②]

1.《花间集》

五代赵崇祚编成于后蜀广政三年(940),选录晚唐五代 18 位词人的词作 500 首,选录最多的为温庭筠词 66 首。宋人填词多以之为范本,如陈振孙《直斋书录解题》卷二一曰:“蜀欧阳炯作序,称卫尉少卿字宏基者所集,未详何人。其词自温飞卿而下十八人,凡五百首,此近世倚声填词之祖也。”[③]

2.《家宴集》

编者不详,原书五卷,今佚。有北宋雍熙三年(986)子起序,所收为唐末五代诸家词。[④] 南宋人陈振孙《直斋书录解题》卷二一《家宴集》云:“序称子起,失其姓氏。雍熙丙戌岁也。所集皆唐末五代人乐府,视《花间》不及也。末有《清和乐》十八章,为其可以侑觞,故名《家宴》也”。[⑤]《宋史》卷二〇九《艺文志》称:“子起《家宴集》五卷,不知姓。”

3.《尊前集》

编者不详。收录 36 位唐五代词人词作 289 首,大部分为五代词。前人或认为乃宋人所编,或认为是明人所编。施蛰存《〈尊前集〉叙录》认为明初吴讷《唐宋名贤百家词》即收录此书,且选目与明人顾梧芳本相同,此书当为宋

① 龙榆生《龙榆生词学论文集》,上海古籍出版社 1997 年版,第 59 页。

② 本文的词选简介及版本情况综合参考了唐圭璋等校点《唐宋人选唐宋词》,王兆鹏、刘尊明主编《宋词大辞典》,王兆鹏著《词学史料学》之第六章第二节“唐宋金元词选”,肖鹏《群体的选择——唐宋人词选与词人群通论》之附录一“唐宋人词选版本叙录”、施蛰存主编《词学》(1～3 辑)之“历代词选集叙录”等资料。

③ 陈振孙《直斋书录解题》,上海古籍出版社 1987 年版,第 614 页。

④ 脱脱等《宋史》卷二百九,中华书局 1977 年版,第 5402 页。

⑤ 陈振孙《直斋书录解题》,上海古籍出版社 1987 年版,第 615 页。

初人编。[①]

4.《金奁集》

当为宋坊间唱本，一卷，共录词142首：温庭筠62首，韦庄48首，欧阳炯16首，张泌1首，最后15首《渔父》词，据前人考证，是他人和张志和之作。《金奁集》所收作品，基本上不出《花间集》的范围，但编排方式上依调编次。蒋哲伦先生认为："《金奁集》的成书年代当迟于《尊前集》，因古本《金奁集》中《菩萨蛮》五首，有目而无词，注云：'已见《尊前集》。'南宋孝宗淳熙十六年(1189)立秋日，陆游撰有《跋金奁集》一文(见《渭南文集》卷二七)，可见此书必成于淳熙十六年之前。又，南宋宁宗庆元二年(1196)所刻欧阳修《近体乐府》，其中卷一罗泌校语亦曾引用《尊前》《金奁》等集。"[②]

5.《兰畹曲会》

北宋孔夷(方平)编。又名《兰畹曲集》《兰畹集》。洪迈《容斋随笔》云："《兰畹曲集》，任公谓书本名《曲会》，会即集也。后人用通俗之称改作'集'，又省云'曲'字耳。"清人高士奇曰："宋人选宋词，如曾慥《乐府雅词》、赵粹夫《阳春白雪》，以及《谪仙》《兰畹》诸集，皆名存书逸。"[③]此书自宋以来不见著录。

6.《梅苑》

南宋黄大舆于建炎三年己酉(1129)冬在蜀中编成。凡十卷，共录唐五代至北宋末南宋初咏梅词412首，是现存最早的咏物词选。黄大舆自序曰："己酉之冬，予抱疾山阳，三径扫迹，所居斋前更植梅一株，晦朔未逾，略已粲然。于是录唐以来词人才士之作，以为斋居之玩。目之曰《梅苑》者，诗人之义，托物取兴。屈原制骚，盛列芳草，今之所录，盖同一揆。"[④]可见黄氏论词已有尚雅趋向。

① 舍之《历代词选集叙录·尊前集》，见《词学》第一辑，华东师范大学出版社1981年版，第282～284页。

② 见唐圭璋等校点《唐宋人选唐宋词》"《金奁集》校点说明"，上海古籍出版社2004年版，第103页。

③ 周密辑，查为仁、厉鹗笺《绝妙好词笺·高士奇序》，中华书局1957年版，第3页。

④ 唐圭璋等校点《唐宋人选唐宋词》之《梅苑》卷首，上海古籍出版社2004年版，第195页。

7.《复雅歌词》

编者不详，题鲖阳居士序。凡五十卷，分前后两集，全书已佚。陈振孙《直斋书录解题》卷二一云："《复雅歌词》五十卷，题鲖阳居士序，不著姓名。末卷言宫词音律颇详，然多有调而无曲。"[①]黄升《中兴以来绝妙好词序》曰："长短句始于唐，盛于宋。唐词具载《花间集》，宋词多见于曾端伯所编。而《复雅》一集，又兼采唐宋，迄于宣和之季，凡四千三百余首。吁，亦备矣！"[②]可知该集为一部大型词选。

8.《谪仙集》

《宋史·艺文志》云："《谪仙集》十卷。勾龙震集古今人词，以李白为首。"[③]今佚。朱彝尊《词综·发凡》云："古词选本，若《家宴集》《谪仙集》《兰畹集》《复雅歌词》……皆轶不传。"[④]

9.《乐府雅词》

南宋曾慥据其家藏"名公长短句"选录，曾慥《乐府雅词引》署"绍兴丙寅"，可知成书于绍兴十六年(1146)。是书按词人排列，所收多为北宋及南渡名家词作。曾慥《乐府雅词引》曰："余所藏名公长短句，裒合成篇，或后或先，非有诠次；多是一家，难分优劣，涉谐谑则去之，名曰《乐府雅词》。"[⑤]该书选录欧阳修词数量最多。又曰："欧公一代儒宗，风流自命，词章幼眇，世所矜式；当时小人或作艳曲，谬为公词，今悉删除。凡三十又四家，虽女流亦不废。"[⑥]曾氏选词，以雅为尚，书中不录柳永、晏殊、晏几道、黄庭坚、秦观之词。

10.《群公词选》

南宋杨冠卿(1138—?)编选，肖鹏先生认为："该选编于孝宗淳熙十四年(1187)，系续曾慥《乐府雅词》而选。原书已佚，据《客亭类稿》卷七《群公乐府

① 陈振孙《直斋书录解题》，上海古籍出版社1987年版，第632页。

② 黄升《花庵词选》，中华书局1958年版，第156页。

③ 脱脱等《宋史·艺文志》，中华书局1977年版，第5402页。

④ 朱彝尊、汪森《词综》，上海古籍出版社1978年版，第11页。

⑤ 曾慥《乐府雅词引》，见唐圭璋等校点《唐宋人选唐宋词》，上海古籍出版社2004年版，第295页。

⑥ 曾慥《乐府雅词引》，见唐圭璋等校点《唐宋人选唐宋词》，上海古籍出版社2004年版，第295页。

序》，此选初刻共三帙，取寇准和范仲淹冠于篇首，余俱不详。”[①]

11.《聚兰集》

编辑者不详，该集选有苏轼词。南宋胡仔《苕溪渔隐丛话》后集卷三十九曾征引此书，今佚。

12.《麟角集》

编者及编选年代不详，书佚而仅存其名。元好问《新轩乐府引》引屋梁子之语云：“《麟角》《兰畹》《尊前》《花间》等集，传播里巷，子妇母女，交口教授，淫言媟语，深入骨髓，牢不可去，久而与之俱化。浮屠家谓笔墨劝淫，当下犁舌之狱。自知是巧，不知是业。”[②]此书不见宋人著录，故施蛰存认为：“疑是宋末坊贾伪托人之书，而盛行于元时者。”[③]

13.《乐府混成集》

南宋修内司编刊，大型的词谱兼词选，已佚。周密曾记载：“《混成集》，修内司所刊本，巨帙百余，古今歌词之谱，靡不具备。只大曲一类，凡数百解，他可知矣。”（《齐东野语》卷十）明《内阁藏书目》曾著录该书。明末王骥德曾见此书：“予在都门日，一友人携文渊阁所藏刻本《乐府大全》又名《乐府混成》一本见示，盖宋元时词语，即宋词，非曲谱。止林钟商一调中所载词至二百阕，皆生平所未见。以乐律推之，其书尚多，当得数十本。”（《曲律》卷四）

14.《草堂诗余》

编者不详。陈振孙《直斋书录解题》卷二一云：“《草堂诗余》二卷、《类分乐章》二十卷、《群公诗余前后编》二十二卷、《五十大曲》十六卷、《万曲类编》十卷，皆书坊编集者。”《四库全书总目》云：“考王楙《野客丛书》作于庆元间，已引《草堂诗余》张仲宗《满江红》词，证‘蝶粉蜂黄’之语，则此书在庆元以前矣。”[④]此书前后两集，各分上下卷。上集分春景、夏景、秋景、冬景四类；下集分节序、天文、地理、人物、人事、饮馔器用、花禽等七类。全书录词以北宋为

① 肖鹏《群体的选择——唐宋人词选与词人群通论》，凤凰出版社 2009 年版，第 305 页。

② 元好问《遗山先生文集》卷三十六，《四部丛刊》本。

③ 舍之《历代词选集叙录·麟角集》，见《词学》第二辑，华东师范大学出版社 1983 年版，第 235 页。

④ 《四库全书总目（整理本）》卷一九九，中华书局 1997 年版，第 2804 页。

多，选录作品较多的依次为周邦彦、秦观、苏轼、柳永、欧阳修等人。

15.《五十大曲》《万曲类编》

宋陈振孙《直斋书录解题》卷二一著录："《五十大曲》十六卷，《万曲类编》十卷，皆书坊编集者。"

16.《花庵词选》

南宋黄升编选。成书于宋理宗淳祐九年(1249)。全书凡二十卷，广搜博选，共录唐五代两宋词人 223 家词作 1285 首。前十卷为《唐宋诸贤绝妙词选》，卷一选唐五代词，其余九卷为宋词；后十卷为《中兴以来绝妙词选》，收南宋词人 89 家，集后附黄升本人词作 38 首。《中兴以来绝妙词选》有黄升自序，云："唐词具载《花间集》，宋词多见于曾端伯所编"，而"中兴以来，作者继出，及乎近世，人各有词，词各有体，知之而未见，见之而未尽者，不胜算也。暇日裒集，得数百家，名之曰《绝妙词选》。"①

17.《阳春白雪》

南宋赵闻礼编。该书分八卷、外集一卷，收录两宋词人 231 家，词作 671 首，另有 18 首无名氏词。前八卷多收婉约词作，如秦观、周邦彦等人词，外集多选张元幹、辛弃疾等人慷慨激昂的豪放词作。书名"阳春白雪"，意谓所选皆高雅之作。陈振孙《直斋书录解题》卷二一《阳春白雪》五卷注曰："赵粹夫编，取《草堂诗余》所遗以及近人之词。"②陈振孙约卒于景定二年(1261)，《阳春白雪》当于公元 1261 年以前成书。

18.《绝妙好词》

宋末周密晚年所辑。全书七卷，选录南宋词人 132 家，词作 384 首。周密选词崇尚清空、骚雅，故姜夔一派词人词作入选较多，如姜夔、史达祖、吴文英、王沂孙、李彭老等人选录词作均在 10 首以上。《四库全书总目》卷一九九谓此书"去取谨严，犹在曾慥《乐府雅词》、黄升《花庵词选》之上。又宋人词集，今多不传，并作者姓名，亦不尽见于世，零玑碎玉，皆赖此以存，于词选中

---

① 黄升《绝妙词选序》，见唐圭璋等校点《唐宋人选唐宋词》，上海古籍出版社 2004 年版，第 685 页。

② 陈振孙《直斋书录解题》，上海古籍出版社 1987 年版，第 633 页。原案："此条原本脱漏，今据《文献通考》补入。"

最为善本”。①

综合分析“表 1-2”“表 1-3”著录的唐宋词选信息，可以发现唐宋词选在明代的收藏、抄写、刊刻情况很不平衡，不少唐宋词选在元明之际已经失传或处于濒临失传的状态；有些词集虽被多次著录或藏抄，但处于“雪藏”状态，没有引起明人的注意和兴趣；还有一些词集则多次著录和刊刻，流播广远，成为明代词坛关注的热点。分述如下：

1. 不少唐宋词选在明代已经失传或濒临失传

《兰畹曲会》《聚兰集》《麟角集》《谪仙集》《复雅歌词》《群公诗余》等词选不见明人著录，或已失传。《家宴集》(《家燕词》)、《乐府混成集》《五十大曲》《万曲类编》明代藏书目录虽有著录，但当时已罕见流传，处于濒临失传的状态，入清以后便不见著录了。

2. 受到“追捧”的《花间集》《草堂诗余》《花庵词选》等词选

从表中提供的信息可以看到：《花间集》《草堂诗余》被明人书目分别著录 7 次和 12 次，2 种词选分别被明代词集丛编收录 4 次和 3 次，著录频率明显较高，可见其受明人欢迎的程度。②《花庵词选》《尊前集》也被多次著录、刊刻或传抄，流传较广，如《唐宋诸贤绝妙词选》今存明万历四年(1576)舒伯明刻本，万历四十二年(1614)秦堣刻本，明毛晋汲古阁《词苑英华》本，毛晋汲古阁影宋钞本(三卷)；《中兴以来绝妙词选》今存万历二年(1574)舒伯明刻本，万历四十二年(1614)秦堣刻本，毛晋汲古阁《词苑英华》本。《尊前集》则有明吴讷《唐宋名贤百家词》本，明吴宽手钞本，明宣城梅鼎祚钞本，明万历十年(1582)顾梧芳刻本，毛晋汲古阁《词苑英华》本等。

3. 遭受“冷遇”的《乐府雅词》《绝妙好词》《阳春白雪》等词选

明人极少提及《乐府雅词》《绝妙词选》《阳春白雪》《梅苑》等宋人词选，这些词选似乎在明代失传了，其实不然，这些词选在明人藏书目录中被著录的次数并不少，并非难睹之秘本。此外，明代有的词选曾参考或引录上述词选，如明嘉靖、万历间陈耀文编纂《花草粹编》，曾采用的唐宋词集文献有：《花间

① 《四库全书总目(整理本)》卷一九九，中华书局 1997 年版，第 2805 页。

② 有关明代《草堂诗余》与《花间集》的版本情况，下节再予以介绍。

集》《尊前集》《兰畹曲会》《聚兰集》《梅苑》《乐府雅词》《复雅歌词》《草堂诗余》《花庵词选》等。

《梅苑》明人书目著录7次，如明杨士奇《文渊阁书目》、叶盛《菉竹堂书目》、李廷相《蒲汀李先生家藏书目》、赵琦美《脉望馆书目》等均有著录，但在明代词坛没有产生什么影响。

《阳春白雪》明代书目著录7次，然今存之清鲍氏知不足斋钞本、《宛委别藏》本、《词学丛书》本、《粤雅堂丛书》本、清道光十年(1830)清吟阁刻本等皆出自元代赵孟頫草书钞本。《阳春白雪》在明代处于藏而不传的状态。

《乐府雅词》宋刻本早佚。明人书目著录4次，现今流传诸本如《四库全书》本，《词学丛书》本，《粤雅堂丛书》本、《四部丛刊》本、《丛书集成初编》本皆源自明钞本。明人对《草堂诗余》《花间集》等词选趋之若骛，一刻再刻，《乐府雅词》有钞本传世却无人刊刻。

《绝妙好词》辑成于入元之后，张炎《词源》卷下记载当时该书刻本难以见到，“惜此板不存，恐墨本亦有好事者藏之”。[①] 此书原刻，在元明两代湮没无闻。明代书目著录4次，如晚明董其昌《玄赏斋书目》著录唐宋词选7种，除《阳春白雪》外，现存的唐宋词选都在其中。《绝妙好词》清初始有钱曾秘藏之元钞本和毛氏汲古阁藏精钞本为世人所知。

如果考察明代编刊《草堂诗余》与唐宋词选的具体词作篇目，也可以印证上面的观点。

明代流行的《草堂诗余》，主要有分类本与分调本二大系列。明初有洪武二十五年壬申(1392)遵正书堂刊本，该书是在南宋刊本的基础上增补并加笺注而成，故题曰《增修笺注妙选群英草堂诗余》。嘉靖二十九年(1550)顾从敬编刊《类编草堂诗余》(四卷)，在旧本《草堂诗余》的基础上增补了一些词作并将按题材分类编排的体例改为按小令、中调、长调编排，此本问世后影响甚大，后出之分调本《草堂诗余》多据此增删改编。该书卷首何良俊《草堂诗余序》曰：“是编乃其家藏宋刻本，比世所行本多七十余调，是不可以不传。”既然该书编纂参考了“宋刻”词集，自然也应当包括唐宋词选在内，下文“表1-4”便

① 张炎《词源》，见唐圭璋《词话丛编》，中华书局1986年版，第266页。

对顾本《草堂诗余》所录词作篇目与唐宋词选所录词作中相同者予以标示和统计，以便考察该书与唐宋词选的内在关联。

表 1-4 顾本《草堂诗余》与唐宋词选选录篇目对照表

顾从敬《类编草堂诗余》			唐宋词选									
词调名	首句	作者	洪武本草堂	花间集	尊前集	金奁集	梅苑	乐府雅词	唐宋诸贤	中兴绝妙	阳春白雪	绝妙好词
捣练子	心耿耿	无名氏	●									
忆王孙	萋萋芳草忆王孙	李重元	●						●			
忆王孙	风蒲猎猎小池塘	李重元							●			
忆王孙	同云风扫雪初晴	李重元							●			
如梦令	门外绿阴千顷	曹　组	●					●	●			
如梦令	莺嘴啄花红溜	无名氏	●									
如梦令	池上春归何处	秦　观	●									
如梦令	昨夜雨疏风骤	李清照	●					●	●			
如梦令	楼外残阳红满	秦　观	●									
如梦令	冬夜月明如水	秦　观										
长相思	红满枝	无名氏	●									
长相思	一重山	邓　肃	●									
长相思	天悠悠	黄　升								●		
长相思	汴水流	白居易							●			
长相思	短长亭	万俟咏							●			
生查子	金鞍美少年	晏几道	●						●			
生查子	含羞整翠鬟	欧阳修	●					●	●			
点绛唇	红杏飘香	苏　轼	●									
点绛唇	春雨濛濛	无名氏	●									
点绛唇	莺踏花翻	无名氏	●									
点绛唇	高柳蝉嘶	汪　藻	●									
点绛唇	新月娟娟	汪　藻	●						●			
点绛唇	金谷年年	林　逋	●						●			
浣溪沙	水涨鱼天拍柳桥	无名氏	●									

续表

顾从敬《类编草堂诗余》			唐宋词选									
词调名	首句	作者	洪武本草堂	花间集	尊前集	金奁集	梅苑	乐府雅词	唐宋诸贤	中兴绝妙	阳春白雪	绝妙好词
浣溪沙	小院闲窗春色深	李清照	●					●				
浣溪沙	楼上晴天碧四垂	周邦彦	●					●				
浣溪沙	鹜外红绡一缕霞	贺　铸						●	●			
浣溪沙	湖上朱桥响画轮	欧阳修	●					●	●			
浣溪沙	雨过残红湿未飞	周邦彦	●					●				
浣溪沙	手卷真珠上玉钩	李　璟	●		●			●	●			
浣溪沙	风压轻云贴水飞	苏　轼	●									
浣溪沙	一曲新词酒一杯	晏　殊	●									
浣溪沙	青杏园林煮酒香	晏殊/欧阳修	●					●	●			
浣溪沙	楼倚江边百尺高	张　先						●	●			
浣溪沙	锦帐重重卷暮霞	秦　观	●									
浣溪沙	水满池塘花满枝	赵令畤	●									
浣溪沙	日射欹红蜡蒂香	周邦彦	●					●				
浣溪沙	翠葆参差竹径成	周邦彦	●					●				
浣溪沙	菡萏香消翠叶残	李　璟			●							
浣溪沙	新妇矶头眉黛愁	黄庭坚										
浣溪沙	堤上游人逐画船	欧阳修	●					●	●			
菩萨蛮	南园满地堆轻絮	温庭筠	●	●	●				●			
菩萨蛮	平林漠漠烟如织	李　白	●		●				●			
菩萨蛮	蛩声泣露惊秋枕	秦　观	●						●			
菩萨蛮	金风簌簌惊黄叶	无名氏	●									
菩萨蛮	南山未解松梢雪	黄　升	●							●		
菩萨蛮	楼头尚有三通鼓	孙巨源							●			
菩萨蛮	哀筝一弄湘江曲	晏几道	●									
诉衷情	涌金门外小瀛洲	僧仲殊	●						●			
丑奴儿令	辘轳金井梧桐晚	李　煜										

续表

顾从敬《类编草堂诗余》			唐宋词选									
词调名	首句	作者	洪武本草堂	花间集	尊前集	金奁集	梅苑	乐府雅词	唐宋诸贤	中兴绝妙	阳春白雪	绝妙好词
丑奴儿令	冯夷剪破澄溪练	康与之	●							●		
卜算子	春透水波明	秦　湛	●						●			
卜算子	胸中千种愁	徐　俯							●			
卜算子	有意送春归	僧皎如晦	●						●			
卜算子	缺月挂疏桐	苏　轼	●						●			
好事近	叶暗乳鸦啼	蒋子云	●					●	●			
忆秦娥	春寂寞	康与之	●							●		
忆秦娥	花深深	郑文妻	●								●	
忆秦娥	箫声咽	李　白	●						●			
忆秦娥	云垂幕	朱　熹	●							●		
忆秦娥	香馥馥	无名氏	●									
谒金门	愁脉脉	陈　克	●					●	●			
谒金门	鸳鸯浦	张元干	●									
谒金门	空相忆	韦　庄	●	●		●			●			
谒金门	春雨足	无名氏	●									
谒金门	风乍起	冯延巳	●		●				●			
清平乐	春风依旧	赵令畤	●					●	●			
清平乐	深沉院宇	晁端礼							●			
清平乐	悠悠扬扬	孙道绚							●			
更漏子	玉炉香	温庭筠	●	●	●	●			●			
阮郎归	东风吹水日衔山	冯延巳	●					●				
阮郎归	南园春半踏青时	冯延巳	●					●	●			
阮郎归	春风吹雨绕残枝	无名氏										
阮郎归	西园风暖落花时	苏　庠							●			
阮郎归	绿槐新柳咽新蝉	苏　轼	●						●			
阮郎归	柳阴庭馆占风光	曾　觌	●							●		

续表

顾从敬《类编草堂诗余》			唐宋词选									
词调名	首句	作者	洪武本草堂	花间集	尊前集	金奁集	梅苑	乐府雅词	唐宋诸贤	中兴绝妙	阳春白雪	绝妙好词
阮郎归	湘天风雨破寒初	秦　观	●						●			
阮郎归	歌停檀板舞停鸾	黄庭坚	●									
画堂春	落红铺径水平池	秦　观	●						●			
画堂春	东风吹柳日初长	秦　观	●						●			
武陵春	风住尘香花已尽	李清照	●									
青衫湿	南朝千古伤心地	吴　激								●		
海棠春	流莺窗外啼声巧	无名氏	●									
浪淘沙	蹙损远山眉	康与之	●							●		
浪淘沙	帘外雨潺潺	李　煜	●						●			
浪淘沙	把酒祝东风	欧阳修	●					●				
锦堂春	楼上萦帘弱絮	赵令畤	●						●			
朝中措	平山栏槛倚晴空	欧阳修						●	●			
眼儿媚	杨柳丝丝弄轻柔	无名氏	●					●				
眼儿媚	楼上黄昏杏花寒	阮　阅	●						●			
贺圣朝	满斟绿醑留君住	叶清臣	●									
柳梢青	岸草平沙	僧仲殊	●						●			
柳梢青	子规啼血	蔡　伸	●									
柳梢青	有个人人	无名氏	●									
西江月	凤额绣帘高卷	柳　永	●									
西江月	照野弥弥浅浪	苏　轼	●						●			
西江月	点点楼前细雨	苏　轼	●						●			
西江月	世事短如春梦	朱敦儒	●							●		
西江月	断送一生惟有	黄庭坚	●									
西江月	玉骨那愁瘴雾	苏　轼	●				●					
桃源忆故人	碧纱影弄东风晓	欧阳修	●									
桃源忆故人	玉楼深锁薄情种	秦　观	●									

续表

顾从敬《类编草堂诗余》			唐宋词选									
词调名	首句	作者	洪武本草堂	花间集	尊前集	金奁集	梅苑	乐府雅词	唐宋诸贤	中兴绝妙	阳春白雪	绝妙好词
探春令	绿杨枝上晓莺啼	无名氏	●									
少年游	并刀如水	周邦彦	●					●				
少年游	霁霞散晓月犹明	林　仰							●			
青门引	乍暖还轻冷	张　先	●					●	●			
醉花阴	薄雾浓云愁永昼	李清照	●					●	●			
南柯子	山与歙眉敛	苏　轼	●									
南柯子	十里青山远	僧仲殊							●			
怨王孙	梦断漏悄	无名氏	●									
怨王孙	帝里春晚	李清照										
鹧鸪天	紫禁烟花一万重	向子諲	●					●	●			
鹧鸪天	着意寻春懒便回	辛弃疾	●							●		
鹧鸪天	枝上流莺和泪闻	无名氏	●									
鹧鸪天	枕簟溪堂冷欲秋	辛弃疾								●		
鹧鸪天	黄菊枝头破晓寒	黄庭坚	●									
鹧鸪天	检尽历头冬又残	朱敦儒								●		
鹧鸪天	西塞山边白鹭飞	黄庭坚	●						●			
鹧鸪天	彩袖殷勤捧玉钟	晏几道	●						●			
玉楼春	小楼半夜东风转	毛　滂	●					●	●			
玉楼春	东城渐觉风光好	宋　祁	●						●			
玉楼春	绿杨芳草长亭路	晏　殊	●						●			
玉楼春	弄晴数点梨梢雨	谢　逸	●					●	●			
玉楼春	家临长信往来道	温庭筠	●									
玉楼春	日照玉楼花似锦	欧阳炯	●		●				●			
玉楼春	城上风光莺语乱	钱惟演							●			
玉楼春	晚妆初了明肌雪	李　煜	●		●							
玉楼春	桃溪不作从容住	周邦彦	●									

续表

顾从敬《类编草堂诗余》			唐宋词选									
词调名	首句	作者	洪武本草堂	花间集	尊前集	金奁集	梅苑	乐府雅词	唐宋诸贤	中兴绝妙	阳春白雪	绝妙好词
玉楼春	妖冶风情天与措	欧阳修	●									
玉楼春	秋千院落重帘幕	晏几道	●									
木兰花令	都城水绿嬉游处	贾昌朝	●						●			
木兰花令	沉檀烟起盘红雾	徐昌图	●		●				●			
鹊桥仙	纤云弄巧	秦　观	●									
鹊桥仙	钩帘借月	谢　懋	●							●		
虞美人	落花已作风前舞	叶梦得	●					●		●		
虞美人	波声拍枕长淮晓	苏　轼	●									
虞美人	春花秋月何时了	李　煜	●		●				●			
南乡子	晨色动妆楼	周邦彦	●									
南乡子	万籁寂无声	黄　升	●							●		
南乡子	霜降水痕收	苏　轼	●						●			
南乡子	晓日压重檐	无名氏	●					●				
南乡子	生怕倚阑干	潘　牥	●							●		●
雨中花	百尺清泉声陆续	王　观	●						●			
醉落魄	红牙板歇	无名氏	●									
醉落魄	云轻柳弱	张　先	●					●	●			
梅花引	晓风酸	万俟咏	●						●			
踏莎行	临水夭桃	黄庭坚	●						●			
踏莎行	雾失楼台	秦　观	●						●			
踏莎行	春色将阑	寇　准	●					●	●			
踏莎行	小径红稀	晏　殊							●			
踏莎行	候馆梅残	欧阳修	●					●	●			
小重山	谁劝东风腊里来	李邴/毛滂	●							●		
小重山	楼上风和玉漏迟	赵令畤	●					●				
小重山	春入神京万木芳	和　凝	●	●					●			

续表

顾从敬《类编草堂诗余》			唐宋词选									
词调名	首句	作者	洪武本草堂	花间集	尊前集	金奁集	梅苑	乐府雅词	唐宋诸贤	中兴绝妙	阳春白雪	绝妙好词
小重山	一闭昭阳春又春	韦　庄	●	●		●			●			
小重山	花过园林清阴浓	沈　蔚	●					●	●			
小重山	月下潮生红蓼汀	汪　藻	●					●				
小重山	花样妖娆柳样柔	宋丰之	●									
一剪梅	红藕香残玉簟秋	李清照	●					●	●			
临江仙	巧剪合欢罗胜子	贺　铸	●						●			
临江仙	绿暗汀洲三月暮	无名氏	●									
临江仙	柳外轻雷池上雨	欧阳修	●					●				
临江仙	烟柳疏疏人悄悄	李知几	●							●		
临江仙	金锁重门荒苑静	鹿虔扆	●	●					●			
临江仙	忆昔午桥桥上饮	陈与义	●							●	●	
蝶恋花	谁向椒盘簪彩胜	辛弃疾	●							●		
蝶恋花	欲减罗衣寒未去	赵令畤	●					●	●			
蝶恋花	遥夜亭皋闲信步	李　冠							●			
蝶恋花	花褪残红青杏小	苏　轼	●						●			
蝶恋花	帘幕风轻双语燕	晏　殊	●					●				
蝶恋花	庭院深深深几许	欧阳修	●					●	●			
蝶恋花	卷絮风头寒欲尽	赵令畤							●			
蝶恋花	庭院碧苔红叶遍	晏几道	●						●			
蝶恋花	月皎惊乌栖不定	周邦彦	●						●			
蝶恋花	梦断池塘惊乍晓	俞克成	●									
蝶恋花	海燕双来归画栋	欧阳修	●					●	●			
蝶恋花	钟送黄昏鸡报晓	王　诜	●						●			
蝶恋花	春事阑珊芳草歇	苏　轼	●									
唐多令	芦叶满汀洲	刘　过								●	●	
苏幕遮	碧云天	范仲淹							●			

续表

顾从敬《类编草堂诗余》			唐　宋　词　选									
词调名	首句	作者	洪武本草堂	花间集	尊前集	金奁集	梅苑	乐府雅词	唐宋诸贤	中兴绝妙	阳春白雪	绝妙好词
苏幕遮	陇云沉	无名氏	●									
渔家傲	平岸小桥千嶂抱	王安石	●					●	●			
渔家傲	几日轻阴寒恻恻	周邦彦										
渔家傲	塞下秋来风景异	范仲淹							●			
渔家傲	十月小村梅蕊绽	欧阳修	●					●	●			
渔家傲	秋水无痕清见底	谢　逸	●						●			
渔家傲	钓笠披云青嶂绕	张元幹										
醉春风	陌上清明近	无名氏	●					●				
品令	风舞团团饼	黄庭坚	●									
行香子	北望平川	苏　轼	●									
声声令	帘移碎影	无名氏	●									
锦缠道	燕子呢喃	无名氏	●									
风中柳	销减芳容	孙夫人										
凤凰阁	遍园林绿暗	无名氏	●									
青玉案	一年春事都来几	无名氏	●									
青玉案	凌波不过横塘路	贺　铸	●					●	●			
青玉案	碧空黯淡同云绕	陈　瓘	●					●	●			
青玉案	人生南北如歧路	无名氏	●									
天仙子	水调数声持酒听	张　先	●					●	●			
天仙子	景物因人成胜概	沈　蔚	●						●			
江城子	杏花村馆酒旗风	谢　逸	●						●			
江城子	天涯流落思无穷	苏　轼	●						●			
江城子	西城杨柳弄春柔	秦　观	●						●			
千秋岁	水边沙外	秦　观	●						●			
千秋岁	楝花飘砌	谢　逸	●						●			
千秋岁	塞垣秋草	辛弃疾	●							●		

续表

顾从敬《类编草堂诗余》			唐宋词选									
词调名	首句	作者	洪武本草堂	花间集	尊前集	金奁集	梅苑	乐府雅词	唐宋诸贤	中兴绝妙	阳春白雪	绝妙好词
风入松	一宵风雨送春归	康与之	●							●	●	
隔浦莲	新篁摇动翠葆青	周邦彦	●					●	●			
何满子	怅望浮生急景	孙巨源	●						●			
传言玉女	一夜东风	晁冲之	●					●	●			
解蹀躞	候馆丹枫	周邦彦	●						●			
诉衷情近	景阑昼永	柳　永	●									
祝英台近	宝钗分	辛弃疾	●							●	●	●
侧犯	暮霞霁雨	周邦彦	●						●			
四园竹	浮云护月	周邦彦										
御街行	纷纷坠叶飘香砌	范仲淹										
过涧歇	淮楚	柳　永	●									
阳关引	塞草烟光阔	寇　准	●									
红林檎近	风雪惊初霁	周邦彦										
红林檎近	高柳春才软	周邦彦	●									
金人捧露盘	记神京	曾　觌	●							●		
斗百花	煦色韶光明媚	柳　永	●									
新荷叶	雨过回塘	赵　抃										
瓜茉莉	每到秋来	柳　永										
蓦山溪	鸳鸯翡翠	黄庭坚	●						●		●	
蓦山溪	青眉如豆	张东父	●							●		
蓦山溪	海棠枝上	易　祓	●							●		
蓦山溪	壶山居士	宋自逊	●							●		
蓦山溪	洗妆真态	曹　组	●				●		●			
千秋岁引	别馆寒砧	王安石	●						●			
早梅芳	花竹深	周邦彦	●									
满路花	金花落烬灯	周邦彦	●									

续表

顾从敬《类编草堂诗余》			唐　宋　词　选									
词调名	首句	作者	洪武本草堂	花间集	尊前集	金奁集	梅苑	乐府雅词	唐宋诸贤	中兴绝妙	阳春白雪	绝妙好词
满路花	帘烘泪雨干	周邦彦										
蕙兰芳引	寒莹晚空	周邦彦	●									
华胥引	川源澄映	周邦彦	●									
洞仙歌	雪云散尽	李元膺	●						●		●	
洞仙歌	冰肌玉骨	苏　轼	●						●		●	
洞仙歌	青烟幂处	晁补之	●					●	●		●	
洞仙歌	廉纤细雨	李元膺	●					●	●			
洞仙歌	飞梁压水	林　外	●									
江城梅花引	娟娟霜月冷侵门	程　垓	●								●	
八六子	倚危亭	秦　观	●									
鱼游春水	秦楼东风里	无名氏	●									
夏云峰	宴堂深	柳　永	●									
东风齐著力	残腊收寒	胡浩然	●									
法曲献仙音	蝉咽凉柯	周邦彦	●									
意难忘	衣染莺黄	周邦彦	●					●	●			
塞翁吟	暗叶啼风雨	周邦彦	●									
满江红	春水连天	张元幹	●							●		
满江红	东武南城	晁补之	●						●			
满江红	昼日移阴	周邦彦										
满江红	惨结秋阴	赵　鼎	●							●		
满江红	斗帐高眠	无名氏	●									
满江红	东里先生	吕本中	●							●		
满江红	恼杀行人	康与之	●									
尾犯	夜雨滴空阶	柳　永	●									
玉漏迟	杏香飘禁苑	韩嘉彦	●									
六幺令	快风收雨	周邦彦	●									

续表

顾从敬《类编草堂诗余》			唐宋词选									
词调名	首句	作者	洪武本草堂	花间集	尊前集	金奁集	梅苑	乐府雅词	唐宋诸贤	中兴绝妙	阳春白雪	绝妙好词
扫地花	晓阴翳日	周邦彦										
天香	霜瓦鸳鸯	王　观	●					●				
天香	漠漠江皋	刘方叔										
燕春台	丽日千门	张　先	●					●			●	
满庭芳	晓色云开	秦　观	●						●			
满庭芳	风老莺雏	周邦彦	●					●	●			
满庭芳	碧水澄秋	秦　观							●			
满庭芳	霜幕风帘	康与之										
满庭芳	山抹微云	秦　观	●						●			
满庭芳	香叆雕盘	苏　轼	●									
满庭芳	蜗角虚名	苏　轼	●									
满庭芳	潇洒佳人	胡浩然										
满庭芳	红蓼花繁	秦　观	●									
凤凰台上忆吹箫	香冷金猊	李清照	●					●	●			
水调歌头	春事能几许	刘　过								●		
水调歌头	瑶草一何碧	黄庭坚							●			
水调歌头	明月几时有	苏　轼	●						●			
水调歌头	今日我重九	韩元吉	●							●		
水调歌头	江山自雄丽	张孝祥								●		
水调歌头	落日绣帘卷	苏　轼							●			
烛影摇红	双阙中天	张　抡	●							●		
烛影摇红	梅雪初消	吴大年	●							●		
烛影摇红	香脸轻匀	周邦彦	●					●	●			
烛影摇红	乳燕穿帘	无名氏	●									
塞垣春	暮色分平野	周邦彦										

续表

顾从敬《类编草堂诗余》			唐宋词选									
词调名	首句	作者	洪武本草堂	花间集	尊前集	金奁集	梅苑	乐府雅词	唐宋诸贤	中兴绝妙	阳春白雪	绝妙好词
倦寻芳	露晞向晓	王　雱	●					●	●			
倦寻芳	兽环半掩	潘　汾							●		●	
黄莺儿	园林晴昼春谁主	柳　永	●									
汉宫春	云海沉沉	康与之	●							●		
汉宫春	暖律初回	京　镗	●							●		
汉宫春	潇洒江梅	李邴/晁冲之	●				●			●		
声声慢	梅黄金重	无名氏	●					●				
醉蓬莱	问春风何事	叶梦得	●					●		●		
醉蓬莱	望晴峰染黛	谢　薖							●			
帝台春	芳草碧色	李景元	●					●	●			
八声甘州	有情风万里卷潮来	苏　轼	●									
八声甘州	谓东坡未老赋归来	晁补之	●					●				
夏初临	泛水新荷	刘巨济	●									
庆清朝慢	调雨为酥	王　观							●		●	
玲珑四犯	秾李夭桃	周邦彦	●									
双双燕	过春社了	史达祖	●							●	●	●
孤鸾	天然标格	无名氏	●									
琐窗寒	暗柳啼鸦	周邦彦	●								●	
高阳台	红入桃腮	王　观	●								●	
金菊对芙蓉	桐叶飘黄	康与之	●									
金菊对芙蓉	远水生光	辛弃疾	●									
金菊对芙蓉	花则一名	无名氏	●									
玉蝴蝶	目断江南千里	晁冲之							●			
玉蝴蝶	渐觉东郊明媚	柳　永							●			

续表

顾从敬《类编草堂诗余》			唐宋词选									
词调名	首句	作者	洪武本草堂	花间集	尊前集	金奁集	梅苑	乐府雅词	唐宋诸贤	中兴绝妙	阳春白雪	绝妙好词
玉蝴蝶	望处云收雨断	柳　永	●						●			
玉蝴蝶	唤起一襟凉思	高观国								●		
渡江云	晴岚低楚甸	周邦彦	●						●		●	
绛都春	融合又报	丁先现	●									
绛都春	和风乍扇	刘叔安										
绛都春	寒阴渐晓	无名氏	●									
念奴娇	萧条庭院	李清照	●						●		●	
念奴娇	杏花过雨	沈公述	●						●			
念奴娇	野棠花落	辛弃疾	●							●	●	
念奴娇	故园避暑	僧仲殊	●									
念奴娇	凭高眺远	苏　轼	●									
念奴娇	洞庭波冷	叶梦得	●					●		●		
念奴娇	断虹霁雨	黄庭坚	●									
念奴娇	玉楼绛气	范端臣	●									
念奴娇	插天翠柳	朱敦儒	●									
念奴娇	寻常三五	范端臣	●									
念奴娇	素光练静	李邴/徐俯	●					●				
念奴娇	素娥睡起	姚孝宁	●									
念奴娇	海天向晚	韩　驹	●									
念奴娇	朔风吹雨	张孝祥								●		
念奴娇	大江东去	苏　轼	●						●			
念奴娇	洞庭青草	张孝祥								●		
念奴娇	晚风吹雨	辛弃疾	●							●		
念奴娇	别离情绪	朱敦儒	●									

续表

顾从敬《类编草堂诗余》			唐宋词选									
词调名	首句	作者	洪武本草堂	花间集	尊前集	金奁集	梅苑	乐府雅词	唐宋诸贤	中兴绝妙	阳春白雪	绝妙好词
念奴娇	旧游何处	赵鼎臣										
念奴娇	嗟来咄去	郑中卿										
念奴娇	见梅惊笑	朱敦儒								●		
念奴娇	水枫叶下	僧仲殊	●						●			
绕佛阁	暗尘四敛	周邦彦	●									
解语花	风销焰蜡	周邦彦	●								●	
庆春泽	灯火烘春	刘叔安	●							●		
万年欢	灯月交光	胡浩然	●									
玉烛新	溪源新腊后	周邦彦	●				●					
木兰花慢	算秋来景物	京　镗	●							●		
桂枝香	梧桐雨细	张　辑	●							●	●	●
桂枝香	登临送目	王安石	●					●	●			
忆旧游	记愁横浅黛	周邦彦	●								●	
水龙吟	摩诃池上追游路	陆　游	●							●		
水龙吟	闹花深处层楼	陈　亮	●							●		●
水龙吟	弄晴台馆收烟候	刘叔安	●							●		
水龙吟	小楼连苑横空	秦　观	●						●			
水龙吟	渡江天马南来	辛弃疾	●							●		
水龙吟	楚山修竹如云	苏　轼	●						●			
水龙吟	素肌应怯余寒	周邦彦	●					●			●	
水龙吟	燕忙莺懒芳残	章质夫	●						●			
水龙吟	似花还是非花	苏　轼	●						●			
瑞鹤仙	瑞烟浮禁苑	康与之	●							●		
瑞鹤仙	脸霞红印枕	陆　淞	●									●

续表

顾从敬《类编草堂诗余》			唐宋词选									
词调名	首句	作者	洪武本草堂	花间集	尊前集	金奁集	梅苑	乐府雅词	唐宋诸贤	中兴绝妙	阳春白雪	绝妙好词
瑞鹤仙	悄郊原带郭	周邦彦	●									
瑞鹤仙	环滁皆山也	黄庭坚										
庆春宫	云接平冈	周邦彦	●					●				
拜星月慢	夜色催更	周邦彦	●									
石州慢	寒水依痕	张元幹	●							●		
昼锦堂	雨洗桃花	无名氏	●									
南浦	风悲画角	鲁逸仲										
氐州第一	波落寒汀	周邦彦	●									
宴清都	细草沿阶软	何　籀										
宴清都	地僻无钟鼓	周邦彦	●								●	
齐天乐	疏疏几点黄梅雨	杨无咎	●									
花犯	粉墙低	周邦彦	●				●	●	●		●	
喜迁莺	谯门残月	史　浩	●									
喜迁莺	银蟾光彩	吴子和	●							●		
喜迁莺	梅霖初歇	黄　裳	●					●				
喜迁莺	腊残春早	康与之	●							●		
春云怨	春风恶劣	冯伟寿	●							●		
春从天上来	海角飘零	吴　激	●							●		
绮罗香	做冷欺花	史达祖	●							●	●	●
雨霖铃	寒蝉凄切	柳　永							●			
永遇乐	风暖莺娇	解　昉	●						●			
送我入门来	荼垒安扉	胡浩然	●									
归朝欢	听得提壶沽美酒	马子严	●							●		
归朝欢	声转辘轳闻露井	张　先										

续表

顾从敬《类编草堂诗余》			唐宋词选									
词调名	首句	作者	洪武本草堂	花间集	尊前集	金奁集	梅苑	乐府雅词	唐宋诸贤	中兴绝妙	阳春白雪	绝妙好词
花心动	仙苑春浓	阮逸女	●						●			
潇湘逢故人慢	薰风微动	王安礼	●					●				
应天长	条风布暖	周邦彦	●								●	
应天长	管弦绣陌	康与之	●							●		
尉迟杯	隋堤路	周邦彦	●									
西河	佳丽地	周邦彦	●						●			
春霁	迟日融合	胡浩然	●									
秋霁	虹影侵阶	无名氏	●									
秋霁	壬戌之秋	无名氏										
解连环	怨怀难托	周邦彦	●						●			
二郎神	闷来弹鹊	徐　伸	●					●	●			
二郎神	炎光谢	柳　永	●						●			
望远行	长空降瑞	柳　永	●									
望梅	小寒时节	无名氏										
倾杯乐	禁漏花深	柳　永	●									
望湘人	厌莺声到枕	贺　铸	●						●			
望海潮	梅英疏淡	秦　观	●									
望海潮	东南形胜	柳　永	●								●	
望海潮	山光凝翠	沈　唐							●			
夜飞鹊	河桥送人处	周邦彦	●									
薄倖	淡妆多态	贺　铸	●					●	●			
大圣乐	千朵奇峰	无名氏	●									
风流子	东风吹碧草	秦　观	●						●			
风流子	亭皋木叶下	张　耒	●						●			

续表

顾从敬《类编草堂诗余》			唐宋词选									
词调名	首句	作者	洪武本草堂	花间集	尊前集	金奁集	梅苑	乐府雅词	唐宋诸贤	中兴绝妙	阳春白雪	绝妙好词
风流子	枫林凋晚叶	周邦彦						●	●			
风流子	新绿小池塘	周邦彦	●					●	●			
霜叶飞	露迷衰草	周邦彦	●									
女冠子	帝城三五	李　邴	●									
女冠子	淡烟飘薄	柳　永	●									
女冠子	火云初布	柳　永										
女冠子	同云密布	无名氏	●									
过秦楼	水浴清蟾	周邦彦	●						●		●	
惜余春慢	弄月余花	鲁逸仲	●						●		●	
丹凤吟	迤逦春光无赖	周邦彦	●									
沁园春	三径初成	辛弃疾	●							●		
摸鱼儿	更能消几番风雨	辛弃疾	●							●	●	●
摸鱼儿	买陂塘旋栽杨柳	晁补之	●					●	●			
贺新郎	篆缕销金鼎	李　玉	●						●		●	
贺新郎	睡起流莺语	叶梦得	●					●		●		
贺新郎	乳燕飞华屋	苏　轼	●						●			
贺新郎	昼永重帘卷	赵善扛	●							●		
贺新郎	翠葆摇新竹	刘方叔	●									
贺新郎	深院榴花吐	刘克庄	●							●	●	
贺新郎	思远楼前路	甄龙友	●									
贺新郎	灵鹊桥初就	宋自逊	●							●		
贺新郎	步自雪堂去	无名氏										
贺新郎	睡觉啼莺晓	刘　过	●							●		

续表

顾从敬《类编草堂诗余》			唐宋词选									
词调名	首句	作者	洪武本草堂	花间集	尊前集	金奁集	梅苑	乐府雅词	唐宋诸贤	中兴绝妙	阳春白雪	绝妙好词
贺新郎	瑞气笼清晓	辛弃疾										
金明池	琼苑金池	无名氏	●									
白苎	绣帘垂	紫　姑	●									
十二时	晚晴初	柳　永										
兰陵王	卷珠箔	张元幹	●							●		
兰陵王	柳阴直	周邦彦	●					●	●			
瑞龙吟	章台路	周邦彦	●					●	●		●	
大酺	对宿烟收	周邦彦									●	
浪淘沙慢	晓阴重	周邦彦	●									
玉女摇仙佩	飞琼伴侣	柳　永	●									
多丽	想人生	聂冠卿	●						●			
六丑	正单衣试酒	周邦彦	●								●	
宝鼎现	夕阳西下	范　周	●					●				
三台	见梨花初带夜月	万俟咏	●						●			
哨遍	为米折腰	苏　轼	●						●			
戚氏	晚秋天	柳　永										
顾本《草堂》与唐宋词选相同词作篇数			365	6	10	3	5	79	169	72	35	8

（说明：《草堂诗余》宋刊本已佚，明初洪武本与宋本原貌相对接近，故表 1-4 将之纳入“唐宋词选”栏内予以比照；顾本所录词之作者多有误题，表中已予以订正；顾本与其他唐宋词选皆录之词用●标示。洪武本《草堂诗余》共录词 367 首，顾从敬《类编草堂诗余》删落了其中的 2 首，故表 1-4《草堂诗余》录词数目显示为 365 首。）

从表 1-4 提供的相关信息可以看出，顾从敬《类编草堂诗余》共录词 443 首，其词作较洪武本《草堂诗余》多出 76 首。《草堂诗余》以选录北宋词为主，顾本与《花间集》《尊前集》《金奁集》中词篇相同者不到 20 首，并不足为奇，值得注意的是，顾本与《花庵词选》(《唐宋诸贤绝妙词选》与《中兴以来绝妙词选》)词作相同者多达241首，已超过顾本录词数量的二分之一，显示出明人编纂《草堂诗余》与《花庵词选》的密切关系。顾本与《乐府雅词》词作相同者79首，与《阳春白雪》相同者35首，与《绝妙好词》相同者仅8首，可以看出明编《草堂诗余》与《阳春白雪》《绝妙好词》等词选的明显疏离。

明人为何对唐宋词选亲疏明显，此冷彼热？

朱彝尊尝谓《绝妙好词》所选"虽未全醇，然中多俊语，方诸《草堂》所录，雅俗殊分"(《书绝妙好词后》)，"雅俗殊分"一语道出问题的关键。南宋书坊所编之《草堂诗余》选录词人近百家，多选北宋词作，录词较多的有周邦彦、苏轼、柳永、秦观、欧阳修、黄庭坚、康与之等人，风格倾向婉丽柔靡。《梅苑》《乐府雅词》《绝妙好词》《阳春白雪》等选本，选词都有尚雅倾向，与明人主情尚俗的审美趣味殊为不合，自然会受到"冷遇"，所以明人即便抄藏上述词选，也没有刊刻、揄扬的兴趣，与其热衷《花间集》《草堂诗余》《花庵词选》等选本恰恰形成鲜明对照。

二、部分南宋名家词在明代湮没无闻

王兆鹏先生认为："词史总体的发展进程是，初兴于唐五代，昌盛于两宋，衰落于元明，中兴于有清。词集印行与词史的这种发展态势基本同步。词别集在唐五代初次出现，辑本不多，至两宋始广泛流行。元明词别集印行量稍逊，至清代又蔚为大观。"[①]明代唐宋词别集的刊印呈现衰落不振的状态，但有不少词别集被书目著录或被抄入词集丛编，说明明人还是能够接触、阅读到大量的唐宋词别集(尤其是抄本)的。综合上文"表1-1""表1-3"信息，可以看到：

被明代书目著录次数较多的唐宋词人别集有近20家，如柳永(12次)，辛弃疾(11次)，周邦彦、晁补之(皆9次)，苏轼、黄庭坚、秦观、陈与义(皆8次)，张先、姜夔、林正大(皆7次)，陈师道(6次)，晏殊、晏几道、李清照、黄公

① 王兆鹏《词学史料学》，中华书局2004年版，第154页。

度、王千秋、曾觌(皆5次)。

被明代词集丛编钞(刊)入次数较多的唐宋名家词人别集有20余家:晏殊(4次)、欧阳修(4次),张先(1次)、柳永(5次),王安石(4次)、晏几道(4次)、苏轼(4次)、秦观(5次)、李之仪(6次)、黄庭坚(4次)、贺铸(1次)、周邦彦(4次)、陈与义(5次)、向子𬤇(6次)、朱敦儒(3次)、张元幹(5次)、张孝祥(4次)、周紫芝(4次)、辛弃疾(4次)、陆游(3次)、陈亮(5次)、刘过(5次)、姜夔(5次)、戴复古(5次)、史达祖(3次)、高观国(3次)、蒋捷(3次)、张炎(2次)、吴文英(1次)等。

可惜的是,明代的唐宋词别集多以抄本的形式存在,明人似乎并不打算将之刊行于世,使之传播广远。王洪主编《唐宋词百科大辞典》"唐宋词合集"条曾指出:"有些丛编恐怕仅仅是收藏者集中了一批词籍,加上一个自拟的总名以便编目保存而已,无意作为丛书刻印行世。"①南宋词坛名家如姜夔、史达祖、吴文英、蒋捷、张炎等人的词集在明代鲜见刊行,其作品自然难以进入明代普通读者的视野,也很难在明代词坛产生广泛的影响。值得注意的是,南宋的辛弃疾算是一个例外,正德至万历词坛陈霆、夏言、杨慎等人的词作与天启、崇祯词坛王屋、易震吉等人的词作都呈现出"稼轩风",这与词人身世个性和社会背景都有一定关系,兹不详论。

明人既然已抄藏大量唐宋词别集及词选,却仅热衷于《花间集》《草堂诗余》等少数几部词选以及少数名家词人如苏轼、秦观、周邦彦、辛弃疾等(皆为《草堂诗余》中选录词作较多之词人),缺乏"发掘"、学习南宋名家如姜夔、史达祖、吴文英、蒋捷等人(恰为《草堂诗余》不选或所选录词作极少)的热情和动力,其原因何在?吴梅《词学通论》中有谈论明词中衰原因的一段话,对探究这一问题颇具启发性:

> 永乐以后,两宋诸名家词,皆不显于世,惟《花间》《草堂》诸集,独盛一时。于是才士模情,辄寄言于闺闼;艺苑定论,亦揭橥于香奁,托体不尊,难言大雅。其弊一也。明人科第,视若登瀛。其有怀抱冲和,率不入乡党之月旦,声律之学,大率扣槃。迨夫通籍以还,

① 王洪《唐宋词百科大辞典》,学苑出版社1990年版,第739页。

稍事研讨，而艺非素习，等诸面墙。花鸟托其精神，赠答不出台阁。庚寅揽揆，或献以谀词。俳优登场，亦宠以华藻。连章累章，不外酬应。其蔽二也。又自中叶，王、李之学盛行。坛坫自高，不可一世。惟吾、长夜、于鳞既跋扈于先；才胜、相如、伯玉复簸扬于后，品题所及，渊膝随之。谀闻下士，狂易成风。守升庵《词品》一编，读弇州《卮言》半册。未悉正变，动肆诋諆。学寿陵邯郸之步，拾温、韦牙后之慧。“衣香百合”（用修《如梦令》），止崇祚之余音；“落英千片”（弇州《玉蝴蝶》），亦《草堂》之坠响，句摭字捃，神明不属。其蔽三也。况南词歌讴，遍于海内。《白苎》新奏，盛推昆山。宁庵吴歈，蚤传白下。一时才士，竞尚侧艳。美谈极于利禄，雅情拟诸桑濮。以优孟缠达之言，作乐府风雅之什。小虫机杼，义仍只工回文。细雨窗纱，圆海惟长绮语。好行小慧，无当雅言。其蔽四也。①

吴梅认为，明词中衰原因有四：一是明人词作多言情写艳，“托体不尊”；二是明人重视科举，疏于声律之学，以词为应酬手段；三是明中期文坛有“复古”风气，明人作词多模拟《花间集》《草堂诗余》，不免邯郸学步，拾人牙慧；四是明代戏曲流行，成为主要的文化娱乐活动，文人才士工于戏曲而不擅作词。由此可见，在明代科举盛行、戏曲流传的社会背景下，词体文学创作已经处于边缘化状态，专力为词的词人与眼光独到的词学家并不多见，明代文学复古思潮亦对词坛产生一定的冲击和影响，明人多选择《花间集》《草堂诗余》等词选成为学习、模仿的对象，陶醉于香弱俗艳的词风，自然缺乏深入发掘唐宋词集文献资源的兴趣和动力。

第三节　《花间集》《草堂诗余》在明代的流播

上节已论及唐宋词选《花间集》《草堂诗余》备受明人青睐，以至明末徐士

① 吴梅《词学通论》，上海古籍出版社2006年版，第100～101页。

俊有"《草堂》之草，岁岁吹青；《花间》之花，年年逞艳"（冯金伯《词苑萃编》卷八引）的感慨。其实，《花间集》《草堂诗余》的传播、接受在明代都经历一个由隐晦到繁兴的过程，尤其是嘉靖、万历之后，二种词选的刊刻或改编达到高潮。

一、《花间集》的"发现"与刊刻

《花间集》是我国历史上最早的一部文人词总集，后蜀赵崇祚于广政三年（940）编成，选录了18位"诗客曲子词"的500首词作。欧阳炯《花间集叙》描述了西蜀词人的创作情景："绮筵公子，绣幌佳人，递叶叶之花笺，文抽丽锦；举纤纤之玉指，拍按香檀。不无清绝之辞，用助娇娆之态。自南朝之宫体，扇北里之倡风。"[①]《花间集》对后世词坛产生了深远影响，如宋人作词多受花间词影响，甚至以《花间》为宗，对其推崇备至。如北宋李之仪《跋吴思道小词》云："长短句于遣词中最为难工，自有一种风格，稍不如格，便觉龃龉。……至唐末，遂因其声之长短句，而以意填之，始一变以成音律。大抵以《花间集》中所载为宗，然多小阕。至柳耆卿，始铺叙展衍，备足无余，形容盛明，千载如逢当日，较之《花间》所集，韵终不胜，由是知其为难能也。"[②]南宋陈振孙《直斋书录解题》称誉《花间集》为"近世倚声填词之祖也。诗至晚唐五季，气格卑陋，千人一律，而长短句独精巧高丽，后世莫及"。[③]

明人对《花间集》也有偏嗜，如王世贞《艺苑卮言》云："《花间》以小语致巧，世说靡也。《草堂》以丽字取妍，六朝隃也。即词号称诗余，然而诗人不为也。何者？其婉娈而尽情也，足以移情而夺嗜，其柔靡而近俗也。"[④]明代《花间集》版本众多，现存的明本《花间集》有：[⑤]

---

① 欧阳炯《花间集叙》，见赵崇祚辑《花间集》，辽宁教育出版社1998年版，第1页。

② 李之仪《姑溪居士文集》卷四，《四部丛刊》本。

③ 陈振孙《直斋书录解题》，上海古籍出版社1987年版，第614页。

④ 王世贞《艺苑卮言》，见唐圭璋《词话丛编》，中华书局1986年版，第385页。

⑤ 明本《花间集》版本情况综合参考了肖鹏《群体的选择——唐宋人词选与词人群通论》之附录一"唐宋人词选版本叙录"与李一氓《花间集校》之"校后记——关于《花间集》的板本源流"。

1. 正统(1436—1449)吴讷《唐宋名贤百家词》本。此本二卷,或谓其源出于宋开禧陆游跋本。

2. 正德辛巳(1521)吴郡陆元大覆刻南宋晁谦之跋本。此本十卷,陆氏校正晁本刻误数十处。

3. 万历庚辰(1580)茅一桢刊本。十卷,补二卷。茅氏以正德辛巳陆元大覆晁本为底本,卷后增温博《花间集补》二卷,补录李白以下词人14家71首词。

4. 万历壬寅(1608)玄览斋巾箱本。十二卷,补遗二卷。以茅一桢刊本为底本重刻。补遗乃"西吴温博编次",分上下卷,14家54首,较茅本少17首。此刻本讹误满纸,刻工草草。

5. 万历吴勉学师古斋刊本。十卷,补二卷,以茅一桢刊本为底本。附补删去温博原序。

6. 万历庚申(1620)汤显祖评点本。四卷。原题"唐赵崇祚集,明汤显祖评"。有汤显祖万历四十三年(1615)序,无暇道人闵映璧万历四十八年(1620)刻跋。朱墨套印,有圈点眉批评语,卷末有音释。

7. 朱之蕃《词坛合璧》本。杨慎《词品》卷二:"《花间集》久不传,正德初,予得之于昭觉僧寺,乃孟氏宣华宫故址也。后传刻于南方。"杨氏既得旧本,万历四十八年(1620)朱氏刻入《词坛合璧》四种之中。

8. 天启甲子(1624)钟人杰笺校本。二卷。天启四年(1624)钟氏合刻"花草",原题"杨慎品定,钟人杰笺校"。钟氏将原十卷本各词次第打乱,重新据字数多寡排列,又删落一百余首,仅存394首。温博补选亦删落若干首后,混列于原选之中。卷中署名多有讹误,所谓校笺,仅一二评点而已。

9. 毛晋汲古阁《词苑英华》本。十卷,用南宋开禧陆游跋本,然其行款字体已非宋本之旧。

10. 明末雪艳亭活字排印本。以茅一桢本为底本,活字排印,打乱原书顺序,重新以词调分列。温博补选之词与原选混列。

11. 紫芝漫抄《宋元名家词》本。

从以上版本信息可以看出,《花间集》到万历年间方始流行于世。生活于嘉靖年间的陈耀文在编纂《花草粹编》时曾感叹:“然世之《草堂》盛行,而《花间》不显。”[①]郎瑛(1487—1566)指出,《花间集》为填词之祖,然而时人对其却非常生疏:

> 《花间集》词名:《归国遥》《酒泉子》《定西蕃》《河渎神》《遐方怨》《思帝乡》《蕃女怨》《荷叶杯》《上行杯》《思越人》《三字令》《竹枝》《河传》《摘得新》《离别难》《相见欢》《醉公子》《感恩多》《满宫花》《蝴蝶儿》《赞成功》《西溪子》《中兴乐》《接贤宾》《赞浦子》《女冠子》《甘州遍》《纱窗恨》《柳含烟》《月宫春》《恋情深》《贺明朝》,右三十二词,乃《花间集》之名也,《草堂诗余》诸本之所无,今作词者,不惟不填此调,亦不知有此名耳。[②]

在此背景下,杨慎、汤显祖等人对《花间集》的发现、评点显然具有重要的词学意义。汤显祖《花间集叙》介绍了《花间集》在明代传播情况以及自己在创作《牡丹亭》《南柯记》《邯郸记》过程中赏玩、评点《花间集》的目的:

> 《花间集》久失其传。正德初,杨用修游昭觉寺,寺故孟氏宣华宫故址,始得其本,行于南方。《诗余》流遍人间,枣梨充栋,而讥评赏鉴之者亦复称是,不若留心《花间》者之寥寥也。余于《牡丹亭》亭梦之暇,结习不忘,试取而点次之,评骘之,期世之有志风雅者,与《诗余》共赏。而唐调之反而乐府,而骚赋,而三百篇也。诗其不亡也夫!诗其不亡也夫![③]

汤显祖称杨慎最先发现久已失传的《花间集》,这一说法源自杨慎《词品》:“毛文锡、鹿虔扆、欧阳炯、韩琮、阎选,皆蜀人。事孟后主,有五鬼之号。俱工小词,并见《花间集》。此集久不传。正德初,予得之于昭觉僧寺,乃孟氏

① 陈耀文《花草粹编叙》,见陈耀文辑、今人龙建国等点校《花草粹编》,河北大学出版社2007年版,第1页。

② 邓子勉《明词话全编》,凤凰出版社2012年版,第615页。

③ 赵崇祚编《花间集》,汤显祖评点,今人刘崇德等点校,河北大学出版社2006年版,第4页。

宣华宫故址也。后传刻于南方云。”①可见直到明代前中期，《花间集》流传并不广泛，与南宋人所刻的《草堂诗余》无法相比。对于时人重《草堂》轻《花间》的状况，汤显祖非常不满，在他看来，《花间集》足以与《离骚》、乐府、汉赋、诗经相提并论，坊间流传的“诗余”（《草堂诗余》）只不过可以与《花间集》共赏而已，反映出汤显祖不同凡俗的眼光。他在戏曲创作之余评点《花间集》，是希望人们将《花间集》与《草堂诗余》同等重视，并由此上溯到诗骚传统，使其发扬光大。《花间集》在万历时期一刻再刻，说明明代词坛对《花间集》的强烈需求。

《花间集》在明代备受推崇的原因，学界已有探讨。如肖鹏认为，明代的文学复古思潮对《花间集》的接受产生了重要影响，②范松义认为：“明代的社会观念和审美思潮有利于《花间集》的传播。明代随着资本主义生产方式的萌芽，市民阶层不断壮大，他们的审美趣味对文学作品的流传有相当大的影响。市民大众需要的是浅意通俗、富有刺激的文学作品，明代小说、戏曲的勃兴就与此有密切关系。花间词多描写花前月下、男女情思，风格香艳，这一点正合明人口味。”③

二、《草堂诗余》的重编与风行

《草堂诗余》本为南宋书坊编刊的一部词选，今存最早的刻本是元刊本。一为元至正三年癸未（1343）所刊之《增修笺注妙选群英草堂诗余》，另一本为元至正十一年辛卯（1351）刊本。《草堂诗余》在元代基本上保持了旧本原貌，而进入明代后，该选本屡被翻刻、改编，得到广泛的流播。

明代《草堂诗余》版本繁多，据刘军政先生统计，流传至今或见于著录的《草堂诗余》版本有 39 种，其中存世本 35 种，见于著录者 4 种。兹将明代《草

---

① 杨慎《词品》，见唐圭璋《词话丛编》，中华书局 1986 年版，第 457 页。李一氓先生怀疑杨慎的说法为伪托之辞，参《花间集校》之“校后记——关于《花间集》的板本源流”。

② 参肖鹏《群体的选择——唐宋人词选与词人群通论》，凤凰出版社 2009 年版，第 442 页。

③ 范松义《明代〈花间集〉接受史论》，载《中国社会科学院研究生院学报》2004 年第 4 期，第 112 页。

堂诗余》版本信息介绍如下：①

(一)存世本(35 种)

1. 1392(洪武二十五)年，增修笺注妙选群英草堂诗余前集二卷后集二卷，遵正书堂刻本。(分类本)

2. 1480(成化十六)年，增修笺注妙选群英草堂诗余前集二卷后集二卷，成化刻本。(分类本)

3. 明李西涯(李东阳号西涯)辑南词本。(分类重编本)

4. 明祝枝山(祝允明号枝山)小楷书本。(分类本)

5. 1537(嘉靖十六)年，新刊古今名贤草堂诗余六卷，李谨辑，刘时济刻本。(分类重编本)

6. 1538(嘉靖十七)年，草堂诗余别录一卷，张綖编选，明黎仪抄本。(缩编本)

7. 1538(嘉靖十七)年，精选名贤词话草堂诗余二卷，陈钟秀校刊本。(分类重编本)

8. 嘉靖间，篆诗余，高唐王岱翁(朱厚号岱翁)刊篆文本。(分类本)

9. 1550(嘉靖二十九)年，类编草堂诗余四卷，武陵逸史编次，开云山农校正，顾汝所刻本。(分调本)

10. 1554(嘉靖三十三)年，草堂诗余前集二卷后集二卷，杨金刻本。(分类重编本)

11. 嘉靖末，增修笺注妙选群英草堂诗余前集二卷后集二卷，春山居士校刊本，安肃荆聚刻本。(分类本)

12. 约嘉靖末，草堂诗余五卷，杨慎评点，闵瑛璧校订，闵瑛璧刻朱墨套印本。(分调重编本)

13. 1584(万历十二)年，类编草堂诗余四卷，题唐顺之解注、田一隽辑，书林张东川刻本。(分调重编本)

14. 1588(万历十六)年，重刻类编草堂诗余评林六卷，题唐顺之解注、田一隽辑、李廷机评，勉斋詹圣学重刻本。(分调重编本)

① 刘军政《明代〈草堂诗余〉版本述略》，载《南阳师范学院学报》2004 年第 2 期，第 49～50 页。

15. 1594(万历二十二)年，新刻注释草堂诗余评林六卷，题李廷机批评、翁正春校正，书林郑世豪宗文书舍刻本。(分类重编本)

16. 1595(万历二十三)年，新刻注释草堂诗余评林六卷，题李廷机批评、翁正春校正，书林郑世豪宗文书堂刻本。(分类重编本)

17. 1602(万历三十)年，新锓订正评注便读草堂诗余七卷，董其昌评订、曾六德参释，乔山书舍刻本。(分类重编本)

18. 1602(万历三十)年，新刻增修笺注妙选群英草堂诗余二卷，余秀峰沧泉堂刻本。(分类本)

19. 1607(万历三十五)年，类编草堂诗余三卷，胡桂芳重辑，黄作霖等刻本。(分类重编本)

20. 1614(万历四十二)年，类选笺释草堂诗余六卷，题顾从敬类选、陈继儒重校、陈仁锡参订，翁少麓刻本(钱允治等合刊三种十三卷)。(分调重编、续编本)

21. 1615(万历四十三)年，新刻题评名贤词话草堂诗余六卷，题李攀龙补遗、陈继儒校正，书林自新斋余文杰刻本。(分类重编本)

22. 1619(万历四十七)年，新刻李于麟先生批评注释草堂诗余隽四卷，题吴从先汇编、袁宏道增订，何伟杰参校，书林萧少衢师俭堂刻本。(分类重编本)

23. 1620(万历四十八)年，草堂诗余五卷，杨慎评点、闵映壁校订，朱之藩刻《词坛合璧》本四种之一。(分调重编本)

24. 万历间，类编草堂诗余四卷，昆石山人校辑。(分调本)

25. 万历间，类编草堂诗余四卷，昆石山人校辑，致和堂印本。(分调本)

26. 万历间，新刻分类评释草堂诗余六卷，题李廷机评释，李良臣东壁轩刻本。(分调重编本)

27. 1625(天启五)年，新刻朱批注释草堂诗余评林四卷，题李廷机评注，周文耀刻朱墨套印本。(分调重编本)

28. 天启、崇祯间，草堂诗余正集六卷(古香岑草堂诗余四集十七卷十二册)，沈际飞、钱允治等编，翁少麓刊印本。(分调重编本)

29. 明末，草堂诗余正集六卷（古香岑草堂诗余四集十七卷），沈际飞、钱允治等编，万贤楼自刻本。（分调重编本）

30. 明末，草堂诗余正集六卷（古香岑草堂诗余四集十七卷），沈际飞、钱允治等编，童涌泉刊印本。（分调重编本）

31. 明末，新刊增修笺注妙选群英草堂诗余二卷，钟惺辑，慎节堂刻本。（分类本）

32. 明末，类编草堂诗余四卷，毛晋汲古阁《词苑英华》本。（分调本）

33. 明末，类编草堂诗余四卷，韩愈臣校正，博雅堂刻本。（分调本）

34. 明末，类编草堂诗余四卷，韩愈臣校正，经业堂刻本。（分调本）

35. 明末，类编草堂诗余四卷，翻刻顾从敬本。（分调本）

（二）著录本

1. 明叶盛《菉竹堂书目》著录草堂诗余一册。（分类本）

2. 1540（嘉靖十九）年，明高儒《百川书志》著录草堂诗余四卷。（分类本）

3. 1549（嘉靖二十八）年，《标注续录》著录李谨刊本草堂诗余。（分类重编本）

4. 万历间，陈第世善堂著录草堂诗余七卷。（分调重编本）

由以上版本信息可以看出：明朝立国至嘉靖前，《草堂诗余》仅有数个版本，并不流行。明初学者吴讷（1368—1454）曾回忆说："昔在童稚时，获侍先生长者，见其酒酣兴发，多依腔填词以歌之。歌毕，顾谓幼稚者曰：'此宋代慢词也。'当时大儒，皆所不废。今间见《草堂诗余》。自元世套数诸曲盛行，斯音日微矣。迨余及长，奔播南北，乡邑前辈，零落殆尽，所谓填词慢调者，今无复闻矣。"[①]这段话说明，吴讷晚年编辑《文章辨体》时，《草堂诗余》一书并不常见。吴讷所编辑的大型词集丛编《唐宋名贤百家词》中录有《花间集》《尊前集》，却未收录《草堂诗余》，可能与该书在当时不易获见有一定关系。

明前期记载文人阅读《草堂诗余》的资料不多。如有一则叶盛（1420—

① 吴讷，徐师曾《文章辨体序说·文体明辨序说》，人民文学出版社 1962 年版，第 59 页。

1474)阅读《草堂诗余》的记载,叶盛说:"《草堂诗余》前集八卷,后集八卷,此则书坊本,前后集上下四卷,始周美成《水龙吟》,终苏东坡《卜算子》,有脱板,校之别本字稍大者,则此本阙七十四首,疑此是续刊节本,然又有别本所无者,因录补遗一卷附后。盛幼时先叔父家见此书,手之不置,先叔父见之斥曰:'童子未读书,何用得此?'即夺而藏之。"[①]这则记载透露出当时《草堂诗余》已有多个版本。

明嘉靖、万历年间,《草堂诗余》的极度盛行令明末藏书家毛晋都感到困惑:"宋元间词林选本,几屈百指,惟《草堂诗余》一编飞驰。几百年来,凡歌栏酒榭丝而竹之者,无不拊髀雀跃。及至寒窗腐儒,挑灯闲看,亦未尝欠伸鱼睨,不知何以动人一至此也。"[②]张仲谋先生认为,明人之所以热衷《草堂诗余》,是因为《草堂诗余》分类编排,不仅取便歌者,也为明人填词提供了一个速成读本,加之所选词篇风格偏于浅俗切近,比较符合明人的口味。[③] 可谓一语中的。

明代《草堂诗余》版本繁多,不免令人眼花缭乱。根据《草堂诗余》各版本的实际面貌和传承关系,刘军政指出:"明代的《草堂诗余》虽然以分类本、分调本两种体系客观存在,但明代的分类本并不是一脉相承的,可分为三种类型:其一,宋元分类本的翻刻本;其二,明人在宋元分类本基础上的改编本;其三,明人在明代分调本基础上的重编本。基于此种情况,明代《草堂诗余》分为宋本和明本两大体系应该更为合理。宋本体系主要是根据宋代和元代分类本翻刻、传抄的本子和虽有加工但不失宋元传本基本面貌的本子;明本体系则是指明人根据自己的需要对《草堂诗余》进行了大幅度改造,已失去宋元分类本基本面貌的本子。"[④]这是非常具有启发性的观点,为深入研究明代《草堂诗余》系列词选指引了方向。

---

① 叶盛《书草堂诗余后》,见邓子勉《明词话全编》,凤凰出版社 2012 年版,第 194 页。

② 施蛰存《词籍序跋萃编》,中国社会科学出版社 1994 年版,第 670 页。

③ 参张仲谋《明词史》,人民文学出版社 2002 年版,第 9 页。

④ 刘军政《明代〈草堂诗余〉版本述略》,载《南阳师范学院学报》2004 年第 2 期,第 52 页。

第二章 唐宋词选与明代词选的承袭及新变

诗文选本是我国古代文学传播的重要途径,更是一种重要的批评方式,选本大都有特定的编选宗旨和选择标准,而这种选择标准往往代表当时一部分人的文学观念与审美趋向。明代词选上承唐宋,下启清代,在词学选本史上具有承前启后的重要位置。明代词选数量众多,对其进行系统深入的研究,不仅可以宏观把握明代词选的编选特点以及发展演进趋向,还有助于人们加深对明代词学思想递嬗的认识与理解,对明代词学的建构具有重要意义。

第一节 复古唐音:《花间集补》与《唐词纪》

明代《草堂诗余》盛行,嘉靖以后《草堂诗余》系列选本层出不穷,相比之下,《花间集》和唐五代词的传播、接受则显得有些冷清。万历年间,温博编辑《花间集补》、董逢元编纂《唐词纪》,在一定程度上改变了这种状态。《花间集补》与《唐词纪》的问世,既反映出明后期词坛复古思潮的涌动,也有力地推动了明代词坛对唐五代词的接受。

一、《花间集补》：增补南唐词

温博，字允文，明乌程（今浙江吴兴）人，生平事迹不详。其编选的《花间集补》分上下卷，现仅存两种版本，一为北京图书馆藏明万历八年（1580）茅氏凌霞山房刻本，一为《四部丛刊》影印的明万历壬寅（1602）玄览斋刻本。今有唱春莲校点本，其与《花间集》《尊前集》被合刊于一书，由辽宁教育出版社1998年出版。

晚唐五代时期，词人大体上可以分为西蜀词人群和南唐词人群。西蜀词人的作品大多收入《花间集》，南唐词人李璟、李煜、冯延巳等人的作品则散见于宋人所编《尊前集》中。《花间集》是我国历史上最早的一部文人词总集，后蜀赵崇祚于广政三年（940）编成，选录了18位“诗客”的500首词作，它标志着词体文学在格律、文辞、风格、意境等方面的规范化和成熟。欧阳炯《花间集叙》描述了西蜀词人的创作情景：“绮筵公子，绣幌佳人，递叶叶之花笺，文抽丽锦；举纤纤之玉指，拍按香檀。不无清绝之辞，用助娇娆之态。自南朝之宫体，扇北里之倡风。”[①]文采繁华、绮靡轻艳是花间词的总体艺术特征。随着明代后期词坛“复古”思潮的发展以及社会风气趋于浮华奢靡，《花间集》开始逐渐流行，在此背景下温博编辑了《花间集补》一书，其《花间集补序》云：

> 夫《三百篇》变而骚、赋，骚、赋变而古乐府，古乐府变而词，词变而曲。予初读诗至小词，尝废卷叹曰：嗟哉，靡靡乎，岂风会之使然耶？即师涓所弗道者。已而，睹范希文《苏幕遮》、司马君实《西江月》、朱晦翁《水调歌头》等篇，始知大儒故所不废。何者？众女蛾眉、芳兰杜若，骚人之意，各有所托也。然古今词选，无虑数家，而《花间》《草堂》二集最著者也。《花间》近无善本，会茅贞叔氏语余曰：“昔人称长短句情真而调逸、思深而言婉者，莫过《花间》。第观时本多讹而鲜醉。如韦相《应天长》‘骢’与‘涴’同转音入声而始叶，欧阳舍人《浣溪沙》‘泥’当作‘义’之类。苟不醉，奚知焉？今欲校而

① 欧阳炯《花间集叙》，见赵崇祚辑《花间集》，辽宁教育出版社1998年版，第1页。

刻之，吾子云何？”予曰：“善。故吾意也。”贞叔遂汇中土之音，气韵平调者什其文，出家藏建康本校雠焉，而属余点句。点者读，圈者句，句韵脚也。已，贞叔又属予补其未备，以足李唐一代之制。余故未知赵氏当时诠次意，乃于此往往叹遗珠旧矣。因自李翰林而下十有四人，通得六七十首，为二卷，命曰《花间集补》。大都卑调小令之当余心者略备，如《菩萨蛮》《忆秦娥》，世所称调祖也，如《清平乐》令，或以为非太白作。而近代杨用修、王元美已愉快之，未为无据。如《清平调》《欸乃曲》《杨柳枝》《竹枝词》即七言绝，而实古词，古词多四句也。如《渔歌子》《古调笑》，比切声调，并入古词而采之云。嘻！声律之道，难言哉！难言哉！自唐迄今，八百年来，作者凡几。宋无诗而有词，元无词而有曲，至本朝始兼之。然当家辞手，可屈指也。余不佞，虽不谙新声之艳耳，假令登高吊古，食酒而酣，按拍歌唐人之调，便翩翩乎不知有人间矣，况三百篇哉！是编也，余且与贞叔起而试歌之。乌程温博允文甫撰。①

序文首先讨论了历代文体之间的承传关系，温博认为，“《三百篇》变而骚、赋，骚、赋变而古乐府，古乐府变而词，词变而曲”，文体代代承传经久不衰，前代文体对后一种文体有引导作用，新的文体则是在前代文学基础上的继承创新。但是新文体并不容易被人接受，温博以自己初读小词时不满其绮靡，到后来洞见词作妙处的亲身经历，指出词体文学可以寄托情志，“众女蛾眉、芳兰杜若，骚人之意，各有所托也”，颇有推尊词体之意。但驰名天下的《花间集》在传播过程中，仍然存在“近无善本”“时本多讹而鲜醉”的窘境，急需有识之士加以编辑整理，于是温博和茅一桢对《花间集》中词作加以点校。还有一个问题，就是《花间集》所选多为西蜀词坛作品，而以李璟、李煜、冯延巳等为代表的南唐词坛的词作未能收录，于是茅一桢让温博“补其未备，以足李唐一代之制”。

《花间集补》卷帙单薄，仅录 14 家（含无名氏）词人 71 首词作。因欲补《花间集》之未备，南唐二主与冯延巳词都被选入，被宋黄升评为“百代词曲之祖”的

① 温博《花间集补序》，见《花间集补》，辽宁教育出版社 1998 年版，第 91 页。

李白也被收录。《花间集补》中收录词作较多的是刘禹锡词 15 首，李煜词 14 首；所录刘禹锡作品全部都是《杨柳枝》与《竹枝词》，带有浓郁的民歌风味。

《花间集补》所录 29 种词调几乎都是小令（58 字以内），并且多为七言四句体式。温博《花间集补序》说："如《清平调》《欸乃曲》《杨柳枝》《竹枝词》即七言绝，而实古词，古词多四句也。如《渔歌子》《古调笑》，比切声调，并入古词而采之云。"反映了温博倡导唐词的复古思想。

二、《唐词纪》：汇辑唐五代词

《唐词纪》十六卷，明董逢元辑。董逢元，字善长，号芝田生，毗陵（今江苏常州）人，生平不详。据《唐词纪》卷首自序，该书编成于万历二十二年甲午（1594）。今有《四库全书存目丛书》本，据首都图书馆藏抄本影印。

《唐词纪》选词范围上起隋代，历唐五代，至于宋元，共收录词作 948 首，其中所录南宋和元代的词作仅有数首。下面将《唐词纪》选词 20 首以上的词人作一番统计，便可看出该书选词的重心所在。

表 2-1 《唐词纪》选词 20 首以上词人词作统计表

朝代	词人	词作数	合计
唐代	温庭筠	66	154 首
	刘禹锡	40	
	白居易	28	
	司空图	20	
五代	冯延巳	98	470 首
	孙光宪	60	
	顾　夐	50	
	韦　庄	48	
	李　珣	40	
	李　煜	38	
	牛　峤	32	
	毛文锡	31	
	毛熙震	28	
	张　泌	25	
	欧阳炯	20	

从上表可以看出,《唐词纪》选词20首以上者,唐代4家,共计154首;五代11家,共计470首,选录重心是唐五代词,尤其是五代词。《花间集》所收录温庭筠词66首,《唐词纪》予以全部收录;《唐词纪》选词数量最多的是冯延巳,多达98首,主要从冯延巳《阳春集》中采录而来。《唐词纪》以《花间集》《尊前集》为主要选源,晚唐五代词人孙光宪、顾敻、韦庄、李珣、李煜等都有较多作品入选。《四库全书总目提要》云:"虽以唐词为名,而五季十国之作,居十之七。盖时代既近,末派相沿,往往皆唐之旧人,不能截分畛域。"[①]之所以如此,与董逢元的词学观念密切关联,其《唐词纪序》曰:

> 夫词,若宋富矣。而唐实振之,则其间藻之青黄,描之婉媚,吐之啁哳激烈,辄能令人热中。皆其纠缠哉!试绎之,即只字单词,殊征世代。是集也,予盖虑引商刻羽之妙,与《阳阿》《薤露》之音,渺乎无分。故特采初葩,广摭趺蔓,以志缘起。其所搴撷,则又因前之人以为纠缠,非臆逞也。其所编类则妄为之条剌耳,第家积不殚,甘棠敝草,兰芷束薪,深切凄凄。予固且图之,亦遗其劳于后之好事者。[②]

明人文学思想倾向复古,倡言"文必秦汉,诗必盛唐",推崇传统,师从古法。如杨慎《词品》曰:"大率六朝诗人,风华情致,若作长短句,即是词也。……予论填词必溯六朝,亦昔人穷探黄河源之意也。"[③]与此观点类似,董逢元指出:"夫词,若宋富矣。而唐实振之,则其间藻之青黄,描之婉媚,吐之啁哳激烈,辄能令人热中。皆其纠缠哉!试绎之,即只字单词,殊征世代。"他认为晚唐五代词体文学开始兴盛,至宋代蔚为大盛,希望采撷唐人优秀作品,用以标举创作轨范。

《唐词纪》卷首还载录《词名微》一卷,列有词调120调,调下或注同调异名,或述词调起源,或区分本体、词体、诗体、别体、侧体、附体等,交代词调字数,体现了明人考述词调源流的意图。

---

① 永瑢等《四库全书总目》卷二百《唐词纪提要》,中华书局1965年影印本,第1833页。

② 董逢元《唐词纪序》,据《四库全书存目丛书》本。

③ 杨慎《词品》,见唐圭璋《词话丛编》,中华书局1986年版,第425页。

《唐词纪》借鉴了《增修笺注妙选群英草堂诗余》的分类编排体例。《四库全书总目》批评《唐词纪》:“不以人序,不以调分,而区为景色、吊古、感慨、宫掖、行乐、别离、征旅、边戍、佳丽、悲愁、忆念、怨思、女冠、渔父、仙逸、登第十六门,已为割裂无绪。”①万历时期,词选流行分调编次,而分类编排在词乐失传、词体文学不再用于演唱的背景下就显得比较保守了。

第二节　超轶“花草”:《花草粹编》

陈耀文,字晦伯,明确山(今河南汝南)人,生卒年不可考。幼称神童,嘉靖间进士,为给事中,触忤时相,谪魏县丞,累官陕西行太仆卿,告归卒,卒年八十二。陈耀文博极群书,著述甚富,长于考证,著有《天中记》《正杨》《经典稽疑》《花草粹编》等书。

《花草粹编》十二卷,录词 3280 首,是明代规模最大的一部唐宋词选。同其他词选相比,《花草粹编》自明代以来较为罕见,现存版本主要有如下几种:明万历十一年(1583 年)陈氏自刻本、《四库全书》本、清咸丰七年(1857)金绳武评花仙馆活字印本、光绪二年丙子(1876 年)刻本、民国二十二年(1933)陶风楼影印万历本。2007 年河北大学出版社出版了龙建国等人的点校本。该书卷首有陈耀文的《花草粹编叙》,介绍其编纂选词的目的、经过、体例、审美趣味等信息:

> 夫填词者,古乐府流也。自昔选次者众矣,唐则有《花间集》,宋则《草堂诗余》。诗盛于唐,衰于晚叶,至夫词调独妙绝无伦,然世之《草堂》盛行,而《花间》不显,故知宣情易感,含思难谐者矣。余自牵拙多暇,尝欲铨粹二集,以备一代典章。顾以纪辑《天中》,因循有未果者。嗣以漂泊东南,纳交素友淮阴吴生承恩、姑苏吴生岫,皆耽乐

① 永瑢等《四库全书总目》卷二百《唐词纪提要》,中华书局 1965 年影印本,第 1833 页。

艺文，藏书甚富。余每得之假阅，辄随笔位序之。久之遂成六卷。移疾归来，游息竹素，综缀正业之余，因复益以诸人之本集，各家之选本，记录之所附载，翰墨之所遗留，上溯开天，下讫宋末，曲调不载于旧刻者，元词间亦与焉。其义例以世次为后先，以短长为小大，为卷一十有二，计词三千二百八十余首，丽则兼收，不无有乖于大雅；文房取玩，略窥前辈之典型。邑侯太初谓，《天中》百卷未便刻成，此帙无多，宜先付梓。余重违其意，渔猎剪耘，殆愈二纪。敝帚亦不忍遂弃者。所愧顾曲远谢于周郎，酸咸或爽于众口，贻之词垣，庶期寄于取材云。是刻也，由《花间》《草堂》而起，故以《花草》命编。①

词以唐宋为佳，而唐宋词选本在明代流传最广的就是《花间集》与《草堂诗余》。但是，陈耀文指出《花间集》与《草堂诗余》在当时传播、接受状况存在着明显不平衡的现象，“世之《草堂》盛行，而《花间》不显，故知宣情易感，含思难谐者矣”。《花间集》代表了晚唐五代词作的艺术水准，《草堂诗余》是宋代一部荟萃唐宋名家词作的选本，作者编辑《花草粹编》的主旨和目的是“铨粹二集，以备一代典章”。以《花间集》《草堂诗余》为了解、研究唐宋词的窗口，比较完整地再现唐宋词坛历史原貌。

陈耀文博学多才，擅长考证，借助吴承恩等友人的丰富藏书，费时二十余年，终于编成此部大型词选。序文还介绍了词选的编选范围、编排体例：“上溯开天，下讫宋末，曲调不载于旧刻者，元词间亦与焉。其义例以世次为后先，以短长为小大，为卷一十有二，计词三千二百八十余首。”其选词风格是“丽则兼收，不无有乖于大雅；文房取玩，略窥前辈之典型”。结合词选中的具体内容，可以发现《花草粹编》既深受《花间集》《草堂诗余》等词选影响，又超轶“花草”，自有建树。

① 陈耀文《花草粹编叙》，见陈耀文辑、今人龙建国等校点《花草粹编》，河北大学出版社 2007 年版，第 1 页。

一、仍受《花间集》《草堂诗余》影响

1. 依调编排的体例

近人赵尊岳《词籍提要》对《花草粹编》的体例予以介绍曰：

> 《粹编》署朗陵外方陈耀文晦伯甫纂，凡十二卷，序目前附沈义父之《乐府指迷》一卷；卷一小令《苍梧谣》迄《上行杯》，凡七十九调，四百首；卷二小令《中兴乐》迄《采桑子》凡二十九调，三百二十八首；卷三小令《菩萨蛮》迄《一落索》，凡二十一调，三百五十首；卷四小令《忆秦娥》迄《滴滴金》，凡八十调，三百九十八首；卷五小令《少年游》迄《芳草渡》，凡六十调，三百二十六首；卷六小令《玉楼春》迄《散天花》，凡四十七调，二百九十四首；卷七中调《贺圣朝》迄《祭祆神》，凡七十八调，三百二十三首；卷八中调《千秋岁》迄《尉迟杯》，凡一百二十七调，二百九十二首；卷九长调《东风齐著力》迄《庆千秋》，凡五十八调，二百二十七首；卷十长调《庆清朝》迄《瑶台乐八仙》，凡八十五调，二百二十四首；卷十一长调《玉烛新》迄《尉迟杯》，凡一百另四调，二百四十五首；卷十二长调《泛清波摘遍》迄《莺啼序》，凡二十八调，二百四十八首。小令长调，体格求全，唐宋诸作，灿然大备。①

嘉靖二十九年(1550)顾从敬编成《类编草堂诗余》，这是首部按小令、中调、长调顺序分调编排的词选，受到明代词坛极大关注，此后“草堂”系列词选的分类本虽然继续存在，但分调选词已成一大趋势。《花草粹编》仿照《类编草堂诗余》体例，编排以小令、中调、长调为序，凡小令六卷，中调两卷，长调四卷；同一词调的作品又以词作者的时代先后顺序排列。

2. 录词重心仍为晚唐五代及北宋词

《花草粹编》是一部大型的唐宋词选，陈氏自序称：“上溯开天，下迄宋末。曲调不载于旧刻者，元词间亦与焉。”下面将《花草粹编》选词在50首以上的

① 赵尊岳《词籍提要》，见龙榆生《词学季刊》第三卷第一号(1936年)，第45页。

词人作一番统计，便可看出该书选词的重心所在。

表 2-2 《花草粹编》选词 50 首以上词人词作统计表

<table>
<tr><th>时代</th><th>词人</th><th>词作数</th><th>合计</th></tr>
<tr><td rowspan="2">晚唐五代</td><td>冯延巳</td><td>82</td><td rowspan="2">134 首</td></tr>
<tr><td>温庭筠</td><td>52</td></tr>
<tr><td rowspan="9">北宋</td><td>柳　永</td><td>155</td><td rowspan="9">758 首</td></tr>
<tr><td>周邦彦</td><td>105</td></tr>
<tr><td>晏几道</td><td>102</td></tr>
<tr><td>张　先</td><td>76</td></tr>
<tr><td>秦　观</td><td>70</td></tr>
<tr><td>晏　殊</td><td>69</td></tr>
<tr><td>欧阳修</td><td>65</td></tr>
<tr><td>苏　轼</td><td>62</td></tr>
<tr><td>黄庭坚</td><td>54</td></tr>
<tr><td rowspan="2">南宋</td><td>程　垓</td><td>62</td><td rowspan="2">113 首</td></tr>
<tr><td>史达祖</td><td>51</td></tr>
</table>

从上表可以看出，选词在 50 首以上者，晚唐五代 2 家，共 134 首；北宋 9 家，共 758 首；南宋 2 家，113 首。晚唐五代、北宋词远多于南宋词。《花间集》是五代编纂第一部文人词集，南宋人编纂的《草堂诗余》选录词人近百家，大多选录晚唐五代北宋词作，以周邦彦为最多，其下依次为秦观、苏轼、柳永等人，特别倾向于婉丽柔靡的风格。《花草粹编》深受《花间集》《草堂诗余》等词选的影响，于《花间集》中“选入 313 阕，约占《花间集》全书 63％；又自《草堂诗余》‘庚戌本’443 阕中，选入 392 阕，约占《草堂》全书 88％”，[①]录词最多的自然也是温庭筠、柳永、周邦彦、晏几道、张先、秦观等传统意义上的婉约词人。

明代“草堂”系列词选，大多都不选本朝人词作，《花草粹编》亦是如此。这种现象与明词创作整体衰弊的情况有一定的关系。清朱彝尊《词综・发凡》云：

① 陶子珍《明代词选研究》，台北秀威资讯科技股份有限公司 2003 年版，第 211 页。

明初作手，若杨孟载、高季迪、刘伯温辈，皆温雅芊丽，咀宫含商。李昌祺、王达善、瞿宗吉之流，亦能接武。至钱塘马浩澜以词名东南，陈言秽语，俗气熏入骨髓，殆不可医。周白川、夏公谨诸老，间有硬语，杨用修、王元美则强作解事，均与乐章未谐。①

明人对本朝词也常常持批评态度，如陈霆《渚山堂词话》指出："予尝妄谓我朝文人才士，鲜工南词。间有作者，病其赋情遣思、殊乏圆妙。甚则音律失谐，又甚则语句尘俗。求所谓清楚流丽，绮靡蕴藉，不多见也。"②徐士俊评论道："明诗虽不废，然不过山人纱帽两种应酬之语，何足为振。夫诗让唐，词让宋，曲又让元，庶几吴歌《挂枝儿》《罗江怨》《打枣竿》《银绞丝》之类，为我明一绝耳。"③陈耀文的友人李蓘分析了明词颓靡的原因：

盖自诗变而为诗余，又曰雅调，又曰填词，又变而为金元之北曲矣。当其初变词也，彼唐末宋初诸公竭其聪明智巧，抵于精美，所谓曹、刘降格为之，未必能胜者，亦诚然矣。北曲起而诗余渐不逮前，其在于今，则益泯泯也。盖士大夫既不素娴弦索，又不概谙腔谱，漫焉随人后而造次涂抹，浅易生硬，读之不可解。笔之冗于简册，不知回视古法，尤有毫末存焉否也。无怪乎其词湮，而书之存者稀也。④

李蓘认为，金元北曲和明代南戏盛行之后，词的创作受到很大冲击，文人皆趋向写作戏曲，很少有人专门从事词的创作，再加之"不谙腔谱"，不识音律，造成词曲相乱的现象。杜文澜《憩园词话》云："元季盛行南北曲，竞趋制曲之易。益惮填词之艰，宫调遂从此失传矣。有明一代，未寻废坠，绝少专门名家，间或为词，辄率意自度曲。音律因之益棼。"⑤李蓘指出，后继者不知学习古人之法而胡乱为之，所以使词作渐趋背离其正道。他称赏陈耀文以《花

---

① 朱彝尊《词综・发凡》，见朱彝尊、汪森编《词综》，上海古籍出版社 1978 年版，第 15 页。

② 陈霆《渚山堂词话》卷三，见唐圭璋《词话丛编》，中华书局 1986 年版，第 378～379 页。

③ 卓人月汇选，徐士俊参评《古今词统》，今人谷辉之校点，辽宁教育出版社 2000 年版，第 13 页。

④ 李蓘《花草粹编叙》，见陈耀文辑、今人龙建国等点校《花草粹编》，河北大学出版社 2007 年版，第 2 页。

⑤ 杜文澜《憩园词话》，见唐圭璋《词话丛编》，中华书局 1986 年版，第 2851～2852 页。

间集》《草堂诗余》为参照，整理编成《花草粹编》，“使夫好古之士得其书而学焉，则庶乎窥昔人之阃域，拾遗佚于千百，而为雅道之一助也”。明乎此，《花草粹编》不选明词也在情理之中了。

3. 体例庞杂不精

明代“草堂”系列词选往往存在随意增加题名或误题作者等体例不精的弊病，《花草粹编》也存在类似情况。如《花草粹编》中同一词调往往名称杂乱，清人田同之《西圃词说》批评道：“大抵一调之始，随人遣词命名，初无定准，致有纷拏。至《花草粹编》，异体怪目，渺不可极。或一调而名多至十数，殊厌披览。”[①]作者署名也杂乱无章，或注以姓名，或注以字，或为别号，没有统一标准，同是苏轼词，署名有“苏轼”“子瞻”“东坡”数种。且作者署名多有舛误。词作的来源出处，有的标于题下，有的注于词尾，漫无体统，杂乱纷繁。清人张文虎《跋花草粹编》称其“抉择之不精，校订之疏舛，或名或字或别号之体例庞杂，此明人书籍通病，无足怪也”。[②]

二、超轶《花间集》《草堂诗余》之处

1. 广收博采，以“备一代典章”

陈耀文编纂《花草粹编》的目的是铨粹《花间集》与《草堂诗余》，以“备一代之典章”，所以陈耀文并没有局限在两种词集之内，而是继续扩大选源，搜集了大量资料。《四库全书总目》卷一九九《花草粹编提要》云：“其书捃摭繁富，每调有原题者必录原题。或稍僻者必著采自某书，其有本事者并列词话于其后，其词本不佳而所填实为孤调，如《缕缕金》之类，则注曰备题，编次亦颇不苟。盖耀文于明代诸人中犹讲考证之学，非嘲风弄月者比也。”[③]

张仲谋先生指出，《花草粹编》所采用的文献至少有 153 种，并开列出具

---

① 田同之《西圃词说》，见唐圭璋《词话丛编》，中华书局 1986 年版，第 1466 页。

② 张文虎《跋花草粹编》，见施蛰存《词籍序跋萃编》，中国社会科学出版社 1994 年版，第 705 页。

③ 永瑢等《四库全书总目》，中华书局 1965 年影印本，第 1825 页。

体书名，[1]本文据此制成下表：

表 2-3 《花草粹编》采录文献一览表

文献种类	书　名	合计
词选	《花间集》《尊前集》《兰畹曲会》《时贤本事曲子集》《聚兰集》《梅苑》《乐府雅词》《复雅歌词》《草堂诗余》(包括明代流行的多种刊本或改编本)、《花庵词选》《中州乐府》《精选名儒草堂诗余》《天机余锦》《词林万选》	14 种
别集	韩偓《香奁集》、冯延巳《阳春集》、黄庭坚《山谷集》、秦观《少游集》、晏几道《小山词》、李之仪《姑溪词》、朱敦儒《樵歌》、周紫芝《竹坡词》、王灼《颐堂词》、张元幹《芦川词》、王之道《相山词》、侯寘《懒窟词》、赵彦端《介庵词》、王千秋《审斋词》、李处全《晦庵词》、石孝友《金谷遗音》、韩玉《东浦词》、姜夔《白石词》、洪瑹《空同词》、史达祖《梅溪词》、卢祖皋《蒲江词》、张辑《东泽绮语债》、蒋捷《竹山词》、张雨《贞居词》及晏殊、欧阳修、范纯仁、王安石等人之"本集"	28 种
诗话、词话	《古今词话》《续本事诗》《诗话总龟》《庚溪诗话》《温公诗话》《潜溪诗眼》《诗海遗珠》《竹坡诗话》《梅涧诗话》《珊瑚钩诗话》《漫叟诗话》《苕溪诗话》《古今诗话》《桐江诗话》《西清诗话》	15 种
笔记	《云溪友议》《北梦琐言》《洞微志》《侯鲭录》《齐乘》《鉴戒录》《庶庵老学丛谈》《玉壶清话》《避戎夜话》《鼠璞》《苕溪渔隐丛话》《夷坚志》《明道杂志》《归潜志》《青箱杂记》《倦游杂录》《玉照新志》《耆旧续闻》《深雪偶谈》《杨公笔录》《能改斋漫录》《尘史》《墨庄漫录》《志雅堂杂钞》《三朝野史》《湘山野录》《槁斋赘笔》《中朝故事》《挥麈录》《鹤林玉露》《山房随笔》《吹剑录》《就日录》《春渚纪闻》《云斋广录》《冷斋夜话》《青琐高议》《南烬纪闻》《墨客挥犀》《青楼集》《困学斋杂录》《中吴纪闻》《钱氏私志》《野客丛书》《陶朱新录》《侍儿小名录》《东坡志林》《桯史》《齐东野语》《谈薮》《碧鸡漫志》《金陀粹编》《南村辍耕录》《容斋随笔》《江湖纪闻》《宣和遗事》《因话录》《道山清话》《湖海新闻》《泊宅编》《吴中旧事》《清夜录》《言行录》《铁围山笔丛》《草木子》《朝野遗记》《春梦录》《续骫骳说》《约隐纪谈》《古杭杂记》《五代画品补遗》《南游纪闻》《复斋漫录》《东皋杂录》《杜阳杂编》《松窗杂录》《脞说》《栾城遗言》《钱塘遗事》《佩楚轩客谈》	80 种
小说	《清湖三塔记》《小说》《张老小说》《山亭儿》《水浒传》《云娘传》《西山一窟鬼》	7 种
其他文献	总集《乐府诗集》《中州集》，类书《翰墨大全》《寿亲养老新书》，史书《唐书》《新唐书》《南唐书》，方志《赵峤志》《武夷山志》	9 种
		153 种

《花草粹编》的广收博采与陈耀文注重考据的学术个性有着密切关联。

---

① 参张仲谋《文献价值与选本价值的悖离——论陈耀文〈花草粹编〉》，载《文学遗产》2012 年第 2 期，第 110 页。

陈耀文是明代嘉隆年间博学多闻的学者，曾编类书《天中记》六十卷，将其所能见到的各类典籍（包括历史、小说、艺术、科技等）以事为目，按性质分类编纂，天文地理、奇闻逸事，事无巨细，尽收编中，内容包罗万象。陈耀文编纂《花草粹编》，也是遍采词总集、名家别集、诗话、词话、笔记、小说、类书等各种文献资料。例如宋沈义父《乐府指迷》一书，向无单行本，容易佚失，陈氏自刻本卷首附有《乐府指迷》，使其得以顺利流传后世。

《花草粹编》所录不仅有唐宋大家、名家作品，还有一些是鲜见于其他词集的作品，如寇准《甘草子》（早春）、苏辙《渔家傲》（七十余年真一梦）等词，也有孤调如《缕缕金》，还有其他选本未经收录的作品如《九张机》，"形成了一个常见之词以佳词入选、不常见之词以搜逸入选、元词以备调入选（全书以选唐宋词为主）这样三位一体的格局"。[①] 明代《花间集》《草堂诗余》盛行的背景下，《复雅歌词》《乐府雅词》等词选罕见流传，也很少有人参阅引用，陈耀文注意从这些"冷僻"词选中采录作品，难能可贵。

陈耀文还将许多词人生平事迹、作品本事、校勘考订的资料附于词作之后，为后世词学研究提供了宝贵文献资料。《四库全书总目》认为《花草粹编》："虽纠正之详不及万树之《词律》，选择之精不及朱彝尊之《词综》，而裒辑之功实居二家之前。"[②]赵尊岳《词籍提要》云："其辑自唐宋人类书笔记，如《天机余锦》等，多为少见之本，尤可珍异。目录分见卷前；词之同调异名者，并记于目录本调之下，采自群书，则注原本书名于作者姓氏之下，本事词话，亦间附载。至辑自他书而姓氏无征，如《九张机》之出于《乐府雅词》者，即列《雅词》之名。女子著作可考者，均注明某妻，惜全书于名氏别号职衔，多所参用，又有错篇，义例殊不精审。然明本晚出，此已为极博可传之书，为治词者所不可不备矣。"[③]《花草粹编》在词学史上具有重要的文献价值，其承前启后之功不可轻没。

2. 选录南宋风雅词人词作

宋南渡之后，朝野与词坛皆兴起复雅思潮。由于靖康之变的历史惨剧，

---

① 萧鹏《群体的选择——唐宋人选词与词选通论》，台北文津出版社 1992 年版，第 254 页。

② 永瑢等《四库全书总目》，中华书局 1965 年影印本，第 1825 页。

③ 赵尊岳《词籍提要》，见龙榆生《词学季刊》第三卷第一号（1936 年），第 45 页。

徽宗时期的大晟乐被时人目为亡国之音:“不幸崇观小人用事,倡为丰享豫大之说,以文太平。虽能作大晟乐,置大司乐,要亦不过崇虚文以饰美观而已,亦奚能救于宣靖之弊哉!”[①]大晟乐的“雅乐”性质也遭到质疑与否定,如绍兴四年(1134)国子丞王普曾进言:“按《书舜典》,命夔曰:‘诗言志,歌永言,声依永,律和声。’盖古者既作诗,从而歌之,然后以声律协和而成曲。自历代至于本朝,雅乐皆先制乐章而后成谱。崇宁以后,乃先制谱,后命词,于是词律不相谐协,且与俗乐无异。乞复用古制。”[②]朝中有大臣标榜恢复古制、使用雅乐,民间也有鲖阳居士以《复雅歌词序》相号召:

> 温李之徒,率然抒一时情致,流为淫艳猥亵不可闻之语。我宋之兴,宗工巨儒,文力妙于天下者,犹祖其遗风,荡而不知所止。脱于芒端,而四方传唱,敏若风雨,人人歆艳,咀味于朋游樽俎之间,以是为相乐也。其韫骚雅之趣者,百一二而已。……属靖康之变,天下不闻和乐之音者,一十有六年。绍兴壬戌,诞敷诏音,弛天下乐禁。黎民欢忭,始知有生之快。讴歌载道,遂为化国。由是知孟子以“今乐犹古乐”之言,不妄矣。[③]

宋室南渡后,一度禁作歌舞,随着偏安局面的形成,久被废置的礼乐制度重新开始恢复,宋高宗绍兴壬戌(1142),“弛天下乐禁”,对南宋乐舞歌词的创作与产生了一定影响。鲖阳居士在此背景下编选了《复雅歌词》,惜该书已佚。《复雅歌词序》从传统儒家的诗乐观出发,认为自温庭筠至北宋包括晏殊、欧阳修、苏轼等人的词作都不是“雅”词,晚唐北宋歌词有“流为淫艳猥亵不可闻之语”“荡而不知所止”的弊病,而雅词则应当“韫骚雅之趣”。

“风雅”成为南宋词坛的主流词风之一,受词论家的注意和推崇。如南宋王灼《碧鸡漫志》卷一曰:“或问雅郑所分。曰,中正则雅,多哇则郑。至论也。何谓中正。凡阴阳之气,有中有正,故音乐有正声,有中声。二十四气岁一周天,而统以十二律。中正之声,正声得正气,中声得中气,则可用。中正用,则

---

① 谢维新《古今合璧事类备要》外集卷十,文渊阁《四库全书》本。

② 《宋史·乐志》卷一百三十,中华书局1997年版,第3030页。

③ 谢维新《古今合璧事类备要》外集卷一一《音乐门·乐章类》,据文渊阁《四库全书》本。

平气应，故曰，中正以平之。”[①]王灼推崇雅乐，认为区别音乐雅、正的标准是看其是否符合“中正”，中正则“雅”，非中正则“郑”。

南宋曾慥编词选《乐府雅词》，亦崇“雅词”。曾慥《乐府雅词引》云：“余所藏名公长短句，裒合成篇，或后或先，非有诠次；多是一家，难分优劣，涉谐谑则去之，名曰《乐府雅词》。……欧公一代儒宗，风流自命，词章幼眇，世所矜式；当时小人或作艳曲，谬为公词，今悉删除。”《乐府雅词》共录欧阳修词八十余首，位居所选词人作品数量之冠。曾氏选词以雅为尚，“涉谐谑则去之”，并将他认为是“谬为公词”的“艳曲”“悉删除”，柳永词则一首不选，说明曾慥认为欧词为北宋雅词的典范。张炎《词源》论词亦主张“雅正”：

> 古之乐章、乐府、乐歌、乐曲，皆出于雅正。粤自隋唐以来，声诗间为长短句。至唐人则有《尊前》，《花间集》。迄于崇宁，立大晟府，命周美成诸人讨论古音，审定古调，沦落之后，少得存者。……美成负一代词名，所作之词，浑厚和雅，善于融化词句，而于音谱，且间有未谐，可见其难矣。作词者多效其体制，失之软媚，而无所取。……旧有刊本《六十家词》，可歌可诵者，指不多屈。中间如秦少游、高竹屋、姜白石、史邦卿、吴梦窗，此数家格调不侔，句法挺异，俱能特立清新之意，删削靡曼之词，自成一家，各名于世。[②]

张炎认为，北宋末周邦彦词可称得上“浑厚和雅”，但学习仿效周邦彦词又多“失之软媚”，南宋词人中只有姜夔、史达祖、吴文英等人的创作能“立清新之意”，自成一家。张炎尤为推崇姜夔词之“清空”“骚雅”，其《词源》云：

> 词要清空，不要质实。清空则古雅峭拔，质实则凝滞晦昧。姜白石词如野云孤飞，去留无迹。……白石词如《疏影》《暗香》《扬州慢》《一萼红》《琵琶仙》《探春》《八归》《淡黄柳》等曲，不惟清空，又且骚雅，读之使人神观飞越。[③]

---

① 王灼《碧鸡漫志》，见唐圭璋《词话丛编》，中华书局 1986 年版，第 80 页。
② 张炎《词源》，见唐圭璋《词话丛编》，中华书局 1986 年版，第 255 页。
③ 张炎《词源》，见唐圭璋《词话丛编》，中华书局 1986 年版，第 259 页。

张炎论词提倡"清空""骚雅""雅正",作词也向姜夔学习。清陈廷焯《白雨斋词话》卷八云:"玉田乃全祖白石,面目虽变,托根有归,可为白石羽翼。"[①]郭麐《灵芬馆词话》云:"姜张诸子,一洗华靡,独标清绮,如瘦石孤花。轻笙幽磬,入其境者,疑有仙灵,闻其声者,人人自远。"[②]汪森《词综序》云:"鄱阳姜夔出,句琢字炼,归于醇雅,于是史达祖、高观国羽翼之,张辑、吴文英师之于前,赵以夫、蒋捷、周密、陈允衡、王沂孙、张炎、张翥效之于后,譬之于乐,舞箾至于九变,而词之能事毕矣。"[③]实际上明确指出南宋词坛形成了一个以姜夔为首,以史达祖、吴文英、张炎、周密、蒋捷、王沂孙、张辑、张翥等为代表的风雅派词人群体。

陈耀文《花草粹编》选录了姜夔、张炎、蒋捷、史达祖、高观国、张辑、张翥、王沂孙、周密等 10 位南宋风雅派词人的词作 120 余首。录词数量较多的是姜夔、张炎、史达祖、蒋捷 4 人。例如,选录姜夔的《暗香》(旧时月色)、《疏影》(苔枝缀玉)、《齐天乐》(庾郎先自吟愁赋)、《一萼红》(古城阴)、《琵琶仙》(双桨来时)、《探春慢》(衰草愁烟)、《八归》(芳莲坠粉)、《淡黄柳》(空城画角)、《翠楼吟》(月冷龙沙)、《湘月》(五湖旧约)、《踏莎行》(燕燕轻盈)、《眉妩》(看垂杨连苑)、《念奴娇》(闹红一舸)、《秋宵吟》(古帘空)、《玲珑四犯》(叠鼓夜寒)、《长亭怨慢》(渐吹尽)、《法曲献仙音》(虚阁笼寒)、《清波引》(冷云迷浦)、《少年游》(双螺未合)共计 19 首,姜夔的代表作大都选入其中。

《花草粹编》还选录史达祖词 43 首,蒋捷词 23 首,张炎词 16 首,高观国词 7 首,张辑词 7 首,张翥词 3 首,王沂孙词 2 首,周密词 1 首,弥补了之前《草堂诗余》系列词选很少选录南宋风雅派词人的缺憾。

明代《花间集》《草堂诗余》流行,明人作词也偏于俚俗香艳。如明中期王世贞就说:"词须婉转绵丽,浅至儇俏,挟春月烟花于闺幨内奏之。一语之艳,令人魂绝,一字之工,令人色飞,乃为贵耳。至于慷慨磊落,纵横豪爽,抑亦其次,不作可耳。作则宁为大雅罪人,勿儒冠而胡服也。"[④]《花草粹编》以《花间

① 陈廷焯《白雨斋词话》,见唐圭璋《词话丛编》,中华书局 1986 年版,第 3963 页。

② 郭麐《灵芬馆词话》,见唐圭璋《词话丛编》,中华书局 1986 年版,第 1503 页。

③ 汪森《词综序》,见朱彝尊、汪森编《词综》,上海古籍出版社 1978 年版,第 1 页。

④ 王世贞《艺苑卮言》,见唐圭璋《词话丛编》,中华书局 1986 年版,第 385 页。

集》《草堂诗余》为选词来源，并冠以“花草”之名，自然崇尚婉媚词风，但《花草粹编》也部分地突破了《草堂诗余》选词的审美倾向，在一定程度上体现了对南宋风雅派词人词作的关注。南宋姜夔、张炎、蒋捷等风雅词人进入明代词选具有重要意义，因为“在明代《花》《草》盛行的背景之下，姜夔等风雅派词人的词几乎失传，而陈耀文仍选取了部分‘雅词’入选，这是对‘雅词’的一种回归，而这种回归直接影响到清代浙西词派朱彝尊等人，使得‘雅词’在经历了明代词体的消寂之后，在清代重新成为论词之典范”。[①]

第三节　“旧瓶装新酒”:《草堂诗余四集》

明代中叶以后，经明人改编的《草堂诗余》极为盛行，形成了一个令人瞩目的“草堂”系列[②]，多数“草堂”词选层层因袭，质量不高，但是其中也有少数选本反映了新的词学信息与时代特点，如明末沈际飞编选的《草堂诗余四集》就是其中规模宏大、具有特色的通代词选。[③]《草堂诗余四集》，沿用嘉靖二十九年(1550)顾从敬《类编草堂诗余》(下文简称顾本)以调编次的体例，分为《草堂诗余正集》六卷、《草堂诗余续集》二卷、《草堂诗余别集》四卷、《草堂诗余新集》五卷，共十七卷；学界一般将其视为顾本的续编本或扩编本。《草堂诗余四集》虽皆冠以“草堂”之名，但其选录内容与审美倾向已较《草堂诗余》原编有较大变化，可谓“旧瓶装新酒”。

南宋人所编《草堂诗余》选录词人近百家，多选晚唐五代北宋词作，以周邦彦为最多，其下依次为秦观、苏轼、柳永等人，特别倾向于婉丽柔靡的风格，

---

① 丁放、鲍菁《论〈花草粹编〉选词的主导倾向》，载《安徽教育学院学报》2007 年第 5 期，第 70 页。

② 明代《草堂诗余》版本情况可参刘军政《明代〈草堂诗余〉版本述略》，载《南阳师范学院学报》2004 年第 2 期，第 49～54 页。

③ 该书曾多次刊行，有万历四十二年(1614)翁少麓刊本、崇祯间吴门童涌泉刊本等多种版本，各版本之卷次、内容皆同，唯所收序跋多寡及装订册数有异。

这对明代以顾从敬《类编草堂诗余》为代表的"草堂"系列的编选产生了深远影响。明代后期涌现出的诸多"草堂"选本，如万历间闵暎璧刻朱墨套印本《草堂诗余》、万历二十三年(1595)郑世豪宗文书堂刊《新刻注释草堂诗余评林》、万历三十年(1602)乔山书舍刊《新锓订正评注便读草堂诗余》、万历四十三年(1615)书林自新斋余文杰刊《新刻题评名贤词话草堂诗余》等词选选录的作品皆与顾本大致相同。

沈际飞尊重时俗，推崇北宋婉约柔靡词风的传统，他指出："《正集》裁自顾汝所(顾从敬)手，此道当家，不容轻为去取，其附见诸词，并鳞次其中。《续集》视顾选尤精约，悉仍其旧。"[①]《草堂诗余正集》选词 465 首，较顾本多出 22 首。选词 7 首以上者 13 家，依次为：周邦彦(64 首)、苏轼(29 首)、秦观(27 首)、柳永(23 首)、康与之(16 首)、欧阳修(14 首)、黄庭坚(14 首)、辛弃疾(13 首)、李清照(9 首)、李煜(8 首)、张先(8 首)、贺铸(7 首)、朱敦儒(7 首)。偏重选录李、周、苏、秦、柳、欧等晚唐五代北宋名家，审美趣味正偏向于婉约柔靡一路。《续集》录唐宋金元词 225 首，选词较多者依然为欧阳修(27 首)、苏轼(20 首)、秦观(17 首)、李煜(10 首)、晏几道(7 首)、黄庭坚(7 首)、朱敦儒(7 首)等人。由此可见，正、续两集实为顾本的增删改编本，因此其编选旨趣与顾本相同。沈际飞认为："夫雕章缛采，味腴搴芳，词家本色。"[②]体现了明人崇尚婉约柔靡审美趣味的巨大惯性。

但是，沈际飞的《草堂诗余别集》与《草堂诗余新集》的选词思路则明显地超越了顾本。

一、增选南宋"豪放""雅正"词作

《草堂诗余别集》不是《草堂诗余》的简单沿袭或改编，而是自辟蹊径扩大了选录范围及选词来源。沈际飞《草堂诗余四集·发凡》中说："《别集》则余僭为排攒。自宋溯之，而五代而唐而隋；自宋沿之，而辽而金而元。博综《花

① 沈际飞《草堂诗余四集·发凡》，据明末翁少麓刊本。
② 沈际飞《草堂诗余别集序》，据明末翁少麓刊本。

间》《尊前》《花庵》，选宋元名家词以及稗官逸史，卷为四，词若干首。”《草堂诗余别集》是一部通代选，共选唐宋金元词 460 首，词人 180 余家，词人比顾本多出 50 余家。

《草堂诗余别集》特别注重选录南宋词人词作。《草堂诗余别集》选词 6 首以上的词人有 15 位：蒋捷（38 首）、辛弃疾（20 首）、苏轼（17 首）、刘克庄（13 首）、陆游（11 首）、黄升（10 首）、刘过（10 首）、史达祖（10 首）、黄庭坚（7 首）、姜夔（7 首）、严仁（7 首）、孙光宪（6 首）、刘仙伦（6 首）、吴文英（6 首）、胡浩然（6 首），其中南宋词人占了绝大多数。蒋捷、辛弃疾、陆游、刘过、刘克庄、史达祖等南宋人也受到一定程度的重视，顾本与《草堂诗余正集》未选录的南宋著名词人姜夔、蒋捷、吴文英等人则得以补选。

沈际飞对当时流行的“风情婉娈”的词风并不满意，所以《草堂诗余别集》注意选录辛弃疾刚柔兼济、雄肆疏放的词作如《贺新郎·别茂嘉十二弟》《永遇乐·京口北固亭怀古》《贺新郎》（甚矣吾衰矣）等。沈际飞评辛弃疾《水龙吟》（夜来风雨匆匆）曰：“人指东坡为词诗，稼轩为词论，不知曲者曲也，固当委曲为体，徒狃于风情婉娈，则亦致厌。回视稼轩，岂不易目翻根。”沈际飞还选录辛派词人中深具稼轩作风的作品，如刘过《沁园春》（斗酒彘肩）、《西江月》（堂上谋臣尊俎）、刘克庄《沁园春·梦孚若》（何处相逢）等。沈际飞评刘克庄词曰：“气概雷击霆震。”又评岳飞《满江红》（怒发冲冠）曰：“胆量、意见、文章，悉无今古。”评岳珂《祝英台近》（澹烟横）曰：“激烈感愤，类辛幼安‘千古江山’词。”

沈际飞也比较欣赏姜夔、吴文英、蒋捷等人的艺术风格。如评姜夔《琵琶仙》（双桨来时）曰：“词大忌质实，白石道人《探春慢》《一萼红》《扬州慢》《暗香》《疏影》《淡黄柳》诸曲，多清空骚雅。”评《眉妩》（看垂杨迷苑）曰：“词到白石翁，出脱一番。”评吴文英《好事近》（雁外雨丝丝）云：“骚雅。”评蒋捷《柳梢青》（学唱新腔）曰：“竹山名捷，宋末人，貌不扬，有词二卷，幽秀古艳，惜续诗余者不多载。”评其《霜天晓角》（人影窗纱）时慨叹：“人皆称柳、秦、张、周为词祖，而不推蒋竹山，何耶？”“风雅”作为南宋词坛的主流词风之一，受到当时词论家的关注和推崇，如张炎的《词源》下卷论词之创作，主张“清空”与“雅正”：“古之乐章、乐府、乐歌、乐曲，皆出于雅正。”而后陆辅之效法张炎作《词旨》，对张炎的“雅正”“清空”之说极力推崇，“凡观词须先识古今体制雅俗。脱出宿生尘腐气，然后知此语，咀嚼有味”。[①] 雅词在南宋词坛风行一时，其代表作家以姜夔为首，史达祖、吴文英、张炎、蒋捷等人为羽翼。但是，“风雅”一派在金、元时逐渐衰落，被“伉爽清疏”之词风所取代。沈际飞于明末续接张炎等人的雅词观念，推尊姜夔、蒋捷，以“清空”“骚雅”评词，于流俗之中迥然拔出。清初浙西词派首领朱彝尊推尊姜夔、主张“醇雅”，沈际飞的选词实践对浙西一派有潜移默化的影响。

明人选词多以《花间集》《草堂诗余》为范本，有学者指出：“‘花草’不仅是明代词家的经典读物，也是明人词话的主要讨论对象、词论的主要观点之依据。……明人词论都不出以唐五代、北宋为尊，以香艳鄙俚为词家本色的范围，一叶障目不见泰山，‘花草’障目不见全宋。”[②]在此背景之下，沈际飞编选《别集》，发挥词选家主体意识大量选录南宋词，补偏救弊，让更多的南宋词人、词作进入明代批评者和读者的视野之中，可谓有功于词学，显示出选者独特的、迥异于流俗的词学眼光。

二、关注本朝词人，广选明词

在相当长的时期内，明代词选家受“花草”之风影响，忽略本朝词作的编选，直至万历四十二年(1614)，钱允治编成第一部专选本朝人词作的《类编笺释国朝诗余》，这一情况才得以改观。《国朝诗余》分为五卷，依调编次，选录明初至万历间词人 27 家 461 首。该书录词 8 首以上者 11 家，具体如下：杨慎(114 首)、王世贞(76 首)、刘基(66 首)、吴子孝(46 首)、文徵明(40 首)、吴宽(27 首)、严嵩(15 首)、王行(13 首)、陈淳(11 首)、赵宽(8 首)、王世懋(8 首)。这 11 家词人生活年代多集中于弘治以后，仅刘基、王行为明初人；作者地域分布，除杨慎、刘基、严嵩外，其余都是苏州籍词人，这可能与钱允治本人为苏州人有关。从整体来看，《国朝诗余》选录词人数量偏少，词人的时代、地

---

① 陆辅之《词旨》，见唐圭璋《词话丛编》，中华书局 1986 年版，第 302 页。

② 萧鹏《群体的选择——唐宋人选词与词选通论》，台北文津出版社 1992 年版，第 235 页。

域分布相对集中，而且词人选词数量悬殊，其名虽为“国朝诗余”，然实不足以概括有明一代词坛创作情况。

沈际飞鉴于钱允治《国朝诗余》搜求未广，而且“玉石杂陈，竽瑟互进”，因此“删其什之五，补其什之七”（《草堂诗余四集・发凡》），在《国朝诗余》的基础上重新编成《草堂诗余新集》。沈氏删去《国朝诗余》选词数量较多的杨慎、王世贞、刘基等人的词作 133 首，另外增选词人 47 家，增补词作 196 首，共选录 74 家 524 首。其中，选词 8 首以上者 8 家：瞿佑（16 首）、张綖（15 首）、王微（15 首）、莫璠（10 首）、顾从敬（9 首）、高濂（14 首）、沈际飞（14 首）、马洪（8 首）。而明代词坛的名家或著名文人如高启、边贡、林鸿、夏言、李攀龙、祝允明、徐渭、陈继儒、汪廷讷等也被增选入内，明初至明末、名家与一般作者《草堂诗余新集》皆有入选，这样明代词人的阵容相当可观，收录范围较《国朝诗余》有较大拓展，所选词人数几乎超过钱选的两倍，故完全可以将沈氏重编之《草堂诗余新集》视为一部更为完善的明人词选集。

由于资料条件限制，《草堂诗余新集》离沈际飞自己的编选理想尚有一定的距离。沈氏曾感慨：“今人之词，方云霞其蔚蒸。如升庵《填词选格》《词林万选》《词选增奇》《填词玉屑》《诗余补遗》《古今词英》《百琲明珠》等书，已不复见，矧宋元遗本，其饱蠹覆瓿者，不知几何矣。又如我明宋潜溪、解大绅、王阳明、王守溪、于廷益、何大复、唐荆川、杨椒山、莫廷韩、梅禹金、汤海若、黄贞父、汤嘉宾、骆象先、钟伯敬、丘毛伯、陶石篑、屠赤水、王百穀、袁中郎诸公集中无词，而陈眉公、张侗初、李本宁、冯具区、王永启、钱受之、邹臣虎、韩求仲、顾邻初、王季重、董玄宰、谭友夏、赵凡夫诸公尚未有集，坐井窥管，自分不免。”因此他期待“有同志者，不妨惠教，以嗣续编”（《草堂诗余四集・发凡》）。

沈际飞将源于顾本的正、续二集与自己所编之《草堂诗余别集》《草堂诗余新集》汇为一编，俨然成为一部选录唐宋金元明词的大型通代词选，虽然冠以“草堂”之名，然其选词范围与审美趣味皆有超轶《草堂诗余》之处，反映出沈际飞较为开放的词学观念和兼容并蓄的审美趣味。稍后卓人月等人编选的大型词选《古今词统》即参考了《草堂诗余四集》，继续推动着明末清初词学的嬗变。

第四节　意在“集大成”:《古今词统》

《古今词统》十六卷，明卓人月编选，徐士俊参评。卓人月(1606—1636)，字珂月，号蕊渊，仁和(今浙江杭州)人。著有《蟾台集》《蕊渊集》等。徐士俊(1602—1681)，原名翙，字野君，一字三有，号西湖散人，仁和(今浙江杭州)人。著有《雁楼集》《春波影》等。《古今词统》刊于崇祯六年(1633)，该书共录唐五代宋金元明词人486家，词作2030首，将历代词汇于一编，为清初朱彝尊《词综》之前规模最大的一部通代词总集。该书附刊《徐卓晤歌》一卷，为徐、卓二人的唱和之作。《古今词统》有上海图书馆藏明崇祯刻本，《续修四库全书》据以影印。今有2000年辽宁教育出版社谷辉之校点本。

张宏生先生对《古今词统》的命名作了分析，他认为:“什么是‘统’? 指的是统序。这本是从中唐以来开始强化的倾向，道有道统，文有文统，诗有诗统，至明代，思想上归为程朱理学，并见诸科举考试，自不待言，文坛上七子的‘文必秦汉’‘诗必盛唐’说，归有光诸人的推崇唐宋八大家说等等，无不是争统序、见体系的做法。明代词学虽然不振，至晚明却渐渐引起重视，此时，有心者希望补上统序这一环，不仅总结，更在指导，也是题中应有之义。”①这一见解是颇富启示性的。

徐士俊的《古今词统序》透露了该书的编纂意图:

> 兹役也，吾二人渔猎群书，汇其妙好，自谓薄有苦心。其间前后次序，一以字之多寡为上下，自十六字至于二百三十字有奇。如岁朝之酌，先其少者，后其老者。……又必详其逸事，识其遗文，远征天上之仙音，下暨荒城之鬼语，类载而并赏之。虽非古今之盟主，亦不愧词苑之功臣矣。先是，余有《三祥笺》之辑，一《子夜》，一《竹

① 张宏生《统序观与明清词学的递嬗——从〈古今词统〉到〈词综〉》，载《文学遗产》2010年第1期，第87页。

枝》，一《回文》。而珂月又以《竹枝》旧属诗余，遂拔其尤而去。回文则如《菩萨蛮》数阕，复稍稍拦入焉。捽碎菱花，作蕊珠宫瘦影，岂不令徐郎懊恨。珂月曰：无恨也，使子仅知《三样笺》之为美，而不知此书之尤美，亦何异世人但知《花间》《草堂》《兰畹》之为三珠树，而不知《词统》之集大成也哉！[①]

《古今词统》的编纂者希望该书能够超越其他词选而成为"词苑之功臣"和"集大成"之作。《古今词统》一书中收录了大量词学资料，如卷首有徐士俊序、孟称舜序和"旧序"八篇：何良俊《草堂诗余序》、黄河清《续草堂诗余序》、陈仁锡《续诗余序》、杨慎《词品序》、王世贞《词评序》、钱允治《国朝诗余序》、沈际飞《诗余四集序》、沈际飞《诗余别集序》；又有"杂说"六篇：张炎《乐府指迷》（《乐府指迷》为沈义父作）、杨万里《作词五要》（《作词五要》为杨缵作）、王世贞《论诗余》、张綖《论诗余》、徐师曾《论诗余》、沈际飞《诗余发凡》。还列有"氏籍"一项，对所录词人的字号里籍予以简介。所选词作多有笺注评语，又有圈点眉批，资料十分丰富。读者一编在手，可以较方便地了解诸家论词观点。

一、南宋词、明人词成为选录重心

明人词选（包括"草堂"系列）多关注唐五代、北宋词，对南宋词和本朝词人词作比较忽视。上文已论述《草堂诗余四集》对此弊端已经有所矫正，《古今词统》则更进一步将南宋词、明词作为选录重心。

《古今词统》共录唐五代宋金元明词人 486 家，词作 2030 首，现将录词 15 首以上的词人及词作数量制成下表：

---

① 徐士俊《古今词统序》，见《古今词统》，今人谷辉之校点本，辽宁教育出版社 2000 年版，第 2 页。下文所引皆据此本。

表 2-4 《古今词统》选词 15 首以上词人词作统计表

朝代	词人	词作数	合计
唐五代	孙光宪	24	84
	温庭筠	23	
	牛 峤	20	
	李 煜	17	
北宋	苏 轼	47	254
	周邦彦	43	
	秦 观	38	
	黄庭坚	36	
	毛 滂	32	
	晏几道	24	
	欧阳修	19	
	张 先	15	
南宋	辛弃疾	141	452
	蒋 捷	50	
	吴文英	49	
	刘克庄	46	
	陆 游	45	
	高观国	34	
	史达祖	29	
	程 垓	23	
	方千里	20	
	李清照	15	
明代	杨 慎	60	187
	王世贞	35	
	刘 基	31	
	杨 基	22	
	吴鼎芳	21	
	董斯张	18	

从上表数据可以看出:《古今词统》录词 15 首以上者,唐五代 4 家,共 84 首;北宋 8 家,共 254 首;南宋 10 家,452 首;明代 6 家,共 187 首。《古今词统》虽然是一部选录唐五代宋金元明词的通代词选,但其选录重心偏于宋、明两代,尤其偏重于南宋;《古今词统》高度推尊辛弃疾词,收其词 141 首,远远超过其他词人所录词作数量,稼轩词派中人刘克庄、陆游也受到关注;南宋"风雅派"词人蒋捷、吴文英、史达祖也有较多词作入选。可以说,《古今词统》已完全从明人对唐五代、北宋词的崇拜之风中摆脱出来。

二、强调"婉约""豪放"不可偏废

以婉约与豪放论词,最早是由明前期的张綖提出的。张綖编纂词谱《诗余图谱》,其《凡例》后附按语云:

> 词体大略有二:一体婉约,一体豪放。婉约者欲其辞情蕴藉,豪放者欲其气象恢弘,盖亦存乎其人。如秦少游之作,多是婉约;苏子瞻之作,多是豪放。大抵词体以婉约为正,故东坡称少游为今之词手;后山评东坡词虽极天下之工,要非本色。今所录为式者,必是婉约,庶得词体,又有惟取音节中调,不暇择其词之工者,览者详之。①

张綖《诗余图谱·凡例》将词分为"婉约""豪放"二体且认为婉约为正、豪放为变后,产生了极大影响,明人大多沿袭"婉约为正"的观点并将其作为品评词作的重要标准,导致明词创作趋向婉丽柔靡。鉴于此,《古今词统》提出了不同流俗的意见,徐士俊《古今词统序》云:

> 词盛于宋,不始终于宋,故称古今焉。古今之为词者,无虑数百家。或以巧语致胜,或以丽字取妍,或"望断江南",或"梦回鸡塞",或床下而偷咏"纤手新橙"之句,或池上而重翻"冰肌玉骨"之声,以至春风吊柳七之魂,夜月哭长沙之伎,诸如此类,人人自以为名高黄绢,响落红牙。而犹有议之者,谓"铜将军""铁绰板",与"十七八女

① 张綖《诗余图谱·凡例》,据台北"国家图书馆"藏嘉靖十五年初刊本。

> 郎”相去殊绝，无乃统之者无其人，遂使倒流三峡，竟分道而驰耶。余与珂月，起而任之，曰：是不然。吾欲分风，风不可分；吾欲劈流，流不可劈。非诗非曲，自然风流，统而名之以“词”，所谓“言”与“司”合者是也。……其按词之法，则如杨诚斋所撰《词家五要》，一曰择腔，二曰应律，三曰按语，四曰详韵，五曰立新意。而且曰幽曰奇，曰淡曰艳，曰敛曰放，曰秾曰纤，种种毕具，不使子瞻受“词诗”之号，稼轩居“词论”之名。①

徐士俊、卓人月二人既欣赏词作的“巧语”“丽字”，肯定温庭筠、李煜、周邦彦等人的婉丽之词，又不废苏、辛豪放词，欲将“铜将军”“铁绰板”与“十七八女郎”统于一书。序文所谓“铜将军”“铁绰板”，用了一则典故。《说郛》卷二十四引《吹剑续录》云：“东坡在玉堂，有幕士善讴，因问‘我词比柳词何如’？对曰：‘柳郎中词只好十七八女孩儿，执红牙拍板唱“杨柳岸晓风残月”。学士词须关西大汉，执铁板唱“大江东去”。’公为之绝倒。”东坡幕士之语，形象地比较了苏、柳二人词作的不同风格，但并未评判优劣。人们片面地解读这一故事，出现了重婉约、轻豪放的论调，如陈师道称东坡词“如教坊雷大使舞，虽极天下之工，要非本色”（《后山诗话》），即为此种看法的代表。

徐士俊、卓人月认为，词有幽、奇、淡、艳、敛、放、秾、纤诸种风格，人们对豪放风格的轻视和非议是极为不妥的，因为词之风格如清风、流水一般，不可强行割裂，更何况同一词人的作品往往兼具婉约和豪放的特点，所以反对将苏词视为“词诗”，将辛词视为“词论”。

孟称舜更是明确提出豪放与婉约两种风格不能强分优劣，孟称舜《古今词统序》云：

> 诗变而为词，词变而为曲，词者，诗之余而曲之祖也。乐府以皦径扬厉为工，诗余以婉丽流畅为美。故作词者率取柔音曼声，如张三影、柳三变之属。而苏子瞻、辛稼轩之清俊雄放，皆以为豪而不入于格。宋伶人所评《雨淋铃》《酹江月》之优劣，遂为后世填词者定律

① 徐士俊《古今词统序》，见《古今词统》，今人谷辉之校点本，辽宁教育出版社2000年版，第1～2页。

矣。余窃以为不然。盖词与诗、曲，体格虽异，而同本于作者之情。古来才人豪客，淑姝名媛，悲者喜者，怨者慕者，怀者想者，寄兴不一。或言之而低徊焉，宛恋（按，疑为“婉娈”）焉；或言之而缠绵焉，凄怆焉；又或言之而嘲笑焉，愤怅焉，淋漓痛快焉。作者极情尽态，而听者洞心耸耳，如是者皆为当行，皆为本色，宁必姝姝媛媛，学儿女子语，而后为词哉？故幽思曲想，张、柳之词工矣，然其失则俗而腻也，古者妖童冶妇之所遗也。伤时吊古，苏、辛之词工矣，然其失则莽而俚也，古者征夫放士之所托也。两家各有其美，亦各有其病，然达其情而不以词掩，则皆填词者之所宗，不可以优劣言也。予友卓珂月，生平持说多与予合。己巳秋，过会稽，手一编示予，题曰《古今词统》。予取而读之，则自隋、唐、宋、元，以迄于我明，妙词无不毕具。其意大概谓词无定格，要以摹写情态，令人一展卷而魂动魄化者为上，他虽素脍炙人口者，弗录也。珂月所作诗余甚多，兴会所到，无不曲尽两家之美，故能出其手眼，以与作者之情合。使徒取绝艳于《花间》，挹余香于《兰畹》，则得词之说鄙矣，而未尽其致也，选者之情隐，而作者之情亦掩也。则是刻其可以已也夫。己巳中秋，会稽友弟孟称舜书。①

“乐府以皦径扬厉为工，诗余以婉丽流畅为美”，这是何良俊《草堂诗余序》中的观点，在明代论词者中具有一定代表性。明人多称赏词作之柔婉绮丽，而对豪放词持鄙夷不屑的态度，孟称舜却以何良俊的观点为驳论靶子，为豪放词正名。在孟称舜看来，只要出于真情，“才人豪客，淑姝名媛”之词皆为佳作。他列举了词的各种风格，并未加以轩轾，且据此提出了自己的本色观：作家的性情是各不相同的，感情的内容是丰富多样的，情感的表达方式也是复杂多变的，词的创作只要做到了“作者极情尽态，而听者洞心耸耳”，就是优秀之作，“如是者皆为当行，皆为本色”。

孟称舜还指出，婉约风格与豪放风格各有所长，但也各有所失，“张、柳之

① 孟称舜《古今词统序》，见《古今词统》，今人谷辉之校点本，辽宁教育出版社2000年版，第3～4页。

词工矣，然其失则俗而腻也”，“苏、辛之词工矣，然其失则莽而俚也”，婉约词与豪放词之间，“两家各有其美，亦各有其病”，所以说不要探讨婉约豪放谁为优劣，而应以“达其情而不以词掩”为词之正宗，应当说，这种观点是通达而公允的。

正由于《古今词统》具有统合婉约、豪放二者的通达思想，所以传统上被认为是婉约词人的温庭筠、李煜、张先、柳永、晏几道、秦观、周邦彦、李清照、姜夔、吴文英等人有大量的词作入选，被认为是豪放词人的苏轼、辛弃疾、陆游、陈亮、刘克庄等更是受到高度的重视和彰显。

《古今词统》颇受清人重视和好评。邹祇谟《远志斋词衷》曰：“卓珂月、徐野君《词统》一书，搜奇葺僻，可谓词苑功臣。”①王士祯《花草蒙拾》曰：“卓珂月自负逸才，《词统》一书，搜采鉴别，大有廓清之力。”②能得到这样评价的明代词选并不多见。

综而言之，明末卓人月、徐士俊的《古今词统》，虽然是在《草堂诗余》系列词选的基础上编纂而成，但其选词重心与审美趣味已与《草堂诗余》大异其趣了。

第五节　明代词选的编纂与发展

明代词选数量之繁盛，超逾前代。李康化先生指出：“明代词选，据估计不下一二百种，名家各有其选，门派各有其选，书坊也竞相选词。”③现存明人编选的词选尚有40余种，明词编选历经了一个由沉寂到相对繁荣的发展历程。嘉靖之后，词选编刊辑纂出现繁荣景象。以《草堂诗余》的编刻情况为

① 邹祇谟《远志斋词衷》，见唐圭璋《词话丛编》，中华书局1986年版，第655页。
② 王士祯《花草蒙拾》，见唐圭璋《词话丛编》，中华书局1986年版，第685页。
③ 李康化《明清之际江南词学思想研究》，巴蜀书社2001年版，第15页。

例，嘉靖之前仅有 4 种，嘉靖以后则多达 35 种。[①]《草堂诗余》原为南宋书坊为应歌之需而编选的一部词集，曾在民间广泛流传，南宋末至元代则传本渐少，明代中叶以后，经明人改编的《草堂诗余》又大为盛行。明代词选与唐宋词选关系密切，其编选体例直接受唐宋词选的影响，明代词选的编刊纂辑除了受到当时学术思想、文学思潮、社会心态等因素影响之外，[②]还与当时商业浪潮下书坊的介入直接相关。

一、传承与创新：明代词选的体例

1. 分人、分调、分类的编选体例

唐宋词选的编选体例主要有三种，分别为分人编选、分调编选和分类编选，明代词选的编选体例基本上传承唐宋词选并有所变化发展。

(1)明代词选少用分人编选体例

分人编选的体例出现较早，影响也较大。五代后蜀赵崇祚编选的《花间集》是第一部文人词总集，依次选录温庭筠、皇甫松、韦庄、薛昭蕴、牛峤、张泌、毛文锡、牛希济、欧阳炯、和凝、顾敻、孙光宪、魏承班、鹿虔扆、阎选、尹鹗、毛熙震、李珣等 18 家词人 500 首词作。北宋佚名编选的《尊前集》也是分人编选，选录唐五代词人 36 家 289 首词作。南宋曾慥的《乐府雅词》、黄升的《花庵词选》、周密的《绝妙好词》等词选传承了分人编选的体例。金元时期的词选，如凤林书院编选的《精选名儒草堂诗余》、元好问的《中州乐府》、彭致中的《鸣鹤余音》等也是按词人顺序进行编排。

然而，明代分人编选的词选就比较少见了。张仲谋先生认为："到了明代，在分类编排的《草堂诗余》的笼罩性影响之下，包括《草堂诗余》各种改编本在内的数十种词选，分人编排的几乎没有。唯一可称得上'大体依人排列'

① 参刘军政《明代〈草堂诗余〉版本述略》，载《南阳师范学院学报》2004 年第 2 期，第 49～54 页。

② 萧鹏对明代"花草"盛行的原因分析，可参萧鹏《群体的选择——唐宋选词与词选通论》，台北文津出版社 1992 年版，第 260～265 页。

的是杨慎的《词林万选》四卷。”[1]这一判断大体符合明代词选的实际情况。明代还有二部按人编排的词选，一是张綖的《草堂诗余别录》，该书分为前集、后集，共选录唐宋词79首；一是周履靖的《唐宋元明酒词》，收录唐五代宋元明词人31家的咏酒词或与酒相关的词作133首，是继宋代黄大舆《梅苑》之后的又一部专题词选。

(2)明代词选对分类编选体例的青睐

宋代词选采用分类编选的是《草堂诗余》，该书乃应歌唱之需所编之歌本。宋本《草堂诗余》没有流传下来，今存最早的《草堂诗余》版本是元至正三年癸未(1343)庐陵泰宇书堂所刊之《增修笺注妙选群英草堂诗余》，今存前集二卷，录词177首。另一元本是至正十一年(1351)辛卯双璧陈氏刊本，共收词376首，明初则有洪武二十五年壬申(1392)遵正书堂刊本，三本系同出一源，唯互有脱落。[2]

《草堂诗余》前集分春景、夏景、秋景、冬景四类，后集分节序、天文、地理、人物、人事、饮馔器用和花禽七类，每大类下又细分若干小类，如“春景”又分为初春、早春、芳春、赏春、春思、春恨、春闺、送春八类，全书共分十一大类六十六小类。明代《草堂诗余》系列选本中，分类编选的主要有：[3]

1.1392(洪武二十五)年，增修笺注妙选群英草堂诗余前集二卷后集二卷，遵正书堂刻本。(分类本)

2.1480(成化十六)年，增修笺注妙选群英草堂诗余前集二卷后集二卷，成化刻本。(分类本)

3.明李西涯(李东阳号西涯)辑南词本。(分类重编本)

4.明祝枝山(祝允明号枝山)小楷书本。(分类本)

5.1537(嘉靖十六)年，新刊古今名贤草堂诗余六卷，李谨辑，刘时济刻本。(分类重编本)

---

① 张仲谋《明代词学通论》，中华书局2013年版，第401页。

② 参王兆鹏《词学史料学》，中华书局2004年版，第312页。

③ 参刘军政《明代〈草堂诗余〉版本述略》，载《南阳师范学院学报》2004年第2期，第49～50页。

6. 1538(嘉靖十七)年，精选名贤词话草堂诗余二卷，陈钟秀校刊本。(分类重编本)

7. 嘉靖间，篆诗余，高唐王岱翁(朱厚号岱翁)刊篆文本。(分类本)

8. 1554(嘉靖三十三)年，草堂诗余前集二卷后集二卷，杨金刻本。(分类重编本)

9. 嘉靖末，增修笺注妙选群英草堂诗余前集二卷后集二卷，春山居士校刊本，安肃荆聚刻本。(分类本)

10. 1594(万历二十二)年，新刻注释草堂诗余评林六卷，题李廷机批评、翁正春校正，书林郑世豪宗文书舍刻本。(分类重编本)

11. 1602(万历三十)年，新锓订正评注便读草堂诗余七卷，董其昌评订、曾六德参释，乔山书舍刻本。(分类重编本)

12. 1602(万历三十)年，新刻增修笺注妙选群英草堂诗余二卷，余秀峰沧泉堂刻本。(分类本)

13. l607(万历三十五)年，类编草堂诗余三卷，胡桂芳重辑，黄作霖等刻本。(分类重编本)

14. 1615(万历四十三)年，新刻题评名贤词话草堂诗余六卷，题李攀龙补遗、陈继儒校正，书林自新斋余文杰刻本。(分类重编本)

15. 1619(万历四十七)年，新刻李于麟先生批评注释草堂诗余隽四卷，题吴从先汇编、袁宏道增订，何伟杰参校，书林萧少衢师俭堂刻本。(分类重编本)

16. 明末，新刊增修笺注妙选群英草堂诗余二卷，钟惺辑，慎节堂刻本。(分类本)

《草堂诗余》系列之外，董逢元的《唐词纪》、陆云龙的《词菁》、潘游龙的《古今诗余醉》也是分类编选的体例。简介如下：

《唐词纪》录词近千首，分为十六卷，每卷为一类，依次为景色、吊古、感慨、宫掖、行乐、别离、征旅、边戍、佳丽、悲愁、忆念、怨思、女冠、渔父、仙逸、登第十六类。

《词菁》选录唐宋金元明词 270 余首，分为二卷，上卷分天文、节序、形胜、人物、宴集、游望、行役、称寿八类，下卷分离别、宫词、闺词、怀思、愁恨、寄赠、杂咏、题咏、居室、动物、植物、器具、回文十三类。

《古今诗余醉》选录唐宋金元明词1300余首，共十五卷。该书按题材编排，逐一加上“春游”“秋怀”“初冬”“离别”“渔父”等标题，调名则注于题目之下，这一编排体例在明代词选中可谓别具一格。

总体来看，以上几种词选的分类编选体例都没有突破《草堂诗余》分类类目的框架。

(3)明代词选对分调编选体例的改造与热衷

宋代的《金奁集》《梅苑》《阳春白雪》等词选则采用分调编排的体例。《金奁集》是一部唐五代词选本，分宫调编排，依次为越调、南吕宫、中吕宫、黄钟宫、双调、林钟商调、高平调、仙吕宫、歇指调、黄钟宫(按，黄钟宫重出)。按宫调编排词选，应是便于乐工歌妓演唱的需要。黄大舆《梅苑》十卷，按词调编排，第一至五卷，大体为慢词长调，第六至十卷，基本为小令，体例稍显杂乱。赵闻礼的《阳春白雪》九卷，每卷之内先列慢词，后列小令，然而同一词调在不同卷次中多次出现，体例显得也不够严谨。

龙榆生《选词标准论》一文指出，南宋以前选词以应歌为主，“选词以便歌，在宋人原有二例：一以宫调类别，一以时令物色分题”，“宋以后，则词已不复歌；而士大夫对于词之观念与鉴赏，又稍稍变移方向矣”。[①] 到了明代，词乐早已失传，明人已经无法按照宫调来编辑词选，明人一方面继承宋代原有的分类编纂体例，继续重编各种分类本《草堂诗余》，另一方面则思创新体，改宫调为词调，按小令、中调、长调顺序分调编辑。嘉靖二十九年(1550)顾从敬编选的《类编草堂诗余》是首部按小令、中调、长调顺序分调编排的词选，受到明代词坛关注，此后《草堂》系列的分类本虽然继续存在，但分调选词已成一大趋势。顾从敬《类编草堂诗余》之后分调编选的《草堂诗余》版本主要有：[②]

1. 1584(万历十二)年，类编草堂诗余四卷，题唐顺之解注、田一隽辑，书林张东川刻本。(分调重编本)

① 龙榆生《选词标准论》，见《龙榆生词学论文集》，上海古籍出版社1997年版，第63页。

② 参刘军政《明代〈草堂诗余〉版本述略》，载《南阳师范学院学报》2004年第2期，第49～50页。

2. 1588(万历十六)年,重刻类编草堂诗余评林六卷,题唐顺之解注、田一隽辑、李廷机评,勉斋詹圣学重刻本。(分调重编本)

3. 1614(万历四十二)年,类选笺释草堂诗余六卷,题顾从敬类选、陈继儒重校、陈仁锡参订,翁少麓刻本(钱允治等合刊三种十三卷)。(分调重编、续编本)

4. 1620(万历四十八)年,草堂诗余五卷,杨慎评点、闵映璧校订,朱之藩刻《词坛合璧》本四种之一。(分调重编本)

5. 万历间,类编草堂诗余四卷,昆石山人校辑。(分调本)

6. 万历间,新刻分类评释草堂诗余六卷,题李廷机评释,李良臣东壁轩刻本。(分调重编本)

7. 1625(天启五)年,新刻朱批注释草堂诗余评林四卷,题李廷机评注,周文耀刻朱墨套印本。(分调重编本)

8. 明末,草堂诗余正集六卷(古香岑草堂诗余四集十七卷),沈际飞、钱允治等编,童涌泉刊印本。(分调重编本)

除以上《草堂诗余》系列外,杨慎的《百琲明珠》、陈耀文的《花草粹编》、茅暎的《词的》等明代词选都采用小令、中调、长调的顺序编排词集。分调体例后来还衍生出按词调字数多少为序的编排方式,如明末词选《古今词统》便是如此。

顾从敬《类编草堂诗余》分调编排体例的出现与明人在词乐失传背景下编制词谱的努力密切相关。张綖是较早撰制词谱的文人,其《诗余图谱》初刻于明嘉靖十五年(1536),它首次提出小令、中调、长调三分法,[①]其后顾从敬受其影响,首先按小令、中调、长调三分法编排词选:卷一为小令,从《捣练子》(27字)到《小重山》(58字);卷二为中调,从《一剪梅》(59字)到《夏云峰》(91字);卷三、卷四为长调,从《东风齐著力》(92字)到《戚氏》(212字)。张綖与顾从敬对分调没有明确规定字数范围,清初毛先舒《填词名解》据此认为:"凡填词,五十八字以内为小令,自五十九字始至九十字止为中调,九十一字以外

① 参张仲谋《张綖〈诗余图谱〉研究》,载《文学遗产》2010年第5期,第110页。

者俱长调也,此古人定例也。”[①]以字数多少划分小令、中调、长调并不一定很科学,但分调选词却非常便捷,“反映了选家欲合订谱与选词为一体,将词选选成既是玩味欣赏的读本、又是填词创作的格律准式的努力和追求”[②]。

明代词选分调或按词调字数多寡为序的编排方式对清代词选的编纂产生了重要影响。考察现存110余种清代词选,分调编选者20种,按词调字数多寡为序编选者8种,以调名字数之多寡为序编选者5种,合计33种,几乎占到其总数的三分之一。[③]

2. 词选附带评点的体例

南宋时期,文学评点之风开始盛行,评点成为中国古代文学批评的一种独特样式。词选之有评点,较早的有南宋黄升《花庵词选》,《花庵词选》选录的部分词作之后附有点评,虽然简短,但大多见解精辟、言简意赅,可谓词选评点之滥觞。宋代词选有评点内容的比较少,而明代词选大多都有评点,如“草堂”系列,又如杨慎《词林万选》《百琲明珠》,沈际飞《草堂诗余四集》,徐士俊《古今词统》,茅暎《词的》,陆云龙《词菁》,潘游龙《精选古今诗余醉》等。

法国当代文学批评家热拉尔·热奈特曾提出“副文本”的概念,他指出,“副文本”是相对于正文本而言的,如标题、副标题、互联型标题、前言、跋、告读者、插图、护封以及其他附属的言语或非言语标志,“它们为文本提供了一种(变化)的氛围,有时甚至提供了一种官方或半官方的评论”。[④] 陈水云先生受其启发,认为:“明末清初的词集副文本大约包括:标题、牌记、序跋、凡例、目次、词人姓氏、编者名录、正文中出现的评语、词话等九项。”[⑤]由于明代词选大多有评点内容,可以说,评点普遍成为明代词选的“副文本”。

以诗话形式进行文学批评自宋以后开始成为文人的传统和习惯,宋人已

① 毛先舒《填词名解》,见查继培辑《词学全书》,书目文献出版社1986年版,第44页。

② 萧鹏《群体的选择——唐宋人选词与词选通论》,文津出版社1992年版,第245页。

③ 李睿的博士论文《清代词选研究》附录一“清代词选的结构要素”中罗列清代词选114种,本书数据即依此表统计。

④ 热拉尔·热奈特《隐迹稿本》,见《热奈特论文集》,史忠义译,百花文艺出版社2001年版,第71页。

⑤ 陈水云《唐宋词集“副文本”及其传播指向——以明末清初编刻的唐宋词集为讨论中心》,载《江西师范大学学报》2010年第4期,第47页。

有词话专书，而明代专门的词话著作并不多见，只有陈霆《渚山堂词话》、杨慎《词品》、王世贞《艺苑卮言》、俞彦《爰园词话》等寥寥数种，明人似乎更喜欢以简短灵活、图(符号)文并用的方式进行词作鉴赏与批评，如明人朱之蕃曾辑刻《词坛合璧》，将汤显祖评点《花间集》、杨慎评点《草堂诗余》、茅暎评点《词的》、杨慎评点《四家宫词》四种书合为一编。

(1)符号与文字相互配合

一般而言，评点者可以借助评点这一批评形式发表感悟和见解，而经过评点的文本对读者阅读接受则有一定帮助作用。明代词学评点主要由评点符号和评点文字二大部分组成：各种圈点符号醒目显豁，直观易懂，便于读者理解接受；文字包括序跋、眉批、夹批、旁批、总评等，它们既可以对具体字句作精细品藻，也可以宏观立论；评点符号和文字既相互独立，又相互配合，在一定程度上增强了词选的文学批评功能。

明代中期之前的词学评点符号相对简单，多以“○”或“、”标明句读，或标示佳句以提醒读者注意，如杨慎评点《草堂诗余》便是如此。到了明代后期，词选中的评语不仅增多，符号使用也趋于多样化，如汤显祖评点《花间集》时符号已有数种，采用更为醒目的“◎”和“㇏”来标示作品中重要的词眼和佳句，运用多种圈点符号并配合评语对作品进行评点。明末的戏曲理论家沈际飞，曾刊行《独深居点定玉茗堂集》，具有比较丰富的文学评点经验，他评点《草堂诗余四集》时使用了一套比较完善的圈点符号系统，并在其《发凡》中明确说明每种符号代表的含义：“其灵慧新特之句用‘○’；尔雅流丽之句用‘㇏’；鲜奇警策之字用‘◎’；冷异巉削之字用‘㇏’；鄙拙肤陋字句用‘｜’；复用‘·’读句，以便览者不嗫嚅于开卷，心良苦矣。”(《发凡》)符号圈点具有直观的特点，易为初学者接受。该书另有眉批数千条，内容极为丰富。

(2)评点内容丰富

明代词学评点内容丰富，涉及艺术鉴赏(如风格、技巧、主旨等)诸多层面。明代《花间集》《草堂诗余》广泛流播，秾丽香艳词风也大为盛行，而词体源于六朝的观念又从发生学角度为词之婉丽提供了依据，在此背景下，明人评词多强调“丽”。如陈霆《渚山堂词话》曰：“予尝妄谓我朝文人才士，鲜工南词。间有作者，病其赋情遣思、殊乏圆妙。甚则音律失谐，又甚则语句尘俗。

求所谓清楚流丽，绮靡蕴藉，不多见也。”[①]何良俊《草堂诗余序》云：“乐府以皦径扬厉为工，诗余以婉丽流畅为美；如周清真、张子野，秦少游，晁叔用诸人之作，柔情曼声，摹写殆尽，正辞家所谓当行、所谓本色者也。”[②]王世贞《艺苑卮言》云：“词须婉转绵丽。”[③]他们都认为，“流丽”“婉丽”“绵丽”是词体的重要特征。陆云龙编选评点的《词菁》，亦以“丽”评词，其《词菁叙》云：“《菩萨蛮》为《乌啼》《子夜》之变。盖青莲以绝代轶材，裂羁靮另辟词家一径。大都以清新绮丽为宗。”[④]陆云龙认为词起源于六朝，而六朝文风绮丽，故词体文学亦以绮丽为尚。其评胡浩然《春霁》曰：“绮丽。”评秦观《如梦令》曰：“琢语甚丽”“奇丽。”评无名氏《鱼游春水》曰：“工丽。”评冯伟寿《春云怨》曰：“新丽。”评李后主《长相思》曰：“似个轻盈雅丽妆。”评周邦彦《氐州第一》曰：“无边丽景都入笔端。”与“丽”相近且更进一步者，则崇尚香艳词风，如茅暎《词的·凡例》即标榜：“幽俊香艳为词家当行。”[⑤]茅暎评张先《减字木兰花》词曰：“纤艳。”评朱敦儒《满路花》词曰：“新艳。”评李元膺《洞仙歌》词曰：“落语香艳。”此类评语，不一而足。

明词创作多有纤绮尘俗之弊，沈际飞认为作词应具自然隽逸之风，反对刻意雕琢，其评李白《菩萨蛮》(平林漠漠烟如织)曰：“古词妙处，只是天然无雕饰。”[⑥]夸赞温庭筠《菩萨蛮》(南园满地堆轻絮)一词“隽逸之致”。评万俟咏《长相思》(短长亭)曰：“此词发妙旨于律吕之中，运巧思于斧凿之外。”明人面对难以逾越的唐宋词创作高峰，深具求新求变的压力，沈际飞指出文学艺术的生命在于文人的不断创新，作词应当翻新出奇，不落俗套，评秦观《江城子》(西城杨柳弄春柔)结句曰：“李后主‘问君能有几多愁，恰似一江春水向东流’，少游翻之，文人之心浚于不竭。”沈氏特别留意词人的翻新出彩之处，评秦观《鹊桥仙》(纤云弄巧)曰：“七夕以双星会少别多为恨，独谓情长不在朝

① 陈霆《渚山堂词话》，见唐圭璋《词话丛编》，中华书局1986年版，第378～379页。
② 何良俊《草堂诗余序》，见施蛰存《词籍序跋萃编》，中国社会科学出版社1994年版，第670页。
③ 王世贞《艺苑卮言》，见唐圭璋《词话丛编》，中华书局1986年版，第385页。
④ 陆云龙《词菁》，明崇祯四年翠娱阁评选行笈必携本。本书所引评语，皆据此本。
⑤ 茅暎《词的》，清萃閔堂钞本，据《四库未收书辑刊》，北京出版社2000年版。
⑥ 沈际飞选评《草堂诗余四集》，明末翁少麓刊本。本书所引评语，皆据此本。

暮,化腐朽为神奇。”如对李清照《如梦令》中的“绿肥红瘦”,赞叹道:“创获自妇人,大奇。”

明代词选评点还注意辨析词调、音韵,涉及词体本身。如沈际飞注意对词调句读、分片以及词调、曲调予以辨析,其评叶清臣《贺圣朝》(满斟绿醑留君住)曰:“按此调多参差不同,旧谱羡日字正之,恐犯《眼儿媚》调;新谱以日字连下读,又不成句,《词选》于两段末作五字句,换头作八字叶,可从。”他还指出当时词选中调名相混的现象:“如王元美《西江月》混入《少年游》,苏景元《踏莎行》混入《木兰花》,王止仲《踏莎行》混入《水龙吟》,徐小淑《霜天晓角》六调混为三调,杨用修《莺啼序》一调割为二调。尤可笑者,《金字经》《水仙子》《天净沙》《一枝花》《折桂令》《梁州序》皆以北曲混入。”沈际飞对当时词韵、曲韵混用的现象颇为不满,批评胡文焕《文会堂词韵》杂用曲韵、诗韵,自己欲重编词韵以正其谬误。

明代词学评点内容极为丰富,本书第三章将予以系统、深入探讨。

二、徘徊中演进:明代词选的嬗变

清人朱彝尊《词综·发凡》云:“古词选本若《家宴集》《谪仙集》《兰畹集》《复雅歌辞》《类分乐章》《群公诗余后编》《五十大曲》《万曲类编》及草窗周氏《选》,皆轶不传。独《草堂诗余》所收最下最传,三百年来,学者守为《兔园册》,无惑乎词之不振也。”①朱彝尊痛诋明人一味模仿《草堂诗余》,将明词不兴的罪责归于此书之始作俑,其实并不太准确和公允。明人虽然偏嗜《花间集》《草堂诗余》,其审美趣味具有巨大惯性,但对之也并非盲目崇拜,《草堂诗余》系列在明代被不断改编,其选源和选域以及审美趣味都处于不断的调整变化之中。尤其是万历以后,明人还编选出若干部自具特色的词选,其演变趋向映射出明人词学观念的嬗变。

1. 选源与选域逐步扩大

宋本《草堂诗余》选录词人近百家,多选晚唐五代北宋词,以周邦彦最多,

① 朱彝尊《词综·发凡》,见朱彝尊、汪森编《词综》,上海古籍出版社1978年版,第11页。

其下依次为秦观、苏轼、柳永等人。明代“草堂”系列选人选词多以宋本为范，而嘉靖之后，《草堂诗余》系列的选源与选域渐呈扩大趋势，南宋、金元乃至本朝的词人词作逐渐受到关注，出现了较多的通代词选。

明代最早的《草堂诗余》版本为遵正书堂刊本，共录唐宋词 367 首，明中期之前的几种《草堂诗余》选本录词数量与之相同或相近。顾从敬《类编草堂诗余》对洪武本所收词作进行了较大幅度增删，较洪武本多出 76 首。顾本问世后，“草堂”系列选本的录词数量大多超出了洪武本，录词数量的增多反映明人选词意识有所增强。明确对《草堂诗余》提出批评意见并自编词选以矫其弊的词学家是杨慎，他曾“批评《草堂诗余》选目不够恰当，有当选而未选者”，[①]并编选《词林万选》《百琲明珠》等词选以弥补《草堂诗余》选词的缺失。任良幹《词林万选序》曾指出：“升庵太史公家藏有唐宋五百家词，颇为全备，暇日取其尤绮练者四卷，名曰《词林万选》，皆《草堂诗余》之所未收者也。”[②]《词林万选》《百琲明珠》录词“虽未必皆为《草堂诗余》所未收者，然其重出比率甚低”。[③]

明末沈际飞编选的《草堂诗余别集》对顾本选目有较大的突破。沈氏在《发凡》中说明《草堂诗余别集》选词：“自宋溯之，而五代而唐而隋；自宋沿之，而辽而金而元。博综《花间》《尊前》《花庵选》，宋元名家词以及稗官逸史。”《草堂诗余别集》共选唐宋金元词 460 首，词人 180 余家，比顾本多出 50 余家。《草堂诗余别集》还特别注意选录南宋词人的词作，选词最多者为南宋蒋捷（38 首），选录 6 首以上的南宋词人还有辛弃疾（20 首）、刘克庄（13 首）、陆游（11 首）、黄升（10 首）、刘过（10 首）、史达祖（10 首）、姜夔（7 首）、严仁（7 首）、刘仙伦（6 首）、吴文英（6 首）。可以看出，顾本未选的南宋著名词人姜夔、蒋捷、吴文英等人在《草堂诗余别集》中得到补选，南宋词人词作得到较大的彰显。

金元以及明代本朝词人也逐步进入词选家视野。如杨慎《词林万选》《百

---

① 张宏生《清词探微》，上海古籍出版社 2008 年版，第 126 页。

② 任良幹《词林万选序》，见施蛰存《词籍序跋萃编》，中国社会科学出版社 1994 年版，第 707 页。

③ 陶子珍《明代词选研究》，台北秀威资讯科技股份有限公司 2003 年版，第 132 页。

琲明珠》中选有数十首金元明人词，其后茅暎《词的》、陆云龙《词菁》、卓人月《古今词统》、潘游龙《古今诗余醉》等词选都是选录唐宋元明词的通代词选。杨慎、沈际飞、卓人月、潘游龙等操选政者，发挥选家主体意识，让南宋词人和金元明词同时进入读者与批评者的视野之中，在一定程度上补偏救弊，可谓有功于词坛。

2.审美趣味趋向多元

自明代张綖《诗余图谱・凡例》将词分为"婉约""豪放"二体且认为婉约为正、豪放为变后，词坛大多沿袭"婉约为正"的观点并将其作为品评词作的重要标准。如何良俊《草堂诗余序》曰："乐府以皦径扬厉为工，诗余以婉丽流畅为美。如周清真、张子野、秦少游、晁叔原诸人之作，柔情曼声，摹写殆尽，正词家所谓当行、所谓本色者也。"[①]体现出明人崇尚婉约柔靡审美趣味的巨大惯性。

当然，明人论词也不乏欣赏豪放者，如陈霆《渚山堂词话》推崇豪放词，对苏轼、张孝祥、文天祥等人的词作多有称赞。又如杨慎，论词重苏、辛而不废周、姜，其《词品》曰："近日作词者，唯说周美成、姜尧章，而以东坡为词诗，稼轩为词论。此说固当，盖曲者曲也，固当以委曲为体。然徒狃于风情婉娈，则亦易厌。回视稼轩所作，岂非万古一清风哉。"[②]与此观念相呼应，杨慎《词林万选》虽以选录婉约词篇为主，但也选录了多首偏于豪放劲健的作品，如辛弃疾的《水龙吟》(楚天千里清秋)、《永遇乐》(千古江山)，张孝祥的《六州歌头》(长淮望断)等。其后，沈际飞《草堂诗余别集》亦注意选录辛弃疾刚柔兼济、雄肆疏放的词作，如《贺新郎・别茂嘉十二弟》《永遇乐・京口北固亭怀古》《贺新郎》(甚矣吾衰矣)；还选录深得稼轩作风的词作，如刘过《沁园春》(斗酒彘肩)、《西江月》(堂上谋臣尊俎)、刘克庄《沁园春・梦孚若》(何处相逢)等。至卓人月等人选评《古今词统》，则高度推崇南宋词人辛弃疾，选录辛词 141

---

① 何良俊《草堂诗余序》，见施蛰存《词籍序跋萃编》，中国社会科学出版社 1994 年版，第 670 页。

② 杨慎《词品》，见唐圭璋《词话丛编》，中华书局 1986 年版，第 503 页。张仲谋先生指出，杨慎《词品》中的这段话实引自南宋陈模的诗话《怀古录》。参张仲谋《杨慎〈词品〉因袭前人著述考》，载《古籍整理研究学刊》2008 年第 4 期。

首,远远超过其他词人的词作数量,其审美趣味已经是婉约与豪放兼取并重了。[①]

此外,“雅词”也逐渐受到词选家注意与重视。“风雅”作为南宋词坛的主流词风之一,备受当时词论家推崇,如张炎《词源》论词之创作,主张“雅正”与“清空”,其后陆辅之效法张炎作《词旨》,对张炎的“雅正”“清空”之说极力推崇,雅词在南宋词坛风行一时,其代表作家是以姜夔为首,史达祖、吴文英、张炎、蒋捷等为羽翼的风雅派词人,但是“风雅”一派在金元时逐渐衰落。顾从敬《类编草堂诗余》未选姜夔、蒋捷二人词作,但沈际飞《草堂诗余别集》选录姜夔词7首、蒋捷词38首,表现出对风雅词人的兴趣。沈际飞评点姜夔《琵琶仙》(双浆来时)曰:“词大忌质实,白石道人《探春慢》《一萼红》《扬州慢》《暗香》《疏影》《淡黄柳》诸曲,多清空骚雅,惜难备录。”评点蒋捷《柳梢青》(学唱新腔)时介绍蒋捷其人其词曰:“竹山名捷,宋末人,貌不扬,有词二卷,幽秀古艳,惜续诗余者不多载。”陈耀文《花草粹编》选词偏向婉丽,亦选录了多首南宋风雅派词人的代表性词作,卓人月《古今词统》对婉约、豪放词兼收并蓄,都说明晚明词学审美趣味走向多元化的趋势。

三、正负影响:书坊与词选的编刊纂辑

明嘉靖以后,“随着商业经济的繁荣、市民的壮大、印刷术的普及,文人的市民化和文学创作的商品化成为一种新的趋势”,[②]小说、戏剧、词曲等通俗文学受到民间热烈欢迎,为迎合市民的文化需要,通俗文学被大量刊刻和出版。明代中后期的刻书业极为繁盛,其中江浙闽一带刻书规模最大,刻书最多。一些书坊“把编辑、出版、发行结合在一起,形成三位一体的书业专行。这种结合有利用了解社会需要,从而有的放矢地编刻某些图书”。[③] 在这种背景下,书坊的商业化运作模式对明代词选的编辑刊刻产生了重要影响。

---

① 参丁放、葛旭芳《从明代词选看明代词学观念的演变》,载《学术月刊》2008年第6期,第106～113页。

② 袁行霈《中国文学史》,高等教育出版社1999年版,第16页。

③ 李致忠《明代刻书述略》,见《文史》第二十三辑,中华书局1984年版,第154页。

明代"草堂"系列的版本，除了若干抄本和自刻本外，大多数出自民间书坊，福建、苏浙等地是其主要的编刻地点。明代福建刻书业发达，如建阳刘龙田以乔山堂、乔山书舍等名号刻印过《三国演义》《西厢记》等大量文学书籍，其他如郑、余、詹、熊、杨等姓氏坊肆亦为建阳书林大家。福建书坊刻印的《草堂诗余》版本尤多，例如：

万历十二年(1584)书林张东川刻《类编草堂诗余》

万历十六年(1588)书林詹圣学刻有《重刻类编草堂诗余评林》

万历二十三年(1595)书林郑世豪刊宗文书堂刊刻《新刻注释草堂诗余评林》

万历三十年(1602)乔山书舍刊刻《新锓订正评注便读草堂诗余》

万历三十年(1602)书林余秀峰沧泉堂刊刻《新刻增修笺注妙选群英草堂诗余》

万历四十三年(1615)书林自新斋余文杰刊刻《新刻题评名贤词话草堂诗余》

江苏、浙位居明代刻书业首位，也编刻了不少词选，例如：

万历四十七年(1619)金陵师俭堂萧少衢刻《新刻李于麟先生批评注释草堂诗余隽》

天启五年(1625)建业周文耀刻朱墨套印本《新刻朱批注释草堂诗余评林》

万历四十二(1614)年苏州翁少麓刊印《类选笺释草堂诗余》《续选草堂诗余》和《类选笺释国朝诗余》《古香岑草堂诗余四集》

万历间(1573—1620)吴兴闵暎壁刻朱墨套印本《评点草堂诗余》

书商在出版过程中的策划选题对词选编刻起到了直接的推动作用。例如，钱允治《合刻类编笺释草堂诗余序》中交代了该书的编刻缘起：

先刻《草堂诗余》，无如云间顾汝所家藏宋本为佳。继坊间有分类注释本，又有毗陵长湖外史《续集》本，咸鬻于书肆，而于国朝未遑也。惟注释本脱落谬误至不可句，太末翁元泰见而病之，博求诸刻，愈多愈缪(按,疑为"谬"),乃倩余任校雠。之后又命余搜葺国朝名人之作,并毗陵《续集》尽加注释,凡三编焉。刻既成,复请序其事。①

从这篇序言中可以看出,正是在书商翁少麓的约请之下,钱允治才编选了第一部专选明人词的《类编笺释国朝诗余》,并对其他《草堂诗余》的选本予以校雠和笺注。

书商还利用名人效应进行广告宣传,请名人(或假托名人)写作序跋、编辑校订、注释评点,以引起读者好奇心理和方便读者阅读,明代词选大多都有批抹圈点,内容丰富。当时名流如杨慎、唐顺之、李攀龙、李廷机、董其昌、陈继儒、袁宏道、钟惺等人的名字都出现在词选之中,虽然他们本人并不一定参与了其中的工作。有的书坊采用多色套印的技术,书籍印刷十分精美,如吴兴闵氏家族以刻书为业,以刊刻多色套印本著称,闵暎璧刻朱墨套印本杨慎评点《草堂诗余》的眉批、圈点皆为朱色,悦目美观。名人效应、便于阅读以及印刷精美对于当时词选传播与词学普及无疑具有推动作用。

明代刻书业发达,为书籍的普及与流通创造了良好条件。丰富的文献资料也为选词者博览载籍、推陈出新供了便利的条件。例如,陈耀文编纂《花草粹编》曾参考、采录大量文献资料,《花草粹编自序》交代其编选宗旨:"世之《草堂》盛行,而《花间》不显,故知宣情易感,含思难谐者矣。余自牵拙多暇,尝欲铨粹二集,以备一代之典章。"②该书编选历时"殆逾二纪"(《自序》),博收广采,"取材以《花间》《草堂》为主,益以《乐府雅词》《花庵词选》《梅苑》《古今词话》《天机余锦》《翰墨大全》及名家词集,旁采说部词话,间附本事,虽无甚抉择,然今已绝版之书,藉以存者不少"。③ 有的选家不满当时的流俗之风,自我标举,下足功夫,故其词选故具有一定的创新色彩。又如卓人月等人编纂《古今词统》,即以《花间集》《尊前集》《类编草堂诗余》、长湖外史《草堂诗余续集》、沈际飞《草堂诗余别集》和《草堂诗余新集》、钱允治《国朝诗余》诸书

① 钱允治《合刻类编笺释草堂诗余序》,见《续修四库全书》,上海古籍出版社 2002 年版。

② 陈耀文《花草粹编自序》,见施蛰存《词籍序跋萃编》,中国社会科学出版社 1994 年版,第 702 页。

③ 陈匪石《声执》,见唐圭璋《词话丛编》,中华书局 1986 年版,第 4962 页。

为基础，汇选增删而成。该书充分吸收利用了坊间改编、续编《草堂诗余》的众多成果，徐士俊《古今词统序》云："兹役也，吾二人渔猎群书，裒其妙好，自谓薄有苦心。……又必详其逸事，识其遗文，远征天上之仙音，下暨荒城之鬼语，类载而并赏之。虽非古今之盟主，亦不愧词苑之功臣矣。"①比较而言，《花草粹编》《古今词统》等词选在明代词选之中可谓佼佼者了。

但是，书坊以射利为主，其书籍编刻往往缺乏严谨态度，书中多有讹陋之处；又喜因袭旧本，或翻刻或改编，缺乏创新性，所以，书坊的商业化运作模式也会给词选的编纂带来一定的负面影响。

现存明代最早《草堂诗余》版本为洪武二十五年(1392)遵正书堂刊本，明中期以前的多种《草堂诗余》，如成化十六年(1480)刘氏日新书堂刊本、嘉靖十七年(1538)陈钟秀刊本、嘉靖二十八年(1549)刘时济刊本等基本上都是洪武本的翻刻版。嘉靖二十九年(1550)顾从敬《类编草堂诗余》将洪武本分类编选改为分调编选，对所收词作进行较大幅度增删(共录唐宋词 443 首，比洪武本多 76 首)，稍具自己面目，故而顾本出来后影响较大。但是，其后多种《草堂诗余》又多据顾本加以改编。② 又如成书于嘉靖年间的《天机余锦》，据台湾学者黄文吉先生考证，该书很可能是书商或牟利的士人抄录拼凑他书而成，"其材料来源，主要是依据明嘉靖二十九年(1550)顾从敬刊刻的《类编草堂诗余》四卷、元庐陵凤林书院辑《精选名儒草堂诗余》三卷、题宋何士信编选的《增修笺注妙选群英草堂诗余》前后集四卷以及部分宋元明词人的别集等"。③ 明末卓人月、徐士俊编选的《古今词统》问世之后，竟有书坊剜改卷端、书口，以《草堂诗余》《诗余广选》之名刊印行世。书坊的商业化行为无疑给明代词选的整体质量打了折扣。

明代的选词者曾对书坊翻刻之弊予以批评，如明末沈际飞《草堂诗余四

---

① 徐士俊《古今词统序》，见卓人月、徐士俊《古今词统》，辽宁教育出版社 2000 年版，第 2 页。

② 王兆鹏对《草堂诗余》版本源流考察甚详，参其《词学史料学》，中华书局 2004 年版，第 312～320 页。

③ 转引自王兆鹏先生《唐宋词史论》一书中"天机余锦考"，人民文学出版社 2000 年版，第 249 页。

集》卷首《发凡·诫翻》云：

> 坊人嗜利更惜费，翻刻之弊，所由始也。迩来讦告追板，而急于窃其实，巧于掩其名。如《诗余》旧本，按字数多寡编次，今以春、夏、秋、冬编次矣，至本意、送别、题情、咏物诸词，尽不可以时序论，必硬入时序中，不妥甚矣。太末翁少麓氏，志趋风雅，敦恳兹集，捐重赀精镌行世。吾惧夫后来市肆，有以春、夏、秋、冬故局刻之者，不然以四集合编，稍增损评注刻之者，而能逃于翻之一字乎？夫抹倒阅者一片苦心，为不仁；罟吞刻者十分生计，为不义。讵嘿嘿而已也，先此布告。①

不仅如此，明代文人编书著述也多沾染商业色彩。如《词菁》的编者陆云龙，号翠娱阁主人，明末浙江钱塘人，曾刊刻、评定图书多种，《词菁》只是其《翠娱阁评选行笈必携》十种之一；《唐宋元明酒词》编者周履靖，明末浙江嘉兴人，曾刊行《夷门广牍》丛书，该词选收入《夷门广牍》中的“觞咏”类。明代多数文人以随意、娱乐的心态编辑词选，专力选词者极少，自然就难以推出大批高质量、高水准的词学选本了。

由于明代词选大多出自书坊或受到坊刻影响，面目趋同，创新不足，颇受后人诟病。近人陈匪石《声执》云：“明人辑刊之书，多无足取。如杨慎《词林万选》、卓人月《词统》、茅暎《词的》及《草堂续集》之类，等诸自郐。”②陈氏持论虽过于严苛，也并非全然无理。从历史发展来看，明代词选的繁荣促进了词学的传播与普及，为词学发展下一个高潮的到来作了一定铺垫和准备。明人词选虽有一定的弊端，但它也激发了清人对明人选词的反思，从反面促进清代词选另辟蹊径与词学整体的发展。

---

① 沈际飞评选《草堂诗余四集》，明末翁少麓刊本。

② 陈匪石《声执》，见唐圭璋《词话丛编》，中华书局1986年版，第4962页。

第三章
唐宋词选与明代词学评点的兴盛

评点是中国古代文学批评中的一种独特方式，宋代即已出现。所谓评点，是“以标志符号和语言文字的评论，逐字、逐句、逐段分析文本的线索脉络，指点出文章的布局章法与字句修辞，引导读者并与之同时展开阅读的进程”。[①] 一般而言，评点者可以借助评点这一批评形式发表感悟和见解，而经过评点的文本对读者阅读接受则有一定的帮助作用。词的评点在南宋出现，并对后世产生了积极影响，明代中后期以对《草堂诗余》《花间集》《草堂诗余四集》《古今词统》等诸多词集的评点为标志，得以全面展开。明代词学评点形式多样，内容丰富，蔚为可观，属于明人词学建构的重要内容。

第一节　南宋词学评点之发轫

南宋为词集评点之发轫期，大多为有“评”（评语）无“点”（圈点符号）。[②]

---

① 吴承学《现存评点第一书——论〈古文关键〉的编选、评点及其影响》，载《中国文学评点研究论集》，上海古籍出版社2002年版，第222～223页。

② 张炎《词源》卷下记载：“近代杨守斋精于琴，故深知音律，有《圈法周美成词》。”见唐圭璋《词话丛编》，第267页。该本已佚，当有圈点符号。

宋人评点词集，鲖阳居士、黄升、刘辰翁等人值得注意。

宋南渡初年，鲖阳居士编辑的大型词选《复雅歌词》中就附有评语，实为词学评点之滥觞。可惜该书早已散佚，近人赵万里曾辑《复雅歌词》一卷，共计10则，唐圭璋先生辑入《词话丛编》，现当代学者续有辑佚，从现存零星资料中可略窥当时词学评点的大致情形：

一是对词作中名物的注解和说明。如《复雅歌词》云："鸳鸯菊乃豆蔻花也。其花类百合而小，比牵牛花差大，红紫色，中心有双须，须之端为双鸳鸯之形。其叶如菊叶而极大，淮南二三月开花。"①

二是交代创作本事或背景。《复雅歌词》记载万俟咏《雪明鳷鹊夜慢》（望五云多处春深）、《凤凰枝令》（人间天上）、《明月照高楼慢》（平分素商）等应制词的创作背景。②

三是诠释词作寓意。如鲖阳居士对苏轼《卜算子》（缺月挂疏桐）一词作了关乎儒家诗教的评点："缺月，刺微明也。漏断，暗时也。幽人，不得志也。独往来，无助也。惊鸿，贤人不安也。回头，爱君不忘也。无人省，君不察也。'拣尽寒枝不肯栖'，不偷安于高位也。'寂寞吴江冷'，非所安也。此词与《考槃》诗相似。"评点者对词语的解释，不是从它们的本义出发，而是从比喻义和象征义来探究，对后世产生了一定影响。

一、黄升评点《花庵词选》

黄升，字叔旸，号玉林，又号花庵词客，福建人，为南宋后期江湖名士。黄升编有《唐宋以来诸贤绝妙词选》《中兴以来绝妙词选》二部词选，后人合称为《花庵词选》。《花庵词选》选录唐五代两宋词人223家，词作1285首，是宋代现存规模最大的词选。黄升另有《中兴词话》，日本宽永十六年刊本《诗人玉屑》卷二十一"诗余门"后列《中兴词话》一名，注曰："并系玉林黄升叔旸《中兴词话补遗》。"唐圭璋先生《词话丛编》录《中兴词话》十六则，附于《魏庆之词

---

① 转引自张余《〈复雅歌词〉佚语一则》，载《江海学刊》2009年第4期，第198页。

② 参《复雅歌词》，见唐圭璋《词话丛编》，中华书局1986年版，第60～61页。

话》之后。

黄升《花庵词选》的评点内容，或在词头，或在词尾，共计八十余则，数量虽然不算多，但内容涉及词调、词体、词人、词艺等诸多方面，明末毛晋对此评价颇高："每一家缀数语记其始末，铨次微寓轩轾，盖可作词史云。"[①]下面举例分析说明。

黄升评李白《菩萨蛮》《忆秦娥》词曰："二词为百代词曲之祖。"[②]涉及词体文学的起源问题。评唐李珣《巫山一段云》二词曰："唐词多缘题所赋，《临江仙》则言仙事；《女冠子》则述道情；《河渎神》则咏祠庙，大概不失本题之意。尔后渐变，去题远矣。如此二词，实唐人本来词体如此。"这一见解说明了唐代词调的初始面目及其演变，符合唐宋词发展的实际，广为后人接受。

黄升对词的换头、分片等问题多有留意，并纠正讹误。如《唐宋诸贤绝妙词选》卷一选录张泌《江城子》二首：

碧阑干外小中庭。雨初晴。晓莺声。飞絮落花，时节近清明。睡起卷帘无一事，匀面了，没心情。

浣花溪上见卿卿。眼波明。黛眉轻。高绾绿云，金簇小蜻蜓。好是问他来得么，还笑道，莫多情。

黄升在《江城子》词调下评曰："唐词多无换头。如此词两段，自是两首。故两押情字。今人不知，合为一首，则误矣。"他认为，唐代词作大多单片，双片较少。词中"两押情字"，可证明为两首，而其他印本误将二首合为一首。又如《唐宋诸贤绝妙词选》卷七选录周邦彦《瑞龙吟》词：

章台路。还见褪粉梅梢，试花桃树。愔愔坊陌人家，定巢燕子，归来旧处。　黯凝伫。因记个人痴小，乍窥门户。侵晨浅约宫黄，障风映袖，盈盈笑语。　前度刘郎重到，访邻寻里，同时歌舞。惟有旧家秋娘，声价如故。吟笺赋笔，犹记燕台句。知谁伴、名园露饮，东城闲步。事与孤鸿去。探春尽是，伤离意绪。官柳低金缕。

---

① 毛晋《花庵词选跋》，见施蛰存《词籍序跋萃编》，中国社会科学出版社1994年版，第662页。

② 黄升《花庵词选》，辽宁教育出版社1997年版，第1页。下文所引评语皆据此本，不再注出。

归骑晚、纤纤池塘飞雨。断肠院落，一帘风絮。

黄升于词后评曰："今按，此词自'章台路'至'归来旧处'是第一段，自'黯凝伫'至'盈盈笑语'是第二段，此谓之双拽头，属正平调。自'前度刘郎'以下，即犯大石系第三段，至'归骑晚'以下四句再归正平，今诸本皆于'吟笺赋笔'处分段者，非也。"针对其他版本将《瑞龙吟》分为上下二段的问题，黄升从音乐格律的角度推敲，提出"双拽头"这一词学术语，将《瑞龙吟》分为三叠，并具体指出该调不同段落对应的不同宫调，以此作为分段的依据。这种分片方法无疑比较合理并具有启发意义。

黄升评词还注意"知人论世"，将作者与作品结合起来评价。如《中兴以来绝妙词选》卷一对选录的南宋词人朱敦儒及其词作评价说："朱希真，名敦儒。博物洽闻，东都名士。南渡初，以词章擅名。天资旷远，有神仙风致。其《西江月》二曲，辞浅意深，可以警世之役役于非望之福者。"兹录其《西江月》二首：

世事短如春梦，人情薄似秋云。不须计较苦劳心。万事元来有命。　幸遇三杯美酒，况逢一朵花新。片时欢笑且相亲。明日阴晴未定。

日日深杯酒满，朝朝小圃花开。自歌自舞自开怀，且喜无拘无碍。　青史几番春梦，红尘多少奇才。不须计较与安排。领取而今见在。

南渡词人朱敦儒人生经历复杂。北宋末年曾过着风流文人的潇洒生活，而"靖康之变"粉碎其名士风流的美梦。后被召至临安为官，因不附权相秦桧议和而被罢官、致仕。数年后，朱敦儒以七十五岁高龄被秦桧起用为鸿胪少卿，因惧秦桧威权，顾念家人安危，不得已而赴任。但不到一个月，随着秦桧死去，他也被罢免，让人不免有晚节不保之叹。遭遇如此人生变故的朱敦儒只好借助"花酒""歌舞"来自我排遣和解脱，"万事元来有命""不须计较与安排"等句是词人历尽沧桑、饱经忧患之后的深沉喟叹，虽然不免消沉，但对执迷于功名利禄的人来说的确具有警醒作用。

当然，黄升评点内容最多的是词人、词作的艺术风格及特色。如评李煜

《乌夜啼》(无言独上西楼)曰:“最凄婉,所谓亡国之音哀以思”。评张孝祥《六州歌头》等词曰:“骏发蹈厉,寓以诗人句法。”评柳永词曰:“长于纤艳之词,然多近俚俗,故市井之人悦之。”评姜夔词曰:“白石词极精妙,不减清真乐府,其高处有美成所不能及。”评万俟雅言《长相思·山驿》曰:“雅言之词,词之圣者也,发妙旨于律吕之中,运巧思于斧凿之外。平而工,和而雅,比诸刻琢句意,而求精丽者远矣。”评僧仲殊《诉衷情·寒食》曰:“仲殊之词多矣,佳者固不少,而小令为最。小令之中,《诉衷情》一调又其最。盖偏偏奇丽,字字清婉,高处不减唐人风致也。”

黄升编选、评点《花庵词选》时,“文学的评点尚未形成风气,而词又作为‘诗余’,为文人士大夫的游戏之作,尚未有人作过评点,故黄升的评点较为谨慎,量也不多”。[①] 但其评点内容,言简意赅,精辟准确,广为后世各类词选、词话转引,产生了较大影响。

二、刘辰翁、何士信等人的词学评点

刘辰翁(1232—1297),字会孟,号须溪,江西庐陵(今江西吉安)人,南宋爱国词人。刘辰翁评点了大量著作,也曾评点过词作。有研究者就其评点《苏黄词钞》《无住词》《水云词集》的相关情况进行探讨,认为刘辰翁作为评点大师,对词体文学的评点并未留意,只是偶尔为之。[②] 此论点具有一定说服力。

刘辰翁评点词作,既用圈点符号,又有评语,下面以其评点陈与义《无住词》为例,录其圈点内容如下[③]:

① 孙琴安《中国评点文学史》,上海社会科学出版社 1999 年版,第 53 页。

② 参张静《刘辰翁有意评点过词吗》一文,载《江西社会科学》2004 年第 12 期。

③ 此表格引自张静《刘辰翁有意评点过词吗》一文,载《江西社会科学》2004 年第 12 期,第 202 页。

表 3-1　刘辰翁评点《无住词》概况

题　名	圈　点	评　语
虞美人·亭下桃花盛开作长短句咏之	十年花底承朝露，看到江南树。洛阳城里又东风，未必桃花得似旧时红。　　燕脂睡起春才好，应恨人空老。心情虽在只吟诗，白发刘郎孤负可怜枝。	（上阕）读之宛然当日之痛。
忆秦娥·五日移舟明山下作	鱼龙舞，湘君欲下潇湘浦。潇湘浦，兴亡离合，乱波平楚。　　独无樽酒酬端午，移舟来听明山雨。明山南，白头孤客，洞庭怀古。	（上阕）隐约浓淡。（下阕）调意各称。
临江仙（高咏楚词酬午日）	高咏楚词酬午日，天涯节序匆匆。榴花不似舞裙红。无人知此意，歌罢满廉风。　　万事一身伤老矣，戎葵凝笑墙东。酒杯深浅去年同，试浇桥下水，今夕到湘中。	（下阕）婉娩纶至，诗人之词也。
虞美人·大光祖席醉中赋长短句	张帆欲去仍搔首，更醉君家酒。吟诗日日待春风，及至桃花开后却匆匆。　　歌声频为行人咽，记著樽前雪。明朝酒醒大江流，满载一船离恨向衡州。	（下阕）不犯坡翁句否
渔家傲·福建道中	今日山头云欲举，青蛟素凤移时舞。行到石桥闻细雨，听还住，风却吹过溪西去。　　我欲寻诗宽久旅，桃花落尽春无所。渺渺篮舆穿翠楚，悠然处。高林忽送黄鹂语。	（上阕）妙语复非邪淫绮语之比
临江仙·夜登小阁忆洛中旧游	忆昔午桥桥上饮，坐中多是豪英。长沟流月去无声。杏花疏影里，吹笛到天明。　　十余年如一梦，此身虽在堪惊。闲登小阁看新晴。古今多少事，渔唱起三更。	（下阕）词情俱尽，俯仰如新。

陈与义的创作成就主要为诗歌，方回认为其与黄庭坚、陈师道并称江西诗派“三宗”。陈与义《无住词》仅有 18 首作品，《须溪先生评点简斋诗集十四卷无住词一卷》收录刘辰翁对陈与义 6 首词作的评点。这些评点内容，与黄升对《花庵词选》的评点相比，不仅显得过于简略，而且不够专业。

不过，刘辰翁将圈点符号与评语结合的评点方式却值得注意。古人评阅文学作品，除了加上评语，还喜欢在文学作品的题目或字里行间加上圈点，圈点不像评语那样以明确的语言来论说高低、评判优劣，而是用某种符号来作提示或者标记，因此圈点符号具有直观性的特点。孙琴安先生《中国评点文学史》指出：“‘点’原先只是为了改掉文章中一些不必要的字，后来才发展成为核对、增删，甚至能够加注或‘加足片言’，成了一种评改，到了宋代，有些人时在诗、文的关键之处用笔抹划或点出来，以作提示，并与简短的评语结合在一起，更是成为一种完整意义上的评点。”①圈点符号在词学评点中的运用是逐步发展和完善的，明代词学评点大多数都有圈点符号，并日益丰富多样，这一点，下文还将涉及。

何士信，生平事迹无考，曾增修笺注词选《草堂诗余》，当为南宋后期人。《增修笺注妙选群英草堂诗余》中有大量词学评语，可分为两部分：一是征引前人时贤的词话，二是编者自己所作的词评。

吴熊和先生在《增修本〈草堂诗余〉跋》中指出，何士信增修《草堂诗余》对黄升《花庵词选》及其评语多有承袭和取资：

> 《草堂诗余》三百六十多首词中，见之于黄升花庵二选的，凡一百九十多首（包括黄升词三首），数量超过全书一半。其中五十八家词，与黄升所选全同。凡新添和新增的词，就大多出于黄升所选。书中所引“名贤词话”，北宋多采自胡仔《苕溪渔隐丛话》，南宋除偶见《曲洧旧闻》《鹤林玉露》数则外，余皆引自黄升的评语。注明“花庵词客”“玉林词话”“玉林词选”“黄玉林云”者，即有十四处之多。②

《增修笺注妙选群英草堂诗余》大量引用黄升等人的词话，而编纂者所作评语不多，仅有寥寥数则，例如，评康与之《丑奴儿令》（冯夷剪碎澄溪练）曰：

> 一本“澄溪”作“澄江”。“飞下同云”作“飞下纷纷”，“柳絮梅花处处春”作“柳絮杨花触处春”，既用柳絮，又用杨花，是关门闭户掩柴扉也。“月满前村”作“月破黄昏”，既曰此夜，又破黄昏，意亦重复。③

此则评语就同一首词不同版本的词句进行比较和分析，表明自己意见。如评周邦彦《花犯》（粉墙低）曰：“愚谓此为（咏）梅花第一。”这则评语道出自己的阅读感受，惜太过简略。另外，苏轼《满庭芳》（蜗角虚名）词后附按语，引

① 孙琴安《中国评点文学史》，上海社会科学院出版社 1999 年版，第 27 页。

② 吴熊和《增修本〈草堂诗余〉跋》，见《吴熊和词学论集》，杭州大学出版社 1999 年版，第 121～122页。

③ 《增修笺注妙选群英草堂诗余》，据吴昌绶等《景刊宋金元明本词》，中国书店 2011 年版。相关评语皆据此本。

僧晦庵《满江红》(扰扰劳生)一词,评曰:“此词亦是达观之见。俗以此词与坡词作对刊碑刻云。”将苏东坡与僧晦庵二首近似主题的作品对比欣赏,认为它们都表达了达观的人生态度。

较有体会的评语是评秦观《鹊桥仙》(纤云弄巧)一阕:“七夕歌以双星会少别多为恨,少游此词谓两情若久,不在朝朝暮暮,所谓化腐朽为神奇,宁不醒人心目。”这则评语受到后世论词者的欣赏和注意,多次被转引或发挥。如明末沈际飞评秦观词曰:“七夕往往以双星会少离多为恨,而此词独谓情长不在朝暮,化腐臭为神奇。”(《草堂诗余四集·正集》)清黄苏评秦观词曰:“七夕歌以双星会少别多为恨,少游此词谓两情若是久长,不在朝朝暮暮,所谓化臭腐为神奇。凡咏古题,须独出心裁,此固一定之论。少游以坐党被谪,思君臣际会之难,因托双星以写意,而慕君之念,婉恻缠绵,令人意远矣。”(《蓼园词选》)

总体来看,南宋黄升、刘辰翁、何士信等人的词学评点,规模不大,也不是着意为之,但对明代词学评点的发展、繁荣无疑起到了先导作用。

第二节　嘉靖、万历时期词学评点的展开

明嘉靖以后,小说、戏剧、词曲等通俗文学受到市民大众热烈欢迎,为迎合市民的文化需要,通俗文学大量刊刻和出版,有文化头脑和商业眼光的书坊主在编刻书籍时增加插图、音注和评语,明代词集评点随之发展繁荣。

一些书坊利用名人效应进行广告宣传,邀请名人(或假托名人)写作序跋、编辑校订、注释评点,以促进图书销量,当时名流如杨慎、李攀龙、李廷机、董其昌、陈继儒、袁宏道、钟惺等人的大名都出现在《草堂诗余》系列词选之中,虽然他们本人不一定真正参加了评点工作。有研究者将题名李廷机评点《新刻注释草堂诗余评林》(万历二十三年书林郑世豪宗文书舍刻本)与题名李攀龙批评《新刻李于麟先生批评注释草堂诗余隽》(万历四十七年师俭堂萧少衢刻本)中的评点内容予以比照,发现雷同相似的评语近二百条,断定两个

评点本的评者题名均出自伪托，并推测实际评点者很可能是郁郁不得志的诗人词人、庸碌无为的私塾先生或是一时短于钱财之用的穷苦书生。[①] 明末沈际飞曾批评这种现象："坊人嗜利更惜费，翻刻之弊，所由始也。迩来讦告追板，而急于窃其实，巧于掩其名。……稍增损评注刻之者，而能逃于翻之一字乎？"[②]

明代文人也多以休闲、娱乐的心态编选、评点词集，如《词菁》编选者陆云龙，号翠娱阁主人，明末浙江钱塘人，曾刊刻、评点图书多种，《词菁》只是其《翠娱阁评选行笈必携》中的一种，评点多为浮泛之语。当然，也有态度相对严肃、认真的词学评点，所评内容具有词论价值并对后世产生了一定影响，如杨慎评点《草堂诗余》、汤显祖评点《花间集》。

一、杨慎评点《草堂诗余》

《增修笺注妙选群英草堂诗余》在明代多次重版和改编，书中所录宋人词话往往被保留下来，这些词话对明人的词学评点无疑起到了某种诱导作用。杨慎对《草堂诗余》一书颇为关注，他通过评点《草堂诗余》发表词学见解，也是比较自然的事情。[③]

杨慎评点《草堂诗余》五卷，有两种版本，一为明万历间闵暎璧刊朱墨套印本，后收入明朱之蕃辑刻的《词坛合璧》；一为清光绪间宋泽元校刊本，今已影印收入《丛书集成续编》(台北新文丰出版公司 1989 年版)。

杨慎评点《草堂诗余》，主要使用"○"和"、"两种符号，用来表明句读或提示词中佳处。大多数词作通篇使用"○"，有的词作通篇使用"、"，只有少数作品采用两种符号交错圈点，例如评点苏轼《念奴娇》：

---

① 参李亭《〈草堂诗余〉研究》第三章第一节"真伪之辨"，南京大学 2007 年硕士论文。

② 沈际飞评点《古香岑草堂诗余四集》之《发凡・诫翻》，明末翁少麓刊本。

③ 杨慎是否评点过《草堂诗余》，目前学界尚有不同观点：如张宏生《杨慎词学与〈草堂诗余〉》(《南京师大学报》2008 年第 2 期)一文认为，题为杨慎评点《草堂诗余》中的评点内容，是当时书商从《词品》等著作中抄撮而成；张静《评点与词话——杨慎评点〈草堂诗余〉与撰著〈词品〉之关系》(《中国韵文学刊》2008 年第 2 期)一文分析认为，杨慎在撰著《词品》之前对《草堂诗余》进行了评点。

凭高眺远，见长空万里，云无留迹。桂魄飞来光射处，冷浸一天秋碧。玉宇琼楼，乘鸾来去，人在清凉国。江山如画，望中烟树历历。　我醉拍手狂歌，举杯邀月，对影成三客。起舞徘徊风露下，今夕不知何夕！便欲乘风，翩然归去，何用骑鹏翼？水晶宫里，一声吹断横笛。

杨慎有眉批曰："东坡中秋词，《水调歌头》第一，此词第二。"①杨慎对该词颇为欣赏，所以在词作正文上加了许多圈点符号，以提示读者。杨慎评点《草堂诗余》，批语上百则，现将其主要内容简介如下。

1. 解释词调名来源或咏调名现象

这方面批语有十余则，如《捣练子》词调名下双行夹批曰："李后主有《捣练子》词，即咏捣练，乃唐词本体也。"《如梦令》词调名下夹批曰："此词创自唐庄宗自度曲，词中有'如梦'二字，即以名词。唐词多缘题所赋，尔后渐变，与题远矣。"《菩萨蛮》词调名下夹批曰："西域妇人，编发垂髻，如中国佛像璎珞，曰'菩萨蛮'，词名本此。"杨慎认为词调名多取自诗句，并且多缘题赋词，此见解虽然有些绝对化，但有一部分是可信从的，并对后人颇有启发作用。

2. 指出词中误字或解释名物、语词

此类评语对读者准确理解词作当有一定帮助，如评秦观《满庭芳》首句"山抹微云，天连衰草"曰："宜作'天粘衰草'，即'暮烟细草粘天远'之意，'粘'字极工，且有出处。今'天连衰草''连'字误甚。"如评苏轼《西江月》"海仙时遣探芳丛，倒挂绿毛幺凤"句曰："幺凤，似鹦鹉而小，其矢亦香，俗人蓄之帐中。"评柳永《夏云峰》"逞妖艳、泥欢邀宠难禁"一句曰："'泥欢'，亦作'昵欢'，俗谓柔言索物曰昵，犹软缠也。"

3. 词作的艺术鉴赏和分析

这一类评语最多，体现出杨慎的审美趣味。总体上看，杨慎比较推崇婉丽词风，如评张元幹《满江红》(春水连天)曰："极婉转藻丽，脍炙人口。"评秦观《水龙吟》(小楼连苑)"天还知道和天也瘦"句曰："情极之语，纤软特甚。"评

① 杨慎评点《草堂诗余》，清宋泽元《忏花庵丛书》本。下文所引相关评语皆据此本。

史达祖《双双燕》(过春社了)曰:“史邦卿词奇秀清逸,有李长吉之韵,盖能融情景于一家,会句意于两得者。形容想象,极是轻婉纤软。”

值得注意的是,杨慎对豪放词也表现出一定程度的肯定和欣赏,如评苏轼《念奴娇》(大江东去)曰:“古今词多脂软纤媚取胜,独东坡此词感慨悲壮,雄伟高卓,词中之史也。铜将军、铁拍板唱公此词,虽优人谑语,亦是状其雄卓奇伟处。”如评苏轼《水调歌头》(明月几时有)曰:“此等词,翩翩羽化而仙,岂是烟火人道得只字。中秋词,古今绝唱。”又评苏轼《行香子》(北望平川)曰:“景界高旷孤渺,无人状得出。”明代人多以世俗的眼光欣赏词体文学,推崇香艳词风,在此大背景下,杨慎能有如此评语,眼光已不同流俗。

对于过分俚俗、直陋之词句,杨慎则明确持批评、否定的态度,即便是名家,也不客气。如卷四评王观《天香》[①]“矮钉明窗,侧开朱户,断莫乱教人到”一句曰:“一派俚俗之谈,全不成调。”评周邦彦《塞垣春》“玉骨为多感,瘦来无一把”一句曰:“结句不成语。”评辛弃疾《金菊对芙蓉・重阳》“除非腰佩黄金印”一语曰:“此等情况便陋,岂堪入选?”又评“座中拥、红粉娇容”一语曰:“更陋而俚。”又斥责僧仲殊的咏桂词《金菊对芙蓉》(花则一名):“此等三家村学究话,如何入词选?”

杨慎还用比较的眼光评词,指出词句间的渊源关系,并品评高下。如评温庭筠《更漏子》(玉炉香)词曰:“飞卿此词亦佳,总不若张子野‘深院锁黄昏,阵阵芭蕉雨’更妙。”评苏庠《阮郎归》(西园风暖落花时)曰:“不如秦词‘讳愁无奈眉’更婉转。”评吴激《青衫湿》(南朝千古伤心地)曰:“黍离之思,与李后主《浪淘沙》词相似。”如评苏轼《江城子》(天涯流落思无穷)“寄我相思千点泪,流不到,楚江东”一句曰:“结句从李后主‘恰似一江春水向东流’转出,更进一步。”接着又评秦观《江城子》(西城杨柳弄春柔)“便做春江都是泪,流不尽,许多愁”一句曰:“此结语又从坡公语转出,更进一步。”

从以上评语可以看出,杨慎对词学研究颇有造诣,并对唐宋词作品比较熟悉,具有较高的审美眼光。

---

① 《草堂诗余》将作者误题为“王充”,作者当为王观。

二、汤显祖评点《花间集》

汤显祖（1550—1616），字义仍，号海若，又号若士，自署清远道人，晚年自号茧翁，江西临川人。汤显祖一生经历嘉靖、隆庆、万历三朝，是明代中后期著名的剧作家。汤显祖评点《花间集》版本主要有二：一为明万历四十八年（1620）乌程闵氏朱墨套印本，一为明万历庚申（1620）刊本。今有刘崇德等人点校本，河北大学出版社 2006 年出版。

汤显祖在评《花间集》时所使用的圈点符号比杨慎多，并且用法也比较讲究。他除了大量使用“、”和“○”标示句读，提示佳处外，还采用空心点﹅和双圈◎标示他认为特别佳妙的句子或重要的词眼，不过，这两种符号的使用频率比较少，如评韦庄《菩萨蛮》：

洛阳城里春光好，洛阳才子他乡老。柳暗魏王堤，此时心转迷。　桃花春水渌，水上鸳鸯浴。凝恨对残晖，忆君君不知。

汤显祖在“洛阳才子他乡老”一句旁批曰：“可怜，可怜，使我心恻。”韦庄身处唐末乱世，生不逢时而垂老他乡，此词上片表现“春光”虽好，却在“他乡”；“春光”虽好，悲叹已“老”的无限感伤。洛阳城里的大好春光未能使之陶醉，反而触发其内心的感伤和隐痛。“洛阳才子他乡老”一语，既是韦庄等晚唐士人的慨叹，也是历代失意士人胸中共有的块垒，所以汤显祖难免感叹“使我心恻”。

汤显祖评点《花间集》时还撰写了一篇《花间集叙》，介绍了自己的词学观念和评点《花间集》的原因：

尝考唐调所始，必以李太白《菩萨蛮》《忆秦娥》及杨用修所传其《清平乐》为开山，而陶弘景之《寒夜怨》、梁武帝之《江南弄》、陆琼之《饮酒乐》、隋炀帝之《望江南》，又为太白开山。若唐宣宗所称“牡丹带露珍珠颗”《菩萨蛮》一阕，又不知何时何许人，而其为《花间集》之先声，盖可知已。《花间集》久失其传。正德初，杨用修游昭觉寺，寺故孟氏宣华宫故址，始得其本，行于南方。《诗余》流遍人间，枣梨充栋，而讥评赏誉之者亦复称是，不若留心《花间集》之寥寥也。余于《牡丹亭》亭梦之暇，结习不忘，试取而点次之，评骘之，期世之有志风雅者，与《诗余》互赏。①

汤显祖认为词体文学起源于六朝，《花间集》是唐词的代表；当时《草堂诗余》大行于世而《花间集》久不流传，两者形成鲜明的对比，为了促进《花间集》的传播接受，故而评点之。汤评《花间集》内容比较丰富，体现了汤显祖的词学观念，简述如下：

1. 认为词起源于六朝

在评点《花间集》时，汤显祖往往追溯花间词与六朝的文学渊源。温庭筠《梦江南》其一："千万恨，恨极在天涯。山月不知心里事，水风空落眼前花，摇曳碧云斜。"汤显祖评曰："风华情致，六朝人之长短句也。"这一观点与杨慎相近。杨慎《词品》云："大率六朝人诗，风华情致，若作长短句即是词也。宋人长短句虽盛，而其下者有曲诗、曲论之弊，终非词之本色。予论填词必溯六朝，亦昔人穷探黄河源之意也。"②在对孙光宪《生查子》（暖日策花骢）的评点中，汤显祖说："六朝风华而稍参差之，即是词也。唐词尽出选诗，兹体尤未入。"

2. 以"情"评词

韦庄《谒金门》："春漏促，金烬暗挑残烛。一夜帘前风撼竹，梦魂相断续。　有个娇娆如玉，夜夜绣屏孤宿。闲抱琵琶寻旧曲，远山眉黛绿。"汤显祖评曰："情不知所起，一往而深。'闲抱琵琶寻旧曲'，直是无聊之思。"汤显祖借用《牡丹亭题词》中的"情不知所起，一往而深"予以评论，抒发了一种异代知音之感。孙光宪《更漏子》："今夜期，来日别，相对只堪愁绝。偎粉面，捻瑶簪，无言泪满襟。　银箭落，霜华薄，墙外晓鸡咿喔。听付嘱，恶情悰，断肠西复东。"汤显祖评曰："到得情深江海，自不至断肠西东。其不然者，命也，数也。人非木石，那得无情？世间负心人，直木石之不若也。"

---

① 汤显祖《花间集叙》，见刘崇德等点校《花间集》，河北大学出版社 2006 年版，第 4 页。

② 杨慎《词品》，见唐圭璋《词话丛编》，中华书局 1986 年版，第 425 页。

3. 提倡创新，欣赏隽永

温庭筠《南歌子》其五："扑蕊添黄子，呵花满翠鬟。鸳枕映屏山。月明三五夜，对芳颜。"汤显祖评曰："'扑蕊''呵花'四字，从未经人道过。"薛昭蕴《喜迁莺》："清明节，雨晴天，得意正当年。马骄泥软锦连干，香袖半笼鞭。花色融，人竞赏，尽是绣鞍朱鞅。日斜无计更留连，归路草和烟。"汤显祖评曰："此首独脱套，觉腐气俱消。"在审美趣味上，汤显祖特别提倡隽永、隽秀。顾夐《河传》其三："棹举，舟去。波光渺渺，不知何处。岸花汀草共依依，雨微，鹧鸪相逐飞。　天涯离恨江声咽，啼猿切，此意向谁说。倚兰桡，独无聊，魂销。小炉香欲焦。"汤显祖评曰："凡属《河传》题，高华秀美，良不易得。此三调，真绝唱也。"

汤显祖在明代文坛具有重要地位，他对《花间集》的评点不仅扩大了《花间集》的影响，促进了《花间集》的传播，对明代词学评点也有启发、推动之功。

第三节　天启、崇祯时期词学评点的兴盛

明末天启、崇祯年间，出现《草堂诗余四集》《古今词统》等几部大型词选，其间附有大量评点内容。评点看似随意散漫，没有清晰的理论体系，其实沈际飞评点《草堂诗余四集》，卓人月、徐士俊评点《古今词统》不仅具有较大规模，而且颇具审美眼光和一定的理论水平，系统梳理二书中的评点内容，即可寻绎明代后期词学批评者的词学观念和词学审美风尚。

一、沈际飞评点《草堂诗余四集》

沈际飞是一位戏曲理论家，曾刊行《独深居点定玉茗堂集》，具有比较丰富的文学评点经验。他曾批评坊间各种《草堂》选本的评点："非喻呓则隔搔，见者呕哕"，因而对《草堂诗余四集》"精加批剥，旁通仙释，曲畅性情，其灵慧新特之句，用'○'；尔雅流丽之句，用'、'；鲜奇警策之字，用'◎'；冷异巉削之

字，用'ヽ'；鄙拙肤陋字句，用'｜'；复用'·'读句，以便览者不嗫嚅于开卷，心良苦矣。"(《发凡·品著》)沈际飞在借鉴杨慎、汤显祖等人所使用符号的基础上，形成了一套比较完备的圈点符号系统，并注意评点符号使用与批语之间的相互对应，如《草堂诗余四卷·正集》卷二对晏殊《踏莎行》的评点：

> 小径红稀，芳郊绿遍。高台树色阴阴见。东(一作春)风不解禁杨花，濛濛乱扑行人面。○翠叶藏莺，朱帘隔燕。炉香静逐游丝转。一场愁梦酒醒时，斜阳却照深深院。

该词中的"禁""深深"字新奇警策，沈际非故用"◎"来提示读者，并作眉批曰："'深深'妙，换不得实字。"又如《草堂诗余四卷·正集》卷一对李清照《浣溪沙》[①]的评点：

> 楼上晴天碧四垂，楼前芳草接天涯。劝君莫上最高梯。○新笋看成堂下竹，落花都上燕巢泥，忍听林表杜鹃啼。

沈际飞认为"劝君莫上最高梯"一句过于直露而无余味，就在旁边标以直线，并作眉批曰："粗鄙。"欣赏"都上燕巢泥"一句，眉批曰："'上燕巢'翻成韵处。"一首词作中的多种评点符号与批语的有机结合的确便于读者阅读和欣赏。

《草堂诗余四集》之中眉批有数千条，规模宏大，内容丰富。沈际飞评词，既借鉴、融合黄升、胡仔、张炎、沈义父、陈霆、杨慎等前人观点又不乏己见，具有鲜明的个性和时代特色，故而对后学有一定的启示意义。下文分为四个方面进行探讨。

1. 强调词以传"情"，重在写"真"

"诗言志，词言情"是《花间集》以来的传统观念，对明人有相当大的影响，如王世贞《艺苑卮言》曰："词号称诗余，然而诗人不为也。何者？其婉娈而近情也。"并以"致语""情语"以及"淡语之有情""恒语之有情""浅语之有情"评

---

① 此词作者当为周邦彦。

价其所称赏的词句。[①] 沈际飞则进一步将抒情作为品评词作高下的重要标准。沈际飞《草堂诗余四集序》云："诗余之传，非传诗也，传情也。"极力称赞词体强大的抒情功能，"于戏！文章殆莫备于是矣。非体备也，情至也。情生文，文生情，何文非情？而以参差不齐之句，写郁勃难状之情，则尤至也"。[②]

沈际飞评秦观《满庭芳》（山抹微云）赞叹"人之情至少游而极"。评温庭筠《忆江南》（梳洗罢）曰："痴迷、摇荡、惊悸、惑溺，尽此二十余字。"对温词言情极为欣赏。评冯延巳《谒金门》（风乍起）曰："唯动生感，天下有心人，何处不关情。乃云'关卿何事'。"沈际飞替冯延巳回答了李璟提出的"关卿何事"的问题。评李煜《相见欢》（无言独上西楼）曰："哀以思，此亡国之音。七情所至，浅尝者说破，深尝者说不破。破之浅，不破之深。"发表对情语深浅的感悟，独具心得。评周邦彦《夜飞鹊》（河桥送人处）写离情："能使'华骝会意'，非真情所赞格乎？"批评"今之人务为欲别不别之状，以博人欢，避人议，而真情十无二三矣"。

沈际飞指出词人好运用移情手法，评李煜《丑奴儿令》曰："何关鱼雁山木，而词人一往寄情，煞甚相关。秦、李诸人多用此诀。"指出秦、李诸人词作感动人心的原因所在。评辛弃疾《鹧鸪天》（枕簟溪堂冷欲秋）曰："生派愁怨与花鸟却自然。"评秦观《如梦令》（莺嘴啄花红溜）结尾"人与绿杨俱瘦"曰："春柳未必瘦，然易此字不得。"他认为，言"情"甚至比艺术技巧更为重要，如评欧阳修《浪淘沙》（把酒祝东风）曰："虽少含蕴，不失为情语。"评牛峤《女冠子》（锦江烟水）曰："情到至处勿含蓄。"总之沈际飞认为词人作词应该满怀深情，融情于景，词作才能深情蕴藉，感动人心。

沈际飞认为写景言情还须"真"。如评孙洙《何满子》（怅望浮生急景）曰："叶落云阴，秋景真。"评张先《醉落魄》（云轻柳弱）咏美人吹笛曰："'香'生'色'真，真佳人如是。"评钱惟演《玉楼春》（城上风光莺语乱）曰："思公暮年作此，极尽凄婉。""'芳樽'恐浅，正断肠处，情尤真笃。"评李清照《念奴娇》（萧条庭院）曰："真声也，不效颦于汉魏，不学步于盛唐，应情而发，能通于人。"评吕

① 参王世贞《艺苑卮言》，见唐圭璋《词话丛编》，中华书局1986年版，第385、388等页。
② 据沈际飞选评《草堂诗余四集》，明末翁少麓刊本。下文相关引文皆据此本，不再注出。

本中《采桑子》(恨君不似江楼月)曰:“语语无饰,似女子口授,不由笔写者。情语不在艳而在真,此也。”批评葛实甫《南唐浣溪沙》(露湿鞋儿小径幽)曰:“气骨扫尽矣。与其假气骨,宁真风味。”

沈际飞对言“情”与写“真”的深切把握,对后世词学者有深远影响。如况周颐《蕙风词话》云:“真字是词骨,情真,景真,所作必传,且易脱稿。”王国维云:“能写真景物、真感情者,谓之有境界。”(《人间词话》)与沈氏观点一脉相传。

2. 欣赏自然隽逸,主张翻新出奇

明词创作多有尘俗纤绮之弊,沈际飞认为作词应具自然隽逸之风,反对刻意雕琢。如他评李白《菩萨蛮》(平林漠漠烟如织)曰“古词妙处,只是天然无雕饰”,认为《忆秦娥》(箫声咽)“有林下风气”;夸赞温庭筠《菩萨蛮》(南园满地堆轻絮)“隽逸之致”;评万俟咏《长相思》(短长亭)曰:“此词发妙旨于律吕之中,运巧思于斧凿之外。”评刘过《唐多令》(芦叶满汀洲)曰:“情畅、语俊、韵协,音调不间扭造,此改之得意之笔。”沈氏好以“隽”“俊”“俏”“标致”等鲜活生动的口语评点词作,如评欧阳修《木兰花》(南园春蝶能无数)曰:“词最隽。”评张先《菩萨蛮》(哀筝一弄湘江曲)曰:“‘断肠’一句俊极。”如有比“隽”更过者则评之为“妖”“媚”,如评欧阳修《浣溪沙》(雨过残红湿未飞)曰:“妖而灵。”评秦观《海棠春》(流莺窗外啼声巧)曰:“媚杀。”若与之相反,沈氏即评之为“粗恶”“粗鄙”。

宋人作词已注意讲求新意,如杨缵《作词五要》曰:“立意要新。若用前人诗词意为之,则蹈袭无足奇者。须自作不经人道语,或翻前人意,便觉出奇。或只能炼字,诵才数过,便无精神,不可不知也。更须忌三重四同,始为具美。”[①]明人面对难以逾越的唐、宋词的创作高峰,当更具求新求变的压力,故而沈际飞认为作词应当翻新出奇,不落俗套。他指出文学艺术的生命在于文人的不断创新,评秦观《江城子》(西城杨柳弄春柔)结句曰:“李后主‘问君能有几多愁,恰似一江春水向东流’,少游翻之,文人之心浚于不竭。”沈氏特别留意词人的翻新出彩之处,如评和凝《采桑子》(蝤蛴领上诃梨子)曰:“翻空见奇。”评秦观《鹊桥仙》(纤云弄巧)曰:“七夕以双星会少别多为恨,独谓情长不

① 杨缵《作词五要》,见唐圭璋《词话丛编》,中华书局1986年版,第268页。

在朝暮，化腐朽为神奇。”苏轼《浣溪沙》（风压轻云贴水飞）：“首句化腐为新。”评陆游《卜算子》（驿外断桥边）曰：“排涤陈言，太为梅誉。”在明代复古思潮占统治地位的时代，主张不蹈袭前人的观点实属可贵。沈际飞还常以“奇”“幻”评词。如对李清照《如梦令》中的“绿肥红瘦”，赞叹道：“创获自妇人，大奇。”评欧阳修《浪淘沙》（帘外五更风）曰：“‘吹梦’奇。幻想异姿。”评黄升《南乡子》（万籁寂无声）曰：“幻思，幻调。”评姜夔《念奴娇》（闹红一舸风）咏荷词曰：“‘水佩风裳’幽奇。‘冷香’句，花魂飞动并自己诗句活舞矣。”

与沈际飞大致同时的俞彦在《爰园词话》中说：“遇事命意，意忌庸、忌陋、忌袭。立意命句，句忌腐、忌涩、忌晦。”①这与沈际飞在词学评点中所主张之自然隽永、翻新出奇的主张颇有相通之处，这反映出晚明词坛词学理论与实践之间的相互呼应。

3. 讲究字句章法，辨析词调音韵

关于词之作法技巧的理论，宋末张炎、沈义父等人都有精彩的见解和论述，而明代陈霆、王世贞、杨慎等著名词学理论家对此则极少论列，沈际飞直接吸纳宋人观点并将其运用于评点实践之中。秦士奇《草堂诗余叙》指出沈氏评词：“大约取其命意远、造语鲜、炼字响、用字便，典丽清圆，一一粘（拈）出。”沈际飞重视虚字的运用，如评柳永《戚氏》（晚秋天）曰：“插字之妥，撰句之隽，耆卿所长。”评李南金《贺新郎》（流落今如许）曰：“善用虚字斡运，如‘先’‘更’‘若’‘且’，但恐一个字如许也。有‘休记’‘浑欲’两个字极是。”评史达祖《双双燕》曰：“‘欲’字、‘试’字、‘还’字、‘又’字入妙。”批评万俟咏《三台》（见梨花初带夜月）曰：“杂沓少伦，过接唤应，虚字少力。”

沈际飞认为，不仅要善于搭配字句，还需将字句运用与谋篇布局结合起来。评史达祖《绮罗香》曰：“一曲之中，句句高妙者少，但相搭衬副得去，于好发挥处用工取胜。”评何籀《点绛唇》（莺踏花翻）曰：“起句结句俱难得，填词每以此取胜。”评晁补之《洞仙歌》（青烟幕处）曰：“凡作诗词，当如常山之蛇，救首救尾。‘青烟幕处’至‘卧桂影’固已佳矣；后段‘都将许多明，付与金樽’至‘素秋千顷’，可谓善救首尾者也。”强调了开头与结尾的重要性。他赞赏周邦

① 俞彦《爰园词话》，见唐圭璋《词话丛编》，中华书局1986年版，第400页。

彦《惜余春慢》(水浴清蟾)曰:“章、句、字,作家拈来都合。”而批评无名氏《鱼游春水》(秦楼东风里)曰:“‘凤箫’‘孤雁’未黏对;‘望断清波’未工;前云鱼游,后曰无鲤,未顺。尽若此,不足重也。”

明代较早对词调名源起进行论析的是杨慎的《词品》,杨慎认为词调名多取自诗句,并且多缘题赋词。此见解虽然有些绝对化,但有一部分是可信从的。沈际飞《草堂诗余四集发凡·疏名》所论词调名来源一段即录自《词品》,评点时对一些词调名来源的说明,也大多借鉴杨慎的观点。如评白居易《忆江南》(江南好)曰:“唐有《法曲献仙音》,乐天改今名。”评李后主《捣练子》(深院静)云:“调名捣练,即咏捣练。大意以秋闺概之,唐词本体。”就这一部分而言,沈际飞本人的新见之处较少。

沈际飞注意到前人词谱的重要作用及其弊病,他指出:“维扬张世文(张綖)作《诗余图谱》七卷,每调前具图,后系辞,于宫调失传之日为之规规而矩矩,诚功臣也。”“但查卷中,一调先后重出,一名有中调、长调而合为一调,舛误非一。”鉴于此,沈氏注意对词调的句读、分片等问题进行辨析,自称“余则以一调为主,参差者明注字数多寡,庶定格自在,神明惟人,即此是谱不烦更觅图谱矣”(《发凡·订谱》)。如评叶清臣《贺圣朝》(满斟绿醑留君住)曰:“按此调多参差不同,旧谱羡日字正之,恐犯《眼儿媚》调;新谱以日字连下读,又不成句,《词选》于两段末作五字句,换头作八字叶,可从。”《贺圣朝》一调首见于冯延巳,其体式繁多,诸体皆由冯词添字或摊破句法而来,所以容易致误。沈际飞还对词选中词调、曲调相混的现象予以辨正:“甚而调名亦混,如王元美《西江月》混入《少年游》,苏景元《踏莎行》混入《木兰花》,王止仲《踏莎行》混入《水龙吟》,徐小淑《霜天晓角》六调混为三调,杨用修《莺啼序》一调割为二调。尤可笑者,《金字经》《水仙子》《天净沙》《一枝花》《折桂令》《梁州序》,皆以北曲混入。”(《发凡·刊误》)

沈际飞评词,留意其用韵情况。如指出孙夫人《南乡子》(晓日压重檐):“‘欢’字非韵。”对精通词乐的周、柳等人也指摘其用韵之不足,如评柳永《诉衷情近》(景阑昼永)曰:“‘好’字韵重。”评周邦彦《侧犯》(暮霞霁雨)曰:“‘静’字韵重。”元、明之际,北曲流行,词韵、曲韵相混现象日益突出,沈际飞对此予以批评。杨慎认为词韵可以谐俗,不可死守沈约以来的诗韵,其《词品》曰:

"元人周德清著《中原音韵》，一以中原之音为正，伟矣。"[①]主张以《中原音韵》为准，以曲韵作词韵。周德清根据当时北曲的语音系统写成《中原音韵》一书，将入声字分别归于平上去三声，曲韵平上去三声皆可以通押。沈际飞则认为，词韵依照诗韵，虽然可通押，然词韵与曲韵有别，不可混同，指出："上古有韵无书，至五七言体成而有诗韵，至元人乐府出而有曲韵。诗韵严而琐，在词当并其独用为通用者綦多，曲韵近矣。然以上支、纸、置分作支思韵，下支、纸、置分作齐微韵，上麻、马、祃分作家麻韵，下麻、马、祃分作车遮韵，而入声隶之平上去三声，则曲韵不可以为词韵矣。"(《发凡·研韵》)并慨叹："钱塘胡文焕有《文会堂词韵》，似乎开眼，乃平、上、去三声用曲韵，入声用诗韵，居然大盲。世不复考，将词韵不亡于无，而亡于有，可深叹也。愿另为一编正之。"(《发凡·研韵》)《文会堂词韵》杂用曲韵、诗韵，所以沈氏欲另为一编以正其谬，然未果。入清之后，严分词韵与曲韵的观念在词学界逐渐占据上风，如产生极大影响的戈载的《词林正韵》即认为曲韵可平上去通叶且无入声，词韵则必须有入声之调，曲韵不可为词韵。

4. 肯定金元明词创作，注意到明词创作的曲化倾向

明代一些词学家对金元词颇有偏见，如王世贞《艺苑卮言》说："元有曲而无词，如虞、赵诸公辈，不免以才情属曲，而以气概属词，词所以亡也。"[②]王世贞将词体创作看作元曲的附庸，不免偏颇。沈际飞则以比较公正的态度看待金元词，如评邓千江《望海潮》(云雷天堑)曰："全步沈公述(沈唐)'山水凝翠'一调，而繁缛雄壮十倍过之。金人乐府称千江第一，小词盛时不限夷身也。"评金主完颜亮《昭君怨·咏雪》(昨夜樵村渔浦)曰："古峭。'惊问'字妙得娇懒况。"评吴激《木兰花慢》(敞前门万户)曰："妙语是妙境发之，妙境非妙语不出。"评元好问《满江红》(天上飞乌)曰："爽籁。遗山极称辛稼轩词，及观遗山，深于用事，精于炼句，风流蕴藉，媲却周、秦，初无稼轩豪迈之气。"又评其题画词《虞美人》(槐阴别院宜清昼)曰："淹秀明约，书画中逸品。"

对于本朝创作，明人自我整体评价不高。如陈霆《渚山堂词话》指出："予

① 杨慎《词品》，见唐圭璋《词话丛编》，中华书局1986年版，436页。

② 王世贞《艺苑卮言》，见唐圭璋《词话丛编》，中华书局1986年版，第393页。

尝妄谓我朝文人才士，鲜工南词。间有作者，病其赋情遣思殊乏圆妙，甚则音律失谐，又甚则语句尘俗。求所谓清楚流丽、绮靡蕴藉，不多见也。”[①]王世贞认为“我明以词名家”的刘基、杨慎、夏言三人与宋人相比，“近似而远”甚至“去宋尚隔一尘”（《艺苑卮言》）。而沈际飞对明词评价相对较高，常以唐宋词作为衡量之标准，如评杨慎《荷叶杯》（枕上一声鸡唱）曰：“直逼顾夐九调。”评价王世贞《眼儿媚》（青草茸茸正芳柔）曰：“跨宋。”评陈淳《如梦令》（吟罢池边杨柳）曰：“宋人笔。”评王世贞《怨王孙》（愁似中酒）曰：“看当代词，伯温（刘基）、纯叔（吴子孝）辈圆厚朴老，元美（王世贞）、徵仲（文徵明）辈法无不尽，情无不出，俨然初盛之分。秦公庸（秦士奇）先生首肯曰：‘近日君子何以自处。’”此论未必准切，但实为沈氏对当时流行的明词中衰论的一种反拨。沈际飞能较为客观地评价金元明词，无时人贵远贱近、厚古薄今之习，是值得肯定的。

沈际飞注意到明词创作的曲化倾向，如评杨慎《个侬》（恨个侬无赖）曰：“‘唱好是’‘唱道是’元曲中衬词。”评马洪《满庭芳》（春老园林）曰：“浩澜自附柳耆卿多柔秀词，但带元曲气。”沈际飞对词的曲化倾向似乎比较宽容，如评王世贞《南乡子》（薄幸总难熬）一词“已落吴江、嘉兴歌腔，然俚字村谣，嗜好情欲，任性而合。元美尝喜棹歌中《月子弯弯》二首，固不避也”。借戏曲评点词作是明代富有特色的评点方法，汤显祖评《花间集》中已初露端倪，而沈际飞也善用此法。如评无名氏《生查子》（闲倚曲屏风）曰：“悦容偏论美人脚，下具是芙蓉之面，杨柳之腰，秋水之波，春山之黛。《西厢记》脚踪儿将心事传：恶能忘，恶能忘。”评朱淑真《生查子》（去年元夜时）曰：“王实甫词本此。调甚佳，非良家妇女所宜有。”评牛峤《菩萨蛮》（风帘燕舞莺啼柳）曰：“《绣襦记》开场好词。”借戏曲评词，将词体文学与戏曲文学联系起来，既有利于欣赏原词，也有助于拓展读者的思维与欣赏空间。

沈际飞的词学评点规模宏大、内容丰富，有章句、风格等艺术鉴赏，也有词调、词韵等词体辨析，具有较高水平，在一定程度上推进了明代词学评点发展。沈际飞的词论及评点曾被《古今词统》《古今诗余醉》《古今词论》《词苑丛谈》等多种词选、词话大量征引，足见其词学评点的影响之广。

---

① 陈霆《渚山堂词话》，见唐圭璋《词话丛编》，中华书局1986年版，第378～379页。

二、卓人月、徐士俊评点《古今词统》

卓人月、徐士俊评点《古今词统》的规模也相当宏大，批语有上千条之多。二位评点者参阅过沈际飞评点《草堂诗余四集》，因为有少量评语直接来自沈际飞的评点。卓人月等人词学评点所表达的词学观念与沈际飞有颇为相似的地方，但又具有鲜明的个性和特点。

明代词论家特别强调情性的重要性，把言情看成诗体最基本的艺术特征。重情、主情是明代词学批评中的一条重要线索。如杨慎《词品》曰：

> 大抵人自情中生，焉能无情，但不过甚而已。宋儒云："禅家有为绝欲之说者，欲之所以益炽也。道家有为忘情之说者，情之所以益荡也。圣贤但云寡欲养心，约情合中而已。"予友朱良矩尝云："天之风月、地之花柳与人之歌舞，无此不成三才。"虽戏语亦有理也。[①]

杨慎所说之"情"，乃是属于"风月""花柳""歌舞"之类的男女享乐之情。又如王世贞曰："词须婉转绵丽，浅至儇俏，挟春月烟花于闺襜内奏之，一语之艳，令人魂绝；一字之工，令人色飞，乃为贵耳。至于慷慨磊落，纵横豪爽，抑亦其次，不作可耳。作则宁为大雅罪人，勿儒冠而胡服也。"[②]王氏所言之"情"，也是侧重于"春月烟花"与"闺襜"的儿女私情。

上文已分析沈际飞评词对情的推崇，卓人月、徐士俊评词亦如此。如其评黄庭坚《渔家傲》(万水千山来此土)曰："一部《古今词统》，都是《恼公》《懊侬》之调。"[③]《恼公》《懊侬》都是情歌，《恼公》指李贺的《恼公篇》，是一首艳情诗；《懊侬》即《懊侬曲》，一作《懊恼歌》，是南朝民歌，多写男女爱情相思。徐士俊等人多以"情"字评词，如评朱淑真《清平乐》(恼烟撩雾)曰："古歌：'枕郎左臂，随郎转侧。摩捋郎鬓，看郎颜色。'千情万态，不出个中。"称赞朱淑真写男女情事，有古民歌遗风。评史达祖《夜合花》起句"柳锁莺魂，花翻蝶梦，自

---

① 杨慎《词品》，见唐圭璋《词话丛编》，中华书局 1986 年版，第 467 页。

② 王世贞《艺苑卮言》，见唐圭璋《词话丛编》，中华书局 1986 年版，第 385 页。

③ 卓人月、徐士俊《古今词统》，辽宁教育出版社 2000 年版，第 360 页。下文所引评语等，皆据此本，不再注明。

知愁染潘郎”曰：“此等起句，真是香生九魄，美动七情。”评杨慎《误佳期》（今夜风光堪爱）曰：“古诗‘没命成灰土，终不罢相怜’，情语到此方绝顶。”评瞿佑《贺新郎·题秦女吹箫图》“天若有情天也许，许人间、夫妇咸如是”二句曰：“关汉卿云：‘愿普天下有情的，都成了眷属。’”虽将汤显祖说的话误认为出自关汉卿，但对情的极度推崇溢于言表。

在创作上，《古今词统》主张追求新奇，反对蹈袭。如评崔液《踏歌词》曰：“二首体制、藻思俱新。”评周邦彦《阮郎归》“身如秋后蝇。若教随马逐郎行，不辞多少程”数句曰：“蝇附骥尾，极陈之语，用得极新。”肯定周邦彦《眉妩》（看垂杨迷苑）：“笔笔另开径路，不肯驾轻就熟。”称赞李清照《念奴娇·春情》曰：“‘宠柳娇花’，新丽之甚。不效颦汉、魏，不学步盛唐，应情而发，自标位置。”这些主张与沈际飞也颇为一致，表明晚明词坛存在一股求新、求奇的创作思潮。

《古今词统》的评点内容也颇有独到之处，一是婉约与豪放并重，二是对词体“意内言外”特质的体认。

1. 婉约与豪放并重

上文曾分析《古今词统》的选词标准，卓人月友人孟称舜批评明代词坛流行的婉约本色论，对豪放与婉约两种风格不强分优劣，这一观念在《古今词统》的词作评点中也得到具体贯彻。

《古今词统》中有大量对慷慨豪放之音予以肯定和欣赏的评语，如评李白《忆秦娥》（箫声咽）曰：“悲凉跌宕，虽短词，中具长篇古风之意气。”评张先《减字木兰花·赠妓》与《湖上》二首曰：“二词高快，不下稼轩。”评朱敦儒《减字木兰花》（刘郎已老）曰：“末句如古剑一吼。”对辛弃疾的豪放词评价尤高，评其《卜算子》四首曰：“四词意气所寄，可击唾壶而歌之。”评《菩萨蛮》（郁孤台下清江泪）曰：“忠愤之气，拂拂指端。”评《贺新郎》（绿树听鹈鴂）曰：“稼轩尝以‘辛’字为题，自写辛苦之致。此篇字字霜辛露酸，烟渍霭聚，尤难为怀。”评刘克庄《沁园春》（何处相逢）曰：“气概雷击霆震。”评文天祥《满江红·燕子楼中》曰：“总是铜筋铁骨所吐。”评苏轼《水龙吟》（似花还似非花）曰：“人谓‘大江东去’之粗豪，不如‘晓风残月’之细腻。如此词，又进柳妙处一尘矣。”

2. 对词“意内言外”特质的体认

李康化先生指出，以“意内而言外”论词，最早见于元人陆文圭的《玉田词题辞》:"'词'与'辞'字通用,《释文》云:'意内而言外也。'意生言,言生声,声生律,律生调,故曲生焉。"陆氏援引"意内而言外"这一概念,旨在强调词的"言外之意"。[①] 徐士俊论词也援引了这一概念,但意在强调词是一种不同于诗与曲的独特文体,其《古今词统序》云:

> 非诗非曲,自然风流,统而名之以"词",所谓"言与司合"者是也。考诸《说文》曰:"词者,意内而言外也。"不知内意,独务外言,则不成其为词。词从司者,反后为司,盖出纳之吝,谓之有司。后王宽大之道,当与有司相反。夫词为诗余,诗道大而词道小,亦犹是也。故诗从寺,寺者,朝廷也;词从司,司者,官曹也。小令、中调、长调,各有司存;宫、商、角、徵、羽五声,各有司存,不可乱也……(词)又作辞,从辛,辛者,新也。《汉志》曰:"悉新于辛。"词故以新为贵也。又《说文》曰:"辛象人股,壬象人胫。"故"童""妾"二字,皆从辛省。汉人选妃,册曰"秘辛",犹言股间隐处也。然则词又当描写柔情,曲尽幽隐乎?

在序言中,徐士俊说词"非诗非曲,自然风流",意在强调词体的特殊性,他在给沈雄词集作序时亦曾云:"上不类诗,下不类曲者,词之正位也。"[②]徐士俊认为词体文学的特质就在于"意内而言外",其中尤以"内意"为重,因为"不知内意,独务外言则不成其为词"。这一观念在序跋里显得比较笼统和抽象,如何具体理解词体文学"意内而言外"的特质?《古今词统》的词作评点也涉及这方面内容。为有助于读者进一步理解和思索,试举二例:

李后主《乌夜啼》:"无言独上西楼。月如钩。寂寞梧桐、深院锁清秋。剪不断。理还乱。是离愁。别是一番滋味在心头。"评曰:"七情所至,浅尝者说破,深尝者说不破。'别是'句甚深。"此词咏叹离愁别绪,深挚感人。如果是李煜早年之作,词中的缭乱离愁不过属于其宫廷生活的一个插曲,如果作于降宋以后,此词所表现的则应当是他离乡去国的锥心怆痛。词作末句写出了愁之根植于作者的内心深处,无法驱散,历久弥鲜,使读者自然地结合自身的体验而产生同感,这种写法无疑有其深至之处。

---

① 参李康化《明清之际江南词学思想研究》,巴蜀书社 2001 年版,第 119 页。

② 沈雄《古今词话》,见唐圭璋《词话丛编》,中华书局 1986 年版,第 794 页。

陆游《好事近》:“挥袖别人间,飞蹑峭崖苍壁。寻见古仙丹灶,有白云成积。　心如潭水静无风,一坐数千息。夜半忽惊奇事,看鲸波暾日。”评曰:“英雄感慨无聊,必借神仙荒忽之语以自释,此远游篇之意也。”从字面意思看,这是一首游仙词,属于道教神仙题材,《古今词统》的批语则提示读者可以参考屈原《远游》来理解词作的深层意蕴。屈原曾自道远游原因:“悲时俗之迫厄兮,愿轻举而远游。”(《远游》)正如王逸所说:“屈原履方直之行,不容于世。上为谗佞所谮毁,下为俗人所困极,章皇山泽,无所告诉。乃深惟元一,修执恬漠。思欲济世,则意中愤然,文采铺发,遂叙妙思,托配仙人,与俱游戏,周历天地,无所不到。然犹怀念楚国,思慕旧故,忠信之笃,仁义之厚也。是以君子珍重其志,而玮其辞焉。”(《楚辞章句》)陆游一生主张抗金,高唱恢复,但受尽当权者的排挤与打击,壮志难酬,故作此类游仙之词以排遣寄托,与当年屈原所作《远游》之意正相类似。

徐士俊等人对“意内言外”的词学阐发,对清代常州词派的词学主张产生了一定的启发和影响。如张惠言认为“意内而言外者,谓之词”,词之情意乃“缘情造端,兴于微言,以相感动,极命风谣里巷男女哀乐,以道贤人君子幽约怨悱不能自言之情”。[①]“意内言外”说成为常州词派的标志性理论。

值得注意的是,《古今词统》后附有徐士俊、卓人月二人的唱和词集《徐卓晤歌》(收徐词69首,卓词67首),词作多有二人互相评点的内容。从评语可以看出,徐士俊、卓人月二人词作唱和颇得切磋之乐。

例如,卓人月、徐士俊有同题《水龙吟·次坡公杨花韵》二词,徐士俊评卓词曰:“每读一过,如漫天雪色。”[②]卓人月评徐词曰:“前半说得缥渺动人,后忽以太真相比,想落天际矣。”如徐士俊有《百字令》“次坡公赤壁韵,檃括《前赤壁赋》”及“再和坡公韵,檃括《后赤壁赋》”二词,卓人月评曰:“有坡公二赋,不可无野君二词。生同其时,未免瑜、亮之憾。”对徐士俊词作赞赏有加,并以周瑜、诸葛亮来比喻自愧弗如。徐士俊评卓人月《瑞鹧鸪》(城中火树落金钱)曰:“精致如此,能易一字者与千金。”

当然,唱和之时也有竞争、角胜之意。例如卓人月、徐士俊有同题《声声

① 张惠言《词选序》,见施蛰存《词籍序跋萃编》,中国社会科学出版社1994年版,第796页。
② 《徐卓晤歌》,据《古今词统》,辽宁教育出版社2000年版,第659页。下文所引评语,不再注明。

慢·次李易安韵》三首，卓人月批徐词曰："工力悉敌，是能分取归来堂一茶者。"这里用李清照、赵明诚归来堂翻书赌茶的故事，意指二人所作不相上下。又如卓人月批二人同题《竹枝·秦淮竹枝》曰："试以两人词付诸秦淮美人歌拍间，未知旗亭声价，当复谁输。"此处借用唐人"旗亭画壁"的故事，意谓谁人词作更为优胜，还待他人评说。

卓人月、徐士俊并非词坛大家，二人如此推许对方不免有互相标榜之嫌。但其词学活动对明末清初的词人群体唱和与评点起到了开启、推动作用。如沈雄《古今词话·词评》云："《词统》一书，为之规规而矩矩，亦词家一大功臣也。余见其与徐士俊栖水唱和，有《晤歌》诸篇什，迄今倚声之学遍天下，盖得风气之先者。"[①]唱和、评点成为清代词人骚客的群体性文学活动，如有"刊刻者索评，友朋日常互评，社集、唱和群体共评，这三种方式一般会同时出现于一部词集"，[②]清初孙默纂辑大型词集丛编《国朝名家诗余》，集中评点者阵容强大，囊括当时词坛名家，如邹祇谟、王士祯、王士禄、陈维崧、曹尔堪、朱彝尊、李良年、尤侗、曹溶、董以宁、彭孙遹、宋琬、杜濬、孙枝蔚、丁澎、邓汉仪、汪懋麟、宗元鼎等皆参与了词集评点。朋辈的互相评点固然容易有标榜之习，但评点者多为词坛名家，创作经验丰富，其中不乏真知灼见，既有利于提升词艺和鉴赏水平，又能促进词坛繁荣发展。

第四节　明代的女性词选及词学评点

宋元明三朝，词选对女性词人词作的选录大体上经历了一个由少到多，由忽视到逐渐重视的发展历程。特别是明代中后期，随着女性词坛的活跃与词选家女性意识的增长，女性词人群体受到关注，并且出现了女性词选《古今女词选》《名媛诗纬初编诗余集》，编选者还对所选词作进行了评点，这在女性词史乃至整个词学史上都具有不可忽视的意义。

① 沈雄《古今词话》，见唐圭璋《词话丛编》，中华书局1986年版，第1032页。

② 朱秋娟《清初清词评点的风尚成因与原生面貌》，载《文艺研究》2008年第11期，第64页。

一、宋明词选对女性词人词作的选录

唐五代女性词人数量很少，随着宋词创作的兴盛繁荣，女性词人词作的数量也逐渐增多。据不完全统计，《全宋词》中收录女词人 80 余人（不含话本小说中能词的女性），词作近 200 首，其中出现了像李清照、朱淑真、魏夫人（魏玩）等知名词家。现存较为完整的宋人词选有 9 种，[①]其中 5 部选录了女性词人词作，但入选的词人、词作数量都不多，具体可见表 3-2：

表 3-2　宋代词选选录女性词人词作概况

女性词人词作 / 词选名称	总　计	入选频率较高的作者及篇数			备　　注
		李清照	魏夫人	孙夫人	
《梅苑》	选 1 人 18 首	18			易安词存疑 2 首，误题 11 首
《乐府雅词》	选 2 人 33 首	23	10		
《草堂诗余》	选 3 人 13 首	10		2	易安词存疑 1 首，误题 2 首
《唐宋诸贤绝妙词选》	选 10 人 29 首	8	7	5	卷十专选宋代“闺秀”词
《阳春白雪》	选 3 人 5 首	3			

从“表 3-2”提供的信息可以看出，宋代词选比较关注的女性词人只有李清照、魏夫人、孙夫人等三人，而李清照入选频率最高，入选词作数量较多，无疑是一枝独秀。在中国封建社会，女性处于从属地位，女性文学不受男性士大夫文人的关注和重视，李清照在宋代词坛影响巨大，与其才华出众和出身名门有重要关系。其他女词人如魏夫人、孙夫人等入选频率不高，选录作品数也不多，朱淑真则没有进入宋代词选家的视野。可见，宋代女性词人群体在男性文人的文学视阈中还处于被遮蔽的状态。

值得注意的是，黄升编选的《唐宋诸贤绝妙词选》卷十题名为“闺秀”，专选女性词作，具体为：吴城小龙女 1 首、魏夫人 7 首、李易安 8 首、孙夫人 5 首、吴淑姬 3 首、阮氏 1 首、卢氏 1 首、聂胜琼 1 首、陈凤仪 1 首、陆氏侍儿 1 首，共计 10 人 29 首。卷十篇幅虽小，但可算作是宋代女性词人群体的初次“亮相”。

明代词选数量众多，现存尚有 40 余种，不少词选都选录了女性词人、词作，

① 参唐圭璋等校点《唐宋人选唐宋词》，上海古籍出版社 2004 年版。

并且出现了专选女性词的《古今女词选》,[①]本书尝试选取若干具有代表性的词选,[②]将明人选宋代女性词与明人选本朝女性词的情况制成“表 3-3”“表 3-4”。

表 3-3 明代词选选录宋代女性词概况

时期	词选名称＼女性词人词作	总 计	入选频率较高的作者及篇数				备 注
			李清照	朱淑真	孙夫人	魏夫人	
明代前中期	《增修笺注妙选群英草堂诗余》	选 3 人 9 首	6		2		
明代前中期	《类编草堂诗余》	选 3 人 15 首	9		5		易安词存疑 2 首
明代前中期	《词林万选》	选 3 人 8 首	6	1	1		易安词存疑 4 首 朱淑真词误题为“朱希真”
明代前中期	《百琲明珠》	选 5 人 6 首		2		1	朱淑真词存疑 1 首
明代前中期	《天机余锦》	选 4 人 17 首	10	5	1		易安词误题 1 首
明代后期	《花草粹编》	选 52 人 147 首	43	23	8	11	易安词存疑 9 首 朱淑真词存疑 5 首
明代后期	《词的》	选 6 人 18 首	8	2	5		易安词误题 1 首 存疑 2 首
明代后期	《词菁》	选 3 人 11 首	6		4		
明代后期	《词坛艳逸品》	选 4 人 6 首	2	1	1		
明代后期	《古今词统》	选 30 人 62 首	15	5	5	3	易安词存疑 6 首 朱淑真词存疑 2 首
明代后期	《精选古今诗余醉》	选 8 人 35 首	14	4	7	4	易安词存疑 6 首
明代后期	《古今女词选》	选 36 人 57 首	13	2	3		易安词存疑 5 首 朱淑真词存疑 1 首

版本说明:1.《增修笺注妙选群英草堂诗余》据吴昌绶《景刊宋金元明本词》;2.顾从敬《类编草堂诗余》据《四部备要》本;3.杨慎《词林万选》据明末毛氏刻汲古阁《词苑英华》本;4.杨慎《百琲明珠》据赵尊岳《明词汇刊》本;5.题程敏政《天机余锦》据辽宁教育出版社“新世纪万有文库”本;6.陈耀文《花草粹编》据河北大学出版社龙建国等人点校本;7.茅暎《词的》据清萃闵堂钞本;8.陆云龙《词菁》据明崇祯四年《翠娱阁评选行笈必携》本;9.杨肇祉《词坛艳逸品》据国家图书馆藏明刊本胶片;10.《古今词统》据“新世纪万有文库”本;11.《精选古今诗余醉》据“新世纪万有文库”本;12.许铨胤《古今女词选》,据日本尊经阁文库藏明刊本。

---

① 《古今女词选》有日本尊经阁文库藏明刊本。本书提供的具体的词人、词作信息,由《明词话全编》的编者邓子勉先生惠赐,《古今女词选》的情况下文将专门探讨。

② 明代《草堂诗余》系列版本 30 余种,多层层因袭改编旧本,选录的词人词作多有重复,本文仅选择其中比较具有代表性和影响力的《增修笺注妙选群英草堂诗余》和《类编草堂诗余》二种词选予以统计。

从“表 3-2”提供的信息可以看出，明代前中期，女性词人尚未受到选词者的注意。如《增修笺注妙选群英草堂诗余》选词 367 首，顾从敬《类编草堂诗余》选录唐宋词 443 首，杨慎《词林万选》《百琲明珠》分别选录唐宋金元明人词 229 首和 156 首，这四部问世于明代前中期的词选仅选录了李清照、朱淑真、孙夫人、阮逸女等数人的数首作品，与宋代词选的情形大体相似。

但是，明代后期词选所选录女性词人词作明显增多，并出现了专选女性词的《古今女词选》。从选词数量上看，《词的》《词菁》《词坛艳逸品》选词二三百首，规模皆不大，选录的女词人也不多。与之相比，录词二三千首的大型词选《花草粹编》《古今词统》等选本选录女词人词作数量则相当可观。尤其是《花草粹编》，选录宋代女词人 52 家，共计 147 首作品，最令人瞩目。其中录词最多的是李清照 43 首，后面三位依次是朱淑真 23 首、魏夫人 11 首、孙夫人 8 首；其他如严蕊、吴淑姬、延安李氏、慕容岩卿妻、乐婉、蒋令女、花仲胤妻、连静女、尹温仪、聂胜琼、易祓妻、戴复古妻、王清惠、阮逸女等一批词艺较高的女性词人都被选录进来。在中国古代封建社会，女性所受束缚颇多。明代前期理学盛行，对女性思想情性的压抑和禁锢加强，“女子无才便是德”的观念愈加流行，直到明代中后期心学盛行，情况才有所改变。心学盛行使得社会思想文化氛围趋于宽松，相应减轻了理学对女性的轻视和压抑，女性文学创作较之前更容易受到男性士大夫文人的注意和重视，《花草粹编》《古今词统》等词选保存大量女性词人词作的文献资料。

表 3-4　明代词选选录本朝女性词概况

女性词人词作 词选名称		总　计	入选频率较高的作者及篇数				
			王　微	徐　媛	杨夫人	王凤娴	小　青
明代后期	《词的》	选 1 人 1 首		1			
	《词菁》	选 2 人 7 首	3	4			
	《词坛艳逸品》	选 1 人 1 首			1		
	《类编笺释国朝诗余》	选 2 人 5 首		4	1		
	《草堂诗余新集》	选 3 人 17 首	15			1	1
	《古今词统》	选 15 人 37 首	9	4	1		
	《精选古今诗余醉》	选 6 人 41 首	33	2	1	3	1
	《古今女词选》	选 36 人 57 首		1			

版本说明：《词的》《词菁》《词坛艳逸品》《古今词统》《精选古今诗余醉》《古今女词选》所据版本皆同“表 3-3”；钱允治《类编笺释国朝诗余》据《明词汇刊》本；《草堂诗余新集》据明末沈际飞《古香岑草堂诗余四集》本。

从“表 3-4”提供的信息可以看出,《词的》《词菁》《类编笺释国朝诗余》所选女性词人的作品数量都是个位数,沈际飞《草堂诗余新集》选录女词人 17 首词作,数量略有增多;明末卓人月《古今词统》选录 15 位女词人的 37 首作品,让更多的本朝女性词人进入读者和批评家的视野之中;明末潘游龙《精选古今诗余醉》则大量选录王微的词作,并且该书共选明代女性词 41 首,数量居于明代词选之首。就词人而言,徐媛、王微、杨夫人等人的入选频率较高,王微词作入选最多,说明她们应当是明人心目中有一定影响的女性词人。王微,字修微,广陵人。七岁丧父,后流落为妓,成为当时著名的青楼词人。王微曾与谭元春、陈继儒等名士交游,施绍莘曾称其“风流蕴藉,不减李清照”。[①] 徐媛,字小淑,长洲人,万历进士范允临之妻。徐媛常与其夫悠游唱和,有《络纬吟》十二卷,是明代闺秀词人的代表。

近人赵尊岳编辑《明词汇刊》,其《惜阴堂汇刻明词记略》云:“女史词在宋之李、朱,昭昭在人耳目。元代即不多,《林下词选》,几难备其家数。而明代订律拈词,多至数百人,《众香》一集,甄录均详。而笄珈如吴冰仙、徐小淑,烟花若王修微、杨宛之流,所值较丰,又复脍炙人口,视聂胜琼之仅存片玉,颜蕊之仅付诙谐,自又夺过之,足资讽籀也。”[②]据不完全统计,《全明词》(中华书局 2004 年版)中收录女词人近 380 位,词作 2200 余首,尤其是明代中后期女性词人大量出现,成为词坛的一大景观。在此背景下,不仅宋代女词人被词选大量选录,本朝女词人也受到一定程度的关注,许铨胤《古今女词选》、王端淑《名媛诗纬初编诗余集》等女性词选本的问世就不是突兀的事情了。[③]

二、许铨胤、王端淑选评女性词选

1. 许铨胤选评《古今女词选》

一些明人词选在国内已经失传,仅见于海外所藏,如日本尊经阁文库藏

① 王昶《明词综》,辽宁教育出版社 1997 年版,第 182 页。

② 赵尊岳《惜阴堂汇刻明词记略》,见《明词汇刊》本,上海古籍出版社 1992 年影印。

③ 元至元二十五年(1288),汪元量自大都南归,宋旧宫人分别赋诗词为之送行,有人将词作辑为《宋旧宫人赠汪水云南还词》,此集辑录章丽真、袁正真、金德淑等 13 人的赠别词 13 首。《宋旧宫人赠汪水云南还词》虽皆录女性词人词作,但编者并非出于“选词”意图,即在一定范围内选录女性词人,故本书认为该集并非女性词选。

明刊本《古今女词选》(许铨胤选评)即为一例。据笔者所知,邓子勉先生在《明词话全编》中最早披露该词选的具体信息。《古今女词选》算不上一部出色的女性词选,评点也简单随意,并不见佳,但它作为较早出现的女性词选,在词学史上还是有一定意义的。

许铨胤,自称高阳生,温陵(今福建泉州)人,行迹不详。编有《闲情雅言》,包括《名家诗余选》《古今女词选》《古今名妓文》《唐人观妓诗》《古今名媛诗》,并略有评点。《古今女词选》小引云:

> 词者,诗之余也。古今女诗多矣,何以独选词?曰:诗有选,词未有选也。即《草堂》所选,亦一班(当作斑)耳。词何以独详宋?曰:唐人工诗而不工词,元人变词为曲,词又滥觞矣。宋学士大夫,人人娴词,于是风流之所薰酿,笄黛多以词鸣,如李易安、孙夫人之流,咏其得意语,令少游、子瞻遇之而左次。故尔时女子之擅场名家者,凌厉苏、黄、秦、柳而为词正宗,良非偶也。国朝专工帖括,冠进贤者,未必能词,况女子乎?唯杨用修夫人黄氏诗词清新,与其君子寸力所敌,赓相唱和,是易安所不能得之赵明诚,而孙夫人所不能得之郑文者也,亦希觏矣。梁小玉在烟花籍中,而文笔无脂粉气,著述浩富,自诧如董狐,无乃野狐精乎?噫!宇宙寥廓,岂无有负奇幽闺而姓名不扬者?余聊以耳目睹记,录若干首,亦吉光片羽云,读者无以管窥见嘲。温陵高阳生许铨胤题。①

文中提到的女诗人梁小玉,号嫏嬛女史,吴兴妓,生活于明万历至崇祯年间,所以许铨胤当为晚明人。许铨胤认为,唐人工诗不工词,明人亦不善作词,皆逊于宋人,是因为宋代词体文学流行而兴盛;许铨胤对女性词人持肯定态度,认为宋代有的女词人如李清照甚至超过苏轼、黄庭坚、秦观、柳永等名家而为"词正宗",对明代女词人黄娥(杨慎之妻)也极为欣赏,认为其词可与杨慎比肩,总的来看,许铨胤对女性词创作持肯定与欣赏的态度。

《古今女词选》卷帙不大,兹将该书选录的词人、词作信息引录如下:

吴二娘《长相思令》"深黛眉"

---

① 邓子勉编《明词话全编》,凤凰出版社2012年版,第4944页。

潘拱璧《西江月》“忆自荥阳话别”

蔡月卿《菩萨蛮》“窗前才扫伤心雪”

慕容岩卿妻《浣溪沙》“满目江山忆旧游”

盼盼《玉楼春》“少年看花双鬓绿”

吴城小龙女《清平乐令》“帘卷危栏独倚”

朱淑真《蝶恋花》“楼外垂杨千万缕”

朱淑真《菩萨蛮》“湿云不度溪桥冷”

李清照《如梦令》“昨夜雨疏风骤”

李清照《怨王孙》“髻子伤春慵更梳”

李清照《怨王孙》“帝里春晚”

李清照《武陵春》“风住尘香花已尽”

李清照《念奴娇》“萧条庭院”

李清照《生查子》“年年玉镜台”

李清照《浣溪沙》“楼上晴天碧四垂”

李清照《点绛唇》“寂寞深闺”

李清照《凤凰台上忆吹箫》“香冷金猊”

李清照《武陵春》“绣面芙蓉一笑开”

李清照《菩萨蛮》“绿云鬓上飞金雀”

李清照《醉花阴》“薄雾浓云愁永昼”

李清照《一剪梅》“红藕香残玉簟秋”

易少夫人《临江仙》“记得高堂同饮散”

易少夫人《临江仙》“何处甘泉来席上”

郑文妻孙夫人《南乡子》“晓日压重檐”

孙夫人《忆秦娥》“花深深”

孙夫人《风中柳》“销减芳容”

孙夫人《清平乐》“悠悠扬扬”

易祓妻《一剪梅》“染泪修书寄彦章”

翁客妓《踏莎行》“醉柳迷莺”

王莹卿《一剪梅》“苴篾梢头春意闹”

严蕊《鹊桥仙》"碧梧初出"
严蕊《如梦令》"道是梨花"
蜀妓《鹊桥仙》"说盟说誓"
蜀妓《市桥柳》"欲寄意"
蒋令女《减字木兰花》"朝云横度"
刘彤《临江仙》"千里长安名利客"
幼卿《浪淘沙》"极目楚天空"
赵秋官妻《武陵春》"人道有情还有梦"
刘金坛《山花子》"标致清高不染尘"
曹仙姑《西江月》"零落不因春雨"
朱秋娘《采桑子》"王孙去后无芳草"
曹希蕴《踏莎行》"解遣愁人"
蟾英《花心动》"忽睹菱花"
美奴《卜算子》"送我出东门"
阮逸女《花心动》"仙苑春浓小桃开"
宋珍娘《浣溪沙》"溪雾溪烟溪景新"
陈妙常《杨柳枝》"清静堂前不卷帘"
吴叔姬《长相思》"烟霏霏"
王昭仪《满江红》"太液芙蓉"
金德淑《望江南》"春睡起"
郑云娘《西江月》"一片冰轮皎洁"
赵子昂妻管夫人渔父图"人生贵极是王侯"
贾平章女娉娉《声声慢》"太华峰头"
状元杨慎妻黄氏《黄莺儿》"积雨酿春寒"
杨状元妻黄氏《黄莺儿》"一水隔盈盈"
杨状元妻黄氏《巫山一段云》"巫女朝朝艳"
徐小淑《霜天晓角》"练波飞渺"

从目录可以看出,该书共选录宋元明时期三十余位女性词人的57首词作,是一部小型词选。从选词数量上看,选录词作较多的为李清照(13首)、孙夫人(3首)、杨慎妻黄氏(3首)、朱淑真(2首),严蕊(2首)等人,其他词人基本上选录一首,明显突出了李清照等著名词人,应当说其选词数量并不均衡;从朝代分布来说,主要选录的是宋代女词人,明代只有杨慎妻黄氏、徐小淑等二三人,人数明显偏少。许铨胤认为:"国朝专工帖括,冠进贤者,未必能词,况女子乎?"这一看法未必准确,因为许铨胤并未花费太多精力收集本朝女性词人的作品,只是"聊以耳目睹记,录若干首"而已。

许铨胤对三十首词作有批注评点,多为说明词作本事,解释名物、典故,也有少数评语涉及词作艺术,如评孙夫人《风中柳》(销减芳容)曰:"欲告又休,几回转折。"评阮逸女《花心动》(仙苑春浓小桃开)曰:"长篇词最难工,此首无一字不佳。"评宋珍娘《浣溪沙》(溪雾溪烟溪景新)曰:"水无尘,如琉璃之光。风飏飏,自造语甚巧。"评语比较简单,并非论词的行家里手。

2. 王端淑选评《名媛诗纬初编诗余集》

王端淑,字玉映,号映然子,又号青芜子,明末山阴(今浙江绍兴)人,著名文人王思任次女,钱塘贡生丁圣肇之妻。端淑博通文史,工于诗词,兼擅书画,一生著述甚富,有《吟红集》《玉映堂集》《史愚》等多种。王端淑曾选录明以前及本朝妇女的诗词曲作品,辑成《名媛诗纬初编》一书,其目的是保存女性文学创作的文献资料。丁圣肇《名媛诗纬初编序》曰:"余内子玉映,不忍一代之闺秀佳咏湮没烟草,起而为之霞搜雾辑。其耳目之所及者,藏之不忍;其耳目之所未及者,书中举凡王公贵妇、贞节烈妇、闺秀佳人、艳妓歌女、方外女尼,皆存录之。"[①]《名媛诗纬初编·凡例》曰:"诗以人存,如一人而有专集,则选其诗之臧否;如一人只有一首半首存者,虽有瑕疵,亦必录之,盖存其人也。"

除了保存女性文学的文献资料,王端淑编纂此书还有更为重要的目的。《名媛诗纬初编》自序云:"客问于予曰:'《诗三百》,经也。子何取于纬也?《易》《书》《礼》《乐》《春秋》,皆有纬也,子何独取于诗纬也?'则应之曰:'日月江河,经天纬地,则天地之诗也。静者为经,动者为纬;南北为经,东西为纬;则星野之诗也,不纬则不经。昔人拟经而经亡,则宁退处于纬之,足以存经也。'"王端淑在序中交待本书的命名意图,将之与《诗经》相提并论,流露出提

① 据清康熙间清音堂刊本,下文所引序跋出自此本。

升女性文学地位的自觉意识。

《名媛诗纬初编》共四十二卷，其中卷三十五、三十六选录词作，近人赵尊岳编辑《明词汇刊》时，将该书中的二卷词选命名为《名媛诗纬初编诗余集》，分为上下卷。《名媛诗纬初编诗余集》共选录明代56位女词人的63首词作，人均入选词作数量为1首，体现出编者因人存词而非因词存人的编辑意图。明人对本朝词人的评价多不高，对本朝词人词作的选录也不甚留意，明代专选本朝词人的词选只有钱允治《类编笺释国朝诗余》、沈际飞《草堂诗余新集》、王端淑《名媛诗纬初编诗余集》等寥寥数种。在此背景下，《名媛诗纬初编诗余集》的出现就更显示出独特的词学意义。《名媛诗纬初编诗余集》选录词人的具体情况可见下表：

表3-5　《名媛诗纬初编诗余集》选词一览表

姓　名	选词数	身份	姓名	选词数	身份	姓名	选词数	身份
孟淑卿	1	闺秀	黄　氏	1	闺秀	张红桥	1	闺秀
素　贞	1	闺秀	姚青娥	1	闺秀	陆卿子	1	闺秀
徐　媛	1	闺秀	张倩倩	1	闺秀	项兰贞	1	闺秀
武　氏	1	闺秀	叶纨纨	1	闺秀	吴贞闺	1	闺秀
吴静闺	1	闺秀	冯小青	1	闺秀	商景兰	1	闺秀
纪映淮	2	闺秀	叶小鸾	1	闺秀	梁孟昭	1	闺秀
翁孺安	1	闺秀	郭　雩	1	闺秀	柴贞仪	1	闺秀
马淑祉	1	闺秀	张小莲	1	闺秀	顾　禔	2	闺秀
郝湘娥	1	闺秀	张　兰	1	闺秀	杜秀珩	1	闺秀
黄字鸿	1	闺秀	董少玉	1	闺秀	陈　氏	1	闺秀
顾若璞	1	闺秀	谢　瑛	1	闺秀	黄修娟	1	闺秀
顾长任	1	闺秀	黄　埈	1	闺秀	刘翠翠	1	不详
杨文俪	1	闺秀	张娴婧	1	闺秀	杨　宛	1	青楼
王　微	1	青楼	陈玉娟	1	不详	冯纮	4	青楼
杨玉香	1	青楼	呼　举	2	青楼	赵彩姬	1	青楼
沙　嫩	1	青楼	蜀　妓	1	青楼	胥苓弟	1	不详
郑婉娥	1	仙鬼	王秋英	1	仙鬼	翠　薇	1	仙鬼
花丽春二侍姬	1	仙鬼	蓬莱宫娥	1	仙鬼	元妙洞天女	1	仙鬼
戴娇凤	1	闺秀	韩翠屏	1	闺秀			

《名媛诗纬初编》所选词人中，闺秀词人和青楼词人占绝大多数(另有数首“仙鬼”词，则出自话本小说)。明代中后期心学盛行，理学对女性的禁锢有所减轻，再加之商品经济的繁荣，民间文化教育也得到相应发展，名门望族开始注重对女子的闺中教育，这使得明代女性的文化意识增强，大家闺秀往往才华过人，擅长诗词。如该编选录的叶纨纨、叶小鸾姊妹，出自吴江叶氏家族，词艺殊佳。明代中后期妓业兴盛，出现不少擅长诗词的青楼女子，该编选录了 8 位青楼词人，其中王微、杨宛为其中声名最著、词艺较高者。王端淑评王微《捣练子・春夜送远》曰："落想空灵，吐句慧远，他人说尽千行纸，不若修微寥寥数字。绝非温、李，谁说苏、辛，词家胜地，已为修微占尽。胸中若无万卷书，眼中若无五岳潇湘，必不能梦到想到。"[①]赏誉之情溢于言表。

明代中叶以后，文学评点之风盛行，明代词选也多有评点，王端淑对《名媛诗纬初编诗余集》中词作都进行了评点，反映了一位女性批评者的词学观念，简评如下：

(1)诗词有别，词体不忌怨辞绮语

古代女性由于性别和生活环境等因素的影响，文学作品多有艳词绮语和脂粉之气。王端淑认为女性作诗应该摆脱闺阁习气与脂粉绮语，她说："凡为女子，幽、娴、贞、静四字毕矣，若为绮语怨辞所最忌。"(《名媛诗纬初编》卷三评“钱氏”)并反复申明："女子不可作绮语艳词，予已言之再四矣。"(《名媛诗纬初编》卷五评“李玉英”)与作诗不同，王端淑认为作词可以不忌绮语怨辞，她常用“香艳”“秀媚”、具有“花间”体调之类的词汇来评价女性词作。如评顾长任《清平乐・春闺》曰："词韵香艳，非追琢可拟。"评胥苓弟《小重山・答伍伦》曰："秀媚之极，杂之《花间集》亦复难辨。"评冯纮《江城子》曰："轻清幽寂，是《花间》调中体。"

(2)作词应不拘“粉艳”，审美趣味可以多元

明人多以“婉约”为词之本色，如何良俊《草堂诗余序》曰："乐府以皦径扬厉为工，诗余以婉丽流畅为美。如周清真、张子野、秦少游、晁叔用诸人之作，柔情曼声，摹写殆尽，正词家所谓当行、所谓本色者也。"[②]由于过分推重婉

① 据赵尊岳《明词汇刊》，上海古籍出版社 1992 年影印。下文所引词作评语皆据此本。

② 何良俊《草堂诗余序》，见施蛰存《词籍序跋萃编》，中国社会科学出版社 1994 年版，第670 页。

约，明词创作多有纤绮尘俗之弊而少自然隽逸之风。王端淑指出，闺阁词人在“粉艳”之外，还应当有其他的审美追求，评徐媛《渔家傲》(板扉小隐青溪曲)曰：“词不难于艳而难于朴，不难于填而难于切。若《郊居》词朴矣，切矣。隐居村况，舟旅重阳，似道子画水，壁上有声。”评孟淑卿《减字木兰花·幽怀》曰：“诗余继《离骚》，最为近古。闺阁多粉艳，更难乐府。欲得淡远轻新，曲尽情致，正未易得。淑卿以剩明月作幽怀，殊出词人，在百尺楼上。”王端淑肯定那些超轶香艳词风的作品，反映出其多元化的审美趣味。

(3)对言情的推重

“诗言志，词言情”是《花间集》以来的传统观念，对明人也有相当大的影响。如王世贞《艺苑卮言》曰：“词号称诗余，然而诗人不为也。何者？其婉娈而近情也，足以移情而夺嗜。”[①]重情、主情是明代词学批评中的一条重要线索，这在王端淑的词学批评中也得到体现。王端淑认为，创作要有感而发，满怀深情，词作才能深情蕴藉，感动人心，评张倩倩《蝶恋花》(漠漠轻阴笼竹院)曰：“情至之词，自然感于心胸，虽欲脱略而伤心自见。”评素贞《西江月》(短炬荧荧残照)曰：“用情之正，惟恨用情之不多。若此一词，蕴藉惨切，猿闻肠断，自当年年寒食向虎丘作冢上连理曲，以浇慰九原可也。”她还数次提到自己读词时为词人深情所感动，“余不禁掩袂而泣下也”(评郑婉娥《念奴娇》)。

(4)对作词技法的评点

关于作词的技法技巧，宋末张炎、沈义父等人有精彩论述，而明代陈霆、王世贞、杨慎等词学理论家对此却极少论列。王端淑既是一位选家，又是一位出色的女词人，所以她在书中发表了一些关于作词技法的见解。比如，创作篇幅短小的令词，要注意起伏变化、含蓄蕴藉，不可一览无余，评顾谌《菩萨蛮·春日思归》曰：“平铺中时露尖秀。”评陈氏《如梦令·寒食》曰：“词愈少，断不可尽情作完；完反觉嚼蜡矣。”创作慢词长调，谋篇布局则要从整体着眼，评蓬莱宫娥《贺新郎·赠朱生》曰：“作此等题，词极易敷衍。看此词，驳换吞吐，具大手腕。”

---

① 王世贞《艺苑卮言》，见唐圭璋《词话丛编》，中华书局 1986 年版，第 385 页。

(5)与名家及男性词人争胜的心理

值得注意的是，王端淑高度称赏所选的女性词作，对本朝女性词人的创作水平相当的自信和自豪，常将她们与唐宋词名家相比较，认为“苏、黄巨公逊其风韵”、可“敌辛稼轩”“易安以后未能多得”“无愧于《草堂》诸人”“须眉所不能道”，诸如此类话语，反映出王端淑与男性词人有意争胜的批评心理。当然，有的评语言过其实，有浮泛夸大之处。

《古今女词选》《名媛诗纬初编诗余集》之后，女性词选本开始大量出现，如清初周铭《林下词选》专选宋元明清女性词人词作；又如徐树敏、钱岳编辑《众香词》，选录明隆庆、万历以来至清初四百多位女性词人，比较全面地展示了明末清初女性词坛的创作成就。王端淑编女性词选之功，不可忽视。王端淑的词学评点内容虽然不是很多，但王端淑兼具女性批评家和女性词人的双重身份，其词学观念有一定的个性和特点，值得人们重视。

值得注意的是，明代词学评点的风气还直接影响到清初词坛，顺康时期清词评点蔚然成风，[①]清代词学评点的形式及内容较明人更为丰富和深入，理论色彩也更为浓厚，如清代常州词派的理论基石便是通过张惠言《词选》的编选、评点这种批评模式构建起来的。清人现存 110 余种词选中，近四分之一的选本都有评点内容，[②]可见明代词学评点对清代词学发展影响之深。

第五节　古代词集笺注、评点之演变及功能

词集(主要为词别集与选本)的笺注与评点在千年词学史上经历了种种演变与发展，均为中国词学研究的重要内容。20 世纪 80 年代初，唐圭璋、金启华先生曾共同发表《历代词学研究述略》一文，将唐宋以来至 20 世纪 80 年代的词学研究概括为词的起源、词乐、词律、词韵、词人传记、词集版本、词集

① 可参朱秋娟《清初清词评点的风尚成因与原生面貌》一文，载《文艺研究》2008 年第 11 期。

② 李睿《清代词选研究》(2006 年华东师范大学博士论文)附录一“清代词选的结构要素”罗列清代词选 114 种，本文据此表统计，清代词选有评点内容者多达 30 种。

校勘、词集笺注、词学辑佚和词学评论十大方面，[①]明确揭示“词集笺注”在词学研究中的重要位置；此后，刘扬忠先生的《宋词研究之路》将词集笺注隶属于宋词研究体系的“基础工程部分”；[②]王兆鹏先生的《词学史料学》亦将笺注视为词集研究的重要内容而予以介绍。[③]

词集评点的辑录、整理也在逐渐展开。数十年前，唐圭璋先生将多种由词选评语汇录而成的词话辑入《词话丛编》，事实上将评点纳入“词学评论”的范畴中。其实，尚有大量词集载有评语可供采辑与研究，近几年学界已开始重视开展此项工作。例如，朱崇才先生编辑《词话丛编续编》，辑录明张綖《草堂诗余别录》二卷、清聂先《名家词钞评三卷》等数种，[④]《词学》第二十辑“文献”栏目刊布刘深等先生整理的《清三家词评辑录》，《中国韵文学刊》2010 年第 3、4 期连载孙克强等先生整理的《〈云韶集〉辑评》。

笺注与评点作为词集“正文本”的衍生内容，可称之为词集的“副文本”，大体而言，笺注属于词学研究的基础工作，评点属于词学批评的范畴，二者既相对独立发展，又有交叉重叠，互为补充，构成词学诠释学的重要内容，对词集的传播接受、词派的形成发展均具有重要意义。目前，学界对词集笺注、评点的研究大多属于个案研究，[⑤]尚处于起步阶段，有进一步拓展研究的必要。

---

① 唐圭璋、金启华《历代词学研究述略》，见《词学》第一辑，华东师范大学出版社 1981 年版。

② 刘扬忠《宋词研究之路》，天津教育出版社 1989 年版，第 19 页。

③ 王兆鹏《词学史料学》，中华书局 2004 年版，第 292～294 页。

④ 朱崇才《词话丛编续编》，人民文学出版社 2010 年版。

⑤ 笔者所见之词集笺注、评点研究成果主要有：李剑亮《〈注坡词〉与东坡词的诠释》，《南阳师范学院学报》2005 年第 2 期；马莎《陈元龙〈详注周美成词片玉集〉考论》，《词学》第二十二辑，华东师范大学出版社 2009 年版；孙琴安《中国评点文学史》第四章第八节“词的评点阵容的强盛”，上海社会科学院出版社 1999 年版；谢桃坊《中国词学史》(修订本)第三章第六节“沈际飞与词的评点”，巴蜀书社 2002 年版；张静《刘辰翁有意评点过词吗》，《江西社会科学》2004 年第 6 期；李亭《〈草堂诗余〉研究》第三章“观照明人词学观的另一个窗口——《草堂诗余》评点研究”(南京大学 2007 年硕士论文)；曹明升《清人评点宋词探微》，《郑州大学学报》2005 年第 3 期；林玫仪《清代词籍评点叙例》，载章培恒等主编《中国文学评点研究论集》，上海古籍出版社 2002 年版；朱秋娟《清初清词评点的风尚成因与原生面貌》，《文艺研究》2008 年第 11 期；张宏生《宏观把握与微观示范——从评点看朱彝尊的词学成就》，《南京大学学报》2010 年第 2 期；夏志颖《乾嘉词坛专题研究》第一章第一节“词集整理的学术化——以《山中白云词疏证》为例”(南京大学 2010 年博士论文)。

本书尝试将笺注与评点二者结合起来，予以宏通性观照和研究，勾勒二者发展演变趋向，并评价其功能及价值。

一、词集笺注、评点之演变

“笺”与“注”在汉代经学解释学中具有不同含义，“注”即解释文义，“笺”则依附于“注”，是对“注”的补充说明。有研究者指出，魏晋南北朝及唐朝的诗歌注释，只用“注”这个名目，直到宋代“笺”才重新出现，但其意义已从原先补充解释的性质，转化为与“注”相同的概念，南宋胡穉《增广笺注简斋诗集》是较早在诗歌注释中采用“笺注”这一名词的著作，自此后，“笺注”成为常见的诗歌注解名目。[①]

中国历代文人多视词为小道，为之笺注者不多，清人张德瀛《词征》曰：“元遗山《论诗绝句》云：‘诗家总爱西昆好，独恨无人作郑笺。’然笺诗者尚多，笺词者尤罕见。宋人如傅幹注坡词，曹鸿注叶石林词，曹杓注清真词，皆不传。周公谨《绝妙好词》，查莲坡、厉太鸿笺之。《山中白云词》，江宾谷笺之，余未尝有也。”[②]张氏指出笺词者少的事实，但所言并不太准确，因为傅幹《注坡词》并未失传，金人、明人亦有词集笺注之作，只是与笺诗相比，笺词的传统的确显得比较薄弱。

词兴起于唐五代，大盛于两宋，随着词体文学逐步走向雅化和案头化，为了便于歌者演唱或读者阅读，北宋后期开始出现词集笺注。曾季狸《艇斋诗话》记载：“章质夫家子弟有注少游词者。”[③]宋南渡后，人们开始注意为一些著名词家的词集作注，如有傅幹《注坡词》、顾禧《补注东坡长短句》、曹杓《注清真词》、曹鸿《注叶石林词》、陈元龙《详注周美成词片玉集》、胡穉笺注陈与义词，[④]可惜只有《注坡词》《详注周美成词片玉集》、胡穉笺注陈与义词三种

① 何泽棠《论胡穉〈增广笺注简斋诗集〉》，载《中国石油大学学报》2011年第5期，第82～83页。

② 张德瀛《词征》，见唐圭璋《词话丛编》，中华书局1986年版，第4097页。

③ 丁福保《历代诗话续编》，中华书局1983年版，第309页。

④ 胡穉《增广笺注简斋诗集》卷三十末附《无住词》一卷，有《四部丛刊》本。

传世。[①] 别集之外，南宋还有一部笺注词选，即《增修笺注妙选群英草堂诗余》，由书坊编刊，后何士信增修笺注，此本在明代流传极广，并出现了为数众多的改编本。与南宋对峙的金朝，也有词集笺注本出现，如孙镇有《注东坡乐府》，惜佚而不传；魏道明有《萧闲老人明秀集注》，笺注蔡松年词，原书六卷，今残存三卷。[②] 词体文学衰微于元明，而又复兴于清，元明清时期的词集笺注数量不算多，但有自己的特点，如明代《草堂诗余》极为盛行，主要集中于对"草堂"系列选本的增修笺注上，清代的词集笺注种数较多，并取得较大成绩，正如唐圭璋先生所言："有清一代，学人之笺注宋词者，成绩卓异。如厉鹗之《绝妙好词笺》、江昱之《山中白云词疏证》及《草窗词疏证》、朱祖谋之《梦窗词小笺》、沈曾植之《稼轩词小笺》"。[③] 历代各种词集笺注之体例、内容、性质有所不同，如从历时角度综合考察，可寻绎出大致发展趋向。

(1)由单一性到综合性

苏轼、贺铸、周邦彦等词人好使事用典，从前人诗句中吸取精华，宋人已注意这这一创作现象，如沈义父《乐府指迷》认为周邦彦词"下字运意，皆有法度，往往自唐宋诸贤诗句中来"，[④]陈元龙《详注周美成词片玉集》的重心便在于注解字句出处与典故来源，很少涉及词作意旨、艺术手法、创作本事等，体例与内容比较单一，深度也有限。何士信增修笺注《草堂诗余》时，对陈元龙注《片玉集》之体例及内容有所因袭和依傍，不同之处，主要在于何士信笺注本的词作后附录有词话，多援引《苕溪渔隐丛话》《花庵词选》《雪浪斋日记》《古今词话》等书的评词内容，或记载创作时地，或品评词艺，或辨析作者，涉及面较广，在一定程度上弥补了单一笺注语词、典故的局限。

傅幹《注坡词》与魏道明《萧闲老人明秀集注》则较多体现了词集笺注内容的多样化与综合性。学际天人的苏子瞻在词的创作上，"以诗为词"，博大精深，《注坡词》中的注解内容也非常广博，大凡典故训释、名物考证、修辞运

---

① 《傅幹注坡词》，有刘尚荣校证，巴蜀书社 1993 年版；陈元龙《详注周美成词片玉集》，有吴昌绶、陶湘《景刊宋金元明本词》本，中国书店 2010 年版。

② 有王鹏运《四印斋所刻词》本，上海古籍出版社 1989 年版，下文所据此本。

③ 《词学》第一辑，华东师范大学出版社 1981 年版，第 15 页。

④ 沈义父《乐府指迷》，见唐圭璋《词话丛编》，中华书局 1986 年版，第 277 页。

用、创作时地、诗词互证等诸多方面均有涉及。金代蔡松年崇苏、学苏，其词作对东坡词句予以大量引用或化用，魏道明不避冗复，于《明秀集注》中一一指出。《明秀集注》还有两大特点：一是“知人论世”，比较留意词人交游对象，征引载籍，保存了第一手文献资料，王鹏运对此评价颇高：“萧闲同时庚和诸人如陈沂、范季沾、梁兢、曹治、杜伯平、吴杰、田秀实、高廷凤、李或、李舜臣、赵松石、陈唐佐、赵伯玉、许采、杨仲亨、赵愿恭、张子华辈，《中州集》俱未载，道明一一详注其仕履始末，又遗闻轶事，零章断句，往往而有，足与刘祁《归潜志》并为金源文献之征。”[①]二是“以意逆志”，对词作、句意予以阐释、申发乃至串讲。如蔡松年《念奴娇》（离骚痛饮）一阕，追和东坡赤壁词，写得慷慨豪宕，被元好问推为蔡词压卷之作，魏氏于“五亩苍烟，一邱寒碧，岁晚忧风雪”句下注曰：“风雪以比忧患，是时公方自忧，恐不为时之所容，故有此句。”于“胜日神交，悠然得意，遗恨无毫发”句下注曰：“公意欲忘怀忧患，一寓之酒，而与晋贤神交，庶得意而无愁恨也。”魏氏结合词人身世及词作内容予以阐释，所言自然有一定的可信度。

清人《绝妙好词笺》《山中白云词疏证》等词集笺注继承、发展了《注坡词》《萧闲老人明秀集注》的体例，笺注内容涉及面广且具有时代特点，下文再详细讨论。

(2)由普及化到学术化

宋代词体文学盛行，宋人给词集作注，主要是为帮助演唱者和读者更准确理解原作。罗大经《鹤林玉露》云：“区区小词，读书不博者，尚不得其旨。”[②]傅共为傅幹《注坡词》作序，称苏轼词“闺窗孺弱，亦知爱玩。然其寄意幽渺，指事深远。片词只字，皆有根柢。是以世之玩者，未易识其佳处”，[③]他认为傅注有助于“闺窗孺弱”等普通读者阅读、欣赏词作。刘肃序《详注周美成词片玉集》，交代陈元龙笺注词集之目的在于便歌、便读：“阅其（按，周邦彦）词，病旧注之简略，遂详而疏之，俾歌之者究其事、达其辞，则美成之美益

---

① 王鹏运《明秀集跋》，《四印斋所刻词》本，上海古籍出版社1989年版。

② 罗大经《鹤林玉露》甲编卷四，中华书局1983年版，第72页。

③ 刘尚荣校证《傅幹注坡词》，巴蜀书社1993年版，第7页。

彰，犹获昆山之片珍，琢其质而彰其文，岂不快夫人之心目也。”①宋末词学家沈义父在《乐府指迷》中也说：“学者看词，当以周词集解为冠。”②其所云之“周词集解”或许就是陈注本。

唐宋词是当时受人欢迎的文化消费品，南宋书坊编选、刊刻了《百家词》《典雅词》《琴趣外编》和《六十名家词》等大型词集丛编以满足读者需求。至于坊编词选《草堂诗余》，则为宋代流行歌曲集，受到市井大众欢迎，原书有注解，其后何士信又有增修笺注之举，笺注侧重字句出处或典故来源，后间附词话，颇便一般读者（包括歌妓）欣赏和使用。明代《草堂诗余》盛行，出现了许多分类或分调编纂的改编本，“草堂”系列的笺注体例与内容多因袭何本。比照洪武二十五年（1392）遵正书堂刊本《草堂诗余》、嘉靖十七年（1538）陈钟秀本《草堂诗余》、嘉靖末荆聚本《草堂诗余》，可发现三书笺注内容基本相同，只是繁简稍有差异。明万历后，文人对《草堂诗余》予以新注，如唐顺之解注《类编草堂诗余》，钱允治、陈仁锡笺释《类选笺释草堂诗余》《类选笺释续选草堂诗余》等，仍以因袭为主，鲜有胜义。明代各种《草堂诗余》多为书坊编纂刊刻，坊贾射利，以满足市井大众的阅读消费为主，无意追求笺注之博洽、精深，再加之明人学风有空疏之弊，故而明人词集笺注因袭多于创见，建树不多。

值得注意的是，宋金元明时期词集笺注，主要考虑普通读者的消费需求，偏重于文学性赏析，但其学术化倾向也开始初露端倪。如《注坡词》涉及名物考释、词作编年等内容，《萧闲老人明秀集注》也注意对词人交游情况进行考证。清代词学复兴，某些词人（兼学者）投入心力从事词集笺注工作，加之乾嘉之际考据学的兴盛，词集笺注也深受当时学风熏染与影响，笺注体例由“注”“笺”发展至“考证”“疏证”，注意广征文献，突出考据、校勘等内容，体现出鲜明的学术化倾向，《绝妙好词笺》《曝书亭集词注》《山中白云词疏证》等笺注本的出现，体现出这一发展趋势。

乾隆前期，“浙西词派”领袖人物厉鹗与学者查为仁合作笺注《绝妙好

① 陈元龙《详注周美成词片玉集》，见《景宋本详注周美成词片玉集》卷首，吴昌绶，陶湘《景刊宋金元明本词》，中国书店2010年版。

② 沈义父《乐府指迷》，见唐圭璋《词话丛编》，中华书局1986年版，第278页。

词》。此笺博采旁搜，有两大特点：一是注意考察注明词人的生平履历，“诸人里居出处，十得八九，而词中之本事，词外之佚事，以及名篇秀句，零珠碎金，捃拾无遗，俾读者展卷时，恍然如聆其笑语而共其游历”，[①]，二是广征博引，注解内容丰富。此笺广泛引用正史、地方志、笔记、诗话、词话、词选、诗文别集和选本等著作，引用书籍百余种。《四库全书总目·〈绝妙好词笺〉七卷提要》曾评价说：“所笺多泛滥旁涉，不尽切于本词，未免有嗜博之弊。宋词多不标题，读者每不详其事，如陆游（按：当作陆淞）之《瑞鹤仙》、韩元吉之《水龙吟》、辛弃疾之《祝英台近》、尹焕之《唐多令》、杨恢之《二郎神》，非参以他书，得其源委，有不解为何语者。其疏通证明之功，亦有不可泯者矣。”[②]《提要》批评《绝妙好词笺》“多泛滥旁涉，不尽切于本词，未免有嗜博之弊”，又肯定其“疏通证明之功”，

与《绝妙好词笺注》体例近似的还有李富孙的《曝书亭集词注》（有嘉庆十九年（1814）校经庼刻本，又有台湾广文书局1978年影印本）。李富孙（1764—1843），字既汸，一字芗汲、芗沚，浙江嘉兴人。生于乾隆二十九年（1764），肄业诂经精舍，深湛经术。嘉庆六年（1801）辛酉拔贡，从卢文弨、钱大昕、王昶、孙星衍等游。《曝书亭集词注》七卷，包括朱彝尊《曝书亭集》中词四种，即《江湖载酒集》三卷、《静志居琴趣》一卷、《茶烟阁体物集》二卷、《蕃锦集》一卷。李富孙《曝书亭词注序》说自己从小喜为倚声，尤推重乡先贤朱彝尊词，故仿厉鹗、查为仁笺《绝妙好词》作《词注》，书前又列有《凡例》，交代笺注中的注意事项。《词注》一书特别注词作所化用前人之句，引证不惮繁富，词题所涉及的人物、本事，亦间有说明和考索，颇资读者参考。

与厉鹗、查为仁大致同时的江昱，对词集笺疏用力既久且深，颇有发明，进一步促进词集笺注朝着学术化的方向发展。[③] 江昱（1706—1775），字宾谷，号松泉，安贫好学，博涉群籍，贯通经史，与浙西词派首领厉鹗、陈章等友善，频相唱和，有《蘋洲渔笛谱考证》《山中白云词疏证》等传世。乾隆四年

① 厉鹗《绝妙好词笺序》，见《绝妙好词笺》卷首，中华书局1957年版。

② 《四库全书总目》（整理本），中华书局1997年版，第2805页。

③ 本书提出这一观点受夏志颖博士论文《乾嘉词坛专题研究》（南京大学2010年未刊稿）第一章第一节“词集整理的学术化——以《山中白云词疏证》为例”的启发，特予说明。

(1739)，江昱从友人处过录影宋钞本《蘋洲渔笛谱》，“复以家藏草窗词诸本附编于后，为集外词，以存草窗一家之全璧。至题中人地岁月，以及本事、轶事、词话、倡和之作，凡有交涉，可互相发明者，并疏附词后”。[①] 其后，江昱又用近二十年之功疏证《山中白云词》，[②]其创获主要有两方面：一是注意考证词作中的人物、地名。张炎生平资料极少，且生活于易代之际，流落播迁，交游对象为遗民退士，不见经传，词中所涉之人物、地名不易索解，“夫集中之题但云某人某地，读者亦仅就其词，臆为人如是，地如是，是人与地因词而见，而不知词实有以确洽其人与地，何啻目眩珊瑚木难而不能名耶？其或实有所指而本题未能注明，则又往往忽略，甚且以为宽泛之语，而曾不经意，可胜三叹”。[③] 针对这一问题，江昱多方征引史书、笔记、方志、文集等文献资料，着力疏解张炎词中出现的与作者直接相关的人名和地名，如卷四《潇潇雨·泛江有怀袁通父、唐月心》，《疏证》引《续弘简录》介绍袁通父生平行迹，又据袁氏《静春堂诗集》中的有关材料考证出唐月心名希贤；卷三《高阳台》(古木迷鸦)一阕序云：“庆乐园，即韩平原南园，戊寅过之，仅存丹桂百余株，有碑记在荆榛中，故末有犹今之视昔之感，复叹葛岭，贾相之故庐也。”《疏证》广引《武林旧事》《梦粱录》《西湖赋》《扣弦凭轼录》《西湖游览志》等材料，介绍南园建造情况及其景观，便于读者深入理解词作的情感意蕴。二是悉心校勘。《疏证》依据经过朱彝尊、李符等人校勘，龚翔麟刊行的八卷本，李符自谓“可称善本”，[④]然江昱对词作细加校勘，还是订正不少讹误：“至于‘元叟’之非‘先叟’，‘庆承’之为‘庆乐’，‘揖隐’之为‘戢隐’，‘太初’之即‘复初’，‘庚寅岁’之宜从‘辛卯岁’，子昂卷之可并溪堂卷，一句之讹，一字之误，凡此之类，不可枚举。率从卷籍不相涉之处，参考互证，触类旁通而出。”[⑤]

傅幹、厉鹗、查为仁、江昱等人笺疏词集的学术化倾向对晚清以来的词学

---

① 江昱《蘋洲渔笛谱考证跋》，见《彊村丛书》，广陵书社2005年版，第1190页。

② 江昱《山中白云词疏证自序》谓：“间与弟蔗畦涉猎之余，遇可发明者，辄笔之简端，垂二十年，翻书不下万卷，盖已得十之七八。”《彊村丛书》，广陵书社2005年版，第1249页。

③ 江昱《山中白云词疏证自序》，见《彊村丛书》，广陵书社2005年版，第1249页。

④ 李符《山中白云词序》，见《彊村丛书》，广陵书社2005年版，第1252页。

⑤ 江昱《山中白云词疏证自序》，见《彊村丛书》，广陵书社2005年版，第1249页。

研究产生了积极影响，如龙榆生《东坡乐府笺》，于《注坡词》多有采择；朱祖谋《梦窗词集小笺》，主要涉及人名地名与写作时间之考订，对词语及内容较少疏解与评析，夏承焘《姜白石词编年笺校》《龙川词校笺》即有意借鉴江昱《疏证》体例。[①] 20世纪，学界将词集笺注传统发扬光大，出版了众多富有学术含量的词集笺注（校笺）著作，词集笺注之学臻于完善和成熟，不仅惠及普通读者，于现代词学研究亦有大功。

评点是中国古代文学批评的一种独特方式，宋代即已出现。所谓评点，是"以标志符号和语言文字的评论，逐字、逐句、逐段分析文本的线索脉络，指点出文章的布局章法与字句修辞，引导读者并与之同时展开阅读的进程"。[②]一般而言，评点者可以借助评点这一批评形式发表感悟和见解，而经过评点的文本对读者阅读接受则有一定的帮助作用。词的评点在宋代即已出现，明代中后期以对《草堂诗余》《花间集》等词集的评点为标志，得以展开，到清代更是得到全面的发展，蔚为大观。

（1）形式、内容趋向多样化

南宋为词集评点之发轫期，大多有"评"（评语）无"点"（圈点符号）。[③] 宋人评点词集，鲖阳居士、黄升、刘辰翁等三人值得注意。宋南渡初，鲖阳居士编选《复雅歌词》，附有评语，实为词集评点之滥觞。该书早已散佚，赵万里曾辑《复雅歌词》一卷，共10则（唐圭璋辑入《词话丛编》），续有学者辑佚，可以从中略窥批点情况：或注解名物，如说明"鸳鸯菊乃豆蔻花"；[④]或交代本事，如记载万俟咏《雪明鳷鹊夜慢》（望五云多处春深）等应制词的创作背景；或宣

① 夏承焘先生在1929年"八月卅日"的日记中写道："拟仿江宾谷注山中白云词、蘋洲渔笛谱例，为白石、稼轩、山谷、淮海、片玉、乐章、龙州、后村、东坡、六一诸大家词作疏证，名十种宋人词疏证。"夏承焘《天风阁学词日记》，见《夏承焘集》第五册，浙江古籍出版社、浙江教育出版社1997年版，第116页。

② 吴承学《现存评点第一书——论〈古文关键〉的编选、评点及其影响》，见《中国文学评点研究论集》，上海古籍出版社2002年版，第222～223页。

③ 张炎《词源》卷下记载："近代杨守斋精于琴，故深知音律，有《圈法周美成词》。"（唐圭璋《词话丛编》，第267页）该本当有圈点符号，已佚。

④ 《复雅歌词》："鸳鸯菊乃豆蔻花也。其花类百合而小，比牵牛花差大，红紫色，中心有双须，须之端为双鸳鸯之形。"转引自张余《〈复雅歌词〉佚语一则》，载《江海学刊》2009年第4期，第198页。

扬编选者的词学观念，如对苏轼《卜算子》（缺月挂疏桐）作了关乎儒家诗教的评点。南宋后期，黄升编《唐宋以来诸贤绝妙词选》《中兴以来绝妙词选》（后人合称《花庵词选》），对部分词作予以评点，内容涉及词调、词史、词人、词艺等方面。如评唐李珣《巫山一段云》曰："唐词多缘题所赋，《临江仙》则言仙事；《女冠子》则述道情；《河渎神》则咏祠庙，大概不失本题之意。尔后渐变，失题远矣。"[①]说明词调的初始面目及其演变；评李白词《菩萨蛮》《忆秦娥》"二词为百代词曲之祖"，涉及词体起源问题；其他如评柳永"长于纤艳之词，然多近俚俗，故市井之人悦之"；评"白石词极精妙，不减清真乐府，其高处有美成所不能及"；评张孝祥《六州歌头》等词"骏发蹈厉，寓以诗人句法"，大都言简意赅。宋末刘辰翁以善评点诗文著称，也曾评点陈与义《无住词》、汪元量《水云词集》中的部分词作，但评语非常简略，说明其评点词作，或是偶尔为之，注意力并不在此。总体而言，宋代词集评点尚处于起步阶段。

元朝及明代前期，词学发展处于低谷，几乎没有评点词集问世；明嘉靖之后，词学发展逐渐显露复苏迹象，词集评点亦趋于兴盛。明人喜欢以简短灵活和图（符号）文并用的方式进行诗词鉴赏和批评，如明人朱之蕃辑刻《词坛合璧》，将汤显祖评点《花间集》、杨慎评点《草堂诗余》、茅暎评点《词的》、杨慎评点《四家宫词》合为一编。明代中后期编刊的词选大多都有评点，如杨慎《词林万选》《百琲明珠》，张綖《草堂诗余别录》，茅暎《词的》，陆云龙《词菁》，潘游龙《精选古今诗余醉》等。而沈际飞评点《草堂诗余四集》、徐士俊评点《古今词统》的批语都多达千条，蔚为可观。

古人评阅文学作品，除评语文字以外，还喜欢在文学作品的题目或字里行间加上圈点，用某种符号来做提示或者标记，表明一定含义。明代词集评点主要由评点符号和评点文字两部分组成：各种圈点符号醒目显豁，直观易懂，便于读者理解接受；文字包括序跋、眉批、夹批、旁批、总评等，它们也既可以对字句作精细品藻，也可以宏观立论；评点符号和文字相互独立又相互配合，强化了评点的批评功能。明代中期以前的词选多以"○"或"、"标示句读，或标明佳句以提醒读者注意，评点符号还相对简单，如杨慎评点《草堂诗余》

---

① 黄升《花庵词选》，辽宁教育出版社 1997 年版，第 21 页。下文所引评语皆据此本。

便是如此。到了明代后期，词选中的评语不仅增多，符号使用亦趋于多样化，如汤显祖评点《花间集》时符号已有数种，采用更为醒目的“◎”和“、”来标示作品中重要的词眼和佳句，注意运用多种圈点符号配合评语对词作进行比较详细的评点。明末的戏曲理论家沈际飞，曾刊行《独深居点定玉茗堂集》，具有比较丰富的文学评点经验，他评点《草堂诗余四集》时使用了一套比较完善的圈点符号系统：“其灵慧新特之句用‘○’；尔雅流丽之句用‘、’；鲜奇警策之字用‘◎’；冷异巉削之字用‘㇏’；鄙拙肤陋字句用‘｜’；复用‘·’读句，以便览者不嗫嚅于开卷，心良苦矣。”(《发凡》)该书另有眉批数千条，内容极为丰富。评点方式是随阅随评，看似随意散漫，没有清晰的理论体系，其实沈际飞评点《草堂诗余四集》、徐士俊评点《古今词统》不仅具有较大规模，而且富有审美眼光和一定理论水平，系统梳理评点内容即可寻绎批评者的词学观念与当时词学风尚。明人评点词集，绝大多数是评点前代词人作品，并且是一人独评。随着清词创作的繁荣与词学复兴，顺康之际清词评点本大量涌现，出现“友朋日常互评，社集、唱和群体共评”的现象，[①]词集评点的生成方式更趋多样化。

(2)由商品化转向文人化

明嘉靖以后，随着商品经济的繁荣、市民的壮大、印刷术的普及，文人的市民化和文学创作的商品化成为一种新的趋势。小说、戏剧、词曲等通俗文学受到市民大众热烈欢迎，为迎合市民的文化需要，通俗文学大量刊刻和出版。明代中后期的刻书业极为繁盛，其中江浙闽一带刻书规模最大，刻书最多。书坊将编辑、出版、发行结合在一起，形成三位一体的书业专行，有文化头脑和商业眼光的书坊主在编刻书籍时增加插图、音注和评语，明代词集评点就是在这样的社会文化背景下兴盛发展起来的，难免沾染浓厚的商业色彩。

例如，一些书坊利用名人效应进行广告宣传，邀请名人(或假托名人)写作序跋、编辑校订、注释评点，以促进图书销量。当时名流如杨慎、李攀龙、李廷机、董其昌、陈继儒、袁宏道、钟惺等人的大名都出现在“草堂”系列词选之

① 朱秋娟《清初清词评点的风尚成因与原生面貌》，载《文艺研究》2008年第11期，第64页。

中，虽然他们本人不一定真正参加了评点工作。有研究者将题名李廷机评点《新刻注释草堂诗余评林》与题名李攀龙批评《新刻李于麟先生批评注释草堂诗余隽》的评点内容予以比照，发现雷同相似的评语近二百条，断定两个评点本的评者题名均出自伪托，并推测实际评点者很可能是郁郁不得志的诗人词人，或是一时短于钱财之用的穷苦书生。[①] 这是有道理的。明末沈际飞就曾批评这一现象："坊人嗜利更惜费，翻刻之弊，所由始也。迩来讦告追板，而急于窃其实，巧于掩其名。……稍增损评注刻之者，而能逃于翻之一字乎？"（《古香岑草堂诗余四集·发凡》）

此外，明代文人大多以休闲、娱乐的心态来编选、评点词集。如《词菁》编选者陆云龙，号翠娱阁主人，曾刊刻、评点图书多种，《词菁》只是其所编《翠娱阁评选行笈必携》中的一种。当然，也有态度相对严肃认真的词集评点，所评内容也具有较高的词论价值。如沈际飞评点《草堂诗余四集》，规模宏大、内容丰富，既有词作主旨、风格、技巧等艺术鉴赏方面的感悟，又涉及词调、词韵等词体方面的辨析，其评点内容曾被《古今词统》《古今诗余醉》《蓼园词选》《古今词论》《词苑丛谈》等多种词选、词话著作大量征引，代表了明代词集评点的较高水平。清人普遍推尊词体，不论创作还是研究，态度都相对严肃，词集评点之目的及性质由大众化、商品化转向专业化、文人化，词集评点成为标榜词学主张或切磋、交流词艺的重要手段。

清代浙西词派与常州词派的代表人物都曾借助评点词集来标榜或阐释自己的词学理论主张。例如，朱彝尊的词学理论主张主要体现在《词综》和一些序跋之中，但是"宏观性的理论，一旦落实到具体作品中，还有一个空间，需要读者自己去填补。比如，《词综·发凡》中说：'填词最雅，莫过石帚。'可是，这只是一个大判断，究竟如何的雅，还需要读者自己去理解。尤其是，在一个作者名下，不同的作品仍然还有不同的特性，不能一概而论。正是在这些方面，评点发挥了特定的作用，可以更加具体地阐发其词学思想。"[②]也就是说，

① 参李亭《〈草堂诗余〉研究》第三章第一节"真伪之辨"，南京大学 2007 年硕士论文。

② 张宏生《宏观把握与微观示范——从评点看朱彝尊的词学成就》，载《南京大学学报》2010 年第 2 期，第 86 页。

通过朱彝尊评点词集、词作的具体内容，可以更为准确、深入地把握其词学思想。这一探讨颇具启发性，循此思路，可以发现张惠言、谭献、陈廷焯等著名词学家也喜好通过评点词集来阐发自己的词学主张。如张惠言认为"意内而言外者，谓之词"(《词选序》)，词之情意乃"缘情造端，兴于微言，以相感动，极命风谣里巷男女哀乐，以道贤人君子幽约怨悱不能自言之情"。[①] 在《词选》中，他常将词与《诗经》《楚辞》相比附，深求其"微言大义"，如评温庭筠《菩萨蛮》(小山重叠金明灭)曰"此感士不遇也，篇法仿佛《长门赋》"，又说"照花前后镜"四句是"离骚初服之意"。评冯延巳《蝶恋花》三首曰："忠爱缠绵，宛然骚、辨之义。"评王沂孙《眉妩》(渐新痕悬柳)曰："碧山咏物诸篇，并有君国之忧。此喜君有恢复之志，而惜无贤臣也。"都是在具体阐扬其词学主张。常派后劲谭献继承了周济"词亦有史"的思想，其《箧中词》评点蒋春霖词时多以"此谓词史""何减少陵"等语评价之。如评蒋春霖《琵琶仙》(天际归舟)云："《水云楼词》固清商变徵之声，而流别甚正，家数颇大，与成容若、项莲生二百年中分鼎三足。咸丰兵事，天挺此才，为倚声家老杜。"[②]杜诗被后世誉为"诗史"，谭献则明确标举蒋词为反映"世变"的"词史"之作。又如，陈廷焯编选《词则》，多有眉批评语，宗旨在于具体阐发"沉郁"之说，与其《白雨斋词话》相互呼应和印证。

词集评点还成为清代词人骚客的群体性文学活动，有"刊刻者索评，友朋日常互评，社集、唱和群体共评，这三种方式一般会同时出现于一部词集"，[③] 例如孙默纂辑大型词集丛编《国朝名家诗余》，集中评点者阵容强大，囊括当时词坛名家，如邹祇谟、王士禛、王士禄、陈维崧、曹尔堪、朱彝尊、李良年、尤侗、曹溶、董以宁、彭孙遹、宋琬、杜濬、孙枝蔚、丁澎、邓汉仪、汪懋麟、宗元鼎等皆参与了词集评点。朋辈的互相评点固然容易有标榜之习，但参评者多为词坛名家，创作经验丰富，其中不乏真知灼见，既有利于提升词艺和鉴赏水平，又能促进词坛繁荣发展。

---

① 施蛰存《词籍序跋萃编》，中国社会科学出版社 1994 年版，第 796 页。

② 谭献辑、罗仲鼎校点《清词一千首：箧中词》，西泠印社出版社 2007 年版，第 185 页。

③ 朱秋娟《清初清词评点的风尚成因与原生面貌》，载《文艺研究》2008 年第 11 期，第 64 页。

二、词集笺注、评点之功能

中国古代词集笺注、评点的发展大致经历由分到合，由合到分的历程。宋金时期词集笺注为多，评点尚处于起步阶段。明代中后期，笺注、评点结合紧密，但大多出现在特定的文本之中，以“草堂”系列词选为代表。清人往往在体例上将注释与评语分开，或以笺注为主，或以评点为主；笺注重“考据”，学术化倾向明显，评点重“义理”，多阐释词学观念或审美感受。笺注与评点作为词集“副文本”，对读者阅读、接受作品起着积极作用，兼具诠释与传播两大功能。

从诠释学角度看，文本与阅读者存在距离，笺注、评点就是一种填补和创造，有助于消弭文本与阅读者之间的距离。一般来说，笺注侧重于说明词语出处、典故来源，间或介绍创作本事，帮助读者读懂文本，当然，有时也包含批评性内容；评点侧重个人的阅读感悟，更多涉及审美评价，其中也涉及相关知识的介绍，如清人黄苏《蓼园词选》于所选词作之下，先择录宋人词话或词选、笔记等资料作为笺注，然后加上自己的评语。所以，笺注、评点并非截然可分，有时会有所交叉或叠合。

笺注、评点都能引导接受者更好地理解作品，有利于作品的普及和传播。名人的词集、词作更能引起笺注、评点者的兴趣，如宋代著名词人苏轼、周邦彦的词集均有多种笺注本问世；笺注、评点又能进一步扩大词人及其作品的影响，如宋南渡后，“苏学北行”，孙镇《注东坡乐府》问世，进一步促进了苏词的传播和接受，元好问曾评价：“孙安常注坡词，参以汝南文伯起《小雪堂诗话》，删去他人所作‘无愁可解’之类五十六首，其所是正，亦无虑数十百处，坡词遂为完本，不可谓无功。”[①]元好问还从孙镇《注东坡乐府》中录取七十五首，编成《东坡乐府集选》，惜已佚失。又如，蔡松年词集无其他传本，幸赖魏道明注本才得以行世，唐圭璋《全金元词》据四印斋刻本辑录 72 首，另据《中州乐府》《阳春白雪》补 12 首，蔡词才算大体完备。

① 元好问《东坡乐府集选引》，见《遗山先生文集》卷三十六，《四部丛刊》本。

值得注意的是，某些评点者还明确表明以评点促传播的意图，如汤显祖不满当时《草堂诗余》流行而《花间集》遭遇冷落，希望通过评点《花间集》使之受到读者欣赏和重视，其《花间集叙》云："《诗余》流遍人间，枣梨充栋，而讥评赏誉之者亦复称是，不若留心《花间集》之寥寥也。余于《牡丹亭》亭梦之暇，结习不改，试取而点次之，评骘之，期世之有志风雅者，与《诗余》互赏。"[①]

清代词人或词学家通过笺评的方式标榜或阐扬词学主张，不仅促进了词集的传播接受，甚至还有助于词派的发展或扩大其影响。丁放先生曾指出，《绝妙好词》在清代的刊刻、笺注以及续书，对浙西词派的发展产生了一定的影响。[②]《绝妙好词》在明代罕见流传，至清初始被浙西词派词人和学者柯崇朴、柯煜、朱彝尊等重新发现并刻印流布，使其影响进一步扩大，并且接受者以浙西词派中的词人为主体。乾隆年间查为仁、厉鹗笺注《绝妙好词》，是浙西词派的一次重要学术活动。《绝妙好词笺》问世后，清人余集又有《续钞》之作，钱唐姚煜为之作注；道光九年（1829）徐楙重刻《绝妙好词笺》，将余集《续钞》附刻于后，又将自己从周密笔记中抄录之词一并刻入，名曰《绝妙好词续钞・补录》，并将周密笔记中所记"本事"附于词后。由此可见，从《绝妙好词笺》到其《续钞》，再到《绝妙近词》，词集笺注对浙西词派的发展起到了相当大的影响。

评点的文学功能与笺注有相同之处，又有区别。笺注，侧重知识介绍，重在求真，而评点更具个性色彩，偏于审美感悟，"评点所最为倾心的是文本本身的优劣，它努力挖掘的是文学的美究竟何在以及何以美，它注重对文本的结构、意象、遣词造句等属于文学形式方面的分析"。[③] 评点在很大程度上是一种阅读学，它既是评点家反复阅读、揣摩的结果，又成为后来读者阅读的先导。一方面，评点者要与作者及作品展开对话，充分调动自身的阅读、审美体验，表达对作品的感悟和见解；另一方面，评点者要将自己的感受通过圈点、批语等方式附着在原有文本上，将自己的审美观念传递给后来的阅读者，也

① 施蛰存《词籍序跋萃编》，中国社会科学出版社 1994 年版，第 634 页。
② 参丁放《金元词学研究》第七章第一节，中国社会科学出版社 2002 年版，第 211～226 页。
③ 张伯伟《中国古代文学批评方法研究》，中华书局 2002 年版，第 591 页。

就是说，笺注基本上是单向的，而评点在一定程度上实现了评点者与作者以及后来读者的交流与对话。

综而言之，中国古代词集笺注始于北宋，盛于清代，其体例及内容由单一性走向综合性，由普及性走向学术化；词集评点则发轫于南宋，明后期趋于繁荣，清代又有新发展，评点的内容趋向丰富，目的及性质由大众化、商业化转向专业化、文人化，甚至成为词人骚客标榜理论主张或切磋词艺的手段。笺注与评点所发挥的功能，既有相同之处，又有区别，笺注侧重知识介绍，重在求真，评点更具个性色彩，偏于审美感悟，二者共同构成词学诠释学的重要内容。笺注、评点对词集传播接受、词派形成发展等都具有积极意义。

第四章
唐宋词选与明代词谱的创制与建设

学界历来认为明代词学成就整体水平不高，但明人词学建设的贡献和成绩却不容抹杀，如词谱的草创与完善即为其中一端。在唐宋词乐失传的背景下，音乐谱已不可得或不可晓，文字格律谱的编制则日益提到词学建设的议事日程。明人依托词选而编纂词谱，唐宋词选特别是《草堂诗余》《花间集》《尊前集》等对明代词谱的创制与建设产生了直接而重要的影响，本章即对此问题展开探讨。

第一节 《词学筌蹄》：脱胎于《草堂诗余》的词谱

明末沈际飞《古香岑草堂诗余四集·发凡》云："维扬张世文《诗余图谱》七卷，每调前具图，后系辞，于宫调失传之日为之规规而矩矩，诚功臣也。"[①]清初邹祇谟《远志斋词衷》亦云："张光州南湖《诗余图谱》，于词学失传之日，创为谱系，有筚路蓝缕之功。"[②]张綖首先创制词谱的观点也广为现代学者所

① 明末沈际飞《古香岑草堂诗余四集·发凡》，明末翁少麓刊本。

② 邹祇谟《远志斋词衷》，见唐圭璋《词话丛编》，中华书局 1986 年版，第 658 页。

接受。近年来，随着明代词学研究的深入，张仲谋先生指出，明人编纂的第一部词谱不是《诗余图谱》而是周瑛的《词学筌蹄》。[①] 该书不见刻本，仅以抄本形式流传，明代以来的目录书也很少著录。现在比较常见的《词学筌蹄》是据上海图书馆所藏清初抄本影印的《续修四库全书》本。

《词学筌蹄》编撰者周瑛(1430—1518)，字梁石，晚号翠渠，福建莆田人。生平事迹见《明史・儒林传》、黄宗羲《明儒学案》《四库全书》本《翠渠摘稿》卷八附录郑岳所撰《本传》等。周瑛是一位理学家，不以诗文名世，今存词九首。

《词学筌蹄》卷首有林俊《词学筌蹄序》，介绍了该书编纂过程及体例：

> 旧编(按，当指分类本《草堂诗余》)以事为主，词系事下，平侧长短未易以读。蜀藩方伯、吾乡周先生翠渠以调为主，事并调下。调为谱，圆者平声，方者侧声，读以小圈，以便观览。以付蜀府教授蒋华质夫编录，蜀士徐楠山甫考正。调凡若词干凡若干(据文意，当为“调凡若干，词凡若干”)，厘为八卷。后学程度，较胜旧本，名曰《词学筌蹄》。阅而序之如此。弘治九年岁在丙辰，见素子莆田林俊书。[②]

宋刊本《草堂诗余》早已佚失，周瑛等人在弘治初年所见的《草堂诗余》可能有两个刊本，一是明洪武二十五年壬申(1392)遵正书堂刊本《增修笺注妙选群英草堂诗余》，一是明成化十六年(1480)刘氏日新书堂刊本，该本源自洪武本，题名、卷次、选录词作都与洪武本相同，所以周瑛所依据的实为洪武本《草堂诗余》。

《增修笺注妙选群英草堂诗余》分前集二卷，后集二卷，共录词 367 首。此书是为应歌之需而编辑的唱本，为便于演唱者根据不同需要选择相应词作，故书中分类编排，前集分春景、夏景、秋景、冬景四大类，后集分节序、天文、地理、人物、人事、饮馔器用、花柳禽鸟七大类，每大类之下又分为若干小类，甚为繁复。《词学筌蹄》的编纂目的是为初学者填词提供帮助和方便，所以改为按调编排，将词题附于词作之后，并且自创谱式符号，“圆者平声，方者

---

① 参张仲谋《〈词学筌蹄〉考论》一文，载《中国文化研究》2005 年秋之卷。

② 林俊《词学筌蹄序》，《续修四库全书》本。

侧声，读以小圈，以便观览”。试举卷一所录词调《醉花阴》谱式如下：

□□○○○□□。□□□○□。○□□○○。□□○○□□○○□。　○○□□○○□。□□○○□。□□□○○。○□○○。○□○○□。

右谱一章十句

薄雾浓云愁永昼，瑞脑喷金兽。佳节又重阳，宝枕纱厨半夜秋初透。　东篱把菊黄昏后，有暗香盈袖。莫道不销魂，帘卷西风，人似黄花瘦。重阳

右李易安

《醉花阴》双调五十二字，前段五句，三仄韵，二十六字，后段同。上面的谱式对句读、平仄的标识一目了然，大体正确，但也有失察之处，如“瑞脑喷金兽”的“喷”字当为“销”，平声。此外，有的字可平可仄，没有标出，叶韵之处也标志。可以说，《筌蹄》作为词谱还相当的粗糙，且有不少错谬，但词谱草创之初，在所难免。

其实早在宋代，随着词与音乐的逐步脱离，某些词人已开始唱和、模拟名家词集，将之作为自己创作的范本。例如南宋方千里、杨泽民、陈允平三家和《清真集》，按照清真词作的平仄四声和韵叶依次填之，实际上已将《清真集》当作词谱看待。这种创作方法在明代也甚为常见，如明前期著名词曲家陈铎有词集《草堂余意》，就是次韵唱和《草堂诗余》而成，明人张杞也有《和花间集》。明代前中期《草堂诗余》流行，明人将其改编成填词范本——词谱，就属于情理之中的事情了。周瑛就明确交代编纂此书的目的就是为“学者按谱填词”提供范本：“《草堂》旧所编，以事为主，诸调散入事下。此编以调为主，诸事并入调下，且逐调为之谱。圆者平声，方者侧声，使学者按谱填词，自道其意中事，则此其筌蹄也。”①

《词学筌蹄》源自《草堂诗余》，张仲谋先生通过取样对比的方法，已证实《词学筌蹄》与该书之间的渊源关系，②下面通过表格方式，将二书所涉词调

① 周瑛《词学筌蹄序》，《续修四库全书》本。

② 参张仲谋《〈词学筌蹄〉考论》一文，载《中国文化研究》2005年秋之卷。

全部列出，亦可印证这一观点。

表 4-1 《词学筌蹄》词调名

目次	词 调 名	词调数
卷一	瑞龙吟，水龙吟，丹凤吟，塞翁吟，帝台春，武陵春，绛都春，沁园春，汉宫春，海棠春，画堂春，庆春宫，玉楼春，庆春泽，醉花阴，醉蓬莱，醉春风，锦堂春，少年游，忆旧游	20
卷二	青门引，华胥引，如梦令，梅花引，江城梅花引，六幺令，千秋岁引，阳关引，声声令，探春令，木兰花令，惜余春慢，丑奴儿令，品令，声声慢，石州慢，浪淘沙慢，春霁，潇湘逢故人慢，木兰花，秋霁，拜星月慢，兰蕙芳引，燕春台，高阳台，三台	26
卷三	踏莎行，望远行，祝英台近，红林檎近，诉衷情近，好事近，斗百花，蝶恋花，雨中花，满路花，解语花，玲珑四犯，侧犯，尾犯，花犯，望湘人，桃源忆故人，酹江月，西江月，忆王孙，怨王孙，归朝欢，万年欢	23
卷四	天仙子，卜算子，捣练子，江神子，风流子，女冠子，八六子，更漏子，何满子，南柯子，南乡子，行香子，生查子，清平乐，西平乐，大圣乐，齐天乐，永遇乐，倾杯乐，鹊桥仙，瑞鹤仙，临江仙	22
卷五	谒金门，阮郎归，柳梢青，菩萨蛮，浣溪沙，点绛唇，鹧鸪天，虞美人，千秋岁，浪淘沙，青玉案，花心动，醉落魄，眼儿媚，长相思，小重山，忆秦娥，意难忘，倦寻芳，卖花声	20
卷六	昼锦堂，凤凰阁，绕佛阁，西河，苏幕遮，琐窗寒，绮罗香，解蹀躞，解连环，玉蝴蝶，重叠金，宝鼎见，尉迟杯，夜飞鹊，黄莺儿，孤鸾，白苧，天香，多丽，哨遍，薄倖，隔浦莲，霜叶飞，早梅芳，一剪梅，春云怨，渡江云，夏云峰	28
卷七	望海潮，满江红，风入松，桂枝香，念奴娇，洞仙歌，贺新郎，二郎神，兰陵王，过涧歇，应天长，诉衷情，贺圣朝，宴清都，过秦楼	15
卷八	水调歌头，鱼游春水，金人捧露盘，烛影摇红，氐州第一，八声甘州，疏帘淡月，春从天上来，送入我门来，东风齐著力，金菊对芙蓉，法曲献仙音，玉女摇仙佩，凤凰台上忆吹箫，锦缠道，玉漏迟，玉烛新，金明池，喜迁莺，渔家傲，摸鱼儿，满庭芳	22
总计		176

(注：该书所录词调为 176 调，词 354 首)

表 4-2 《增修笺注妙选群英草堂诗余》所涉词调名[①]

目次	所录词作涉及的词调	词调数
前集卷上	瑞龙吟,蓦山溪,花心云动,鱼游春水,望海潮,满庭芳,玉楼春,锦缠道,玉漏迟,渡江,浣溪沙,踏莎行,如梦令,忆王孙,柳梢青,金明池,海棠春,西江月,渔家傲,千秋岁,兰陵王,帝台春,倦寻芳,眼儿媚,青门引,浪淘沙,青玉案,蝶恋花,声声令,谒金门,忆秦娥,玲珑四犯,燕台春,贺新郎,祝英台近,念奴娇,风入松,金人捧露盘,石州慢,水龙吟,酹江月,摸鱼儿,鹧鸪天,归朝欢,丹凤吟,斗百花,浪淘沙慢,忆旧游,瑞鹤仙,薄倖,清平乐,阮郎归,满江红,临江仙,武陵春,怨王孙,点绛唇,贺圣朝,凤凰阁,天仙子,卜算子,高阳台,江神子,木兰花令,永遇乐,烛影摇红,风流子,望湘人,洞仙歌,西平乐,多丽,惜余春慢	72
前集卷下	二郎神,锦堂春,画堂春,长相思,八六子,桃源忆故人,生查子,探春令,菩萨蛮,小重山,醉春风,隔浦莲,潇湘逢故人,雨中花,夏初临,声声慢,好事近,法曲献仙音,过秦楼,侧犯,塞翁吟,夏云峰,诉衷情近,过涧歇,女冠子,大圣乐,捣练子,尾犯,庆春宫,金菊对芙蓉,拜星月慢,更漏子,千秋岁引,宴清都,华胥引,何满子,解蹀躞,玉蝴蝶,氐州第一,疏帘淡月,霜叶飞,惠兰芳引,天香,白苧,梅花引,重叠金,满路花,少年游,红林檎近,望远行,早梅芳	51
后集卷上	宝鼎现,倾杯乐,绛都春,解语花,万年欢,传言玉女,汉宫春,庆春泽,喜迁莺,琐窗寒,应天长,诉衷情,醉蓬莱,春云怨,三台,齐天乐,南柯子,鹊桥仙,水调歌头,六幺令,木兰花慢,南乡子,醉花阴,东风齐著力,送入我门来,丑奴儿令,绮罗香,春霁,秋霁,行香子,西河,桂枝香,八声甘州	33
后集卷下	沁园春,哨遍,意难忘,玉女摇仙佩,解连环,卖花声,江城梅花引,虞美人,苏幕遮,昼锦堂,绕佛阁,尉迟杯,凤凰台上忆吹箫,夜飞鹊,江城子,一剪梅,阳关引,春从天上来,品令,醉落魄,花犯,孤鸾,玉烛新,六丑,双双燕,黄莺儿	26
总计		182

(注:表中所列词调按词作出现顺序排列,后面词调重复出现者不列入,共涉及词调 182 调,词作 367 首)

将“表 4-1”“表 4-2”所录词调及其出现顺序进行比照,可以发现《词学筌蹄》在词调编排上的某些特点及不足:

一、词调编排的杂乱与有序

词调编排初看杂乱无章,但似乎也有“以类相从”的初步考虑,即将词调中有相同或相近词语的排在一起。如卷一开头《瑞龙吟》《水龙吟》《丹凤吟》

① 据吴昌绶等《景刊宋金元明本词》统计录入,中国书店 2011 年影印本。

《塞翁吟》四调尾字均为“吟”字，接下来的《帝台春》《武陵春》《绛都春》《沁园春》《汉宫春》《海棠春》《画堂春》诸调尾字均为“春”字；卷二所列 26 调，调名尾字多为“令”“引”“慢”字；卷四所列 22 调，调名尾字多为“子”“乐”“仙”字，这种编排方法与后来的《啸余谱》颇有相近之处，只不过《词学筌蹄》尚未形成明确的体系。

二、同调异名现象未予注意辨析

《草堂诗余》所涉词调中就有同调异名的现象，如《念奴娇》与《酹江月》、《玉楼春》与《木兰花令》、《菩萨蛮》与《重叠金》、《庆春泽》与《高阳台》、《桂枝香》与《疏帘淡月》等，作为词选，调名重出的问题不算太大，但作为词谱的《词学筌蹄》却不予辨析，依然照单全收，成为明显的疏误和不足。

如果将《词学筌蹄》与《增修笺注妙选群英草堂诗余》所录词作进行一番比较，可以发现二书同一词调下所录的词作基本相同，《词学筌蹄》在《草堂诗余》的基础上进行了少量增删，如补录苏轼名作《念奴娇・赤壁怀古》等；《词学筌蹄》往往照抄《草堂诗余》的错讹之处，如《草堂诗余》所录词作误题作者的情况较多，《词学筌蹄》几乎全盘照搬，跟着出错；《草堂诗余》所录词作多不署姓氏作者，易让读者误解为承前省略，但事实并非如此，《词学筌蹄》也不细察，故而产生许多误题作者的情况。

从以上分析可以看出，明代第一部词谱《词学筌蹄》由宋代词选《草堂诗余》脱胎而来，虽然该书还比较粗糙，错漏之处也较多，其筚路蓝缕的开创之功亦不容忽视。

第二节　《诗余图谱》：增补《草堂诗余》未涉词调

与周瑛的《词学筌蹄》相比，张綖的《诗余图谱》也是在学习、借鉴《草堂诗余》等词集的基础上编纂而成，但其体例更为细密、完善，影响也更大。

张綖(1487—1543),字世文,号南湖居士,江苏高邮人,其词学著述有《草堂诗余别录》《诗余图谱》《南湖诗余》等数种。① 张綖《诗余图谱》三卷,初刻于明嘉靖十五年(1536)②,后又多次重刻。通行的版本有明万历二十七年(1599)谢天瑞《新镌补遗诗余图谱》十二卷,前六卷为张綖《诗余图谱》,后六卷为谢天瑞所增补,今收入《续修四库全书》;此外还有明末毛氏汲古阁《词苑英华》本等。

词调的编排方式是编纂词谱者首先要解决的难题。词作为一种音乐文学,唐宋时期的部分词集即按宫调编排,按理说,词谱按宫调编排应是合理的选择,但在词乐失传、词已成为案头文学的大背景下,按宫调编排的难度较大,也不便初学者。明代第一部词谱《啸余谱》对词调的编排,尝试根据词调名的字面意义分类编排,没有把握住词调的体式特征,也不太可取。张綖经过思考之后,找到了简便易行的方法,即以字数为标准,将词调分为小令、中调、长调三类编排,因为他认为:"词调各有定格,因其定格而填之以词,故谓之填词。今著其字数多少,平仄韵脚,以俟作者填之,庶不至临时差误,可以协诸管弦矣。"③张綖首创的三分之法对后世影响极大,清代词谱大多采用此种方法编排词调。

《词学筌蹄》已经开创前列图式、后附词例的词谱形式,张綖在此基础上进一步细化和完善,试举卷一对《菩萨蛮》的标注:

> 《菩萨蛮》一名《重叠金》,一名《子夜歌》,又与《醉公子》相近
>
> 前段四句四韵二十四字
>
> ◒○◓●○○●首句七字仄韵起◒○◓●○○●二句七字平叶
>
> ◓●●○○三句五字平韵换◒●◓●○四句五字平叶

---

① 《南湖诗余》录词30余首(据《明词汇刊》本),然非全璧。欧明俊先生指出:"《全明词》收录张綖词53首,对另外37首未加考证,编入存疑部分。《补编》确认此37首亦为张綖所作,另补辑10首,这样,共得张綖词100首。"参《后出转精　嘉惠学林——评周明初、叶晔合著〈全明词补编〉》一文,载《中国韵文学刊》2009年第1期,第113页。

② 张仲谋先生在台湾"国家图书馆"见到明嘉靖十五年《诗余图谱》的初刻本,参其《张綖〈诗余图谱〉研究》一文,载《文学遗产》2010年第5期。

③ 张綖《诗余图谱·凡例》,台北"国家图书馆"藏嘉靖十五年《诗余图谱》初刊本。

后段四句四韵二十字

◒○○●●起句五字仄韵换◓●○○●二句五字仄叶◓●●○○三句五字平韵换◒○◓●○四句五字平叶

词　　　李太白

平林漠漠烟如织，寒山一带伤心碧。暝色入高楼，有人楼上愁。○阑干空伫立，宿鸟归飞急。何处是归程，长亭更短亭。

可以看出，《诗余图谱》每调先标示平仄谱式，平声用○，仄声用●，平而可仄者用◒，仄而可平者用◓，还标明词调的句数、字数、换韵情况，同调异名的现象也得到辨析。《诗余图谱·凡例》云："词有同一调而名不同者，盖调有定格不可易，名则可易。如东坡赤壁《念奴娇》因末有'酹江月'三字，后人作此调者，即谓之《酹江月》，又谓之《赤壁词》，又谓之《大江东去》，因其一百字，又谓之《百字令》之类是也。亦有同义易之者，如《蝶恋花》谓之《凤栖梧》《鹊踏枝》，《红绣鞋》谓之《朱履曲》之类是也。今皆列注名下，云'一名某，一名某'，使览者知其同调。"[①]这种谱式考虑到词调的多方面特征，对填词者确实有较大帮助。

明代《草堂诗余》流行，颇受读者重视，有证据表明，张綖作词、选词以及编制词谱的词学活动与《草堂诗余》都有密切关系。张綖于嘉靖十七年(1538)编成《草堂诗余别录》一书，这部小型词选分为前后两部分，前者题"草堂诗余别录"(录词39首)，后者题"草堂诗余后集别录"(录词40首)，共选录唐宋词79首。《别录》选录词人40余家，苏轼入选13首，秦观入选8首，远多于其他词人的选词数量(其他词人大多只选录一二首作品)，《别录》所选北宋词明显多于南宋词，这与《草堂诗余》的选词倾向也基本相同。张綖《别录》自序明确指出，其编选《别录》的目的是删除《草堂诗余》中的"猥杂不粹"之作，而保留"平和高丽之调"：

歌咏诗余者，唐宋以来之慢调也，吴文节公(吴讷)于《文章辨体》亦有取焉。虽亦艳歌之声，比之今曲，尤为古雅，故君子尚之。

① 张綖《诗余图谱·凡例》，台北"国家图书馆"藏嘉靖十五年《诗余图谱》初刊本。

当时集本亦多，惟《草堂诗余》流行于世，其间复猥杂不粹。今观老先生朱笔点取，皆平和高丽之调，诚可则而可歌。复命愚生再校，辄敢尽其愚见，因于各词下漫注数语，略见去取之意，别为一录呈上。倘有可取，进教幸甚。[①]

从序中语气来看，“老先生”极可能就是张綖学词时的业师王磐（号西楼），《草堂诗余别录》则很可能是张綖研习《草堂诗余》的一份“作业”。张綖曾从同乡前辈王磐学习词曲，朱曰藩《南湖诗余序》曰：“先生从王西楼游，早传斯技之旨。每填一篇，必求合某宫某调，第几声，出人第几犯，务俾抗坠圆美合作而出，故能独步于绝响之后，称再来少游。”[②]从这两篇序言可以看出，其张綖的词学审美情趣有尚雅的一面，并在创作上注意词体的格律规范，这为张綖编纂词谱奠定了较好的词学基础。

张綖《诗余图谱》与《草堂诗余》有何关系呢？《诗余图谱》初刊于嘉靖十五年（1536），在此之前张綖能够见到的《草堂诗余》版本有二：一为洪武本，一为成化十六年（1480）刘氏日新书堂刊本。由于成化本源自洪武本，所以张綖阅读、研习的《草堂诗余》实为洪武本《草堂诗余》。将二书内容进行比勘，就会有所发现。下面“表 4-3”列出《诗余图谱》的词调名称。

表 4-3 《诗余图谱》[③]词调名

目次	词 调 名	词调数
卷之一小令（三十六字至五十七字）	上西楼，长相思，醉太平，生查子，点绛唇，春光好，浣溪沙，恋情深，清商怨，菩萨蛮，诉衷情，减字木兰花，丑奴儿令，卜算子，好事近，绣带子，忆秦娥，望仙门，洛阳春，谒金门，一斛珠，清平乐，更漏子，阮郎归，画堂春，玉连环，相思儿令，武陵春，海棠春，浪淘沙，锦堂春，朝中措，眼儿媚，洞天春，秋蕊香，贺圣朝，柳梢青，应天长，少年游，偷声木兰花，滴滴金，桃源忆故人，惜分飞，渔歌子，燕归梁，太常引，探春令，青门引，醉红妆，醉花阴，南柯子，望江南，杏花天，恋绣衾，鹧鸪天，玉楼春，鹊桥仙，虞美人，南乡子，雨中花，醉落魄，踏莎行，小重山，夜游宫	64

① 张綖《草堂诗余别录》，据明嘉靖二十六年黎仪抄本，藏上海图书馆；朱崇才《词话丛编续编》已收录，人民文学出版社 2010 年版。

② 朱曰藩《南湖诗余序》，见赵尊岳《明词汇刊》，上海古籍出版社 1992 年版，第 84 页。

③ 张綖《诗余图谱》，台北“国家图书馆”藏嘉靖十五年《诗余图谱》初刊本。

续表

目次	词　调　名	词调数
卷之二中调（六十字至八十九字）	临江仙，蝶恋花，钗头凤，唐多令，一剪梅，系裙腰，玉堂春，金蕉叶，苏幕遮，定风波，渔家傲，风衔杯，醉春风，黄钟乐，破阵子，瑞鹧鸪，解佩令，行香子，谢池春，锦缠道，看花回，青玉案，感皇恩，殢人娇，天仙子，两同心，小桃红，江城子，连理枝，粉蝶儿，千秋岁，忆帝京，师师令，何满子，传言玉女，风入松，剔银灯，御街行，一丛花，红林檎近，金人捧露盘，山亭柳，柳梢新，拂霓裳，蓦山溪，洞仙歌，早梅芳，江城梅花引，鱼游春水	49
卷之三长调（九十二至一百二十字）	意难忘，满江红，雪梅香，尾犯，玉漏迟，满庭芳，六幺令，水调歌头，凤凰台上忆吹箫，烛影摇红，倦寻芳，汉宫春，声声慢，醉蓬莱，八声甘州，双双燕，高阳台，念奴娇，解语花，木兰花慢，金菊对芙蓉，万年欢，桂枝香，水龙吟，瑞鹤仙，石州慢，齐天乐，喜迁莺，绮罗香，永遇乐，望海潮，风流子，沁园春，摸鱼儿，贺新郎，金明池	36
总计		149

（注：《诗余图谱》共录词调 149 调、例词 223 首。词调名下有“——”标记者，为《草堂诗余》所无词调）

通过比较上节“表 4-2”“表 4-3”中所列词调，可以发现张綖对《草堂诗余》所涉词调及所录词作的借鉴、增删主要体现在以下方面：

一、《草堂诗余》有相应词调，《诗余图谱》抽换了所录之词

如《草堂诗余》中《长相思》一调，选录冯延巳“红满枝，绿满枝”和李煜“一重山，两重山”二首词作，《诗余图谱》则将冯词更换为张先的“蘋满溪，柳绕堤”词。又如《清平乐》一调，《草堂诗余》原选赵令畤“春风依旧”一词，张綖换为黄庭坚“春归何处”与韦庄“春愁南陌”二词。值得注意的是，有的词调下录有多首词作，每首词代表不同的体式，如《南乡子》一调录词三首，苏轼“霜降水痕收”词为双调五十六字，前后段各五句四平韵；李珣“烟漠漠”词为单调三十字，六句两平韵三仄韵；欧阳炯“画舸停桡”词为单调二十七字，五句两平韵三仄韵。这表明，张綖选录词作时已经注意到同调异体现象，虽然尚未像后世词谱（如《词律》《康熙词谱》）中明确标示“又一体”，但其编纂词谱时已经有意选择更多体式的词作以备读者参考。

二、《草堂诗余》无相应词调,《诗余图谱》新增词调、词作

新增词调具体如下:《上西楼》《恋情深》《绣带子》《望仙门》《相思儿令》《洞天春》《秋蕊香》《醉红妆》《恋绣衾》《钗头凤》《唐多令》《系裙腰》《金蕉叶》《定风波》《凤衔杯》《黄钟乐》《解佩令》《谢池春》《看花回》《感皇恩》《殢人娇》《两同心》《小桃红》《连理枝》《粉蝶儿》《忆帝京》《师师令》《剔银灯》《御街行》《一丛花》《山亭柳》《柳梢新》《拂霓裳》《雪梅香》,共计 34 调。如新增《恋情深》,录五代毛文锡词一首;《绣带子》,录黄庭坚词一首;《相思儿令》,录晏殊词一首;《洞天春》,录欧阳修词一首;《醉红妆》录张先一首;《恋绣衾》,录陆游词一首;《黄钟乐》,录五代魏承班词一首;《御街行》,录柳永词一首;《山亭柳》,录晏殊词一首。

值得注意的是,《草堂诗余》本有相应词调,张綖并未予以采用,如若干常用词调如《西江月》《如梦令》等调,《诗余图谱》皆未收录,不知何故。

从以上分析可以看出,张綖编纂《诗余图谱》时,阅读视野已比较开阔,已不再仅仅局限于《草堂诗余》一书,他还参考了其他唐宋词集文献资料。如《诗余图谱》所录词调《黄钟乐》,仅见《花间集》魏承班一首,宋之后别无作者,所以,张綖编纂《诗余图谱》是参考过《花间集》的。张綖还从《花庵词选》《乐府雅词》等总集以及词人别集中选录作品,以进一步充实《诗余图谱》的词例。

实际上,《花间集》中有诸多词调可供增补,张綖未予充分采用,后来的《词体明辨》则注意对《花间集》《尊前集》等唐宋词选中的词调予以充分重视和收录,进一步弥补了这一缺憾。

第三节 《词体明辨》:新增《花间集》等词选中词调

张綖《诗余图谱》问世三十余年后,一部新的词谱又问世了,且在《诗余图谱》基础上有了新的变化和发展,这就是明中期徐师曾编纂的《词体明辨》。

徐师曾(1516—1580)，字伯鲁，号鲁庵，江苏吴江人。一生勤于著述，撰著颇丰，如《周易演义》《礼记集注》《正蒙章句》《文体明辨》《咏物诗编》《大明文抄》《吴江县志》等。其中，《文体明辨》一书，正编“六十一卷，纲领一卷，目录六卷，附录十四卷，附录目录二卷，通八十四卷”。[①] 该书费时十七年乃编成。徐师曾《文体明辨序》说明其书“大抵以同郡常熟吴文恪公所纂《文章辨体》为主而损益之”。即据明初吴讷《文章辨体》一书增删订补而成。该书《附录》卷三至卷十一为《诗余》部分，列出词体谱式，实际上是一部词谱。如清人沈雄指出：“柳塘词话曰：徐师曾鲁庵著《词体明辨》一书，悉从程明善《啸余谱》，舛讹特甚。”[②]《文体明辨·诗余》这一部分后来很可能以名为《词体明辨》的单行本行世，但却受到人们误解，因为程明善《啸余谱》中的词谱内容乃是辑录徐师曾《词体明辨》而成的，可能因为《文体明辨》卷帙繁重，传本甚少，前人未细察二者关系而导致误解。[③]

徐师曾编纂《词体明辨》时，张綖的《诗余图谱》已开始流行并产生影响，所以《词体明辨》对《诗余图谱》多有取资借鉴，并提出自己制谱的新思路。其《诗余序》曰：

> 诗余谓之填词，则调有定格，字有定数，韵有定声。至于句之长短，虽可损益，然亦不当率意而为之。譬诸医家加减古方，不过因其方而稍更之，一或太过，则本方之意失矣。此《太和正音》及今《图谱》之所为作也。然《正音》定拟四声，失之拘泥；《图谱》圈别黑白，又易谬误。故今采诸调，直以平仄作谱，列之于前而录词其后。若句有长短，复以各体别之。

从序言可以看出，徐师曾对《诗余图谱》基本上持肯定态度，但不同意其用黑白圈的方式标示平仄。《词体明辨》在词调编排方式上，也没有借鉴张綖按小令、中调、长调的编排方法，而是采用以类相从的标准，将词调按“歌行

① 徐师曾《文体明辨序》，《四库全书存目丛书》本。下文所引相关资料皆依此本。

② 沈雄《古今词话》，见唐圭璋《词话丛编》，中华书局 1986 年版，第 806 页。

③ 参张仲谋《论徐师曾〈文体明辨〉的词谱性质——兼论〈啸余谱〉与〈词体明辨〉之关系》，载《西北师大学报》2008 年第 5 期。

题”“令字题”“慢字题”“近字题”等二十五类排列(详见下文表四)。这种编排体例与明前期周瑛《词学筌蹄》的词调编排方式有近似的地方,但显得更为细密周详;但与《诗余图谱》小令、中调、长调三分法相比,则显得繁复冗杂,甚至有些混乱。例如,“令子题”至“子字题”是按词调名末字相同者分类编排,“二字题”至“七字题”则是以词调名字数分类编排,读者就不免疑惑:“子字题”中所列词调名都是三个字,如何不列入“三字题”中?所以《词体明辨》的词调编排方法并不合理,不便检索和使用,所以此种词调编排方式没有得到后世的认可和仿效。

但是,《词体明辨》在平仄标注方式上进行变更,并明确列出同调异体的谱式,成为该谱的显著特点和创新之处。如“器用题”《荷叶杯》所列谱式:

《荷叶杯》凡三体,有单双二调○并小令

第一体　单调

仄可平仄仄可平平平仄韵六字句平仄叶二字句仄平平更韵三字句仄可平平平可仄仄仄可平平仄七子句平可仄仄仄平平叶五字句

词　唐温庭筠

楚女欲归南浦,朝雨。湿愁红,小船摇漾入花里。波起,隔西风。

第二体　单调

平可仄仄平可仄平平仄韵六字句平仄叶二字句仄可平仄仄平平更韵五字句平可仄平仄可平仄仄平平叶七字句平可仄平平叶三字句复出一句

词二首　唐顾夐

歌发谁家筵上?寥亮。别恨正悠悠,兰釭背帐月当楼。愁么愁,愁么愁?

一去又乖期信,春尽。满圆长莓苔,手挼裙带独徘徊。来么来,来么来?

第三体　双调

仄可平仄平可仄平平可仄仄韵六字句平仄叶二字句平可仄仄仄平平更韵五字句仄可平平平可仄仄仄平平叶七字句仄可平仄仄平平叶五字句○后段同,亦更仄平两韵各叶

词　唐韦庄

绝代佳人难得，倾国，花下见无期。一双愁黛远山眉，不忍更思惟。〇闲掩翠屏金凤，残梦，罗幕画堂空。碧天无路信难通，惆怅旧房栊。

从上面谱式可以看出，徐师曾首先在词调下标明有几体，是小令、中调或长调，并分别注明平仄和附录例词。这种制谱体例对后世词谱编纂者有较大启示，如清代《词律》《钦定词谱》等书处理同调异体时，即标注为“又一体”。

《词体明辨》还有一个突出特点，所录词调数量较《诗余图谱》明显增多。比较“表 4-3”和下面“表 4-4”，可以看出《词体明辨》将《诗余图谱》所录词调悉数收录，仅《阮郎归》《桃源忆故人》等调未收。《词体明辨》新增八十余词调，这部分词调和例词从何而来？如果对比“表 4-4”“表 4-5”的词调名，就可以找出部分答案。

表 4-4　《词体明辨》词调名

目次	词　调　名	词调数	词体数
歌行题	洞仙歌，水调歌头，六州歌头，踏莎行，御街行，望远行，归自谣，百字谣，塞翁吟，水龙吟，丹凤吟，瑞龙吟，欸乃曲，金缕曲，太常引，青门引，梅花引，东坡引，婆罗门引，阳关引，千秋岁引，蕙兰芳引，华胥引，江城梅花引，清平调，千年调，中兴乐，清平乐，迎春乐，黄钟乐，齐天乐，永遇乐，倾杯乐，大圣乐，西平乐，长相思，蓄女怨，望江怨，昭君怨，清商怨，遐方怨	41	55
令字题	如梦令，调笑令，伊川令，相思儿令，三字令，探春令，木兰花令，唐多令，品令，声声令，解佩令，师师令，六幺令，凉州令	14	14
慢字题	声声慢，庆清朝慢，雨中花慢，石州慢，木兰花慢，拜星月慢，潇湘逢故人慢，鼓笛慢，惜余春慢，浪淘沙慢	10	15
近字题	好事近，诉衷情近，祝英台近，红林檎近，丑奴儿近	5	5
犯字题	侧犯，尾犯，玲珑四犯，花犯	4	4
遍字题	甘州遍，哨遍	2	3
儿字题	胡蝶儿，丑奴儿，促拍丑奴儿，粉蝶儿，黄莺儿，摸鱼儿	6	7
子字题	捣练子，甘州子，西溪子，醉公子，生查子，酒泉子，女冠子，赞浦子，绣带子，更漏子，山花子，渔歌子，采莲子，七娘子，破阵子，行香子，八六子，南歌子，南乡子，天仙子，风流子，江城子，何满子，卜算子	24	57

续表

目次	词　调　名	词调数	词体数
天文题	鹤冲天，杏花天，鹧鸪天	3	3
地理题	浪淘沙，浣溪沙	2	4
时令题	洛阳春，画堂春，海棠春，月宫春，洞天春，武陵春，锦堂春，锦帐春，玉堂春，谢池春，越溪春，凤楼春，塞垣春，汉宫春，燕台春，帝台春，绛都春，沁园春	18	22
人物题	河渎神，二郎神，鹊桥仙，临江仙，瑞鹤仙，八拍蛮，菩萨蛮	7	15
人事题	思帝乡，思越人，忆江南，忆王孙，忆秦娥，忆汉月，忆帝京，忆旧游，望梅花，望仙门，望江南，望海潮，望梅，望湘人，梦江南，梦扬州，贺圣朝，贺新郎，醉太平，醉花间，醉桃源，醉花阴，醉红妆，醉落魄，醉春风，醉蓬莱，相见欢，万年欢，归朝欢	29	37
宫室题	夜游宫，庆春宫，最高楼，过秦楼，燕春台，高阳台，凤凰阁，绕佛阁	8	8
器用题	荷叶杯，上行杯，凤衔杯，尉迟杯	4	8
花木题	后庭花，满宫花，木兰花，减字木兰花，偷声木兰花，雨中花，蝶恋花，一丛花，斗百花，满路花，满园花，一枝花，扫地花，解语花，御带花，杨柳枝，竹枝，连理枝，新荷叶，风中柳，山亭柳	21	29
珍宝题	滴滴金，一箩金	2	2
声色题	杏园芳，早梅芳，满庭芳，倦寻芳，秋蕊芳，天香，雪梅香，桂枝香，绮罗香，贺圣朝影，虞美人影，疏影，青衫湿，青玉案，小桃红，满江红，烛影摇红	17	22
数目题	一剪梅，两同心，三台，四园竹，六丑，八声甘州，十二时，千秋岁	8	10
通用题	摘得新，柳初新，玉烛新，殢人娇，念奴娇，惜分飞，霜叶飞，解蹀躞，解连环	9	17
二字题	渔父，河传，孤鸾，南浦，春霁，秋霁，西河，薄倖，白苎，大酺，多丽，戚氏	12	23
三字题	诉衷情，定西番，乌夜啼，薄命女，感恩多，玉蝴蝶，春光好，点绛唇，纱窗恨，恋情深，归国遥，柳含烟，谒金门，圣无忧，玉连环，喜迁莺，眼儿媚，朝中措，柳梢青，西江月，燕归梁，少年游，应天长，寻芳草，怨王孙，恋绣衾，芳草渡，夜行船，虞美人，瑞鹧鸪，小重山，接贤宾，感皇恩，钗头凤，苏幕遮，系裙腰，定风波，渔家傲，赞成功，献衷心，锦缠道，看花回，隔浦莲，风入松，剔银灯，上西平，过涧歇，蓦山溪，拂霓裳，瓜茉莉，离别难，夏云峰，意难忘，玉漏迟，夏初临，双双燕，琐窗寒，渡江云，无俗念，庆春泽，大江乘，庄椿岁，宴清都，昼锦堂，雨霖铃，花心动，夜飞鹊，金明池，兰陵王，宝鼎现	70	101

续表

目次	词　调　名	词调数	词体数
四字题	霜天晓角,传言玉女,鱼游春水,氐州第一	4	4
五字题	巫山一段云,金人捧露盘,法曲献仙音,东风齐著力,金菊对芙蓉,春从天上来,送我入门来,玉女摇仙佩	8	8
七字题	凤凰台上忆吹箫	1	1
总　计		329	474

(注:《词体明辨》共录词调 329 调,474 体。本表词调名下有“——”标记者是《诗余图谱》未收录的部分词调)

表 4-5　《花间集》所涉词调名

目次	所录词作涉及的词调	词调数
卷一	菩萨蛮,更漏子,归国遥,酒泉子,定西番,杨柳枝,南歌子,河渎神,女冠子,玉蝴蝶	10
卷二	清平乐,暇方怨,诉衷情,思帝乡,梦江南,河传,蕃女怨,荷叶杯,天仙子,浪淘沙,摘得新,采莲子,浣溪沙,应天长,望远行	15
卷三	谒金门,江城子,喜迁莺,上行杯,木兰花,小重山,离别难,相见欢,醉公子	9
卷四	感恩多,望江怨,玉楼春,西溪子,临江仙,生查子,思越人,满宫花	8
卷五	胡蝶儿,虞美人,赞成功,中兴乐,接贤宾,赞浦子,甘州遍,纱窗恨,柳含烟,醉花间,月宫春,恋情深,何满子,巫山一段云	14
卷六	南乡子,献衷心,贺明朝,凤楼春,山花子,薄命女,望梅花,春光好,采桑子,渔父,甘州子	11
卷七	渔歌子	1
卷八	后庭花,风流子,八拍蛮,竹枝	4
卷九	黄钟乐,杏园芳	2
卷十		
总计		74

(注:表中所列词调按相关词作出现顺序排列,后面词调重复出现者不再列出)

比照“表 4-4”“表 4-5”,可以发现《词体明辨》新增的词调的来源,并可推知该词谱参考唐宋词选的情况:

一、大量采录《花间集》《尊前集》等词选所涉词调和例词

《词体明辨》参考了《花间集》《尊前集》《花庵词选》等词选,并从中选录词调、例词或词学资料。

例如,《荷叶杯》《上行杯》《杨柳枝》《竹枝》《归国遥》《柳含烟》《赞成功》《献衷心》《定西番》《接贤宾》《感恩多》《西溪子》《赞浦子》等词调乃从《花间集》中采录,词调后的例词也从《花间集》中选录。如上文所列《荷叶杯》谱式中的四首例词,均录自《花间集》。《花间集》作为第一部文人词总集,标志着词体文学在文辞、风格、意境等方面文体特征的进一步确立,也集中代表了词在格律方面的规范化,《词体明辨》从《花间集》中大量采录词调和例词无疑是必要的和合理的,对丰富词谱中的词调具有积极意义。

《词体明辨》还注意从《尊前集》中收录词调、例词。如《竹枝》一调,共录词八首,其中刘禹锡、白居易所作的五首录自《尊前集》;如《杨柳枝》一调,录词五首,刘禹锡所作二首录自《尊前集》,其他三首录自《花间集》。

《词体明辨》还参考了《花庵词选》。如《雨霖铃》一调,附柳永"寒蝉凄切"词,当录自《花庵词选》;又如"歌行题"《瑞龙吟》附周邦彦"章台路"词,词后有注文:"此词自'章台路'至'归来旧处'是第一段,自'黯凝伫'至'盈盈笑语'是第二段,此谓之双拽头,属正平调。自'前度刘郎'以下,即犯大石系第三段,至'归骑晚'以下四句再归正平,今诸本皆于'吟笺赋笔'处分段者,非也。"[①]其实,此段文字引录自黄升《花庵词选》对周邦彦《瑞龙吟》(章台路)词的尾批。

二、注意采录其他词集所涉词调

值得注意的是,《词体明辨》中新增的《千年调》《昭君怨》《六州歌头》《锦帐春》《寻芳草》等词调,都只选录辛弃疾词作,应当是依据稼轩词集补录。《词体明辨》收录辛弃疾词多达四十余首,数量仅次于北宋周邦彦,而《草堂诗余》中选词较多的是周邦彦、秦观、苏轼、柳永等人,辛弃疾仅有十余首词作入选,这说明明代中后期,稼轩词日益受到词坛关注,制谱者也及时跟进。

总体来看,从《词学筌蹄》到《词体明辨》,明代词谱所录词调更加丰富,参考的唐宋词选等词学资料趋于多样,制谱体例趋于完善,为清代词谱的编纂奠定了基础。

---

① 黄升《花庵词选》,辽宁教育出版社 1997 年版,第 103 页。

第五章
唐宋词选对明词创作的影响

《花间集》《草堂诗余》等词选在明代风行，自然对明代词坛创作产生了直接影响。考察陈铎、张綖、杨慎、陈子龙等词人与《花间集》《草堂诗余》的关系，明人学习《花间集》《草堂诗余》的策略与方法又有所不同。陈铎直接唱和模仿《草堂诗余》，虽有标举学词范本的意义，然其整体成就显然不能与宋贤比肩，也未能获得明人的普遍认可；张綖师法秦观，选择《草堂诗余》中最能体现词体本色特征的宋代词人作为学习对象，多受明人肯定和好评；杨慎的创作直接受到《花间集》和《草堂诗余》的影响，较多地呈现出花间风味与民歌情调，而贬谪云南的人生经历又使其词具有一定的个性；明末云间派词人陈子龙早期词颇得花间词神韵，晚期词作则寓有家国情怀，深具寄托之义。

总体来看，明人学习《花间集》《草堂诗余》的策略在不断调整和提升，明人学习《花间集》《草堂诗余》历经了由唱和模仿到能入能出，逐步形成自我创作特色的过程。

第一节　陈铎、张綖等人对《草堂诗余》的学习

一、陈铎对《草堂诗余》的唱和

唱和是中国文学史上一种重要的创作现象，词之唱和发轫于中唐颜真卿

等人围绕张志和《渔父词》的唱和活动，宋词创作中的唱和现象更是不绝如缕，方式多样，南宋还出现了专门唱和某位作家的唱和词集，如方千里、杨泽民各有《和清真词》一卷，陈允平《西麓继周集》亦专门追和清真词。明人追捧《花间集》《草堂诗余》等词选，并以之为学词范本，如陈铎曾和《草堂诗余》，张杞曾和《花间集》，另范文光有《续花间集》，亦极力效仿花间词作。兹以陈铎等人为例予以探讨。

明代前期，出现了一部由著名词曲家陈铎（字大声，号秋碧，生卒年不详，约生活在弘治、嘉靖间）次韵唱和《草堂诗余》而成的词集《草堂余意》，这部比较特殊的词集在当时和后世引起较大反响，毁誉参半。然评论者大多就事论事，未能进一步考察并揭示出陈铎追和《草堂诗余》的词学意义。

1. 追和《草诗余堂》的时间和版本

陈铎是何时唱和《草堂诗余》的呢？精确时间现在已无从查考，但尽量准确判定这一时间的下限对于考察陈铎追和《草堂诗余》的词学意义具有重要作用。张仲谋先生的《明词史》分析认为，陈铎所和《草堂诗余》的版本“只能是武陵逸史编次、明嘉靖二十九年顾汝所刊本《类编草堂诗余》”。[①] 即认为陈铎所和《草堂诗余》版本是顾从敬嘉靖二十九年(1550)刊刻的《类编草堂诗余》，如据此推算，陈铎和《草堂诗余》应当在嘉靖二十九年之后了。本书认为，这一结论是值得商榷的。

陈霆《渚山堂词话》对陈铎和《草堂诗余》进行了评价（见《渚山堂词话》卷二有“陈大声和草堂诗余”条），《渚山堂词话》完成于嘉靖九年(1530)或之前（陈霆自序题署时间为“嘉靖庚寅秋七月吉日”），这就说明，陈铎和《草堂诗余》活动应当在嘉靖九年(1530)之前。嘉靖九年(1530)之前的明代《草堂诗余》版本主要有洪武二十五年(1392)遵正书堂刊本和成化十六年(1480)刘氏日新书堂刊本，两种版本的分卷和录词篇数相同。如果将陈铎《草堂余意》中的词作题名及顺序与洪武本《增修笺注妙选群英草堂诗余》（据《四部丛刊》本）予以比照，正好大致符合。可以推测，陈铎所和之《草堂诗余》版本应当是与其生活年代比较接近的成化刊本。

---

① 张仲谋《明词史》，人民文学出版社 2002 年版，第 152 页。

2. 重点追和周、秦词及其模拟得失

陈铎唱和《草堂诗余》的举动可谓渊源有自。陈铎的《草堂余意》录词147首，其中和周邦彦词20首，和秦观词16首，远远多于其他宋代词人。清真词调美、律严、字工，颇受词家重视，在宋词史上具有结北开南的重要地位和影响；秦观被认为是北宋词坛最能体现当行本色的词人。南宋所编之《草堂诗余》多选晚唐五代北宋词作，录词以周邦彦为最多，其后依次为秦观、苏轼、柳永，倾向婉丽柔靡的词风。陈铎精研宫律，人称"乐王"，其重点追和周、秦的倾向，表明陈铎作词注重音律并崇尚"本色"的婉约词风，这和《草堂诗余》选词的主导倾向颇为符合。

对于陈铎和《草堂诗余》的创作实绩，论者褒贬不一。陈霆《渚山堂词话》云：

> 论者谓其以一人心力，而欲追袭群贤之华妙，徒负不自量之讥。盖前辈和唐音者，胥以此，故为大力所不许。大声复冒此禁，何也？……使其用为己调，当必擅声一时。而以之追步古作，遂蹈村妇斗美毛施之失。盖不善用其长者也。[①]

陈霆认为陈铎"追步古作"，难免失之蹈袭，可谓吃力不讨好，如能追求自家面目，其创作成就应当更大一些。近人况周颐对陈铎词则予以全面肯定，评价非常之高，《蕙风词话》云："陈大声词，全明不能有二。……其词境约略在余心目中，兼《乐章》之敷腴、清真之沉着、《漱玉》之绵丽。南渡作者，非上驷未能方驾。明词往往为人指摘，一陈先生掩百瑕而有余。"[②]又云："其词超淡疏宕，不琢不率。和何人韵，即仿其人体格。即如淮海、清真、《漱玉》诸大家，置本集中，虽识者不能辨。"[③]况氏看到了陈铎在明词创作中不同流俗的特点，但认为其作品兼具宋人众美，有揄扬过当之嫌。当代学者黄拔荆《中国词史》(下卷)将陈铎和词与原作进行了一番比较和分析，认为："从总体上看，陈大声的词，格律和婉……虽多数篇章未能追步群贤，但却是刻意为之，确乎

① 陈霆《渚山堂词话》，见唐圭璋《词话丛编》，中华书局1986年版，第365～366页。
② 况周颐《蕙风词话》，见唐圭璋《词话丛编》，中华书局1986年版，第4510页。
③ 况周颐《蕙风词话》，见唐圭璋《词话丛编》，中华书局1986年版，第4560页。

具有相当功力，似不可与一般平庸之辈的和作相提并论。”[①]我们认为，这一评价是比较符合陈铎词创作的实际情况。

3. 文学复古背景下追和《草堂诗余》的词学意义

一般而言，模拟前人难以创作出上乘作品，陈铎作为经验丰富的作家，应当明白这一道理，所以陈霆不免疑惑：“大声复冒此禁，何也？”如果我们廓开研究视野，将陈铎和《草堂诗余》的词学活动放到明代前中期文学发展大背景下予以观照，可能就会有新的认识和理解。

陈铎生活的弘治、正德年间，其时“政治腐败，封建统治集团加紧土地兼并，残酷剥削人民，形成尖锐的阶级矛盾和民族危机。在思想方面，程、朱理学和八股文紧密结合，毒害人心，销磨士气。至于文学，台阁体粉饰太平，纷芜靡蔓；‘性气诗’宣扬道学，迂腐庸俗，而彼此推演，文风日益败坏”。[②] 在此背景下，文坛兴起复古思潮，以李梦阳等人为代表的“前七子”倡言复古，主张“文必秦汉、诗必盛唐”，欲借复古改变文坛现状。而明词创作与诗文一样面临危机。明初词坛在经历刘基、杨基、高启等人创作的短暂辉煌后，自永乐至成化年间，词中之台阁体、打油体、理学体颇为流行，明词创作趋于衰蔽，[③]亟须寻找新的发展出路。

明代前期《草堂诗余》并不流行，明初学者吴讷在《文章辨体序说》中回忆说：“昔在童稚时，获侍先生长者，见其酒酣兴发，多依腔填词以歌之。歌毕，顾谓幼稚者曰：‘此宋代慢词也。’当时大儒，皆所不废。今间见《草堂诗余》。自元世套数诸曲盛行，斯音日微矣。迨余及长，奔播南北，乡邑前辈，零落殆尽，所谓填词慢调者，今无复闻矣。”[④]这段话说明，吴讷晚年编辑《文章辨体》时，词学式微，《草堂诗余》已不常见，能填词者亦复稀少。吴讷曾编辑《唐宋名贤百家词》，其中录有《花间集》《尊前集》等词选而未收《草堂诗余》，可能与该书在当时不易获见有一定关系。

---

① 黄拔荆《中国词史》(下卷)，福建人民出版社 2003 年版，第 57 页。

② 王运熙、顾易生《中国文学批评史》，上海古籍出版社 2002 年版，第 252 页。

③ 明初词坛创作的具体情况，可参张仲谋《明词史》第二章、第三章的论述，人民文学出版社 2002 年版。

④ 吴讷，徐师曾《文章辨体序说·文体明辨序说》，人民文学出版社 1962 年版，第 59 页。

在词坛衰蔽的背景下，周瑛（1430—1518）较早利用《草堂诗余》来编制词谱，希望为初学者供填词范本，其《词学筌蹄序》云："《草堂》旧所编，以事为主，诸调散入事下。此编以调为主，诸事并入调下，且逐调为之谱。圆者平声，方者侧声，使学者按谱填词，自道其意中事，则此其筌蹄也。"[①]《词学筌蹄》直接脱胎于《草堂诗余》，表明《草堂诗余》开始受到明人重视，已有将之改编为学词范本的意图。可惜《词学筌蹄》未能刊刻，仅以抄本行世，未能在当时的词坛产生大的影响。

陈铎学习、模拟《草堂诗余》产生了较大反响。陈霆《渚山堂词话》云："江东陈铎大声，尝和《草堂诗余》，几及其半，辄复刊布江湖间。"[②]陈铎将《草堂诗余》作为学词典范，无疑为明代词学发展提供了新的契机。陈铎追和《草堂》之前一百余年间，明代《草堂诗余》版本只有两三种，而嘉靖一朝就涌现出10余种。[③]《草堂诗余》的流行与陈铎和《草堂诗余》的词学活动应有一定的关系。《草堂诗余》是南宋书坊为民间便歌而编选的词选，随着明代商品经济的繁荣，市民阶层的扩大，崇尚流丽婉约词风的《草堂诗余》比较符合明人的审美趣味，陈铎唱和《草堂诗余》无疑会进一步激发明人对《草堂诗余》的兴趣，如词学家陈霆对《草堂诗余》也甚为留意，他在《渚山堂词话》中多次提到自己曾编辑词选《草堂遗音》，欲补选《草堂诗余》之所遗。

现存资料虽不能直接说明陈铎有意"复古"，通过唱和宋人词选来振兴明代词坛，但其词学活动客观上将《草堂诗余》树立为可供模仿和学习的范本，这在词学衰蔽的背景下具有重寻词学出路的意义。需要说明的是，陈铎作为散曲名家，在词体创作上坚持北宋以来当行本色的词学观，没有明词创作中常见的"曲化"现象，实属难能可贵，因为，明代社会文化的趋俗性容易导致明词创作中的俗化、"曲化"等问题，后来遭致清人的严厉批评。

---

① 周瑛《词学筌蹄》，见《续修四库全书》，上海古籍出版社2002年版，集部1735册，第392页。

② 陈霆《渚山堂词话》，见唐圭璋《词话丛编》，中华书局1986年版，第365页。

③ 明嘉靖年间《草堂诗余》的版本情况，可参刘军政《明代〈草堂诗余〉版本述略》一文。

二、张綖与《草堂诗余》的关系

张綖作词师法秦观，崇尚婉约词风。有证据表明，张綖作词、选词以及编撰词谱的词学活动与《草堂诗余》都有一定关系。

1. 作词师法北宋名家秦观

张綖曾从同乡前辈王磐（号西楼）学习词曲，朱曰藩《南湖诗余序》曰："先生从王西楼游，早传斯技之旨。每填一篇，必求合某宫某调，第几声，出入第几犯，务俾抗坠圆美合作而出，故能独步于绝响之后，称再来少游。"[①]张綖作词酷肖少游，主要是因为他对乡贤秦观极为仰慕，对其词作非常推崇。张綖曾于嘉靖十八年（1539）重新编校刊刻《淮海集》（包括《长短句》三卷），他在《淮海集长短句》卷末题识曰："陈后山云：'今之词手，惟有秦七、黄九'，谓淮海、山谷也。然词尚丰润，山谷特瘦健，似非秦比。"又说少游"婉约绮丽之句，绰乎如步春时女，华乎如贵游子弟"（据《四部丛刊》本）。这说明张綖非常欣赏以秦观为代表的婉约词风。此外，秦观在《草堂诗余》中被选录的词作数量仅次于周邦彦，这自然也会引起张綖对秦观的注意。

张綖作词师法秦观，多写爱情题材，华而不艳，雅而不俗；小令大多写得明丽清隽，如《生查子》："凉飕动翠帘，门掩清秋夜。不住寒蛩鸣，奈此孤灯下。玉人来不来，月上葡萄架。犹自倚阑干，宿鸟都飞罢。"其长调则写得深婉曲折，如《风流子》一词：

> 新阳上帘幌，东风转，又是一年华。正驼褐寒侵，燕钗春袅，句翻词客，簪斗宫娃。堪娱处，林莺啼暖树，渚鸭睡晴沙。绣阁轻烟，剪灯时候，青旗残雪，卖酒人家。　此时因重省，瑶台畔，曾遇翠盖香车。惆怅尘缘犹在，密约还赊。念鳞鸿不见，谁传芳信？潇湘人远，空采蘋花。无奈疏梅风景，碧草天涯。

此词深受秦观《望海潮》（梅英疏淡）的影响，如秦观词中的"东风暗换年

① 朱曰藩《南湖诗余序》，见赵尊岳《明词汇刊》，上海古籍出版社1992年影印本，第84页。

华”“新晴细履平沙”“长记误随车”“烟暝酒旗斜”“无奈归心，暗随流水到天涯”诸句在张词中都可以找到对应词句。值得注意的是，张綖也偶有透露豪迈之气的词作，如《念奴娇》(满天风雪)下阕云：“自笑二十年来，扁舟来往，惭愧湖头浪。献策彤庭身渐老，惟有丹心增壮。玉洞花光，金城柳眼，何用生凄怆。为君起舞，惊看豪气千丈。”抒写词人怀才不遇、老当益壮的倔傲。又如《念奴娇·过小孤山》(长江滚滚)写江山景物，词中“独见一峰青崒嵂，当住中流万折。应是天公，恐他澜倒，特向江心设”诸句，想象奇特，气势雄伟，说明张綖作词也并非完全以淮海自限。

整体来看，张綖词写得婉约蕴藉，较少时人词中的“曲化”现象，具有较高的艺术水准。明末王象晋非常推崇张綖词，曾在崇祯年间合编秦观与张綖词为《秦张两先生诗余合璧》，其《序》云：“今观先生(张綖)长短句诸作，命意恳至，摛词婉雅，俨然少游再生……予不能诗，更不能词，而甚慕两先生之所为诗若词，特合两先生词并而梓之《图谱》之后，使后世攻是业者知词虽小道，自有当行，无趋恶道，亦未必非修词之一助也。”①王象晋认为作词应当“当行”本色，秦、张二人词作对于矫正明代词坛渐堕“恶道”的弊端具有示范意义。清人沈雄也意识到这一点，其《古今词话·词评下卷》评张綖词曰：“新蒨蕴藉，振起一时者。”②

2. 从《草堂诗余》到“以婉约为正”词体观的提出

《草堂诗余》是张綖研习词学的重要“教材”，他在创作实践和改编《草堂诗余》、编撰《诗余图谱》等词学活动的基础上提升出“以婉约为正宗”的词体观念。

张綖于嘉靖十七年(1538)编成《草堂诗余别录》一书，这部小型词选分为前后两部分，前者题“草堂诗余别录”(录词 39 首)，后者题“草堂诗余后集别录”(录词 40 首)，共选录唐宋词 79 首(《草堂诗余别录》据明嘉靖二十六年黎仪抄本，今藏上海图书馆)。《草堂诗余别录》选录词人 40 余家，苏轼入选 13

---

① 王象晋《诗余图谱三卷附秦张两先生诗余合璧二卷》，《四库全书存目丛书》本，齐鲁书社 1997 年版，集部 425 册，第 262 页。

② 沈雄《古今词话》，见唐圭璋《词话丛编》，中华书局 1986 年版，第 1029 页。

首，秦观入选 8 首，远多于其他词人的选词数量(其他词人人只选一、二首作品)，《草堂诗余别录》所选北宋词明显多于南宋词，这与《草堂诗余》的选词倾向是基本相同的。但张綖指出，其编辑《草堂诗余别录》的目的是删除《草堂诗余》中“猥杂不粹”之作而保留“平和高丽之调”，《草堂诗余别录》自序云：

诗余者，唐宋以来之慢调也，吴文节公于《文章辨体》亦有取焉。虽亦艳歌之声，比之今曲，尤为古雅，故君子尚之。当时集本亦多，惟《草堂诗余》流行于世，其间复猥杂不粹。今观老先生朱笔点取，皆平和高丽之调，诚可则而可歌。复命愚生再校，辄敢尽其愚见，因于各调下漫注数语，略见去取之意，别为一录呈上。倘有可取进教，幸甚。

朱崇才先生《论张綖“婉约—豪放”二体说的形成及理论贡献》(《文学遗产》2007 年第 1 期)一文认为，根据序中语气和“老先生”等称谓来看，《草堂诗余别录》很可能是张綖年轻时学词的“作业”，“老先生”极有可能就是他学词时的业师王西楼，《草堂诗余别录》中的词作点评内容反映出张綖“婉约”“豪放”二体说的思考过程。这一论断也说明《草堂诗余》与张綖词学观念的形成关系密切。

张綖作词、选词都推崇婉约词风，他在《诗余图谱》中正式提出“以婉约为正”的词体观。其《诗余图谱·凡例》按语云：“词体大略有二：一体婉约，一体豪放。婉约者欲其辞情蕴藉，豪放者欲其气象恢弘。盖亦存乎其人。如秦少游之作多是婉约，苏子瞻之作多是豪放，大抵词体以婉约为正……今所录为式者，必是婉约，庶得词体。”[①]婉约与豪放的概念在宋人词学话语中已经出现，但属于风格类型或审美风貌，张綖第一次明确标举词以“婉约为正宗，豪放为变体”的词学观，将其提升到词体的高度予以标举和区分，对后世产生深远影响。

张綖认识到词谱中例词具有示范作用，故《诗余图谱》中所选例词都是偏于婉约的作品，所谓“今所录为式者，必是婉约，庶得词体”。据统计，《诗余图

① 张綖《诗余图谱·凡例》，台北“国家图书馆”藏嘉靖十五年《诗余图谱》初刊本。

谱》选录晚唐五代两宋近 80 家词人的例词 220 余首，其中录词较多的为张先、秦观、晏殊、柳永、周邦彦等偏于婉约一路的词人，而苏轼、辛弃疾的豪放词则未选入。可见，《诗余图谱》的录词倾向与《草堂诗余》的选词重心是相当一致的。

第二节　杨慎词与《花间集》《草堂诗余》

杨慎（1488—1599），字用修，号升庵，新都（今属四川）人。正德六年（1511）殿试第一，授翰林院修撰。世宗继位，任经筵讲官。嘉靖三年（1524）因谏议“大礼仪”，违背世宗意愿遭廷杖削籍，谪戍云南永昌卫（今保山），居云南三十余年，最后死于戍地。杨慎博览群书，勤于著述，诗、文、词、曲兼擅，就词创作而言，曾被誉为“当代词宗”（周逊《刻词品序》），在明词史上具有重要影响。杨慎校对过《花间集》，评点过《草堂诗余》，在创作上深受《花间集》和《草堂诗余》的影响，具有浓郁的花间情调和俚俗风味，然而杨慎作词能入能出，也能突破《花间集》《草堂诗余》的藩篱而自具特色。

一、杨慎词对花间词风的沿袭与超越

杨慎作词明显受到《花间集》的影响。花间词在题材上多写男女情爱，词风偏于香艳婉媚一路，杨慎的不少词作也具有花间情调。有研究者指出：“在其今存的 340 多首词作中，恋情词（包括伤别、闺怨和艳情）约有 116 首，占总数的三分之一以上。这部分词在内容和风格上对花间词均有一定承袭。”[①] 试看如下几首词作：[②]

---

① 郭杨波、周啸天《论杨慎对花间词的沿袭与突破》，载《西南民族学院学报》2002 年第 11 期，第 129 页。

② 所引杨慎词作皆据《全明词》，中华书局 2004 年版。

绣罗红嫩抹酥胸，此夕重逢。妒云恨雨腰肢袅，晕眉心、獭髓分红。蜡烛寒笼翡翠，麝香暖度芙蓉。(《风入松》)

袅袅腰肢浑似柳，碧花茗碗劳纤手。清昼小横陈。阳台梦未真。　一声鹈鴂暮。两桨催人去。新月曲如眉。黄昏怅望时。(《菩萨蛮》)

自有嫩枝柔叶，何需补柳填花。低声昵语似雏鸦，肠断东桥月下。　香雾清辉何处，春风今夜谁家。五花骢马七香车。趁取小乔未嫁。(《西江月》)

燕子衔春入画楼。猧儿撼晓动帘钩。一场残梦五更头。　彩凤琴中弹别调，锦麟书里诉离愁。相思相忆几时休。(《浣溪沙》)

以上词作大多辞藻华丽，着力描摹女性的娇姿媚态，词风香艳，与花间词的表现内容与艺术风格非常近似。甚至有的词句直接来自花间词，如《风入松》开头一句"绣罗红嫩抹酥胸"即来自毛熙震《浣溪沙》之四："一只横钗坠髻丛，静眠珍簟起来慵，绣罗红嫩抹酥胸。"杨慎这些纵情声色的香艳之词，受到后人批评，如清张德瀛云："升庵词烂若编贝，然丽以淫矣"。[①] 杨慎写这些"丽以淫"的词作不仅是受《花间集》的影响，更是由其生存状态与心理状态所决定的。杨慎戍滇期间，一直盼望朝廷开恩赦免自己，能重回朝廷或归老家乡，但嘉靖皇帝多次大赦天下，惟独不赦杨慎等人，并对上疏请求宽宥议礼诸臣的大臣严加处罚。杨慎颇为失望乃至绝望和惶惧，为排遣愁苦，自污行迹而纵情颓放："杨慎戍永昌，遍游诸郡，所至携倡伶以随。"[②]其友刘绘《与升庵杨太史书》写杨慎："独于脱略礼度，放浪形骸，陶情于艳曲，耽意于美色，乐疏旷而惮拘检。此天下后生往往惑之，抱尺寸者又从而讥讪。"[③]可见杨慎携妓游乐、写作艳词实有说不出的苦衷。

杨慎毕竟是一代才子，加之充军贬谪的惩罚让其备尝痛苦与辛酸，其恋情词创作也融入了身世之感，特别是写给妻子黄峨的词作：

① 张德瀛《词征》，见唐圭璋《词话丛编》，中华书局1986年版，第4174页。

② 《杨慎逸事》，见《云南通志》卷三十，文渊阁《四库全书》本。

③ 杨慎《升庵集》卷六附《与升庵杨太史书》，文渊阁《四库全书》本。

楚塞巴山横渡口，行人莫上江楼。征骖去棹两悠悠。相看临远水，独自上孤舟。　却羡多情沙上鸟，双飞双宿河洲。今宵明月为谁留。团团清影好，偏照别离愁。（《临江仙·戍云南，江陵别内》）

去燕又来鸿。节序匆匆。秋声半夜搅梧桐。惊起南窗千里梦，满地西风。　欹枕听寒蛩。离思无穷。归期又误菊花丛。遥想玉人肠断处，屈遍春葱。（《浪淘沙》）

盈盈春水桃根渡。问芳信、来何暮。青翰舟上，锦鸳波底，总是关情处。　合欢新种中庭树。相思欲寄云南句。为问佳期何日许。飞鸿洲渚，流萤院宇。银汉双星渡。（《青玉案》）

杨慎被贬云南，其妻黄峨伴送出京南下，行至江陵分别，杨慎从江陵独去湘黔，黄娥则孤身返蜀。《临江仙》一词写的便是当时的离别情景，他在词中羡慕江边沙洲上的水鸟能双宿双飞，埋怨圆月偏偏狠心照着离别之人，全词情景交融，感人至深。杨慎贬云南二年后回蜀，遂携黄峨赴戍所，在云南共同生活了三年，因杨慎之父杨廷和去世，二人回蜀奔丧，丧事完毕杨慎独自回戍所，而黄峨则留于家中操持家务。其后三十余年间，杨慎亦数次奔波于滇蜀之间，夫妻之间离多聚少，只有互寄诗词以倾诉浓烈的相思怨别之情。如上面的《浪淘沙》(去燕又来鸿)写年光易逝，西风又起，而归期无望，夫妻无以团聚，只能“遥想玉人肠断处，屈遍春葱”。《青玉案》(盈盈春水桃根渡)一词写夫妻离居日久，“相思欲寄云南句”，只有通过寄赠书信来互诉衷肠，结尾慨叹牛郎、织女犹得一年一会，而自己和妻子不知何时才能相聚，情感无奈而又沉痛。杨慎这些思念妻子的词作，色调淡雅，感情深挚，已经突破了花间词风的藩篱。

杨慎谪戍云南三十年，至死不能归里，其内心无疑是郁闷、凄楚和悲懑的，这些复杂的情感体验也融入其词作中，例如：

归去来兮，半生歧路，天涯南北西东。弋人何慕，造化任冥鸿。曾是先朝执戟，今衰矣、白首扬雄。休点检，并游英俊，五相一渔翁。

丹衷。举头望，长安万里，一朵云红。把致君尧舜，付与诸公。赢得老身强健，尽驱使、明月清风。浣溪畔，先生醉也，拍手笑儿童。

(《满庭芳·效东坡作》)

客中愁见菊花黄。近重阳。倍凄凉。强欲登高,携酒望吾乡。玉叠青城何处是,山似戟,割愁肠。　寒衣未寄早飞霜。落霞光。暮天长。戍角一声,吹起水茫茫。关塞多愁人易老,身健在,且疏狂。(《江城子·丙戌九日》)

甚矣吾衰,叹天涯岁月,何苦频催。奈霜毛种种,三千盈丈,丹心炯炯,一寸成灰。三径秋荒,五湖天远,儒术于吾何有哉。君知否?盼行云不住,流水难回。　寂寥谁与徘徊?好事者、惟输曲秀才。恁昏花老眼,底须窥牖,支离病脚,最怯登台。思发花前,人归雁后,百感中来强自裁。狂歌好,只清风和我,明月休猜。(《沁园春·己丑新正》)

北宋苏轼曾作《满庭芳》(归去来兮)词,写于离开黄州赴汝州之时,既抒写了宦海浮沉的哀愁和依依难舍的别情,又抒发了久惯世路、洞悉人生的旷达之怀。杨慎早负才名,曾有鲲鹏之志,面对严酷的政治打击,他深知唯有傲视困苦,保持开阔的胸襟才是明智的选择,这首《满庭芳·效东坡作》中既有牢骚之语("致君尧舜,付与诸公"),也写出了旷达气度("赢得老身强健,尽驱使、明月清风")。

《江城子》一词写在谪戍之地过重阳节,思乡之情更为浓烈,"山似戟,割愁肠"一句令人触目惊心,写出痛楚之深,结句又强自安慰:"关塞多愁人易老,身健在,且疏狂",表现出壮志难酬、自我解脱的疏狂之气。北宋词人黄庭坚贬宜州,在重阳节时写作《南乡子》词:"诸将说封侯,短笛长歌独倚楼。万事尽随风雨去,休休,戏马台南金络头。　催酒莫迟留,酒味今秋似去秋。花向老人头上笑,羞羞,白发簪花不解愁。"杨慎的《江城子》与黄庭坚《南乡子》在神韵上有相通之处,只是杨慎词更为直白显豁。

《沁园春·己丑新正》明显学习模仿辛弃疾词《贺新郎》(甚矣吾衰矣)一词,语句、语调都颇为相似,对自己信奉的儒家学术予以戏谑调侃,抒发胸中郁勃不平之气。以上三首词,分别学习效仿苏轼、黄庭坚和辛弃疾词,可见杨慎词作内容与艺术风格的多样化。

二、《草堂诗余》与杨慎词的俚俗风味

杨慎曾评点《草堂诗余》，对《草堂诗余》选录的词作是非常熟悉的，其创作自然不免沾染上“草堂”风味。清王昶《明词综序》曰：“盖明初词人，犹沿虞伯生、张仲举之旧，不乖于风雅。及永乐以后，南宋诸名家词不显于世，惟《花间》《草堂》诸集盛行。至杨用修、王元美诸公，小令、中调颇有可取，而长调则均杂于俚俗矣。”①杨慎词中虽有俚俗风味，而杨慎独特的人生经历又使其词作远非《草堂诗余》所能羁绊。

宋代《草堂诗余》原本书坊编选的歌本，该书分类编选，分为前后二集，前集分春、夏、秋、冬四景四类，后集分节序、天文、地理、人物、人事、饮馔器用、花禽七类。每一类下又细分子目，如“春景”类有初春、早春、赏春、春思、春恨、春闺、送春等八个子目，“节序”类又分元宵、立春、寒食、上巳、清明、端午、七夕、中秋、重阳、除夕等十个子目。《草堂诗余》中“春景”类词作有 120 余首，“节序”类词作 50 余首，合起来几乎占所选录词作（360 余首）的二分之一。杨慎词中涉及春景的作品有近 120 余首，节序词有 30 余首，二者合起来几乎占其全部词作的二分之一，杨慎词作题材明显受到《草堂诗余》的影响。下面以节序词为例来看杨慎词的俚俗风味及其创新之处。

杨慎年轻时就喜爱民间歌谣，并注意搜集古代歌谣，曾编辑《风雅逸歌》，谪戍云南后，有机会接触更多的歌谣和民谚，又编辑了《古今风谣》和《古今谚》，词作也带有明显的民歌风味和俚俗色彩。例如组词《渔家傲·滇南月节》十二首描绘了云南边疆的奇特景致和风俗民情：

正月滇南春色早。山茶树树齐开了。艳李夭桃都压倒。妆点好。园林处处红云岛。　彩架秋千骑巷笊。冰丝宝料星毬小。误马随车天欲晓。灯月皎。碧鸡三唱星回卯。

二月滇南春嬿婉。美人来去春江暖。碧玉泉头无近远。香径软。游丝摇拽杨花转。　沽酒宝钗银钏满。寻芳争占新亭馆。枣

① 王昶辑，王兆鹏校点《明词综》，辽宁教育出版社 1997 年版，第 1 页。

下艳词歌纂纂。春日短。温柔乡里归来晚。

三月滇南游赏竞。牡丹芍药晨妆亲。太华华亭芳草径。花饾饤。罗天锦地歌声应。　陌上柳昏花未瞑。青楼十里灯相映。絮妥尘香风已定。沉醉醒。提壶又唤明朝兴。

四月滇南春迤逦。盈盈楼上新梳洗。八节常如三月里。花似绮。钗头无日无花蕊。　杏子单衫鸦色髻。共倾浴佛金盆水。拜愿灵山催早起。争乞嗣。蛛丝先报钗梁喜。

五月滇南烟景别。清凉国里无烦热。双鹤桥边人卖雪。冰碗啜。调梅点蜜和琼屑。　十里湖光晴泛蝶。江鱼海菜鸾刀切。船尾浪花风卷叶。凉意惬。游仙梦绕蓬莱阙。

六月滇南波漾渚。水云乡里无烦暑。东寺云生西寺雨。奇峰吐。水椿断处余霞补。　松炬荧荧宵作午。星回令节传今古。玉伞鸡㙡初荐俎。荷芰浦。兰舟桂楫喧箫鼓。

七月滇南秋已透。碧鸡金马山新瘦。摆渡村西南壩口。船放溜。松花水发黄昏后。　七夕人家衣褛绣。巧云新月佳期又。院院烧灯如白昼。风弄袖。刺桐花底仙裙皱。

八月滇南秋可爱。红芳碧树花仍在。园圃全无摇落态。春莫赛。玫瑰彩缕金针綵。　屈指中秋餐沆瀣。遥岑远目天澄派。七宝合成银世界。添爽快。凉砧敲月胜竿籁。

九月滇南篱菊秀。银霜玉露香盈手。百种千名殊未有。摇落后。橙黄菊绿为三友。　摘得金英来泛酒。西山爽气当窗牖。鬓插茱萸歌献寿。君醉否。水晶宫里过重九。

十月滇南栖暖屋。明窗巧钉迎东旭。速鲁麻香春瓮熟。歌一曲。酥花乳线浮杯绿。　蜀锦吴绫熏夜馥。洞房窈窕悬灯宿。扫雪烹茶人似玉。风动竹。霜天晓角肌生粟。

十一月滇南云幕野。漕溪寺里梅开也。绿萼黄须香趁马。携翠斝。墙头沽酒桥头泻。　江上明蟾初冻夜。渔蓑句好真堪画。青女素娥纷欲下。银霰洒。玉鳞皴遍鸳鸯瓦。

十二月滇南娱岁晏。家家玉饵雕盘荐。安息生香朱火焰。槟榔串。红潮醉颊樱桃绽。　苔翠氍毹开夜宴。百夷枕椠文衾烂。醉写宜春情兴懒。妆阁畔。屠苏已识春风面。

“滇南月节”组词，从“正月滇南春色早。山茶树树齐开了”到“十二月滇南娱岁晏。家家玉饵雕盘荐”，浓墨重彩地描写了滇南一年之中不同月份的美景：正月里“园林处处红云岛”，二月里“美人来去春江暖”“游丝摇曳杨花转”，一派南国早春风光；“三月滇南游赏竞”“罗天锦地歌声应”，春游的人们歌舞喧阗；四月里“八节常如三月里，花似绮，钗头无日无花蕊”“八节常如三月里”，是对云南气候恰如其分的概括；当夏天来临，“五月滇南烟景别。清凉国里无烦热”；六月里依然“水云香里无烦暑”“东寺云生西寺雨”，这是高原地带夏无酷暑的气候特征；秋季来临，八月滇南“红芳碧树花仍在，园圃全无摇落态”，没有金风萧然的肃杀之气；到了隆冬时节，滇南却是“红萼黄须香趁马”“屠苏已识春风面”，迥然有别于中国其他地方。这组词准确地抓住云南四季如春、气候温润的特点，描绘了这种独特气候条件下的滇南奇景和风土人情。

《渔家傲·滇南月节》组词前有一段杨慎自己的跋文：“宋欧阳六一作十二月鼓子词，即今之‘渔家傲’也。元欧阳圭斋亦拟为之，专咏元世燕京风物。予流居滇云廿载，遂以滇之土俗，拟两欧为十二阕。虽藻丽不足俪前贤，亦纪并州故乡之怀耳。”“并州故乡”语出唐人贾岛的《渡桑干》：“客舍并州已十霜，归心日夜忆咸阳。无端更渡桑干水，却望并州是故乡。”意为将寓居多年的地方视为自己的家乡。《渔家傲》组词描绘了滇南山水奇景，表达了杨慎对这方热土的喜爱，并隐含着对故乡的思念。

杨慎描写云南边地风景的代表作还有《莺啼序·高峣海庄十二景图》。嘉靖二十六年(1547)，杨慎从安宁迁至昆明，定居于高峣海庄。高峣海庄位于昆明西南碧鸡山麓，临近滇池，风景秀美。长词通过一天之内时序的变化，从“碧鸡唱晓霞散绮”的黎明写起，一直写到“月黑林白明处”“南蛮老松，遥看晴雪”，将十二景的名字镶嵌其中，描绘了一幅极具地域特色的山水画长卷。词作结尾感叹：“洗尘襟，著得乾坤大。辋川何似吾庐，海变春醪，偿风月债。”生活在这样的世外桃源，虽然不能返乡，倒也逍遥自在。正如张宏生先生所指出的：“特定的生活，为杨慎词的创作提供了新的源泉，即使风格上仍然受到《草堂诗余》的很大影响，但由于生活情境突破了原来的场域，艺术的体验当然也就体现出特定的内涵。”①

第三节　陈子龙词中的爱情书写与家国寄托

陈子龙（1608—1647），字人中、卧子，号轶符，晚年号大樽，松江华亭（今上海）人，崇祯十年（1637）进士。明亡后积极开展抗清活动，事败被捕，投水殉国。陈子龙诗词成就均较高，云间词派代表人物。陈子龙词原有《湘真阁》《江蓠槛》二卷，后散佚。其词今见于《幽兰草》《倡和诗余》与清王昶所辑《陈忠裕公全集》，去其重复及他人误入之作，实存词 87 首。② 陈子龙的创作以甲申之变为界，大致可以划分为前后两个时期：前期词作主要描写爱情相思，后期词作则在爱情相思之中寓含黍离麦秀之悲。

陈子龙有三篇词序，集中体现了他的词学思想。其《幽兰草题词》曰：

> 晚唐语多俊巧，而意鲜深至，比之于诗，犹齐梁对偶之开律也。自金陵二主以至靖康，代有作者：或秾纤婉丽极哀艳之情，或流畅澹逸穷盼倩之趣。然皆境由情生，辞随意启，天机偶发，元音发成，繁促之中尚存高浑，斯为最盛也。南渡以还此声遂渺，寄慨者亢率而近于伧武，谐俗者鄙浅而入于优伶。以视周、李诸君，即有彼都人士之叹。元滥填词，兹无论已。明兴以来才人辈出，文宗两汉，诗俪开元。独斯小道有惭宋辙，其最著者为青田、新都、娄江。然诚意音体俱合，实无惊魂动魄之处；用修以学问为巧便，如明眸玉屑纤眉积黛，只为累耳；元美取境似酌苏、柳间，然如“凤凰桥下”语，未免时堕吴歌。此非才之不逮也，巨手鸿笔既不经意，荒才荡色时窃滥觞。且南北九宫既盛，而绮袖红牙不复按度。

① 张宏生《清词探微》，上海古籍出版社 2008 年版，第 136 页。
② 姚蓉《明末云间三子研究》，广东高等教育出版社 2004 年版，第 188 页。

其用既少，作者自希，宜其鲜工也。[①]

这段话对晚唐以来的词史予以简要评价。在陈子龙看来，南唐、北宋词属于情境契合、浑然天成的佳作，南宋词则“寄慨者亢率而近于伧武，谐俗者鄙浅而入于优伶”，已经丧失“辞随意启，天机偶发”的天然风味。至于本朝词人杨慎、王世贞等以学问为词、以曲为词，更难与宋人比肩。可以看出，陈子龙标举以南唐二主、周邦彦等人为代表的南唐、北宋词，倡导偏于婉约清丽一路的词风。

陈子龙还认为词体文学是言情的载体：“然宋人亦不可免于有情也，故凡其欢愉愁怨之致，动于中而不能抑者，类发于诗余。故其所造独工，非后世可及。”[②]陈子龙所重之情乃是男女之情，正所谓“言情之作必托于闺襜之际”。[③]这既是明后期词坛“主情”思潮的延续，也与陈子龙本人的爱情体验密切相关。陈子龙与江南名妓柳如是之间曾有一段缠绵悱恻的爱情，在其词中留下深深烙印。陈寅恪先生在其《柳如是别传》中关于陈子龙与柳如是的恋情曾作过详尽的考述，陈先生认为，《浣溪沙·五更》《玉蝴蝶·美人》《踏莎行·寄书》《浣溪沙·杨花》《南乡子·春寒》《南乡子·冬闺》《青玉案·春暮》《蓦山溪·寒食》《少年游·春情》《菩萨蛮·春雨》《桃源忆故人·南楼雨暮》《探春令·上元雨》《醉落魄·春闺风雨》《南乡子·春闺》《蝶恋花·春晓》《虞美人·咏镜》《满庭芳·和少游送别》《踏莎行·春寒》《江城子·病起春尽》《双调望江南·感旧》《醉落魄·春闺风雨》《菩萨蛮·春晓》《乳燕飞·琼树红云漉》等二十余首词与陈柳恋情有关。[④] 因此，陈子龙前期作品属于典型的抒写爱情相思的闺情词，与花间词的题材内容与艺术风格暗相契合，试看如下几首：[⑤]

---

① 陈子龙等撰《幽兰草》卷首，辽宁教育出版社 2000 年版。

② 陈子龙《安雅堂稿》，辽宁教育出版社 2003 年版，第 48 页。

③ 陈子龙《安雅堂稿》，辽宁教育出版社 2003 年版，第 47 页。

④ 据李越深考证，《湘真阁存稿》中《浣溪沙·闺情》《踏莎行·春寒》《南乡子·春闺》《江城子·病起春尽》《双调望江南·感旧》《醉落魄·春闺风雨》《菩萨蛮·春晓》等词作于柳如是嫁给钱谦益之后，故与此段恋情无涉。参李越深《〈江蓠槛〉词与陈子龙、柳如是恋情》，载《浙江大学学报》2007 年第 1 期。

⑤ 所引词作据《幽兰草》，辽宁教育出版社 2000 年版。

半枕轻寒泪暗流，愁时如梦梦时愁，角声初到小红楼。　风动残灯摇绣幕，花笼微月澹帘钩，陡然旧恨上心头。（《浣溪沙·五更》）

才与五更春梦别。半醒帘栊，偷照人清切。检点凤鞋交半折，泪痕落镜红明灭。　枝上流莺啼不绝。故脱余绵，忍耐寒时节。慵把玉钗轻绾结，恁移花影窗前没。（《蝶恋花·春晓》）

花发小屏山，冻彻胭脂暮倚阑。添得金炉人意懒，云鬟，为整犀梳玉手寒。　尽日对红颜。画阁深深半掩关。冰雪满天何去也，眉弯，两脸春风莫放残。（《南乡子·冬闺》）

小楼极望连平楚，帘卷一帆南浦。试问晚风吹去，狼藉春何处。　相思此路无从数，毕竟天涯几许。莫听娇莺私语，怨尽梨花雨。（《桃源忆故人·南楼雨暮》）

这些词作抒写与柳如是两情相悦的情感体验，相思之苦、分离之恨萦绕其间；意象轻灵，情感细腻，风格清丽，与不少泛述艳情的花间词相比，情感更显真挚深切。王国维则认为，陈子龙等云间词人学唐五代词，并未学到家，其《人间词话删稿》云："唐五代北宋之词，可谓真香生色。若云间诸公，则彩花耳。湘真且然，况其次也者乎。"[①]持论未免严苛了一些。

明人论词、作词多重"情"，而陈子龙为言情词注入新内涵，强调词的比兴寄托之义。陈子龙《三子诗余序》曰：

诗与乐府同源，而其既也每迭为盛衰。艳辞丽曲，莫盛于梁、陈之季，而古诗遂亡。诗余始于唐末，而婉畅秾逸极于北宋。然斯时也，并律诗亦亡。是则诗余者，非独庄士之所当疾，抑亦风人之所宜戒也。然亦有不可废者，夫《风》《骚》之旨皆本言情，言情之作必托于闺襜之际。代有新声，而想穷拟议。于是以温厚之篇，含蓄之旨，未足以写哀而宣志也。思极于追琢，而纤刻之辞；情深于柔靡，而婉娈之趣合；志溺于燕婧，而妍绮之境出；态趋于荡逸，而流畅之调生。是以镂裁至巧，而若出自然；警露已深，而意含未尽。虽曰小道，工

① 王国维《人间词话删稿》，见唐圭璋《词话丛编》，中华书局1986年版，第4260页。

之实难。……示予词一编，婉弱倩艳，俊辞络绎，缠绵猗娜，逸态横生，真宋人之流亚也。或曰："是无伤于大雅乎？"予曰："不然。夫'并刀''吴盐'，美成所以被贬；'琼楼玉宇'，子瞻遂称爱君。端人丽而不淫，荒才刺而实谀，其旨殊也。三子者，托贞心于妍貌，隐挚念于佻言，则元亮闲情，不能与总持、赓和于临春、结绮之间矣。"①

陈子龙认为，作词须"以镂裁至巧，而若出自然""警露已深，而意含未尽""托贞心于妍貌，隐挚念于佻言"，借词体文学言情的形式，表达寓含"《风》《骚》之旨"的思想内容，这是对《离骚》"香草美人"传统的继承与发展。陈子龙不仅在理论上倡导作词运用寄托手法，还亲自实践。甲申国变后，词人的生活处境与心境均发生了巨大变化，词作多用"香草美人"寄托家国之恨，试看下面几首词：②

绣岭平川，汉家故垒，一抹苍烟。陌上香尘，楼前红烛，依旧金钿。　十年梦断婵娟，回首处离愁万千。绿柳新蒲，昏鸦春雁，芳草连天。(《柳梢青·春望》)

杨柳迷离晓雾中，杏花零落五更钟。寂寂景阳宫外月，照残红。　蝶化彩衣金缕尽，虫衔画粉玉楼空。惟有无情双燕子，舞东风。(《山花子·春愁》)

章台西弄，纤手曾携送。花影下，相珍重。玉鞭红锦袖，宝马青丝鞚。人去后，箫声永断秦楼凤。　菡萏双灯捧，翡翠香云拥。金缕枕，今谁共。醉中过白日，望里悲青冢。休恨也，黄鹂啼破前春梦。(《千秋岁·春恨》)

一帘病枕五更钟。晓云空，卷残红。无情春色，去矣几时逢。添我千行清泪也，留不住，苦匆匆。　楚宫吴苑草茸茸。恋芳丛，绕游蜂。料得来年，相见画屏中。人自伤心花自笑，凭燕子，舞东风。(《江城子·病起春尽》)

① 陈子龙《安雅堂稿》，辽宁教育出版社2003年版，第47～48页。

② 所引词作据《倡和诗余》，辽宁教育出版社2000年版。

以上几首词描写的大多为残春景象，情调感伤凄凉，但词中的语汇、意象又表明作品写的不是一般的伤春悲愁或爱情相思，而是抒发王朝兴废的家国之感。《柳梢青》题为“春望”，让人不禁想到安史之乱中杜甫所作的爱国名篇《春望》，上片“汉家故垒，一抹苍烟”中的“汉家”，实际上指的是明王朝；下片“绿柳新蒲”一句出自杜甫《哀江头》：“江头宫殿锁千门，细柳新蒲为谁绿。”《山花子·春愁》“蝶化彩衣金缕尽，虫衔画粉玉楼空”句暗喻美好事物的消亡，结尾以无情的燕子作衬托，强化了全词的悲剧意味。清陈廷焯《白雨斋词话》卷三评此词曰：“凄丽近南唐二主，词句意亦哀以思矣。”[①]《千秋岁·春愁》结尾二句：“醉中过白日，望里悲青冢。休恨也，黄鹂啼破前春梦”、《江城子·病起春尽》词中“楚宫吴苑草茸茸”“人自伤心花自笑，凭燕子，舞东风”数句，伤悼故国之意亦甚为明显。

陈子龙等云间词人的理论主张与创作实践在一定程度上改变了明代词坛的浮艳俚俗之风，提升了词的品格和地位，故近人吴梅评之曰：“上接风骚，得倚声之正则。”[②]

---

① 陈廷焯《白雨斋词话》，见唐圭璋《词话丛编》，中华书局1986年版，第3824页。

② 吴梅《词学通论》，上海古籍出版社2006年版，第108页。

结　语

明代词学是中国词学史上不可忽视的重要环节。本书以唐宋词选在明代的传播接受为切入口，将明代词选编纂、词学评点、词谱制作、词坛创作纳入明代词学研究的视野，探讨明人选择利用《花间集》《草堂诗余》《花庵词选》等选本在词选学、词学评点、词谱建设、创作实践等层面影响、推动明代词学演进的历程，为明代词学研究提供一种新的观照视角和方法。从《花间集》《草堂诗余》等唐宋词选的传播接受考察明代词学，便于勾勒出明代词学相对完整、清晰的发展轨迹，为明代词学研究提供新的观照视角，可以在相当大的程度上把握整个明代词学发展演变的状况，有助于深入认识明代词学演进的内部规律，也得出了一些看法：

一、《花间集》《草堂诗余》《花庵词选》等唐宋词选在明代的强势传播在很大程度上成为明代词学发展的重要助推力。

词选本身就是一种特殊的批评形式，代表着部分人群的批评观念与审美趣味，在特定历史文化背景下，某些词选还会对词坛创作与词学发展产生直接影响，如清代浙西词派代表人物朱彝尊等人编纂《词综》，常州词派代表人物张惠言等人编纂《词选》，都推动了清代词学的发展演变。清代学者痛批"花草"流行导致明词不振的局面有其合理性，但也要看到"花草"在明代词学发展演进中不可忽视的重要作用。明人选择《花间集》《草堂诗余》等词选作为基本的词学资源，在词选编纂、词学评点(批评)、词谱撰制、词的创作等方面都取得了一定的成绩。从这一点看，明人与清人的词学方法有相通之处，只是路径取向不同而已。

二、明代词学发展与《花间集》《草堂诗余》等唐宋词选的传播接受是一个相互作用和影响的过程。

明人热衷于《花间集》《草堂诗余》，明代词学的方方面面难免打上“花草”烙印，但明代词学并未深陷“花草”泥淖而不能自拔，这体现在诸多层面，例如：

从词选编纂来看，明代前中期的词选家多以《花间集》《草堂诗余》为范本和主要选源，在此基础上重编或改编出《唐词纪》《花间集补》《类编草堂诗余》等词选；到了明代后期，选家更多地摆脱了《花间集》《草堂诗余》的束缚，编选出《花草粹编》《草堂诗余四集》《古今词统》等比较富有个性特色乃至具有集成性意义的大型词学选本。

从创作实践来看，陈铎、张綖、杨慎、陈子龙等诸多明代词人学习《花间集》《草堂诗余》的方法和策略又有所不同。总体来看，明人学习《花间集》《草堂诗余》的策略在不断调整和提升，历经了由唱和模仿到能入能出，逐步形成自我创作特色的过程。

从词学观念上看，明人对《草堂诗余》的接受和评价大致经历了由肯定到反思、由学习实践到理论提升的过程。陈铎对《草堂诗余》极为推崇，故而大力唱和模仿；杨慎《词品》既称赞《草堂诗余》选词恰当，也批评其选目有不合理处；张綖不满《草堂诗余》中的“猥杂不粹”之作，编成《草堂诗余别录》，在学词实践的基础上升华出“以婉约为正”的词体观。此后，明人大多沿袭这一观念并将其作为评词的重要标准。

陈铎、张綖、杨慎、汤显祖等人的词学活动反过来又促进了《草堂诗余》《花间集》等词选在明代的传播。陈铎追和《草堂诗余》，较早地引起明人对该书的关注；杨慎《词品》对《草堂诗余》进行了多层面评论，也扩大了《草堂诗余》在明代的影响；张綖《诗余图谱》问世之前，明代《草堂诗余》主要继承宋本按题材分类编纂的体例，张綖按小令、中调、长调编辑《诗余图谱》，为词选体例的创新提供了启示。

三、明代词学在千年词学史上处于承上启下的重要环节，但也存在明显的局限。

明代词学成就谈不上辉煌耀眼，但自有建树和特点，如清人的词选编纂、词谱撰制等方面都是在总结反思明人词学活动的基础上进行的。甚至清初一些文人学者对明代《花间集》《草堂诗余》的盛行予以充分肯定，如王士禛极为推崇《花间集》与《草堂诗余》，其《花草蒙拾》曰："往读《花间》《草堂》，偶有所触，辄以丹铅书之，积数十条。程邨强刻此集卷首，仆不能禁，题曰《花草蒙拾》。盖未及广为扬榷，且自愧童蒙云尔。"[①]康熙年间顾彩编纂了一部清词选本名曰《草堂嗣响》，可见《草堂诗余》在当时仍有较大影响。陈水云先生指出："大致说来，在康熙十年(1661)以前，人们对《花间集》《草堂诗余》'词统'，基本上持认同态度，从创作、评论到文学接受，都以《花间集》《草堂诗余》为准。"[②]明人虽然抄藏了大量唐宋词别集和选本，然而某些词选和南宋词名家却大都未能在明代产生实际影响。例如南宋著名词人姜夔、史达祖、吴文英、周密等人的词集虽有钞本存世，并没有引起明人发掘、探究的兴趣，这就限制了明人的词学视野，影响了明人对唐宋词的全面认识。从历史发展的角度看，《草堂诗余》在明代带来的弊端激发了清人对明代词学的反思和批评，为词学发展下一个高潮的到来作了铺垫和准备。

总体来说，从《花间集》《草堂诗余》等唐宋词选的传播接受考察明代词学，便于勾勒出明代词学相对完整、清晰的发展轨迹，可以在相当大的程度上把握整个明代词学发展演变的状况，有助于深入认识明代词学演进的内部规律。

---

① 王士禛《花草蒙拾》，见唐圭璋《词话丛编》，中华书局1986年版，第673页。

② 陈水云《唐宋词在明末清初的传播与接受》，中国社会科学出版社2010年版，第176页。

附　录

与本书研究相关之词集、词谱序跋

说明：1. 附录收录部分与本书研究相关的唐宋元明词集、词谱序跋。2. 序跋编排顺序大致以时代为序，文末标明文献出处并附作者简介。

1. 欧阳炯《花间集叙》

镂玉雕琼，拟化工而迥巧；裁花剪叶，夺春艳以争鲜。是以唱云谣则金母词清，挹霞醴则穆王心醉。名高白雪，声声而自合鸾歌；响遏青云，字字而偏谐凤律。杨柳大堤之句，乐府相传；芙蓉曲渚之篇，豪家自制。莫不争高门下，三千玳瑁之簪；竞富樽前，数十珊瑚之树。则有绮筵公子，绣幌佳人，递叶叶之花笺，文抽丽锦；举纤纤之玉指，拍按香檀。不无清绝之辞，用助娇娆之态。自南朝之宫体，扇北里之娼风。何止言之不文，所谓秀而不实。有唐已降，率土之滨。家家之香径春风，宁寻越艳；处处之红楼夜月，自锁常娥。在明皇朝，则有李太白应制《清平乐》词四首。近代温飞卿复有《金筌集》。迩来作者，无愧前人。今卫尉少卿字弘基，以拾翠洲边，自得羽毛之异；织绡泉底，独殊机杼之功。广会众宾，时延佳论。因集近来诗客曲子词五百首，分为十卷。以炯粗预知音，辱请命题，仍为序引。昔郢人有歌《阳春》者，号为绝唱，乃命之为《花间集》。庶使西园英哲，用资羽盖之欢；南国婵娟，休唱莲舟之引。时大蜀广政三年夏四月日叙。（李一氓《花间集校注》，人民文学出版社1958年版）

【作者简介】 欧阳炯(896—971),益州(今四川成都市)人,生于唐末,经历整个五代时期,晚年入宋朝为官。欧阳炯精通音律,尤工小词,是“花间词派”的重要作家。

2. 黄大舆《梅苑序》

自琼林、琪树、瑶华、绿萼之异不列于人间,目所常玩,如予东园之梅,可以首众芳矣。若夫呈妍月夕,夺霜雪之鲜;吐嗅风晨,聚椒兰之酷。情涯殆绝,鉴赏斯在。莫不抽毫遗滞,劈彩舒哀。召楚云以兴歌,命燕玉以按节。然则《妆台》之篇,《宾筵》之章,可得而述焉。己酉之冬,予抱疾山阳,三径扫迹,所居斋前更植梅一株,晦朔未逾,略已粲然。于是录唐以来词人才士之作,以为斋居之玩。目之曰《梅苑》者,诗人之义,托物取兴。屈原制《骚》,盛列芳草,今之所录,盖同一揆。聊书卷目,以贻好事云。岷山耦耕黄大舆载万序。(唐圭璋等校点《唐宋人选唐宋词》,上海古籍出版社2004年版)

【作者简介】 黄大舆,生卒年不详,宋南渡初蜀人,字载万,自署“岷山耦耕”,善乐府歌词,其词集名《乐府广变风》,已佚。曾抱疾山阳,所居有梅一株,因录唐以来咏梅之词,辑为词选《梅苑》。与著名词学家王灼为友,王灼《碧鸡漫志》卷二谓其:“学富才赡,意深思远,直与唐名辈相角逐,又辅以高明之韵,未易求也。”

3. 曾慥《乐府雅词引》

余所藏名公长短句,裒合成篇,或后或先,非有铨次;多是一家,难分优劣,涉谐谑则去之,名曰《乐府雅词》。九重传出,以冠于篇首,诸公转踏次之。欧公一代儒宗,风流自命,词章幼眇,世所矜式;当时小人或作艳曲,谬为公词,今悉删除。凡三十有四家,虽女流亦不废。此外,又有百余阕,平日脍炙人口,咸不知姓名,则类于卷末,以俟询访。标目“拾遗”云。绍兴丙寅上元日,温陵曾慥引。(《四部丛刊》景钞本《乐府雅词》卷首)

【作者简介】 曾慥(?—1155),字端伯,号至游子、至游居士,北宋大臣曾公亮裔孙,晋江(今福建泉州)人。博学能诗,有《类说》六十卷传世。又编有词选《乐府雅词》三卷,以所藏名公长短句裒合成编,共三十四家。《拾遗》二卷,则大多不知姓名。王弈清等《历代词话》卷七引《古今词话》曰:“端伯编

《乐府雅词》,尤有功于词学。”

4.鲖阳居士《复雅歌词序略》

孟子尝谓:“今之乐犹古之乐。”论者以为今之乐,郑、卫之音也,乌可与《韶》《夏》《濩》《武》比哉?孟子之言,不得无过。此说非也。《诗》三百五篇,商、周之歌词也。其言止乎礼义,圣人删取以为经。周衰,郑、卫之音作,诗之声律废矣。汉兴,制氏犹传其铿锵。至元、成间,倡乐大盛,贵戚、五侯、定陵、高平外戚之家,淫侈过度,至与人主争女乐,而制氏所传,遂泯绝无闻矣。《文选》所载乐府诗,《晋志》所载《砀石》等篇,古乐府所载其名三百,秦汉以下之歌词也。其源出于郑、卫,盖一时文人有所感发,随世俗容态而有所作也。其意趣格力,犹以近古而高健。更五胡之乱,北方分裂,元魏、高齐、宇文氏之国,咸以戎狄强种,雄据中夏,故其讴谣,淆糅华夷,焦杀急促,鄙俚俗下,无复节奏,而古乐府之声律不传。周武帝时,龟兹琵琶工苏祇婆者,始言七均;牛洪、郑译因而演之,八十四调始见萌芽。唐张文收、祖孝孙讨论郊庙之歌,其数于是乎大备。迄于开元、天宝间,君臣相与为淫乐,而明皇犹溺于夷音,天下薰然成俗。于是才士始依乐工拍弹之声,被之以辞句;句之长短,各随曲度,而愈失古之“声依永”之理也。温、李之徒,率然抒一时情致,流为淫艳猥亵不可闻之语。吾宋之兴,宗工巨儒,文力妙天下者,犹祖其遗风,荡而不知所止。脱于芒端,而四方传唱,敏若风雨,人人歆艳,咀味于朋游尊俎之间,以是为相乐也。其韫骚雅之趣者,百一二而已。以古推今,更千数百岁,其声律亦必亡无疑。属靖康之变,天下不闻和乐之音者,一十有六年。绍兴壬戌,诞敷诏音,弛天下乐禁。黎民欢忭,始知有生之快。讴歌载道,遂为化国。由是知孟子以“今乐犹古乐”之言,不妄矣。(引自谢维新《古今合璧事类备要》外集卷十一《音乐门·乐章类》,文渊阁《四库全书》本)

【作者简介】 鲖阳居士,姓名无考,事迹也不见记载,宋南渡时期人。鲖阳,汉县地名,位于河南鲖水之阳。故城在今河南新蔡县东北。鲖阳居士曾编选大型词总集《复雅歌词》,原书久佚,今有赵万里辑佚本,仅十则。据吴熊和先生《唐宋词通论》推断,《复雅歌词》当辑成于绍兴十一年(1141)至绍兴二十四年(1154)这十二三年间。

5. 黄升《中兴以来绝妙词选序》

长短句始于唐，盛于宋。唐词具载《花间集》，宋词多见于曾端伯所编，而《复雅》一集又兼采唐宋，迄于宣和之季，凡四千三百余首。吁，亦备矣。况中兴以来，作者继出。及乎近世，人各有词，词各有体。知之而未见，见之而未尽者，不胜算也。暇日裒集，得数百家，名之曰《绝妙词选》。佳词岂能尽录，亦尝鼎一脔而已。然其盛丽如游金、张之堂，妖冶如揽嫱、施之袪，悲壮如三闾，豪俊如五陵，花前月底，举杯清唱，合以紫箫，节以红牙，飘飘然作骑鹤扬州之想，信可乐也。亲友刘诚甫谋刊诸梓，传之好事者，此意善矣。又录余旧作数十首附于后，不无珠玉在侧之愧，有爱我者，其为删之。淳祐己酉百五玉林。(《四部丛刊》景明翻宋本《中兴以来绝妙词选》卷首)

【作者简介】 黄升，生卒年不详，字叔旸，福建人。因所居有玉林，又近散花庵，故号玉林，又号"花庵词客"。早弃科举，不乐仕进，以读书吟咏自适。与《诗人玉屑》编者魏庆之为友，时人"并以泉石清士目之"(胡德芳《绝妙词选序》)。编有《绝妙词选》，分上下两部分，上部为《唐宋诸贤绝妙词选》，共十卷，选唐五代及北宋词；下部为《中兴以来绝妙词选》，共十卷，专选南宋词，附自作词三十八首。后人统称二书为《花庵词选》。

6. 胡德方《绝妙词选序》

古乐府不作，而后长短句出焉。我朝巨公胜士，娱戏文章，亦多及此，然散在诸集，未易遍窥。玉林此选，博观约取，发妙音于众乐并奏之际，出至珍于万宝毕陈之中，使人得一编，则可以尽见词家之奇，厥功不亦茂乎。玉林早弃科举，雅意读书，间以吟咏自适。阁学受斋游公尝称其诗为"晴空冰柱"。闽帅秋房楼公闻其与魏菊庄为友，并以泉石清士目之。其人如此，其词选可知矣。淳祐己酉上巳，前进士胡德方季直序。(《四部丛刊》景明本《唐宋诸贤绝妙词选》卷首)

【作者简介】 胡德方，南宋人，生平不详。

7. 不著撰人《精选名儒草堂诗余序》

唐宋名贤词行于世，尚矣。方今车书混一，名笔不少，而未见之刊本。是编辄欲求备不可，姑摭拾所得，才三百余首，不复次第，刊为前集，江湖太宽，

俊杰何限，倘有佳作，毋惜缄示。陆续梓行，将见愈出而愈奇也。（据吴昌绶、陶湘编《景刊宋金元明本词》）

8. 周瑛《词学筌蹄序》

词家者流，出于古乐府，乐府语质而意远。词至宋，纤丽极矣。今考之词，盖皆桑间濮上之音也。吁！可以观世矣。《草堂》旧所编以事为主，诸调散入事下。此编以调为主，诸事并入调下。且逐调为之谱，圆者平声，方者侧声，使学者按谱填词，自道其意中事，则此其筌蹄也。凡为调一百七十七，为词三百五十三，厘为八卷。编录之者，托蜀府教授蒋华质夫；考证之者，则蜀士徐楠山甫也。弘治甲寅，翠渠病叟莆田周瑛书。（《续修四库全书》影印清初抄本）

【作者简介】 周瑛（1430—1518），字梁石，学者称翠渠先生，莆田（今福建）人。明成化五年（1469）进士，理学家，著有《翠渠摘稿》等。

9. 林俊《词学筌蹄序》

壤歌衢谣，发而为乡云南风，为风雅颂，为《离骚》，为古乐府，为慢词。呜呼！亦极矣。都俞吁咈，浑噩变也，美刺兴赋比，都俞吁咈，变也。上之为《君马黄》《有所思》《出塞曲》，又变也，其又变则《青门引》《帝台春》《金人捧露盘》《鱼游春水》，是故言出为章，今固拘以体制；辞出为声，今固拘以音律；洪杀翕辟，伸缩正变为天然，今固据以刻意苦思。於呼！亦极矣。词始于汉，盛于魏、晋、隋、唐而又盛于宋，即所谓白雪体者，或以事名调，或以时名调，或以遇名调，或以人名调，或以句名调，被管弦，按歌板，法不得以己意增损。词日多而调日广，若《古今词话》《玉林词选》《草堂诗余》所载，豪雄壮浪，绮丽而绚藻。要之，去郑卫之音、女真之曲者无几。第幸出大家言造意命，词竟弗爽于正，故相骛以为李峤《水调歌头》，明皇谓真才子；王介甫金陵怀古《桂枝香》，东坡谓野狐精；少游《踏莎行》，东平谓“少游已矣，万人何赎”；冠卿《多丽》，识者谓拱璧夜光；仲殊之词，谓篇篇字字高处不减唐人风致。其然耶？旧编（按，指《草堂诗余》）以事为主，词系事下，平侧长短未易以读。蜀藩方伯、吾乡周先生翠渠以调为主，事并调下。调为谱，圆者平声，方者侧声，读以小圈，以便观览，以付蜀府教授蒋华质夫编录，蜀士徐楠山甫考正。调凡若词干凡若干(按,据文意当为"调凡若干,词凡若干"),厘为八卷。后学程度,较胜旧本,名曰《词学筌蹄》。阅而序之如此。弘治九年岁在丙辰,见素子莆田林俊书。(《续修四库全书》影印清初抄本)

【作者简介】 林俊(1452—1527),字待用,号见素,莆田(今福建)人。明成化十四年(1478)进士,历官工部尚书、刑部主事等,廉洁自守,直言敢谏。著有《见素文集》等。

10. 陈宗谟《精选名贤词话草堂诗余序》

《草堂诗余》,诗之余也。说者疵其慢要俚俗,流连光景,故其弊也,致使语言颠复,首尾混淆。西渠子曰:"诗迄三百,是后流为二十有四:赋、颂、铭、赞、文、诔、箴、诗、行、咏、吟、题、怨、叹、章、篇、操、引、谣、讴、歌、曲、词、调,皆其六艺之余,而古人作之,岂赘也耶?《南陔》《白华》《华黍》,有声无词,音之至也。周汉而下,古乐府补乐歌,节以调应,词以乐定,题号虽不同,所以宣畅其一唱而三叹,诗余乐府,盖相为表里者也。"卜子夏云:"虽小道必有可观。"其在兹乎?吕举子偕其外君子仙洲,方将极意于诗者也,因予言,遂录以序之,梓而达诸天下也。时嘉靖十有七年,岁次戊戌仲冬之月,哉生明,南京国子监监丞陈宗谟书。(王鹏运《四印斋所刻词》本)

【作者简介】 陈宗谟,字文训,福建长乐人。正德八年(1513)举人,历任国子监学正、助教、监丞。后归老乡里,卒年八十余。

11. 张綖《草堂诗余别录序》

歌咏以养性情,故声歌之调,有不得而废者。诗余者,唐宋以来之慢调也,吴文节公于《文章辨体》亦有取焉。虽亦艳歌之声,比之今曲,犹为古雅,故君子尚之。当时集本亦多,惟《草堂诗余》流行于世,其间复猥杂不粹。今观老先生朱笔点取,皆平和高丽之调,诚可则而可歌。复命愚生再校,辄敢尽其愚见,因于各调下漫注数语,略见去取之意,别为一录呈上,倘有可取进教,幸甚。(明嘉靖二十六年黎仪抄本)

【作者简介】 张綖(1487—1543),字世文,自号南湖居士,江苏高邮人。正德八年(1513)举人,官至光州知州。钱谦益《列朝诗集小传》丙集曰:"(张綖)八上春官,不第,谒选为武昌通判,迁知光州,罢归。少从王西楼游,刻意填词，每填一篇，必求合某宫某调，某调第几声，其声出入第几犯。抗坠圆美，必求合作。著《诗余图谱》，词家以为指南。喜作艳体诗，有《南湖集》四卷。”王西楼即明代著名文人王磐。有《杜诗通》《诗余图谱》《南湖诗集》传世。

12. 张綖《诗余图谱自序》

往时外舅王西楼妙达音旨，尝见其观古词合律者，辄曰此宫声也，角声也。或曰商调、越调、大小石调也。叩之，遂得闻精论，倚其调有作，呈上，过蒙与进。且曰：“新声日盛，斯制也，其将不传乎？吾于子有望矣。”予后裒得唐宋以来及我朝诸名人词，无虑数百家，暇日讽咏，亦似有得。间见当世君子，诗文高并古人，独于词调或不留意，谓其不屑留意也。窃欲私作一谱，与童蒙共之而未遑也。近检箧笥得诸词，为成图谱三卷，后集四卷，以副西楼翁之意。呜呼！声音之道微矣哉！夫盈穹壤间，声象而已矣。象以止异，声以流同，此礼乐所由作也。然则合异而同，非声音不能通矣，是故礼待乐而后成。虞庭以乐育人才，和上下，格神人，而始诸永言。圣门兴诗成乐，亦为成材终身之序。程子谓古人之诗如今之歌曲，当是时金元度曲未出，所谓歌曲者，正谓词调耳，是则虽非古声，其去今人之曲不有间耶？由是而驯溯诸古，非其阶梯也乎？孔子曰：吾犹及有马者，借人乘之。借马细事，而圣人思焉，其欲存旧也如此。词虽小技，不犹有大于借马者乎？或曰鼓舞鸩毒，奈何？夫固谓其驯溯诸古也。若徒以其丽而淫焉，则靡靡之音，未见非古，欣欣之乐，殆不可以今废郑卫之什，正惩邪诲，此又存夫人耳。极知细惭雕篆，卑甚鱼虫，然前辈风流，亦或因兹而见。且今之淫曲甚矣，稍存旧制，为溯古之地可也。嘉靖丙申岁夏四月下浣日，高邮后学南湖居士张綖序。（据台北“国家图书馆”藏嘉靖十五年张綖《诗余图谱》初刊本）

13. 张綖《诗余图谱·凡例》

一 词调各有定格，因其定格而填之以词，故谓之填词。今著其字数多少，平仄韵脚，以俟作者填之，庶不至临时差误，可以协诸管弦矣。按：诸调字有定数，而句或无常，盖取其声之协调，不拘拘句之长短，此惟习熟纵横者能之。

一 词格多是双调，后段谓之换头，前后相同者惟列前段图说，后段可以类推，则云同前，省文也。惟与前段有异者，乃俱列之。

一　词中字当平者用白圈，当仄者用黑圈，平而可仄者白圈半黑其下，仄而可平者黑圈半白其下。其仄声又有上、去、入三声，则在审音者裁之，今不尽著。《太和正音谱》字字注定四声，似为太拘。尝闻人言，凡词曲上、去、入声与旧调不同者，虽可歌，播诸管弦则龃龉不协，不知此正由管弦者泥习师传无变通耳。若欲得夫声气之正，必有至人神悟黄钟之律然后可，非黍筩牛铎所能定也。

一　韵脚，初入韵者谓之起（平韵起、仄韵起），承上韵者谓之叶（平叶、仄叶），有换韵者曰换（平韵换、仄韵换）。有句中藏韵者，初曰中韵起（中平韵起、中仄韵起），藏头承上者曰中叶（中平叶、中仄叶）。

一　图后录一古名词以为式，间有参差不同者，惟取其调之纯者为正，其不同者亦录其词于后，以备参考。

一　词有同一调而名不同者，盖调有定格，不可易，名则可易。如东坡赤壁《念奴娇》，因末有"酹江月"三字，后人作此调者，即谓之《酹江月》，又谓之《赤壁词》，又谓之《大江东去》，因其一百字又谓之《百字令》之类是也。亦有同义易之者，如《蝶恋花》谓之《凤栖梧》《鹊踏枝》，《红绣鞋》谓之《朱履曲》之类是也。今皆列注名下，云"一名某""一名某"，使览者知其同调。其有名同而调不同者，则并录其词于后。凡名词之义，吴人都玄敬尝著其说于《南濠诗话》，要之不尽如都说。盖古人或是因篇首之字名之，如《诗・关雎》之类，或是取篇中字之雅者名之，如《书・梓材》之类，后人承之，即谓之某调耳，故苟不异其音节，则名亦可易。

一　图谱分三卷，第一卷小令，第二卷中调，第三卷长调。每卷之调，又以字数为序。

一　图谱未尽者，录其词于后集，仍注字数、韵脚于下，分为四卷，庶博集众调，使作者采焉。按词体大略有二，一体婉约，一体豪放。婉约者欲其辞情蕴藉，豪放者欲其气象恢弘，盖亦存乎其人。如秦少游之作，多是婉约，苏子瞻之作，多是豪放。大抵词体以婉约为正，故东坡称少游为"今之词手"，后山评东坡词"虽极天下之工，要非本色"。今所录为式者，必是婉约，庶得词体。又有惟取音节中调，不暇择其词之工者，览者详之。（据台北"国家图书馆"藏嘉靖十五年张綖《诗余图谱》初刊本）

14. 蒋芝《诗余图谱序》

文词至宋，斯盛极矣。自欧阳公首倡于时，文人词客彬彬辈出，眉山有苏子瞻，豫章有黄鲁直，临川有王介甫，彭城有陈无己，高邮有秦少游，皆文词宗工，诸家集可睹也。而秦之赋才特长于词，故谓其以词为诗，盖秦之于词，犹骚之屈、诗之杜，千载绝唱也。东坡尝题其《踏莎行》云"万人何赎"，山谷则曰："少游醉卧古藤下，谁与愁眉唱一杯。"荆国则称其清新婉丽，鲍、谢似之。后山乃谓今之词手，惟有七、黄九。诵群公之论，即秦之长于词，殆天赋也欤？当时传播人间，虽远方女子亦知脍炙，至有好而至死者，非针芥之感，何至尔尔？嗟夫！长淮大海，精华之气，振古于兹。南湖张子，后少游而生者，其地同才之赋又同，雅好词学，自得三昧，兹地灵之再泄也欤？尝作《诗余图谱》三卷，嗟夫！秦之遗风流韵尽在是矣。谱法前具图后系词，灿若黑白，俾填词之客，索骏有象，射鹄有的，殆于词学章章也。余素非知音，玩斯图也，稽虚待实，无不尽意。若夫审阴阳之元声，完平淡之大雅，一以上复依永之道，顾作者何如？兹张子志也。然则扬淮海之波，汇巫峡，引修江，浥吕梁，带金陵而注之海，斯人之收功，吾将望洋也乎！嘉靖丙申夏六月吉成都百潭蒋芝书于江汉亭。（据台北"国家图书馆"藏嘉靖十五年张綖《诗余图谱》初刊本）

【作者简介】 蒋芝，成都(今四川)人，生活于明正德、嘉靖年间，行迹不详。

15. 谢天瑞《新镌补遗诗余图谱序》

诗有法，词有谱，犹金之有范、物之有则也。自三百篇之后，继之古体变为律诗，迨南北朝，始有诗余焉。盛于唐、宋，极于金、元，而国朝诸名家尤加绮丽。然凡作者无非寓物适情，即今怀古，务寻商摘羽，戛玉敲金。一词之倡，可以被之管弦，播之尘寰，四声属按，五音克谐，使抑扬反复，罔不合体，斯之当矣。否则，差毫厘，谬千里，其牵率砌合而不驯熟者，则近于诙谐而已，自可以词目之耶？予素潜心乐府，粗知音律，虽不能继往圣之万一，而将引初学之入门。谨按调而填词，随词而叶韵，其四书五音之当辨者，句分而字注之，一一详载。凡有一词，即著一谱，毫无遗漏，以为初学之标的。同吾志者，熟玩而深味之，即此类推千变万化，岂能穷耶？其作之工拙，则在乎人而已。予愧无纪述之材，僭作者之任，其罪安能逃哉？故以有补于词林之一助云尔。时皇明岁次己亥季秋望后十日，武林后学谢天瑞甫谨识。（据《续修四库全

书》影印明万历二十七年谢天瑞刻本《诗余图谱》）

【作者简介】 谢天瑞，字起龙，号思山。武林（今浙江杭州）人，明万历前后在世。明张綖撰《诗余图谱》，谢氏另有增补。

16. 徐师曾《诗余序》

按诗余者，古乐府之流别，而后世歌曲之滥觞也。盖自乐府散亡，声律乖阙，唐李白氏始作《清平调》《忆秦娥》《菩萨蛮》诸词，时因效之。厥后行卫尉少卿赵崇祚辑为《花间集》，凡五百阕，此近代倚声填词之祖也。宋初创制渐多，至周侍郎邦彦领大晟乐府，比切声调，十二律各有篇目。柳屯田永增至二百余调，一时文士复相拟作，富至六十余种，可谓极盛，然去乐府远矣。故陆游云："诗至晚唐五季，气格卑陋，千人一律，而长短句独精巧高丽，后世莫及，此事之不可晓者。"盖伤之也，然观秦少游观之词，传播人间虽远，方女子亦知脍炙，至有好而至死者，则其感人因可想见，殆不可谓俗体而废之也。第作者既多，中间不无昧于音节，如苏长公轼者，人犹以"铁绰板唱大江东去"讥之，他复可言哉！由是诗余复不行，而金元人始为套数，曲有南北二体，九宫三调其去乐府抑又远矣。近时何良俊以谓诗亡而后有乐府，乐府阙而后有诗余，诗余废而后有歌曲，真知言哉！要之，乐府、诗余同被管弦，特乐府以皦径扬厉为工，诗余以婉丽流畅为美，此其不同耳。然诗余谓之填词，则调有定格，字有定数，韵有定声。至于句之长短，虽可损益，然亦不当率意而为之。譬诸医家加减古方，不过因其方而稍更之，一或太过，则本方之意失矣。此《太和正音》及今《图谱》之所为作也。然《正音》定拟四声，失之拘泥；《图谱》圈别黑白，又易谬误。故今采诸调，直以平仄作谱，列之于前而录词其后。若句有长短，复以各体别之，其可平可仄，亦通三句，但所录仅三百二十余调，似为未尽，然以备考，则庶几矣。至论其词，则有婉约者，有豪放者。婉约者欲其辞情蕴藉，豪放者欲其气象恢弘，盖虽各因其质，而词贵感人，要当以婉约为正，否则虽极精工，终乖本色，非有识之所取也，学者详之。（据《四库全书存目丛书》影印本《文体明辨》附录卷三）

【作者简介】 徐师曾，字伯鲁，号鲁庵，吴江（今江苏）人，嘉靖三十二年（1553）进士，历官吏科给事中。著有《周易演义》《文体明辨》《大明文钞》《宦学见闻》等。

17. 任良幹《词林万选序》

古之诗，今之词也。二《雅》二《颂》，有义理之词也。填词小令，无义理之词也。在古曰诗，在今曰词，其分以此。故曰："诗人之赋丽以则，词人之赋丽以淫。"盖自汉已然，况唐以降乎。然其比于律吕，叶于乐府，则无古今一也。虽然，邪正在人，不在世代；于心，不于诗词。若《诗》之《溱洧》《桑中》《鹑奔》《鸡鸣》，虽谓之今之淫曲可也。张于湖、李冠之《六州歌头》、辛稼轩之《永遇乐》、岳忠武之《小重山》，虽谓之古之雅诗可也。填词之不可废者以此。升庵太史公家藏有唐宋五百家词，颇为全备，暇日取其尤绮练者四卷，名曰《词林万选》，皆《草堂诗余》之所未收者也。间出以示走，走骤而阅之，依绿水、泛芙蓉，不足为其丽也；茹九畹之灵芝、咽三危之瑞露，不足为其甘也；分织女之机丝、秉鲛人之绡杼，不足为其巧也。盖经流水之听，受运风之斤者矣。遂假录一本，好事者多快见之，故刻之郡斋，以传同好云。时嘉靖癸卯季春吉，奉政大夫守楚雄府、桂林任良幹书。（清乾隆重印明末毛氏汲古阁刻《词苑英华》本《词林万选》卷首）

【作者简介】 任良幹，字直夫，号南峤，广西桂林人。事迹见明过庭训《本朝分省人物考》卷一一三，明何乔远《名山藏》卷一百《艺妙记》等。《词林万选》四卷内府藏本题曰："明杨慎编，慎有《檀弓丛训》，已著录。此本为嘉靖癸卯楚雄府知府任良幹所刊。"据此可知，任良幹曾在嘉靖癸卯(1543)任楚雄府知府。

18. 杜祝进《刻杨升庵百琲明珠引》

声音之有词也，贯珠也。或曰：于诗赋为易。曰：无易也，无不易也。本于性情，要起于叶，而可以般衍烂漫，终不老者，惟词有焉。故六朝以来，多著此声也。若乃规明珠之在握，游象罔以中绳，则博人通明，换名定格，君子审乐，从易识难，未必非升庵是集之雅言矣。是集留于新都，传于宋妇翁陈春明令新都之明岁，余刻于落第之万历癸丑冬。所谓竹有雄雌，可笛可赋，宁直乐为备之乎。临皋杜祝进书于髻青阁。（赵尊岳《明词汇刊》本）

【作者简介】 杜祝进，字退思，湖广黄冈人。工诗文，清卓尔堪《遗民诗》卷一存诗一首，事见吴伟业《吴诗集览》卷八。

19. 何良俊《类编草堂诗余序》

顾子汝所刻《草堂诗余》成，问序于东海何良俊。何良俊曰：夫诗余者，古乐府之流别，而后世歌曲之滥觞也。爰自上古鸿荒之世，礼教未兴，而乐音已具。盖乐者，由人心生者也。方其淳和未散，下有元声，则凡里巷歌谣之辞，不假绳削而自应宫徵，即成周列国之风，皆可被之管弦是也。迨周政迹熄，继以强秦暴悍，由是诗亡而乐阙。汉兴，《郊祀》《房中》之外，别有铙歌辞，如《雉子班》《朱鹭》《芳树》《临高台》等篇。其他苏、李虽创为五言诗，当时非无继作者，然不闻领于乐官，则乐与诗分为二，明矣。魏、晋以来，曹子建《怨歌行》七解，为晋曲所奏。他如《横吹》《相和》《平调》《清调》《清商》《楚调》诸曲，六朝并用之。陈、隋作者，犹拟乐府歌辞，体物缘情，属咏虽工，声律乖矣。唐太宗以文教开国，又玄宗与宁王辈皆审音，海内清宴，歌曲繁兴，一时如李太白《清平调》、王维《郁轮袍》，及王昌龄、王之涣诸人，略占小词，率为伎人传习，可谓极盛。迨天宝末，民多怨思，遂无复贞观、开元之旧矣。宋初，因李太白《忆秦娥》《菩萨蛮》二词，以渐创制。至周待制领大晟府乐，比切声调十二律，各有篇目。柳屯田加增至二百余调，一时文士，复相拟作，而诗余为极盛。然作者既多，中间不无昧于音节，如苏长公者，人犹以"铁绰板唱大江东去"讥之，他复何言耶！由是诗余复不行，而金、元人始为歌曲。盖北人之曲，以九宫统之，九宫之外，别有道宫、高平、般涉三调，总一十二调。南人之歌，亦有九宫，然南歌或多与丝竹不叶，岂所谓土气偏诐，钟律不得调平者耶？总而核之，则诗亡而后有乐府，乐府阙而后有诗余，诗余废而后有歌曲。大抵创自盛朝，废于叔世。元声在则为法省而易谐，人气乖则用法严而难叶，兹盖其兴革之大较也。然乐府以皦径扬厉为工，诗余以婉丽流畅为美。即《草堂诗余》所载，如周清真、张子野、秦少游、晁叔原诸人之作，柔情曼声，摹写殆尽，正词家所谓当行、所谓本色者也。第恐曹、刘不肯为之耳，假使曹、刘降格为之，又讵必能远过之耶？是以后人即其旧词，稍加檃括，便成名曲，至今歌之，犹耸心动听。呜呼，是可不谓工哉！余家有宋人诗余六十余种，求其精绝者，要皆不出此编矣。顾子，上海名家，家富诗书，代传礼乐。尊公东川先生博物洽闻，著称朝列。诸子清修好学，绰有门风，故伯叔并以能诗，供奉清朝，仲季将渐以贤科起矣。是编乃其家藏宋刻本，比世所行本多七十余调，是不可以不传。

今圣天子建中兴之治，文章之盛几与两汉同风，独声律之学，识者不无歉焉，然则是编于声律家其可少哉。他日天翊昌运，笃生异人，为圣天子制功成之乐，上探元声，下采众说，是编或大有裨焉。观者勿谓其文句之工，但足以备歌曲之用，为宾燕之娱耳也。嘉靖庚戌七月既望东海何良俊撰。（明嘉靖刻本《类编草堂诗余》卷首）

【作者简介】 何良俊(1506—1573)，明代戏曲理论家。字元朗，号柘湖。华亭(今上海松江)人。嘉靖贡生，仕途失意，隐居著述，自称与庄周、王维、白居易为友，题书房名曰“四友斋”。何良俊精研戏曲音律，其戏曲理论对万历年间以沈璟为首的“吴江派”甚有影响。著有《柘湖集》《何氏语林》《四友斋丛说》等。

20. 顾梧芳《尊前集引》

尝慨古乐之不复也，将非华声不振，佥趋夷习，展转失真而无已耶？何则，循流溯源，虽钧天犹可想像；迷沿訾袭，即咫尺玄白罔鉴，爰自淳风日漓，凡在含识莫不眩文嗤朴。今观古乐府质圹悠蕴，不拘平侧，率多协韵。历考填词，举动按调，音律益严。是知古乐府触类于古诗，而填词抽绪于近体。然近体造端梁、陈，更唐天宝、开元，其格始纯，又况填词之精工哉。若玄宗之《好时光》、李太白之《菩萨蛮》、张志和之《渔父》、韦应物之《三台》，音婉旨远，妙绝千古。他如王、杜、刘、白，卓人名家，下逮唐末群彦若干人，联其所制，为上下二卷，名曰《尊前集》，梓传同好。先是唐有《花间集》，及宋人《草堂诗余》行，而《花间集》鲜有闻者久之。不幸金元僭据神州，中区污染北鄙风气，由是曲度盛而词调微。目今南北乐部，若丝、若竹、若肉，畴脱夷习，宁非诸华之耻乎？余以为额定机轴，画成一章，是以谓之填词。纵之古乐府自然浑厚，往往婉丽相承，比物连类，谐畅中节，未改唐音，尚有风人雅致。非如曲家假饰乱真，千妍万态，不越倡优行径。盖其失在于宣和以还，方厥初新翻小令，犹为警策，渐绎中调，即以费辞，奈何殚曳茧丝牵押长调。遂俾览听未半，孰不思睡，固无怪乎左词右曲也。余素爱《花间集》胜《草堂诗余》，欲传播之。曩岁刻于吴兴茅氏，兼有附补，而余斯编第有类焉。呜呼，词曲诚小伎，一升一降，俗尚音形，可以观时，娱情燕会，兰熏虎变，实借鸣世，作者权舆尔已。嘻，是可易与不知者道哉！万历壬午春三月既望，书于来凤轩。（据唱春莲校点《尊

前集》，辽宁教育出版社 1998 年版）

【作者简介】 顾梧芳，号存一居士，万历间人，行迹不详。

21. 汤显祖《花间集叙》

自三百篇降而骚、赋，骚、赋不便入乐，降而古乐府；古乐府不入俗，降而以绝句为乐府；绝句少宛转，则又降而为词。故宋人遂以为词者，诗之余也。乃北地李献吉之言曰："诗至唐，古调亡矣。然自有唐调可歌咏，犹足被管弦。宋人主理不主调，于是唐调亦亡。"尝考唐调所始，必以李太白《菩萨蛮》《忆秦娥》及杨用修所传其《清平乐》为开山，而陶弘景之《寒夜怨》、梁武帝之《江南弄》、陆琼之《饮酒乐》、隋炀帝之《望江南》，又为太白开山。若唐宣宗所称"牡丹带露珍珠颗"《菩萨蛮》一阕，又不知何时何许人，而其为《花间集》之先声，盖可知已。《花间集》久失其传。正德初，杨用修游昭觉寺，寺故孟氏宣华宫故址，始得其本，行于南方。《诗余》流遍人间，枣梨充栋，而讥评赏誉之者亦复称是，不若留心《花间集》之寥寥也。余于《牡丹亭》亭梦之暇，结习不忘，试取而点次之，评骘之，期世之有志风雅者，与《诗余》互赏。而唐调之反而乐府，而骚、赋，而三百篇也。诗其不亡也夫！诗其不亡也夫！万历乙卯春日，清远道人汤显祖题于玉茗堂。（赵崇祚编《花间集》，汤显祖评点，今人刘崇德等校点，河北大学出版社 2006 年版）

【作者简介】 汤显祖(1550—1616)，字若士，号海若、清远道人，临川(今江西)人。万历二十九年(1601)进士，授南京太常博士，迁礼部主事，谪徐闻典史，迁遂昌知县，后弃官家居二十年卒。著有《玉茗堂集》《临川四梦》等，曾评点《花间集》。

22. 无瑕道人《花间集跋》

余自幼读经、读史，至仁人、孝子有被谗谤者，为之扼腕，辄欲手刃之而后称快焉。乃戊申梁溪肆毒，爰及于余。余于是废举业，忘寝食，不复欲居人间世矣。缙绅同袍力解之弗得。忽一友出袖中二小书授余曰："旦暮玩阅之，吟咏之，牢骚不平之气，庶几稍什其一二。"余视之，则杨升庵、汤海若两先生所批选《草堂诗余》《花间集》也。于是散发披襟，遍历吴、楚、闽、粤间，登山涉水，临风对月，靡不以此二书相校雠。始知宇宙之精英，人情之机巧，包括殆尽；而可兴、可观、可群、可怨，宁独在风雅乎！嗟嗟！风雅而下，一变而为排律，再变为乐府、为弹词；若元人之《会真》《琵琶》《幽闺》《绣襦》，非乐府中所称脍炙人口者欤？然亦不过摭拾二书之余绪云尔。乌足羡哉！乌足羡哉！时万历岁庚申菊月，苕上无瑕道人书于贝锦斋中。（据施蛰存《词籍序跋萃编》，中国社会科学出版社 1994 年版）

【作者简介】 无瑕道人，万历间人，姓氏与行迹皆不详。

23. 温博《花间集补序》

夫《三百篇》变而骚、赋，骚、赋变而古乐府，古乐府变而词，词变而曲。余初读诗至小词，尝废卷叹曰：嗟哉，靡靡乎，岂风会之使然耶？即师涓所弗道者。已而，睹范希文《苏幕遮》、司马君实《西江月》、朱晦翁《水调歌头》等篇，始知大儒故所不废。何者？众女蛾眉、芳兰杜若，骚人之意，各有所托也。然古今词选，无虑数家，而《花间》《草堂》二集最著者也。《花间》近无善本，会茅贞叔氏语余曰："昔人称长短句情真而调逸、思深而言婉者，莫过《花间》。第观时本多讹而鲜醉。如韦相《应天长》'踠'与'涴'同转音入声而始叶，欧阳舍人《浣溪沙》'泥'当作'义'之类。苟不醉，奚知焉？今欲校而刻之，吾子云何？"予曰："善。故吾意也。"贞叔遂汇中土之音，气韵平调者什其文，出家藏建康本校雠焉，而属余点句。点者读，圈者句，句韵脚也。已，贞叔又属余补其未备，以足李唐一代之制。余故未知赵氏当时诠次意，乃于此往往叹遗珠旧矣。因自李翰林而下十有四人，通得六十七首，为二卷，命曰《花间集补》。大都卑调小令之当余心者略备，如《菩萨蛮》《忆秦娥》，世所称调祖也，如《清平乐》令，或以为非太白作。而近代杨用修、王元美已愉快之，未为无据。如《清平调》《欸乃曲》《杨柳枝》《竹枝词》即七言绝，而实古词，古词多四句也。如《渔歌子》《古调笑》，比切声调，并入古词而采之云。嘻！声律之道，难言哉！难言哉！自唐迄今，八百年来，作者凡几。宋无诗而有词，元无词而有曲，至本朝始兼之。然当家辞手，可屈指也。余不佞，虽不谙新声之艳耳，假令登高吊古，食酒而酣，按拍歌唐人之调，便翩翩乎不知有人间矣，况《三百篇》哉！是编也，余且与贞叔起而试歌之。乌程温博允文甫撰。（引自《花间集·花间集补》，辽宁教育出版社 1998 年版，明万历茅刊本）

【作者简介】 温博，字允文，明乌程（今浙江吴兴）人，生平事迹不详。

24. 张东川《草堂诗余后跋》

诗余者，仿诗而作也，唐李太白《菩萨蛮》《忆秦娥》二词为古今绝唱，至宋名公才士往往寄兴于声调之间，而诗余始盛。大抵婉丽风色，清新隽永，被之管弦，宣之影响，可以醒人耳目而养人性情者也。夫诗足矣，而是集也，得无近郑、卫之音乎？郑、卫其地土薄，其风气弱，其人情惰，故其音多淫靡放懈之习，而集中如范希文、欧阳公、黄山谷、苏东坡诸公，皆文行之尤表表者，或于政府、或于翰林、或于迁谪隐逸，有所感触则唱和以适其情，模写以泄其趣耳，虽其春闺秋怨离别等篇大率居其大半，要亦《诗》中《卷耳》之遗音也，岂郑、卫之音比哉。余既刻《唐诗品汇》及《正声》毕，因并梓之，又恐后人失作者之意也，而为之跋于末，观者详焉。时甲申年孟春月吉书林张东川绣梓。（明万历十二年张东川刻《类编草堂诗余》）

【作者简介】 张东川，明万历间人，生平不详。

25. 胡桂芳《类编草堂诗余序》

曩余为司马郎，多暇日，尝取《草堂诗余》分类校之，令善书者录成一秩，自是每行役必置油壁中，有会心处，即凭轼观焉。绎妙词于目接，咏好景于坐驰，飘飘然若出风尘之表矣。携持既久，渐以脱落，谋诸锓梓，黄生作霖，崔生畴来，朱生完，岭南所称博雅士也。畀之重校，订讹补逸，刊为三卷。既竣，请于余曰："《诗》之为义，大矣；缘情体物，必本王泽、系民风。非是者，君子无取焉。诗余，词多轻艳，何所爱而传之也？"余曰："非然。夫自大雅既湮，众制蔚起，如骚、如赋、如诗、如乐府，纷纶瑰玮，何可殚述。虽去古未远，而含思蓄韵，或至忘筌，贵纸传都，亦以充栋。在学者闭户自精而已，岂游情之致乎？若顾子所辑《诗余》约二百调，大率指咏时物，发抒性怀，平居讽诵，可以自乐，而尤宜于行迈，故足取也。抑余闻之，凡诗之作，由心而发，夫人之心岂不贵于适乎？天之适人以时，地之适人以境，人之自适以情，情适，而时与境皆适已。诗余诸调或雅或俗，虽非一体，要皆随时与境，逞其才情，发为歌咏。丽词方吐，逸韵旋生，有得于悬解而合乎天倪者尔。乃状景物之清佳，纪山川之名胜，叙时事之变迁，揣人情之欣戚，或寓箴规于赞颂，或志景物于登临，自足启灵扃而祛俗障。即古陈诗观风者，或所必采。间有音类巴歈，词涉《郑》《卫》，质之风雅，盖亦'思无邪'之旨也已，夫安得而訾之？且余驱驰原隰、俯仰乾坤，遇天气嘉、地形胜、众庶说、草木茂、禽鸟翔，未尝不跃然有怀，徐探是编，览之则见其摹写之工、音律之巧，若先得我心之同者。是以终日把玩而不能释手也。然此一《诗余》也，高言之，则谓其天机独得，依永和声，可以被管弦竹；卑言之，则谓其绮靡渐滋、浇淳散朴，只以悦流俗而导淫哇，皆非余所敢知者。惟在行役之时，登车而后，无所事事，对景牵思，摛辞配境，则是编为有助焉尔。若其始而校之也，惟以便审阅。今而属子之重校也，将以备遗忘，岂谓是可抉六义之要，而追三代之风乎？”三生唯唯曰：“闻命矣。”乃以授梓，而诠次余言于简端。万历丁未季春縠旦，广东布政使司管右布政事左布政使金溪胡桂芳书于爱树堂。（明万历三十五年胡桂芳重辑、黄作霖等刻《类编草堂诗余》）

【作者简介】 胡桂芳(1550—1631)，字允垂，号瑞芝，金溪(今江西金溪)人。万历二年(1574)进士，授杭州府推官，历任湖广监军按察使、广东按察使、广东布政使、贵州巡抚、南京工部侍郎等职，卒谥忠端。著有《读史愚见》《自吟稿》《居家要语》等。

26. 黄作霖《类编草堂诗余后跋》

金溪胡公总辖逾年，山海告宁，百废具举。铃阁之暇，辄进诸生商榷文艺。间出所编《诗余》，令相厘正之。受而卒业，则景物缕分，短长鳞次，因门附类，端绪不淆。视昔诸刻体裁独当，而一宗顾汝和所选，金、元靡习悉摈而不收。此编一出，长安之纸价复高矣。因请付之剞劂，公许而序之，且嘱霖跋其左方。霖不文，乌能供笔札之役，附青云于不朽哉！窃观诗余之制，始于李供奉两词，学士大夫争相摹效，遂为词林嚆矢。其世既远，其调益繁，而《花间》《金荃》诸集以次代兴，氄毛不翅矣。总之，掞露裁云，扬葩舒藻，传意纨素之间，振响宫商之内，令读者飘然有凌云之想，可不谓工乎？或者犹谓柔情曼态，壮夫不为，第不考音比律，即乐府无当于世，又何宣金石、被管弦之冀也？勾吴王大司寇尝于《卮言》论次之，故知公所以表彰斯词，将与乐府并存四海之内，宁无同好者溯其元声，发其天籁，大雅不难复焉。兹固公意，亦王司寇所论次意也。万历丁未暮春，番禺门人黄作霖谨跋。（明万历三十五年胡桂芳重辑、黄作霖刻《类编草堂诗余》）

【作者简介】 黄作霖，广东番禺(今属广州)人，生平不详，曾师事胡桂芳。

27.沈际飞《古香岑草堂诗余四集序》

说者曰:“周人制为乐章,汉世则有乐府,晋、宋之际有古乐府,与汉人之乐府不可同日而语也。再变而为隋、唐五代之乐歌,又变而为宋、元之长短句,愈降愈下矣。”此以风气贬词者也。或曰:“曰风、曰雅、曰颂,三代之音;曰歌、曰吟、曰行、曰操、曰辞、曰曲、曰谣、曰谚,两汉之音;曰律、曰排律、曰绝句,唐人之音。诗至于唐而格备,至于绝而体穷,宋不得不变而之词,元不得不变而之曲。”此以体裁贬词者也。或曰:“《风》《雅》本歌舞之具,汉不能歌《风》《雅》,则为乐府歌之,《风》《雅》但可作格,而不可言调。唐用绝句为歌,则乐府但可为格,而不可言调。由兹而下,诗变为词,词变为曲,代代如之。盖古今之音,大半不相通,则什九失其调。”此以音义言词,而为词解嘲者也。而不知词吸三唐以前之液,孕胜国以后之胎。斟量推按,有为古歌谣辞者焉,有为骚赋乐府者焉,有为五七言古者焉,有为近体歌行者焉,有为五七言律者焉,有为五七言绝者焉。而元人之曲,则大都吞剥之。故说者又曰:“通乎词者,言诗则真诗,言曲则真曲。”斯为平等观欤?而又有似文者焉,有似论者焉,有似序、记者焉,有似箴、颂者焉。于戏!文章殆莫备于是矣。非体备也,情至也。情生文,文生情,何文非情?而以参差不齐之句,写郁勃难状之情,则尤至也。彼琼玉高寒,量移有地;花钿残醉,释褐自天;甚而桂子荷香,流播金人,动念投鞭,一时治忽因之;甚而远方女子,读淮海词亦解脍炙,继之以死。非针石芥珀之投,曷由至是?虽其镌镂脂粉,意专闺幨,安在乎好色而不淫?而我师尼氏删国风,逮《仲子》《狡童》之作,则不忍抹去,曰:人之情,至男女乃极。未有不笃于男女之情而君臣、父子、兄弟、朋友间反有钟吾情者。况借美人以喻君,借佳人以喻友,其旨远,其讽微,岂仅如欧阳舍人所云“叶叶花笺,文抽丽锦;纤纤玉指,拍按香檀。不无清绝之词,用助娇娆之态”而已哉?或又曰,辛稼轩以诗词谒蔡光,蔡云:“子之诗,未也,当以词名。”马鹤窗与陆清溪皆出菊庄之门,而清溪得诗律,鹤窗得词调,诗与词几不可强同。而杨用修亦曰,诗圣如子美,不作填词;宋人如秦、辛,词极工矣,而诗不强人意。则不见夫李白之《忆秦娥》《菩萨蛮》,王建之《调笑令》、白居易之《忆江南》,昔日以为诗而非词,今日以为词而非诗;读者自作歧观,而作之者夫何歧夫?故诗余之传,非传诗也,传情也,传其纵古横今,体莫备于斯也。余之津津焉评之而订之，释且广之，情所不自已也。嵇康曰："著书妨人作乐耳。"其然？岂其然？吴门鸥客沈际飞天羽父自题。

《古香岑草堂诗余四集发凡》

一　铨异

调有定名，即有定格，其字数多寡平仄韵脚较然，中有参差不同者。一曰"衬字"，文义偶不联畅，用一二字衬之，密按其音节虚实间，正文自在。如南北剧"这"字、"那"字、"正"字、"个"字、"却"字之类，从来词本，即无分别，不可不知。一曰"宫调"，所谓黄钟宫、仙吕宫、无射宫、中吕宫、正宫、仙吕调、歇指调、高平调、大石调、小石调、正平调、越调、商调也。词有名同而所入之宫调异，字数多寡亦因之异者。如北剧黄钟《水仙子》与双调《水仙子》异，南剧越调过曲《小桃红》与正宫过曲《小桃红》异之类。一曰"体制"，唐人长短句皆小令耳，后演为中调、为长调，一名而有小令，复有中调，有长调，或系之以犯、以近、以慢别之。如南北剧名犯、名赚、名破之类。又有字数多寡同而所入之宫调异，名亦因之异者，如《玉楼春》与《木兰花》同，而以《木兰花》歌之，即入大石调之类。又有名异，而字数多寡则同，如《蝶恋花》一名《凤栖梧》《鹊踏枝》，如《念奴娇》一名《百字令》《酹江月》《大江东去》之类，不能殚述。

一　比同

词中名多本乐府，然而去乐府远矣。南北剧中之名，又多本填词，然而去填词远矣。今按南北剧与填词同者，如《青杏儿》即北剧小石调，《忆王孙》即北剧仙吕调，《生查子》《虞美人》《一剪梅》《满江红》《意难忘》《步蟾宫》《满路花》《恋芳春》《点绛唇》《天仙子》《传言玉女》《绛都春》《卜算子》《唐多令》《鹧鸪天》《鹊桥仙》《忆秦娥》《高阳台》《二郎神》《谒金门》《海棠春》《秋蕊香》《梅花引》《风入松》《浪淘沙》《燕归梁》《破阵子》《行香子》《青玉案》《齐天乐》《尾犯》《满庭芳》《烛影摇红》《念奴娇》《喜迁莺》《捣练子》《剔银灯》《祝英台近》《东风第一枝》《真珠帘》《花心动》《宝鼎现》《夜行船》《霜天晓角》，皆南剧引子。《柳梢青》《贺圣朝》《醉春风》《红林檎近》《蓦山溪》《桂枝香》《沁园春》《声声慢》《八声甘州》《永遇乐》《贺新郎》《解连环》《集贤宾》《哨遍》，皆南剧慢词。此外鲜有相同者。

一　疏名

调名必有所取，如《蝶恋花》取梁元帝句“翻阶蛱蝶恋花情”，《满庭芳》取吴融句“满庭芳草易黄昏”，《点绛唇》取江淹句“明珠点绛唇”，《鹧鸪天》取郑嵎句“家在鹧鸪天”，《踏莎行》取韩翃句“踏莎行草过春溪”，《西江月》取魏万句“只今惟有西江月”，《惜余春》取太白赋，《浣溪沙》取少陵诗，《潇湘逢故人》取柳浑诗，《青玉案》取《四愁诗》。《菩萨蛮》，西域妇髻也；“苏幕遮”，西域妇帽也。“尉迟杯”，敬德饮酒必用大杯也；兰陵王入阵必先，歌其勇也；《生查子》，“查”，古“槎”字，张骞事也。其他或取篇首之字明之，或取篇中之字雅者名之，如《大江东去》《如梦令》《人月圆》《疏帘淡月》之类，可以意推。

一　研韵

上古有韵无书，至五七言体成而有诗韵，至元人乐府出而有曲韵。诗韵严而琐，在词当并其独用为通用者綦多，曲韵近矣。然以上“支”“纸”“寘”分作“支”“思”韵；下“支”“纸”“寘”分作“齐”“微”韵；上“麻”“马”“祃”分作“家”“麻”韵；下“麻”“马”“祃”分作“车”“遮”韵；而入声隶之平、上、去三声，则曲韵不可以为词韵矣。钱塘胡文焕有《会文堂词韵》，似乎开眼，乃平、上、去三声用曲韵，入声用诗韵，居然大盲，世不复考，将词韵不亡于无，而亡于有，可深叹也，愿另为一编正之。

一　分裒

《正集》裁自顾汝所手，此道当家，不容轻为去取，其附见诸词，并鳞次其中。《续集》，视顾选尤精约，悉仍其旧。《别集》，则余僭为排缵，自宋溯之而五代，而唐，而隋，自宋沿之而辽，而金，而元，博综《花间》《尊前》《花庵》，选宋元名家词以及稗官逸史，卷凡四，词凡若干首。《新集》钱功父始为之。恨功父搜求未广，到手即收，故玉石杂陈，竽瑟互进。兹删其十之五，补其十之七，其于操戈功父，不至续尾顾公。

一　著品

评语前未有也。近闽中墨本，吴兴朱本有之，非嗥呓则隔搔，见者呕哕。兹集精加批剥，旁通仙释，曲畅性情，其灵慧新特之句用“○”，尔雅流丽之句用“、”，鲜奇警策之字用“◎”，冷异巉削之字用“㇏”，鄙拙肤陋字句用“｜”，复用“·”读句，以便览者不嗫嚅于开卷，心良苦矣。

一　证故

注释不晓创之何人，而金陵本、闽中本、浙中、吴中本辗转相袭，依样葫芦，显者复说，僻者阙如，大可喷饭。今细细查注，微显阐幽，不复不脱，间有援引非伦，亦如郭象注《庄》，意言之外，别有新趣耳。

一　刊误

一句讹则一篇累，一字讹则一句累。同时才人，腐毫八股业，遑及填词？即留心骚雅，高者工诗，其次制曲。诗余正续本，帝虎亥豕，讹谬滋兴，谁与讲订？钱功父《新编》，讹以传讹，差落颠倒，甚而调名亦混，如王元美《西江月》混入《少年游》，苏景元《踏莎行》混入《木兰花》，王止仲《踏莎行》混入《水龙吟》，徐小淑《霜天晓角》六调混为三调，杨用修《莺啼序》一调割为二调。尤可笑者，《金字经》《水仙子》《天净沙》《一枝花》《折桂令》《梁州序》皆以北曲混入。今兹考订正文，附注讹字，次其前后，芟其混入，可谓犂然。若夫名氏影借，本色难晦，故物宜还，并政之。

一　定谱

维扬张世文作《诗余图谱》七卷，每调前具图，后系辞，于宫调失传之日为之规规而矩矩，诚功臣也。但查卷中，一调先后重出，一名有中调、长调而合为一调，舛误非一。钱塘谢天瑞更为十二卷，未见厘剔。吴江徐伯曾以圈别黑白易淆，而直书平仄，标题则乖，且一调分为数体，体缘何殊，《花间》诸词未有定体，而派入体中，其见地在世文下矣，古歙程明善因之刻《啸余谱》于天瑞兄弟也。余则以一调为主，参差者明注字数多寡，庶定格自在，神明惟人，即此是谱，不烦更觅图谱矣。

一　俟哲

是刻历时一载，翻阅数番，衡古推今，心血欲槁。所歉者，古人之词，随烟月以淹逝，今人之词，方云霞其蔚蒸，如升庵《填词选格》《词林万选》《词选增奇》《填词玉屑》《诗余补遗》《古今词英》《百琲明珠》等书已不复见，矧宋元遗本，其饱蠹覆瓿者不知几何矣。又如我明宋潜溪、解大绅、王阳明、王守溪、于廷益、何大复、唐荆川、杨椒山、莫廷韩、梅禹金、汤海若、黄贞父、汤嘉宾、骆象先、钟伯敬、丘毛伯、陶石篑、屠赤水、王百榖、袁中郎诸公集中无词，而陈眉公、张侗初、李本宁、冯具区、王永启、钱受之、邹臣虎、韩求仲、顾邻初、王季重、董玄宰、谭友夏、赵凡夫诸公尚未有集，坐井窥管，自分不免。有同志者，不妨惠教以嗣续编。

一　诫翻

坊人嗜利更惜费，翻刻之弊，所由始也。迩来讦告追板，而急于窃其实，巧于掩其名。如《诗余》旧本，按字数多寡编次，今以春、夏、秋、冬编次矣，至本意、送别、题情、咏物诸词，尽不可以时序论，必硬入时序中，不妥甚矣。太末翁少麓氏，志趋风雅，敦恳兹集，捐重赀精镌行世。吾惧夫后来市肆，有以春、夏、秋、冬故局刻之者，不然以四集合编，稍增损评注刻之者，而能逃于翻之一字乎？夫抹倒阅者一片苦心，为不仁；罟吞刻者十分生计，为不义。讵嘿嘿而已也，先此布告。古香岑天羽居士言。（沈际飞评选《古香岑草堂诗余四集》，明末翁少麓刊本）

【作者简介】 沈际飞，字天羽，江苏昆山（今江苏苏州）人，生卒年不可考，崇祯年间在世。明代戏曲理论家，于崇祯年间刊行《独深居点定玉茗堂集》，末附《玉茗堂四种曲》。

28. 秦士奇《古香岑草堂诗余叙》

夫诗亡而余骚、赋，骚、赋变而余乐府，乐府缺而余辞曲。粤古之乐章、乐歌、乐曲皆出于雅正，即《昔昔盐》《夜夜曲》，已兆辞名。自隋唐以来，声诗间为长短句，如《穆护沙》《阿彈回》《鹦烂堆》等曲，至新曲《楚妃》《踏歌》《风华》必溯六朝。唐则有《尊前》《花间》而成调，至集名《兰畹》《金荃》，取其逆风闻熏香而弱也。则词宁为大雅罪人，必不尚豪爽磊落，明矣。迄宋崇宁立大晟府，命周美成诸人讨论古音，少得存者，由此八十四调之声稍传，后增演慢曲、引、近为三犯、四犯，领乐创调之繁有六十家，辞至二百余调。其间可歌可诵如李、晏、柳五、秦七、"云破月来花弄影"郎中、"红杏枝头春意闹"尚书，闺彦若易安居士，词之正也。至温、韦艳而促，黄九精而刻，长公骚而壮，幼安辨而奇，又词之变体也。至高竹屋、姜白石、史梅溪、吴梦窗诸人，格调迥出清新，故词流于唐而盛于宋，乃选填词曰《草堂诗余》。而杨用修以青莲诗名《草堂集》，诗余者，青莲《忆秦娥》《菩萨蛮》二首为开山词祖。殊不知，词不始于唐，如陶宏景之《寒夜怨》、梁武帝之《江南弄》、陆琼之《饮酒乐》、隋炀帝之《望江南》。六朝君臣颂酒赓色，务裁艳语，宛转儇佻，蔚发词华，又开青莲之先。若唐宣宗所称“牡丹带露真珠颗”，《菩萨蛮》一曲又不知谁氏所为，则又《花间集》之先声已然。《花间》皆小语致巧，犹伤促碎。至《草堂》以绵丽取妍六朝。故以宋人为诗之余，至金、元渐流为歌曲。若我明如刘伯温、杨用修、吴纯叔、文徵仲、王元美兄弟辈，激响千代，移宫换羽、蝉缓而就之诗，若荡然无余，而不知即余亦诗也。自《三百》而后，凡诗皆余也。即谓骚赋，为诗之余，乐府为骚赋之余，填词为乐府之余，声歌为填词之余，递属而下，至声歌亦诗之余，转属而上，即诗而余声歌，即以声歌、填词、乐府谓凡余者皆诗可也。然历朝、近代皆有一种古隽不可磨灭处，余故商之沈天羽氏，以正、续两集并我明新集为之正次、订舛、抉美撷芳，先识古今体制，雅俗脱出宿生尘腐气。大约取其命意远、造语鲜、炼字响、用字便，典丽清圆，一一拈出。至于别集，则历朝近代中所逸辞章颖拔、风韵秀上、骚不雄、丽不险、质不率、工不刻、天然无雕饰且语不经人道，皆如新脱手，读之使人神越色飞，令斗字逞侠者退舍。大约辞婉娈而近情，燕颀莺吭，宠柳娇花，原为本色，但屏浮艳，不邻郑卫为佳。至离情则销魂肠断，其辞多哀，但调感怆于南浦渭阳之外；咏节叙要，措辞精粹，见时节风物，聚会宴乐景况。然率俚岂可歌于坐花醉月之间？若咏物，恐摹写稍远，又恐体认太真，要收纵联密用事合题为妙。又难于寿辞，说富贵近俗、功名近谀、神仙近迂阔虚诞，总此三意而无松椿龟鹤字为佳。人知辞难于长调而不知难于令曲，一句一字闲不得，亦一句一字着不得，即淡语、浅语、恒语极不易工，末句要留有余不尽意思。如近代《绝妙词选》，名公调谀，多以此为射雕手。余才不甚颖浩，癖于词章，亦知辞平仄断句皆有定数，但不能断髯枯毫，句敲字推，故耽二十年未见其进。不知诗，乌知其余？余特言其余，海内词人韵士得毋以击缶《韶》外为不足观也耶。东鲁尼山樵秦士奇书于玉峰署中。（沈际飞评选《古香岑草堂诗余四集》，明末翁少麓刊本）

【作者简介】 秦士奇，生卒年不详。字公庸，山东金乡人，自幼聪颖过人，才华出众，性情疏隽，以节操自持。天启五年(1625)进士，曾任顺天府固安县知县，一生仕途不甚得意。擅书法、绘画，著有《吟云居稿》《濠上吟》《诗集》等。

29. 来行学《古香岑草堂诗余序》

经宫纬羽，搕只字于色飞；角绿斗红，营片辞而魂绝。是以《云谣》《黄泽》，响遏清风；《宝鼎》《芝房》，价高《白雪》。乐府争传“杨柳大堤”之句，大晟曾填“鱼游春水”之腔。娱耳陶匏，并收金石；玩目黼黻，谁问玄黄。则有文姬墨卿，殢柔条于韶景；亦写离怀愁绪，悲落叶于劲秋。“云破月来花弄影”郎中，扣扉将命；“红杏枝头春意闹”尚书，倒屣屏呼。少长河阳，由来能舞；兄弟协律，生小学歌。箜篌非关曹植之章，琵琶何待石崇之曲。若乃皱水梦回，焉取君臣嘲谑；荷香桂子，哪知金亮投鞭。《诗余》一编，汇连千首。织绡制锦，非唯芍药之花；凤律鸾歌，宁止蒲萄之树。向来剞劂，不无雌黄，邺架可登，奚囊未便。于是五松主人燃脂瞑缮，弄墨晨书，新定鲁鱼，前仍甲乙。珠帘以玳瑁为押，玉树用珊瑚作枝。永对玩于床帷，长披拭乎纤手。因使诗盟酒社，月夕花朝，马上频开玉函，枕畔轻摇檀拍。肘悬丹检，豪哲聊供捧腹之欢；帐锁红楼，蝉娟更唱莲舟之引。西陵来行学颜叔书。（清宋泽元《忏花庵丛书》本）

【作者简介】 来行学，字颜叔，明杭州人，生平不详。

30. 黄河清《续草堂诗余序》

诗自大历以下作者几绝，吾不知其余也。诗余自元祐以下作者又几绝，吾不知其续也。虽然，情蕲于荀会，吴歈高于郢曲；思蕲于荀触，商颂亚于秦声。词虽乐府，铙歌之滥觞，李供奉、王右丞开其美，而南唐李氏父子实弘其业，晏、秦、欧、柳、周、苏之徒嗣其响。世有汇辑《唐宋名贤词》者，凡四十册，人凡若干卷，卷凡若干首，余尝卒业之，泱泱大观哉。又《花间集》者，片片皆小玑，可弦而歌也。第《唐宋名贤词》卷帙重大，剞劂未施，缀词之士，罕窥其全。《花间集》止及唐而不及宋，犹诗之汉、魏乘矣。是为诗余者，续《花间集》者与？续诗余者，又其续与？嗟乎！诗工于唐，词盛于宋，至我明，诗道振而词道阙。盖唐宋以诗词为讴歌，往往牧夫山伎，借才人之吟咏以成宫商，今纵秦青复出，所歌者卑卑南北词，不值周郎一顾矣。诗则骚人迁客之所抒情倡酬，兰台石室之彦所借以献至尊者，以故得不与词而俱废。夫词体纤弱，壮夫不为，独惜篇什寂寥，彼歌《金缕》唱《柳枝》者，其声宛转易穷耳。所刻续集中，如李后主之《秋闺》，李易安之《闺思》，晏叔原之《春景》，萧竹屋之《纪梦》《怀旧》，周美成之《春情》，无名氏之《有感》，张子野之《杨华》，欧阳永叔之《闺情》《采莲》，苏子瞻之《佳人》，杨孟载之《暮春》，朱淑真之《闺情》，程正伯之《秋夜》，以此数阕，授一小青娥，拨银筝，倚绿窗，作曼声，则绕梁遏云，亦足令

多情人销魂也。岂必皆古渌水之节哉！（明卓人月汇选、徐士俊参评、谷辉之校点《古今词统》，辽宁教育出版社 2000 年版）

【作者简介】 黄河清，明人，生平不详。

31. 丘兆麟《草堂诗余序》

《诗》三百篇，《风》《雅》《颂》觞体众。赋兴，觞调大都太音中和，新声未散。凡太史之所陈风，里巷之所歌谣，缰蔽于一言者近是。缘而诗歌播，乐章依咏和声，不假绳削，而宫徵自应，虽谓太和盈宇宙可也，未闻有所云《草堂诗余》也者。诗余名以"草堂"者，顾子汝所刻，而何良俊所序者。良以姬辙转东，王迹扫地，雅诗亡而雅乐几不复作。降而嬴秦，击瓮扣缶而歌乌乌者无问矣。迨卯金祚炽，秋风兴词，侈心逞沛，又苏季著言，踵《雉子班》《朱鹭》《芳树》《临高台》而创，然多诗自诗，而乐自乐矣。六朝来，惟推七步成章以为鼓吹，岂陈隋之《曲江》《玉树》垂声律而沦心志者众也。李唐肆兴，贞观、开元间而下，如王维、王昌龄、王之涣，略占小词，追步大雅；即天宝来，李青莲《忆秦娥》《菩萨蛮》诸调，又五言、六七言之正宗，而五音、十二律之变韵。周待制编之以名目，柳屯田复增以二百余，一时彬彬，猗欤盛矣。赵宋而下，如苏东坡、欧阳修、黄山谷、秦少游所著《西江月》《浣溪沙》《蓦山溪》《风流子》，拟之王介甫之《渔家傲》、宋子京之《玉楼春》等章，尤为诗余绝唱。金、元歌调，九宫、三曲殊无可采，固其然也。我皇明隆兴，二祖十宗，圣天子建中和之极，都人士家弦户诵，依稀太古希音云。迩来本宁李君评释《唐诗隽》业已行世，未几复有《明诗隽》出自国朝诸名公，锦心绣口之章，雅堪李唐继响。垂之令名，顿新宇宙之见闻矣。兹吴宁野公更踵以《草堂诗余隽》，余茫而玩味其间，见其考古校正，编以四季景趣，注释搜之诗歌典核，而字句章法评骘详悉，焕然可以赏目，怡然可以赏心，尽可谓调叶《阳春》，词工《白雪》，而遏云绕梁之歌、霓裳羽衣之制咸于是乎正。印是编，出吾韵世家，耳目暇观、心神飙注，所以抽一丝之精蕴，而衍三百之绪余者。不但大有裨于古乐府，即以跨汉、唐、宋，而留商、周之盛于今日可也。宁直一歌曲之滥觞已矣？是为叙。时己未仲冬，临川毛伯丘兆麟题于听月轩斋头。（明万历四十七年师俭堂刊刻《新刻李于麟先生批评注释草堂诗余隽》）

【作者简介】 丘兆麟，字毛伯，明临川（今江西临川）人。万历三十八年

(1610)进士，擢御史。著有《学余园集》《水暄亭集》《玉书庭集》《按豫仁言》等。

32. 钱允治《类编笺释国朝诗余序》

词者，诗之余也，曲又词之余也。李太白有《草堂集》，载《忆秦娥》《菩萨蛮》二调，为千古词家鼻祖，故宋人有《草堂诗余》云。若其分类笺释，则起于胜国人所为，大都如六家文选，必引某句出于某人，未免牵合傅会，殊为东坡所厌。今兹集一遵旧本，旁求博采，汇萃本朝名人所制，续于二集之后，凡若干卷。然什百之一，尚多遗亡也。与陈明卿孝廉稍为注释，略加标记，然亦什百之一，尚多挂漏也。窃意汉人之文、晋人之字、唐人之诗、宋人之词、金元人之曲，各擅所能，各造其极，不相为用。纵学窥二酉，才擅三长，不能兼盛。词至于宋，无论欧、晁、苏、黄，即方外、闺阁，罔不消魂惊魄，流丽动人。如唐人一代之诗，七岁女子亦复成篇，何哉？时有所限，势有所至，天地元声不发于此，则发于彼，政使曹、刘降格，必不能为，时乎，势乎？不可勉强者也。我朝悉屏诗赋以经术程士，士不囿于俗，间多染指，非不斐然，求其专工称丽，千万之一耳。国初诸老，黎眉、龙门，尚沿宋季风流，体制不缪。迨乎成、弘以来，李、何辈出，又耻不屑为。其后骚坛之士，试为拈弄，才为句掩，趣因理湮，体段虽存，鲜称当行。正、嘉而后，稍稍复旧。而弇山人挺秀振响，所作最多，杂之欧、晁、苏、黄，几不能辨，又何耶？天运流转，天才骏发，天地奇才，不终诎于腐烂之程序，必透露于藻缋之雕章，时乎？势乎？不可勉强者也。然词者诗之余也，词兴而诗亡，诗非亡也，事理填塞，情景两伤者也。曲者词之余也，曲盛而词泯，词非泯也，雕琢太过，旨趣反蚀者也。诗降而词，筋骨尽露，去汉、魏乐府千里矣。词降而曲，略无蕴藉，即欧、苏所不屑为，而情至之语，令人一唱三叹。此无他，世变，江河不可复挽者也。嗟乎，有一代之兴，必有一代之制。而我朝监于二代，郁郁之文，炳焕宇内，即填词小技，遂出宋、元而上，几欲篡其位。兹非国家文运之隆，人才之盛，何以致是哉！兹因太末翁元泰强为汇萃，而见闻不广，收录艰难，且时日局迫，引用乖方，未免顾此失彼，遗漏挂误，岂能媲美《草堂》《花间》。词选诸集，又愧嘲风咏月，无补世教。然因词以审音，因音以知律，因律以识乐，引商刻羽，铿锵鼓舞推之郊庙朝廷之上，未必无取云耳。知音君子尚赖是救是正可也。万历甲寅季秋既望吴郡钱

允治撰。(沈际飞评选《古香岑草堂诗余四集》,明末翁少麓刊本)

【作者简介】 钱允治,初名府,字允治,后以字行,改字功甫,长洲(今江苏苏州)人,有《少室先生集》。

33. 毛晋《草堂诗余跋》

宋元间词林选本几屈百指,惟《草堂》一编飞驰。几百年来,凡歌栏酒榭丝而竹之者无不拊髀雀跃,及至寒窗腐儒,挑灯闲看,亦未尝欠伸鱼睨,不知何以动人一至此也。其命名之意,杨升庵谓本之李青莲"箫声咽""平林漠漠烟如织"二词,然非欤?若名调淆讹、姓氏影借,先辈已详辨之矣,海隅毛晋识。(毛晋汲古阁《词苑英华》本)

【作者简介】 毛晋(1599—1659),常熟(今江苏常熟)人,原名凤苞,字子晋。家富图籍,世所传影宋精本,多所藏收。家有汲古阁,传刻古书,流布天下。编著《毛诗陆疏广要》《海虞古今文苑》《毛诗名物考》《明诗纪事》等。

34. 鳙溪逸史《汇选历代名贤词府全集叙略》

一 诗余始南北朝,盛于唐宋,而极于金元。国朝虽崇尚古雅,而余波所及,亦不乏人。旧本编止于唐、宋,其雅调犹或不能无逸,今搜辑金元国朝所传并唐宋编所逸,合得千几百首,严加汰选,所存仅若干首,合并旧本成编。

一 旧本以时景分调,检阅为艰,今所编以小令、中调、长调分为之类,每阕尽揭作者之意为题,各卷首列诸调之次为目录,以便观者。

一 诸词多有省言,衬字间入方语,不分句读,一时恐难畅诵,今用圈依韵点为读,遇省字□□出之。

一 旧本已经方塘公圈取,今不敢湮没,每遇旧本各阕,题首存以阴阳点识别之。

一 旧本笺注欠纯,今悉削去,其有词话可玩者,间或刊入。

一 所编不分新旧集,但以各调目录中注以新旧若干调字分别之。

一 卷首总揭英贤序次,当朝之下,以见名笔相承之绪。然年代先后不暇详察,名号殊称,因人习熟,观者当自辨之。

一 长短句名曰曲,取其曲尽人情,惟婉转妩媚为善,不以豪壮语为尚,如岳武穆、文文山、汪文节公、谢叠山诸公之作,则又忠义所发,感激人心,不可以常例编也，为别集。

一　所编之中，有近体、集句、回文及谱名，文成调寄，情比乐府者，皆文匠心思之巧，今搜辑可得若干首，为附集。

一　国朝名公之笔尚多，特以僻处山林不得阅选，兹略搜所闻，计得二百余首，合并旧本成编。湖海天宽，俊杰何限，尚当遍求，以渐附入，故另有补遗一集以俟。

一　词多转喉叶音，平仄用韵，视诗较宽，然自有法，非浪语也。今附周德清音韵一帖于后，庶便考叶。（明鳙溪逸史辑《汇选历代名贤词府全集》，明嘉靖刻本）

【作者简介】　鳙溪逸史，明人，生平不详。

35. 董逢元《唐词纪序》

夫词，若宋富矣。而唐实振之，则其间藻之青黄，描之婉媚：吐之啁哳激烈，辄能令人热中。皆其纠缠哉！试绎之，即只字单词，殊征世代。是集也，予盖虑引商刻羽之妙，与《阳阿》《薤露》之音，渺乎无分。故特采初葩，广摅肆蔓，以志缘起。其所搴撷，则又因前之人以为纠缠，非臆逞也。其所编类则妄为之条剌耳，第家积不殚，甘棠敝草，兰芷束薪，深切凄凄。予固且图之，亦遗其劳于后之好事者。万历甲午季冬毗陵董逢元题于芝田书屋。（《四库全书存目丛书》本）

【作者简介】　董逢元，字善长，号芝田生，常州人。生平不详，编有《唐词纪》。

36. 陈耀文《花草粹编叙》

夫填词者，古乐府流也。自昔选次者众矣，唐则有《花间集》，宋则《草堂诗余》。诗盛于唐，衰于晚叶，至夫词调，独妙绝无伦，然世之《草堂》盛行，而《花间》不显，故知宣情易感，含思难谐者矣。余自牵拙多暇，尝欲铨粹二集，以备一代典章。顾以纪辑《天中》，因循有未果者。嗣以漂泊东南，纳交素友淮阴吴生承恩、姑苏吴生岫，皆耽乐艺文，藏书甚富。余每得之假阅，辄随笔位序之。久之遂成六卷。移疾归来，游息竹素，综缀正业之余，因复益以诸人之本集，各家之选本，记录之所附载，翰墨之所遗留。上溯开天，下讫宋末，曲调不载于旧刻者,元词间亦与焉。其义例以世次为后先,以短长为小大,为卷一十有二,计词三千二百八十余首。丽则兼收,不无有乖于大雅;文房取玩,略窥前辈之典型。邑侯太初谓,《天中》百卷未便刻成,此帙无多,宜先付梓。余重违其意,渔猎剪耘,殆逾二纪。敝帚亦不忍遂弃者。所愧顾曲远谢于周郎,酸咸或爽于众口。贻之词垣,庶期寄于取材云。是刻也,由《花间》《草堂》而起,故以《花草》命编。时万历癸未冬日之吉。(明陈耀文辑、今人龙建国等点校《花草粹编》,河北大学出版社 2007 年版)

【作者简介】 陈耀文,字晦伯,明确山(今河南汝南)人,生卒年不可考。嘉靖间进士,为给事中感时触忌忤时相,谪魏县丞,累官陕西行太仆卿,告归卒,卒年八十二。陈氏博极群书,著述甚富,长于考证,有《天中记》《正杨》《经典稽疑》等书。

37. 李蓘《花草粹编叙》

常见古之执一艺、效一术者,其创始之人,殚其聪明智虑,而艺术所就,精美莫逾,遂称作者之圣。次有相观起者,亦殚其聪明智虑,淫巧变态,日新月盛,若鬼工神手,不可摹拟,于是称述者之明,而其道大行于世。及久而传习者众,则人狃于恒所见闻,若以为易辨,了不复颛颛措意,率以烂恶相尚,而其法侵衰,又久则法遂蔑,不可追矣。此不独为艺术者有然,而至为文、为字、为词赋、为诗与曲,靡不尔尔。兹岂非风会之流,而忘于复古者之一大慨耶?盖自诗变而为诗余,又曰雅调,又曰填词,又变而为金、元之北曲矣。当其初变词也,彼唐末、宋初诸公竭其聪明智巧,抵于精美,所谓曹、刘降格为之,未必能胜者,亦诚然矣。北曲起而诗余渐不逮前,其在于今,则益泯泯也。盖士大夫既不素娴弦索,又不概谙腔谱,谩焉随人后而造次涂抹,浅易生硬,读之不可解,笔之冗于简册,不知回视古法,尤有毫末存焉否也。无怪乎其词湮,而书之存者稀也。朗陵陈晦伯博雅操词,好古兴叹,乃取平生搜罗,合于《花间集》《草堂诗余》二集为十二卷,曰《花草粹编》,使夫好古之士得其书而学焉,则庶乎窥昔人之阃域,拾遗佚于千百,而为雅道之一助也。万历丁亥三月廿一日顺阳李蓘撰。(明陈耀文辑、今人龙建国等点校《花草粹编》,河北大学出版社 2007 年版)

【作者简介】 李蓘,字于田,内乡(今河南内乡)人,嘉靖癸丑(1553)进士，官至提学副使，有《黄谷琐谈》《宋艺圃集》《元艺圃集》《李于田文集》等。

38. 吴承恩《花草新编自序》

选词众矣，唐则称《花间集》，宋则《草堂诗余》，诗盛于唐，衰于晚叶。至夫词调，独妙绝无伦。宋虽名家，间犹未逮也。宋而下，亦未有过宋人者也。然近代流传，《草堂》大行，而《花间》不显，岂非宣情易感而含思难谐乎？余尝欲柬汰二集，合为一编，而因循有未暇者。今秋逃暑，始克为之。因复益以诸人之本集，诸家之选本，记录之所附载，翰墨之所遗留，上溯开元，下断至正，会通铨择，录而藏之。其义例则以大小差先后，以短长为小大，字数相悬，虽同宫不必合（如《浣溪沙》《华胥引》，同是黄钟宫，而有先后之别之类），曲名本一，虽异拍不必分（如《锦堂春》《雨中花》，有古近之类）。一曲而作者众，则取之严；作者稀，则待之恕。取之严，所以表式；待之恕，聊以备员。重其人兼重其言（如韩、范、司马、文文山之类），惟其艺，不惟其类（如教坊丁仙现之类）。丽则俱收，郑、卫可班于雅、颂；洪纤并奏，郐、曹无间于齐、秦；仍复批评，窃比于郑笺，原本上希于卜序；句度中分，庶咏歌之无误；菁英旁点，示警策之当知。所愧爽彼咸酸，狭于渔猎。盖从吾好，只据家藏，呈诸俊赏，庶或有同余者乎？昔人审音乐府，故律吕须精；今兹取玩文房，辞而已矣。是编也，由《花间集》《草堂诗余》而起，故以"花草"命编。（明吴承恩《射阳先生存稿》卷二）

【作者简介】 吴承恩，字汝忠，号射阳山人，淮安府山阳县（今属江苏淮安）人。《天启淮安府志》评其"性敏而多慧，博极群书，为诗文下笔立成，清雅流丽，有秦少游之风。复善谐谑，所著杂记几种，名震一时"。诗文多散佚，后人辑有《射阳先生存稿》四卷。现在一般认为他是小说《西游记》的作者。

39. 陈文烛《花草新编序》

此亡友胡汝忠（按，应当为"吴汝忠"）词选也，命名以"花草"，盖本《花间集》《草堂诗余》所从出云。夫词自开元以逮至正，凡诸家所咏歌与翰墨所遗留，大都具备，乃分派而择之精，会通而收之广，同宫而不必合，异拍而不必分，因人而重言，取艺而略类，其汝忠所究心者与？拔奇花于玄圃，拾瑶草于艺林，俾修词者永式焉。汝忠既没，计部丘君抱渭阳之情，深宅相之感，奉使九江，捐俸梓行，遇不佞，语曰："吾舅氏有属于先生否乎？"忆守淮安，汝忠罢长兴丞，家居在委巷中，与不佞莫逆，时造其庐而访焉。曾出订是编，而幸传于世，汝忠托之不朽矣。汝忠讳承恩，号射阳居士，海内操染家无不知淮有汝忠者。生有异质，甫周岁未行，时从壁间以粉土为画，无不肖物。而邻父老命其画鹅，画一飞者。邻父老曰："鹅安能飞？"汝忠仰天而笑，盖指天鹅云。邻父老吐舌异之，谓汝忠幼敏，不师而能也。比长，读书目数行下，督学使者奇其文，谓汝忠一第如拾芥耳。汝忠工制义，博极群书。宝应有朱凌溪者，弘、德间才子也，有奇子如子价，朱公爱之如子，谓汝忠可尽读天下书，而以家所藏图史分其半与之，得与子价并名射湖之上，双璧竞爽也。子价后守九江，汝忠髀骯终身，仅以贡为长兴丞。长兴有徐子与者，嘉、隆间才子也，一见汝忠，即为投合，把臂论心，意在千古，过淮访之，谓汝忠高士，当悬榻待之。而吾三人谈竹素之业，娓娓不厌，夜分乃罢。汝忠舔笔和墨，间作山水人物，观者以为通神佳手。弱冠以后，绝不落笔，家四壁立，所藏名画法书颇多，人谓汝忠于王方庆之积书、张弘靖之聚画，侔诸秘府者可十一焉且也。平生恬淡自守，廉而不秽，其诗文出入六朝三唐，而词尤妙绝，江淮宝之。其稿与所藏泯灭殆尽，而家无炊火矣。余于汝忠有人琴俱亡之痛云。幸此编之行而述其大概，俟续《高士传》者采焉。（明陈文烛《二酉园文集十四卷诗集十二卷续集二十三卷》，《四库全书存目丛书》本）

【作者简介】 陈文烛，字玉叔，湖北沔阳（今湖北仙桃）人，嘉靖四十四年（1565）进士，官至大理寺卿。有《二酉园文集》《二酉园诗集》等。

40. 茅暎《词的序》

窃以芳性深情，恒借文犀以见；幽怀远念，每因翠羽以明。故桑中之喜，起咏于风人；陌上之情，肇思于前哲。陈宫月冷而韵叶庭花，琉璃研匣生香；隋苑春浓而曲成清夜，翡翠笔床增彩。清文满箧，无非诉恨之辞；新制连篇，时有缘情之作。燃脂暝写，弄墨晨书，宁止葡萄之树，非惟芍药之花。至如牵衣攀李，空冷箱中冰剪；敛枕树萱，徒匀面上凝脂。优游少托，等扶风之织锦；寂寞多闻，怯南阳之捣练。新声度曲，裁方絮而多愁；旧恨调弦，借稠桑以寄怨；未怡神于韶景，先属意乎芳辞。亦有登楼夜啸，抽朱萼之英英；乘月清谈，播芳蕊之馥馥。风流婉约，效东邻之自媒；香艳柔娇，似西施之被教。借一语以窃香，假半章以送粉。若乃兰径生香，柳衢舒翠，杏艳才过，桃娇已近。构思绮合，凄若繁弦；寓意芊眠，炳焉绣褥。及夫锦浪红翻、珠林绿缀，临池漱露，凭牖邀风，伴炎宵以孤坐，送永日而无聊。或托言于短韵，石韫玉而山辉；或寄意于新腔，水沉珠而川媚。至于河汉方秋，蒹葭瑟瑟；露霜始肃，枫树萧萧。厌野外之疏钟，听宫中之缓箭；叹回月之临阶，赋吟蛩之绕砌。又若玄冥在驾，歌成而孰愍无衣，素雪其霏，咏就而自怜改服。剪凤尾以言怀，展金池以书恨。若此者，佳人才子，尽演琵琶新谱；隐士缁林，亦续箜篌旧引。盖旨本淫靡，宁亏大雅；意非训诰，何事庄严。才情若彼，可代萱苏；佳丽如斯，能蠲愁疾。但兰菼同植，恐作沉珠；玉石均披，终非完璧。于是芟夷繁乱，截去浮俚，三台妙迹，丽矣金箱，五色花笺，灿然宝轴。青牛帐里散此绦绳，情文双烂；朱鸟窗前开兹缥帙，神魄俱驰。秦楼艳女，顿惹相思。楚馆娇娃，常劳梦寐。圣贤言异，愧非子郁之删除；儿女情长，岂是伯饶之笔削。西吴茅暎纂。

凡例：

一　幽俊香艳为词家当行，而庄重典丽者次之。故古今名公悉多巨作，不敢拦入。匪曰偏狥，意存正调。

一　词协黄钟，倘只字失律，便乖元韵。故先小令，次中令，次长调，俱轮宫合度，字字相符，以定正的。间有句语中犊叠一二字者，各列左方，用便考订。

一　诸家爵里姓字，向多著闻，间有沦逸，徒挹芳声，不敢混注，故概书名以存古道。

一　诸家先后，但分世代，就中或有参错，盖以合调为序，非有异同。

一　词苑选刻暨古今文集，颇勤搜采，第耳目有限，即当代名公，亦苦于人地之不相接，或惭编贝，窃叹遗珠。（据《四库未收书辑刊》影印清萃闵堂钞本）

【作者简介】　茅暎，字远士，生卒年不可考，明末归安（今浙江吴兴）人，编纂《词的》四卷，著有《睡香集》。

41. 陆云龙《词菁叙》

《菩萨蛮》为《乌啼》《子夜》之变。盖青莲以绝代轶才，裂羁靮另辟词家一径，大都以清新绮丽为宗，故相沿英妙，淮海、眉山、周洞霄、康大晟，其品虽不得埒，以词论，不得劣也。至我明，郁离具王佐才，厮身帷幄，宜同稼轩，时露英雄本色，乃似柔其骨、丽其声、藻其思，务具菁华之色，则所尚可知已。其后名贤辈出，人巧欲尽。悉为奇险之句，幽窈之字，实缘径穷路绝，不得不另开一堂奥。试取《花间集》《草堂》并咀之，《草堂》自更新绮者，特其中有欲求新而得误，似为吴歈作祖，予不敢不严剔之。诚以险中有菁，俳不可为菁耳。具眼者倘亦不罪我而知我。辛未仲夏翠娱阁主人题。（明陆云龙辑《词菁》，崇祯《翠娱阁评选行笈必携》本）

【作者简介】 陆云龙，生卒年不详，字雨侯，明浙江钱塘（今浙江杭州）人，曾选辑《翠娱阁评选行笈必携》十种。

42. 杨肇祉《词坛艳逸品叙》

余前刻《唐诗艳逸品》，兹复收诗余之艳逸者。以律诗束于对偶、局于声韵，即超逸如李、弘博如杜，不得恣意驰骤。爰有骚人墨客，借资造物，运灵心髓，琢雪镂冰，各极才情之致。故“无计留春”之惜，直言“壮志策足”“蝇头蜗角”之喻，直言名利冰心；临风把酒，识万事之破除；苦计劳心，识一生之前定。春思秋愁，弄月嘲风，若何为景中情，情中景；若何为心中意，意中人。是有心、是无心？个中机关甚巧；是谐语、是偈语？个中妙理谁参。乃悟世态事局，其意然而互换而未穷极而露者，大都类是。词坛艳逸非诗余不足以当之，坡老曰：“似花还似非花。”悟得空空之旨，其深步艳逸者乎！武林杨肇祉君锡甫题。（明杨肇祉辑《词坛艳逸品》，明刻本）

【作者简介】 杨肇祉，字锡甫，武林（今浙江杭州）人，生卒年不详，明万历间人。

43. 孟称舜《古今词统序》

诗变而为词，词变而为曲，词者，诗之余而曲之祖也。乐府以皦径扬厉为工，诗余以宛丽流畅为美。故作词者率取柔音曼声，如张三影、柳三变之属。而苏子瞻、辛稼轩之清俊雄放，皆以为豪而不入于格。宋伶人所评《雨淋铃》《酹江月》之优劣，遂为后世填词者定律矣。余窃以为不然。盖词与诗曲，体格虽异，而同本于作者之情。古来才人豪客，淑姝名媛，悲者喜者，怨者慕者，怀者想者，寄兴不一。或言之而低徊焉，宛恋（按，疑为“婉娈”）焉；或言之而缠绵焉，凄怆焉；又或言之而嘲笑焉，愤怅焉，淋漓痛快焉。作者极情尽态，而听者洞心耸耳，如是者皆为当行，皆为本色。宁必姝姝媛媛，学儿女子语，而后为词哉！故幽思曲想，张、柳之词工矣，然其失则俗而腻也，古者妖童冶妇之所遗也。伤时吊古，苏、辛之词工矣，然其失则莽而俚也，古者征夫放士之所托也。两家各有其美，亦各有其病，然达其情而不以词掩，则皆填词者之所宗，不可以优劣言也。予友卓珂月，生平持说多与予合。己巳秋，过会稽，手一编示予，题曰《古今词统》。予取而读之，则自隋、唐、宋、元，以迄于我明，妙词无不毕具。其意大概谓词无定格，要以摹写情态，令人一展卷而魂动魄化者为上，他虽素脍炙人口者，弗录也。珂月所作诗余甚多，兴会所到，无不曲尽两家之美，故能出其手眼，以与作者之情合。使徒取绝艳于《花间》，挹余香于《兰畹》，则得词之郛矣，而未尽其致也。选者之情隐，而作者之情亦掩也。则是刻其可以已也夫。己巳中秋，会稽友弟孟称舜书。（明崇祯刻本《古今词统》卷首）

【作者简介】　孟称舜（约1599—1684），字子若，又作子适，明会稽（今浙江绍兴）人。崇祯诸生，晚明戏曲家，有戏剧《娇红记》《桃花人面》等。

44.徐士俊《古今词统序》

赵明诚梦得“言与司合，安上已脱，芝芙草拔”十二字，卜其为“词女之夫”，继而果娶易安，定情金石，如“帘卷西风，人比黄花瘦”等句，即暗中摸索，亦解人怜。此真能统一代之词人者矣。虽然，词盛于宋，不始终于宋，故称“古今”焉。古今之为词者，无虑数百家，或以巧语致胜，或以丽字取妍，或“望断江南”，或“梦回鸡塞”，或床下而偷咏“纤手新橙”之句，或池上而重翻“冰肌玉骨”之声，以至春风吊柳七之魂，夜月哭长沙之伎，诸如此类，人人自以为名高黄绢，响落红牙。而犹有议之者，谓“铜将军”“铁绰板”，与“十七八女郎”相去殊绝。无乃统之者无其人，遂使倒流三峡，竟分道而驰耶。余与珂月，起而任之曰：是不然。吾欲分风，风不可分；吾欲劈流，流不可劈。非诗非曲，自然风流，统而名之以词，所谓“言与司合”者是也。考诸《说文》曰：“词者，意内而言外也。”不知内意，独务外言，则不成其为词。词从“司”者，反后为司，盖出纳之吝，谓之有司，后王宽大之道，当与有司相反。夫词为诗余，诗道大而词道小，亦犹是也。故诗从“寺”，寺者，朝廷也；词从“司”，司者，官曹也。小令、中调、长调各有司存；宫、商、角、徵、羽五声各有司存。不可乱也，乱者理之，故词亦作“嗣”，从𤔔，𤔔者，理也、治也。又作“辞”，从“辛”，辛者，新也。《汉志》曰：“悉新于辛。”词固以新为贵也。又《说文》曰：“辛象人股，壬象人胫。”

故“童”“妾”二字，皆从辛省。汉人选妃，册曰“秘辛”，犹言股间隐处也。然则词又当描写柔情，曲尽幽隐乎？兹役也，吾二人渔猎群书，裒其妙好，自谓薄有苦心。其间前后次序，一以字之多寡为上下，自十六字至于二百三十字有奇。如岁朝之酌，先其少者，后其老者。其按词之法，则如杨诚斋所撰《词家五要》，一曰择腔，二曰应律，三曰按谱，四曰详韵，五曰立新意。而且曰幽曰奇、曰淡曰艳、曰敛曰放、曰秾曰纤，种种毕具，不使子瞻受词诗之号，稼轩居词论之名。又必详其逸事，识其遗文，远征天上之仙音，下暨荒城之鬼语，类载而并赏之。虽非古今之盟主，亦不愧词苑之功臣矣。先是，余有《三样笺》之辑，一《子夜》，一《竹枝》，一《回文》。而珂月又以《竹枝》旧属诗余，遂拔其尤而去。回文则如《菩萨蛮》数阕，复稍稍拦入焉。摔碎菱花，作蕊珠宫瘦影，岂不令徐郎懊恨。珂月曰：无恨也，使子仅知《三样笺》之为美，而不知此书之尤美，亦何异世人但知《花间》《草堂》《兰畹》之为三珠树，而不知《词统》之集大成也哉！《易》称“同心之言，其臭如兰”，我二人其庶几乎！言与司合，彼作词媒；言与人同，此成信友。金兰之书，允宜与金石之录并垂矣。或曰“诗余兴而乐府亡，歌曲兴而诗余亡”，夫有统之者，何患其亡也哉？倘更有上官氏者出，高踞楼头，称量天下，则余二人之为沈、为宋，是未可知耳。癸酉花朝徐士俊野君题于湘蕤馆。（明崇祯刻本《古今词统》卷首）

【作者简介】 徐士俊(1602—1681)，本名翙，字野君，一字三有，仁和(今浙江杭州)人，与卓人月合编《古今词统》，著有《春波影》等杂剧。

45. 郭绍仪《诗余醉叙》

门人潘麟长磊砢英多，向从余游。读其所辑《康济谱》，知为深情人。继示余以所选《古今诗余》，益信长麟之人之深情也。吾观士之有余乎情者，类不能漠然于物，非乐玩焉，情自不容遗也。以故，厥所寄托，恒亦一往而深。夫唯嗟叹咏歌之不足，不得已而有言，《诗三百》篇，岂非性情之余者乎？则凡为诗之苗裔，其所由来，概可知已。乃古人以性情为诗，而诗有余。今人以诗为诗，而诗不足。其道每下，矧云余耶？则其所不足，亦概可知已。麟长有慨于中，方欲溯流寻源，晤其所为余者，则取诸诗余，选其合妙意，较敏手，一评一点，能使作者之精神浮动，毫墨森然来会，信深情矣哉。然则有能读麟长所选诗余者，必能读《三百篇》者也，能知麟长所选不远于《三百篇》之性情者，是可与言诗余者也。在宋欧、苏、司马诸公节谊文章俊卓一代，而微词小令不废吟弄，流传至今，乃知怀永抱绝之俦，当其兴会所赴，景耀光起，固足琼调岳峙，表秀干云，谁谓是铁石心肠者无锦心绣口，而“大江东去”果逊步于晓风残月乎？此余所以合麟长《康济谱》而叹其真能情深也。余纵意采山啸怀遐瞩，顾称兹二集并获我心，亦谓所本之性一尔。麟长更不自私，手爽呈世辟，则衢尊其可以裒斟也夫，而余则酌取久矣。岁在强圉赤奋若皋月龙舟竞渡日，东湖梦朔道人郭绍仪书于铸古堂。（明潘游龙辑、今人梁颖校点《精选古今诗余醉》，辽宁教育出版社 2003 年版）

【作者简介】 郭绍仪，平湖（今浙江平湖）人，字汾仲，号梦朔道人。天启进士，除知当涂县，擢南湖广道御史，著有《青浦草》。

46. 范文英《诗余醉序》

诗余者余焉耳。余者，天地之尽气也。天地气始于浑朴，终于淫靡。窃尝于声诗间窥之，夫自《三百篇》得楚骚，自骚得汉魏，至六朝而淫，故其世短。然《子夜》《四时》犹盘郁周折于诗之内，而不大裂。唐人出，回以大雅之首，情无不剖，体无不备。于初盛为极，至中晚而靡，故其世衰。《香奁》虽艳，尚未离本调也。至宋则理多情寡，论多调寡，诗之一道无复存者。而人心中精华要渺之所存，遂旁溢于词。少游、耆卿之徒，声乃著。是宋人无诗而有词，诗靡而词淫也。淫与靡并，故夷狄之祸中之。以至于元，穷无所措，又别演为剧，发科打浑，巾女髻男，市狙之谈，登于樽俎，床笫之渎，陈于殿堂。遂使百种流殃，淫靡无极。声歌至此决裂难闲，故其世晦昧颠倒，而中国礼乐衣冠，与之俱尽，皆余之不可防遏，及于是，君子得无慎乎？高帝开天磅礴之气，积至成、弘，益乃昌大，而声歌应之以起。尔时有诗无词，今之词亦鲜称。窃怪世所为诗者，并化而为词，剪绉瘦之剩画，染晴未之零膏，甚则庙堂律吕之章，皆欲以晓风残月之致行之。而士大夫侑食登歌，未有事不出于闺阁，辞不发于巧丽者。吾诚不知其何说也。昔之人取诗之余以作词，今之人取词之余以作诗，抑气之移人有不自觉，抑士君子之气有不自振者耶？郃人文子太清尝谓英，学者绝不可涉目诗余，盖恐尖薄之气渐我文笔。而英反覆声歌之源，犹有深惧者也。楚友潘子麟长，文学菁藻，妙选词令。而胡子曰从雅有俊致，刻之十竹斋，名曰“诗余醉”。夫英之于其余也，欲人醒。二子之于其余，乃欲人醉与？岂二子故醉之，亦曰世之醉之与不醉不醒，可因是以示世曰诗余者，余焉耳，幸无醉。崇祯丙子中秋，蜀内江范文英仲闇甫题于白下桥。（明潘游龙辑、今人梁颖校点《精选古今诗余醉》，辽宁教育出版社 2003 年版）

【作者简介】 范文英，晚明人，生平不详。

47. 陈埏玉《诗余醉叙》

诗之有余，犹诗之有《风》也。雅则清庙明堂，《风》则不废村疃闾巷。《三百篇》要以道性情而止，然无情则性亦不见。子舆氏曰：乃若其情，则可以为善。是从来忠孝节义，只了当一情字耳。夫子删诗，即今人选诗之祖。其《风》首《关雎》也，必于"窈窕""好逑"之句再四击节，然后取为压卷。至于未得而"辗转反侧"，既得而"琴瑟钟鼓"，直是用情真率，可思则思，可乐则乐，文王绝不妆腔做样，宫人因得从旁描画。以故情为真情，而诗为真诗。余尝怪子既删诗，其于"风雨""狂童"之咏存而不去，乃"美目""巧笑"之叶独削而不录，何也？已复自悟曰：此逸诗，非删诗也。人于参订校雠之际，谁无遗佚？子夏氏独见纷华而悦，故拈出为问，此正其情之不容已处，夫子此时亦觉彷徨追赏，聊以"绘事"漫答。吾知当日即"微礼"后一语，夫子亦必服其启予，许其"可与言诗"。而后儒却被礼字瞒过，遂使两人问答真意埋没不现。今第令白头学究、黄口书生，取"巧笑""美目"之章一再哦之，有不心口俱爽者，此必不情之辈，余请不读书，不说《诗》矣。然则古人作诗，已留一有余不尽之法以待我辈，何者？窈窕者，淑之余；好者，逑之余；倩者，巧之余；盼者，美之余。故诗者情之余，而词则诗之余也。是集也，选自潘子麟长，刻自胡子曰从。或问：诗余矣，曷以醉？余请以酒喻：乐府古风，中山酒也，可醉千日；律绝歌行，仙浆酒也，可醉十日；诗余则村醪市沽也，薄乎云尔，恶得无醉！丙子秋尽，白下屺人陈埏玉搢父题于笠庵。（明潘游龙辑、今人梁颖校点《精选古今诗余醉》，辽宁教育出版社 2003 年版）

【作者简介】 陈埏玉，晚明人，生平不详。

48. 管贞乾《诗余醉叙附言》

溯未有文字之先，文字藏性情间。既有文字之后，性情沁文字间。今人庄语、雄语、经济语、金华殿中语，毕竟不如情致语为流畅。今文台阁体、碎金体、诰诏羽檄体、天才人才鬼才三绝之体，毕竟不如风流体为骀荡。余落魄无似，日与麟长潘先生闲评世务，人未尝不叹余辈之未字理嫁娘衣也。而余两人言之极悬至，每怆怀辄发竖。惟自问并疑为痴迂而狂奴黠态尔尔也。一日见先生反覆《古今诗余》曰："我常消受此而玩最隽永低回风景缕缕怀怀，古人起我何多哉。"曰：噫，感矣！诗之为物，大要骚屑，其所感往往悒郁英雄于其奇丽韵绝之句，结缘独厚。所以竦肩袖手醋邕缺石莲，负古锦囊日蓦投金渚。余考诗余之作自崇宁、元丰诸君子咏歌之不足，而描情写景袅袅不绝者也。夫人情与思亦何尽之，有束于格，则情不能畅，思不能溢。既可以变兴、比、赋之制为骚赋，即可以变骚赋之制为五言，可以变五言之制为古风，即可以变古风之制为七言排律，为乐府歌行，又何不可因律绝而变为诗余也哉。某牌名可以展出某意，非某牌名不足以婉转某情。幽格之臆，娇娆之笔，亦既无致弗转，无转弗倩已。矧牌名之设，先是李青莲有《忆秦娥》《菩萨蛮》二调，原非创自有宋。盖诗自三百篇递创格诗余，可谓情文之至矣乎，何怪先生之沉酣于兹也。先生取宋彦之所集与国朝名胜之所作，合而编之曰《诗余醉》。先生尝抵掌，连鸡飞兔，醉心于纵横家；尝救患恤弱，慷慨立义，醉心于《游侠传》；尝泼墨作高文典册、含毫拟草檄飞书，醉心于相如、枚皋之才；尝淹贯《南华》、博通内典，醉心于支遁、许掾之谈。尝与余流涕时艰，榷利弊，策本末，聚米借箸，有封居胥踏贺兰意，醉心于董、贾、卫、霍之学。一动以云物、林丘、闺情、旅思之变。现又喜听夭韶女郎唱"晓风残月"之章。然则先生安往而不醉心哉，宁独诗余也。先生分别次第，特出深心，非仅以便学者之睫，先之以时序律吕之所以从阴阳也，终之以边思，见有情之不忘于倥偬也。笳声凄楚，堪添胡霄之骑；河骨怆心，犹怜闺梦之人。唐诗不废《塞上曲》《昭君怨》，咸此志也。斯岂非宗尼父删诗之余意，首二《南》而末《豳风》终《鲁颂》乎？拊是编者又不可以不知也。娄江管贞乾观执甫题。（明潘游龙辑、今人梁颖校点《精选古今诗余醉》，辽宁教育出版社 2003 年版）

【作者简介】 管贞乾，明末人，生平不详。

49. 潘游龙《诗余醉自序》

今夫人情之一发而无余者，非其情之至焉者也。《书》曰："诗言志，歌咏言，声依咏，律和声。"则《诗》之为教，典谟中已酿其余矣。虞夏之诗，未敢深论。《商颂》之咏革命也，曰："我有嘉宾，莫不夷怿。"其珩烈祖也，曰："鬷假无言，时靡有争。"则优柔隽永之旨，商殆为诗余之鼻祖焉。有周采声歌于诸侯之国，列之乐官，迄今琴瑟钟鼓，《关雎》有余乐；次笙鼓簧，《鹿鸣》有余好，寻章摘句之下，诗宁有索焉而无余者乎？说者谓诗亡而后有乐府，是必《清平调》创自青莲，《郁轮袍》始于摩诘，将愈趋愈下，周待制之十二律、柳屯田之二百调，益卑卑不足数矣，彼少游、鲁直、长公、幼安、竹屋、白石诸公，不且以诗余减价乎？若我明之刘伯温、杨用修、吴纯叔、文徵仲、王元美若而人，又何敢树帜词坛哉？信乎，诗余之未可以世论也。余于诗则醉心于绝句、于歌行，而于词则醉心于小令，谓其备极情文，而饶余致也。盖唐以诗贡举，故人各挟其所长以邀通显，性情真境，半掩于名利钩途。词则自极其意之所之，凡道学之所会通，方外之所静悟，闺帷之所体察，理为真理、情为至情；语不必芜，而单言只句，余于清远者有焉，余于挚刻者有焉，余于庄丽者有焉，余于凄婉悲壮、沉痛慷慨者有焉；令人抚一调，读一章，忠孝之思，离合之况，山川草木，郁勃难状之境，莫不跃跃于言后言先，则诗余之兴起人岂在《三百篇》之下乎？独惜向有选较者，每以杂体硬牵附于时序，殊失作者之旨。余乃为比事类情，寻为次第，藏之素簏，自以为枕中秘，未过也。而胡子曰从，强欲示之同好，因有嘲之者曰：《花间》长短各体，大小异令，是役也，错综而位置之，夺伦否欤？余曰：否。盖词与曲异，曲须按腔挨调而后成阕，有意铺张，此新声之所以无余味也。空中之音，水中之月，象中之色，镜中之境，可摹而不可即者，其诗余也。盖无俟较高平，分南北，按篇目，而余之醉心于古今词者久矣，遂记其言之余而为引。荆南潘游龙识于十竹斋之舍舫。（明潘游龙辑、今人梁颖校点《精选古今诗余醉》，辽宁教育出版社 2003 年版）

【作者简介】 潘游龙，字麟长，荆南（今湖北公安、江陵一带）人，生平不详。编选《康济谱》《古今诗余醉》等书。据郭绍仪《诗余醉叙》："门人潘麟长磊砢英多，向从余游。读其所辑《康济谱》，知为深情人。继示余以所选《古今诗余》，益信长麟之人之深情也。"可略知其为人。

50. 许铨胤《古今女词选小引》

词者，诗之余也。古今女诗多矣，何以独选词？曰：诗有选，词未有选也。即《草堂》所选，亦一班（当作斑）耳。词何以独详宋？曰：唐人工诗而不工词，元人变词为曲，词又滥觞矣。宋学士大夫，人人娴词，于是风流之所薰酿，笄黛多以词鸣，如李易安、孙夫人之流，咏其得意语，令少游、子瞻遇之而左次。

故尔时女子之擅场名家者，凌厉苏、黄、秦、柳而为词正宗，良非偶也。国朝专攻帖括，冠进贤者，未必能词，况女子乎？唯杨用修夫人黄氏诗词清新，与其君子寸力所敌，赓相唱和，是易安所不能得之赵明诚，而孙夫人所不能得之郑文者也，亦希觏矣。梁小玉在烟花籍中，而文笔无脂粉气，著述浩富，自诧如董狐，无乃野狐精乎？噫！宇宙寥廓，岂无有负奇幽闺而姓名不扬者？余聊以耳目睹记，录若干首，亦吉光片羽云，读者无以管窥见嘲。温陵高阳生许铨胤题。（据邓子勉《明词话丛编》，凤凰出版社 2012 年版）

【作者简介】 许铨胤，自称高阳生，温陵（今福建泉州）人，行迹不详，生活于晚明时期。编有《闲情雅言》。

51. 陈子龙《幽兰草题词》

词者，乐府之衰变而歌曲之将启也。然就其本制，厥有盛衰。晚唐语多俊巧，而意鲜深至，比之于诗，犹齐梁对偶之开律也。自金陵二主以至靖康，代有作者：或秾纤婉丽极哀艳之情，或流畅澹逸穷盼倩之趣。然皆境由情生，辞随意启，天机偶发，元音发成，繁促之中尚存高浑，斯为最盛也。南渡以还此声遂渺，寄慨者亢率而近于伧武，谐俗者鄙浅而入于优伶。以视周、李诸君，即有彼都人士之叹。元滥填词，兹无论已。明兴以来才人辈出，文宗两汉，诗俪开元。独斯小道有惭宋辙，其最著者为青田、新都、娄江。然诚意音体俱合，实无惊魂动魄之处；用修以学问为巧便，如明眸玉屑纤眉积黛，只为累耳；元美取境似酌苏、柳间，然如"凤凰桥下"语，未免时堕吴歌。此非才之不逮也，巨手鸿笔既不经意，荒才荡色时窃滥觞。且南北九宫既盛，而绮袖红牙不复按度。其用既少，作者自希，宜其鲜工也。吾友李子、宋子，当今文章之雄也。又以妙有才情，性通宫徵，时屈其班、张宏博之姿，枚、苏大雅之致，作为小词，以当博奕（按，应为"弈"）。余以暇日，每怀见猎之心，偶有属和。宋子汇而梓之，曰《幽兰草》。今观李子之词丽而逸，可以昆季景、煜，娣姒清照，宋子之词俊以婉，淮海、屯田肩随而已。要而论之，本朝所未有也。独以余之椎鲁，鼎厕其间，此何异荐敦洽于瑶室、奏瓦缶于帝庭哉！昔人形秽之忧，增其跼蹐耳。二子岂以"幽兰"之寡和，而求助于巴人乎？陈子龙漫题。（陈子龙等《幽兰草》，辽宁教育出版社 2000 年版）

【作者简介】 陈子龙（1608—1647），字卧子，号大樽，松江华亭（今上海松江)人,崇祯十年(1637)进士。明亡后积极开展抗清活动,事败被捕,投水殉国。陈子龙是明末重要作家,诗词成就均较高,云间派代表人物。清乾隆间追谥忠裕,有《陈忠裕全集》。

52. 陈子龙《三子诗余序》

诗与乐府同源,而其既也每迭为盛衰。艳辞丽曲,莫盛于梁、陈之季,而古诗遂亡。诗余始于唐末,而婉畅秾逸极于北宋。然斯时也,并律诗亦亡。是则诗余者,非独庄士之所当疾,抑亦风人之所宜戒也。然亦有不可废者,夫《风》《骚》之旨皆本言情,言情之作必托于闺襜之际。代有新声,而想穷拟议。于是以温厚之篇,含蓄之旨,未足以写哀而宣志也。思极于追琢,而纤刻之辞;情深于柔靡,而婉娈之趣合;志溺于燕媠,而妍绮之境出;态趋于荡逸,而流畅之调生。是以镂裁至巧,而若出自然,警露已深,而意含未尽。虽曰小道,工之实难。不然,何以世之才人,每濡首而不辞也?同郡徐子丽冲、计子子山、王子汇升,年并韶茂,有斐然著作之志。每当春日骀宕,秋气明瑟,则寄情于思士怨女,以陶咏物色,祛遣伊郁。示予词一编,婉弱倩艳,俊辞络绎,缠绵猗娜,逸态横生,真宋人之流亚也。或曰:“是无伤于大雅乎?”予曰:“不然。夫‘并刀’‘吴盐’,美成所以被贬;‘琼楼玉宇’,子瞻遂称爱君。端人丽而不淫,荒才刺而实谀,其旨殊也。三子者,托贞心于妍貌,隐挚念于佻言,则元亮闲情,不能与总持、赓和于临春、结绮之间矣。”(陈子龙《安雅堂稿》,辽宁教育出版社 2003 年版)

53. 陈子龙《王介人诗余序》

宋人不知诗而强作诗,其为诗也,言理而不言情,故终宋之世无诗焉。然宋人亦不可免于有情也,故凡其欢愉愁怨之致,动于中而不能抑者,类发于诗余。故其所造独工,非后世可及。盖以沉至之思,而出之必浅近,使读之者骤遇如在耳目之表,久诵而得沉永之趣,则用意难也。以嬛利之词,而制之实工练,使篇无累句,句无累字,圆润明密,言如贯珠,则铸调难也。其为体也纤弱,所谓明珠翠羽,尚嫌其重,何况龙鸾?必有鲜妍之姿,而不藉粉泽,则设色难也。其为境也婉媚,虽以警露取妍,实贵含蓄,有余不尽,时在低回唱叹之际,则命篇难也。惟宋人专力事之,篇什既多,触景皆会,天机所启,若出自然。虽高谈大雅，而亦觉其不可废。何则？物有独至，小道可观也。本朝以词名者，如刘伯温、杨用修、王元美，各有短长，大都不能及宋人。禾中王子介人，示予所著词，不下千余首，自前世李、晏、周、秦之徒，未有多于兹者也。其小令、长调，动皆擅长，莫不有俊逸之韵，深刻之思，流畅之调，秾丽之态，于前所称四难者，多有合焉。进而与升元父子、汴京诸公连镳竞逐，即何得有下驷耶？王子真词人也。已而王子示予以诗，则又澹宕庄雅，规摹古人，远非宋代可望，而后知王子深远矣。王子非词人也。（陈子龙《安雅堂稿》，辽宁教育出版社2003年版）

54. 宋徵璧《倡和诗余序》

吾于宋词得七人焉：曰永叔，其词秀逸；曰子瞻，其词放诞；曰少游，其词清华；曰子野，其词娟洁；曰方回，其词新鲜；曰小山，其词聪俊；曰易安，其词妍婉。他若黄鲁直之苍老，而或伤于颓；王介甫之劖削，而或伤于拗；晁无咎之规检，而或伤于朴；辛稼轩之豪爽，而或伤于霸；陆务观之萧散，而或伤于疏，此皆所谓我辈之词也。苟举当家之词，如柳屯田哀感顽艳，而少寄托；周清真蜿蜒流美，而乏陡健；康伯可排叙整齐，而乏深邃。其外，则谢无逸之能写景，僧仲殊之能言情，程正伯之能壮采，张安国之能用意，万俟雅言之能叶律，刘改之之能使气，曾纯父之能书怀，吴梦窗之能亹字，姜白石之能琢句，蒋竹山之能作态，史邦卿之能刷色，黄花庵之能审格，亦其选也。词至南宋而繁，亦至南宋而弊。作者纷如，难以概述。夫各因其姿之所近，苟去前人之病，而务用其所长，必赖诸子倡和之力也夫。歇浦村农漫题，时维顺治庚寅花朝。（宋存标等著《倡和诗余》，辽宁教育出版社2000年版）

【作者简介】 宋征璧（约1602—1672），字尚木，原名存楠，华亭（今上海）人。崇祯十六年（1643）进士。入清，官潮州知府。宋征璧为云间词派的重要成员之一，有《抱真堂诗稿》《三秋词》等。

参考文献

一、词集、词话、词谱类

唐圭璋编《全宋词》，中华书局 1965 年版

唐圭璋编《全金元词》，中华书局 1979 年版

毛晋辑《宋六十名家词》，上海古籍出版社 1989 年版

朱祖谋辑《彊村丛书》，广陵书社 2005 年影印本

赵尊岳辑《明词汇刊》，上海古籍出版社 1992 年影印本

饶宗颐初纂、张璋总纂《全明词》，中华书局 2004 年版

周明初、叶晔编《全明词补编》，浙江大学出版社 2007 年版

唐圭璋编《词话丛编》，中华书局 1986 年版

朱崇才编《词话丛编续编》，人民文学出版社 2010 年版

施蛰存编《词籍序跋萃编》，中国社会科学出版社 1994 年版

金启华编《唐宋词集序跋汇编》，江苏教育出版社 1990 年版

邓子勉编《明词话全编》，凤凰出版社 2012 年版

唐圭璋等校点《唐宋人选唐宋词》，上海古籍出版社 2004 年版

赵崇祚辑，李一氓校《花间集校》，人民文学出版社 1958 年版

赵崇祚辑，汤显祖评点《花间集》，河北大学出版社 2006 年版

佚名辑，唱春莲校点《尊前集》，辽宁教育出版社 1998 年版
黄升编《花庵词选》，中华书局 1958 年版
黄升编《花庵词选》，辽宁教育出版社 1997 年版
曾慥编《乐府雅词》，辽宁教育出版社 1997 年版
周密辑，查为仁、厉鹗笺《绝妙好词笺》，中华书局 1957 年版
刘尚荣校证《傅幹注坡词》，巴蜀书社 1993 年版
陈耀文编、龙建国校点《花草粹编》，河北大学出版社 2007 年版
温博辑《花间集补》，《四部丛刊》本
温博辑，陈红彦校点《花间集补》，辽宁教育出版社 1998 年版
何士信编《增修笺注妙选群英草堂诗余》，吴昌绶等《景刊宋金元明本词》本
陈钟秀刊《精选名贤词话草堂诗余》，王鹏运《四印斋所刻词》本
顾从敬编《类编草堂诗余》，明嘉靖二十九年刻本
张綖撰《诗余图谱》，台北“国家图书馆”藏嘉靖十五年初刊本。
杨慎辑《词林万选》，毛晋汲古阁《词苑英华》本
杨慎辑《百琲明珠》，赵尊岳《明词汇刊》本
杨慎评点《草堂诗余》，清宋泽元《忏花庵丛书》本
茅暎辑《词的》，清萃闵堂钞本
陆云龙辑《词菁》，崇祯《翠娱阁评选行笈必携》本
杨肇祉辑《词坛艳逸品》，明刊本
周履靖辑《唐宋元明酒词》，《丛书集成初编》本
董逢元辑《唐词纪》，《四库全书存目丛书》本
题程敏政编，王兆鹏等校点《天机余锦》，辽宁教育出版社 2000 年版
沈际飞选评《古香岑草堂诗余四集》，明万历四十二年翁少麓刊本
顾从敬辑，钱允治笺释《类选笺释草堂诗余》，明万历四十二年刻本
钱允治辑，陈仁锡笺释《类编笺释国朝诗余》，明万历四十二年刻本
周瑛撰《词学筌蹄》，《续修四库全书》本
徐师曾著《文体明辨》，《四库全书存目丛书》本
王端淑辑《名媛诗纬初编》，清康熙间清音堂刊本

王端淑辑《名媛诗纬初编诗余集》,《明词汇刊》本

潘游龙辑、梁颖校点《精选古今诗余醉》,辽宁教育出版社 2003 年版

卓人月汇选,谷辉之校点《古今词统》,辽宁教育出版社 2000 年版

陈子龙等著,陈立校点《云间三子新诗合稿·幽兰草·倡和诗余》,辽宁教育出版社 2000 年版

王昶辑,王兆鹏校点《明词综》,辽宁教育出版社 1997 年版

朱彝尊、汪森编《词综》,上海古籍出版社 1978 年版

查继培辑《词学全书》,书目文献出版社 1986 年版

王奕清等编《钦定词谱》,中国书店 2012 年影印本

二、著作、工具书类

吴梅著《词学通论》,上海古籍出版社 2006 年版

夏承焘著《夏承焘集》,浙江古籍出版社、浙江教育出版社 1997 年版

施议对著《词与音乐关系研究》,中华书局 2008 年版

方智范、邓乔彬等著《中国词学批评史》,中国社会科学出版社 1994 年版

谢桃坊著《中国词学史》,巴蜀书社 2002 年版

龙榆生著《龙榆生词学论文集》,上海古籍出版社 1997 年版

吴熊和著《唐宋词通论》,商务印书馆 2003 年版

吴熊和著《吴熊和词学论集》,杭州大学出版社 1999 年版

刘学锴著《温庭筠传论》,安徽大学出版社 2008 年版

袁行霈、丁放著《盛唐诗坛研究》,北京大学出版社 2012 年版

余恕诚著《唐诗风貌》,中华书局 2010 年版

余恕诚、吴怀东著《唐诗与其他文体之关系》,中华书局 2012 年版

杨海明著《唐宋词史》,江苏古籍出版社 1987 年版

邓乔彬著《词学廿论》,上海古籍出版社 2005 年版

刘扬忠著《宋词研究之路》,天津教育出版社 1989 年版

刘扬忠著《唐宋词流派史》,福建人民出版社 1999 年版

王兆鹏著《唐宋词史论》,人民文学出版社 2000 年版

王兆鹏著《词学史料学》,中华书局 2004 年版
刘尊明著《唐五代词史论稿》,文化艺术出版社 2000 年版
刘尊明著《唐宋词综论》,中国社会科学出版社 2004 年版
丁放著《金元明清诗词理论史》,安徽大学出版社 2001 年版
丁放著《金元词学研究》,中国社会科学出版社 2002 年版
胡传志著《金代文学研究》,安徽大学出版社 2000 年版
胡传志著《宋金文学的交融与演进》,北京大学出版社 2013 年版
彭国忠著《元祐词坛研究》,华东师范大学出版社 2002 年版
彭国忠著《唐宋词学阐微——文本还原与文化观照》,安徽大学出版社 2008 年版
木斋著《宋词体演变史》,中华书局 2008 年版
沈松勤著《唐宋词社会文化学研究》,浙江大学出版社 2000 年版
曹辛华、张幼良著《中国词学研究》,福建人民出版社 2006 年版
胡建次著《中国古典词学理论批评承传研究》,凤凰出版社 2011 年版
谭新红著《宋词传播方式研究》,武汉大学出版社 2010 年版
钱锡生著《唐宋词传播方式研究》,复旦大学出版社 2009 年版
欧明俊著《词学思辨录》,人民出版社 2011 年版
黄拔荆著《中国词史》,福建人民出版社 2003 年版
邓子勉著《宋金元词籍文献研究》,上海古籍出版社 2008 年版
萧鹏著《群体的选择——唐宋人选词与词选通论》,台北文津出版社 1992 年版
肖鹏著《群体的选择——唐宋人词选与词人群通论》,凤凰出版社 2009 年版
朱崇才著《词话史》,中华书局 2006 年版
李冬红著《〈花间集〉接受史论稿》,齐鲁书社 2006 年版
薛泉著《宋人词选研究》,黑龙江人民出版社 2010 年版
张仲谋著《明词史》,人民文学出版社 2002 年版
张仲谋著《明代词学通论》,中华书局 2013 年版
余意著《明代词学之建构》,上海古籍出版社 2009 年版
余意著《明代词史》,北京大学出版社 2015 年版

李睿著《清代词选研究》，安徽大学出版社 2011 年版
郑海涛著《明代词风嬗变研究》，中国社会科学出版社 2013 年版
岳淑珍著《明代词学批评史》，社会科学文献出版社 2014 年版
张若兰著《明代中后期词坛研究》，中国社会科学出版社 2010 年版
陶子珍著《明代词选研究》，台北秀威资讯科技股份有限公司 2003 年版
陶子珍著《明代四种词集丛编研究》，台北秀威资讯科技股份有限公司 2006 年版
李康化著《明清之际江南词学思想研究》，巴蜀书社 2001 年版
陈水云著《明清词研究史》，武汉大学出版社 2006 年版
陈水云著《唐宋词在明末清初的传播与接受》，中国社会科学出版社 2010 年版
严迪昌著《清词史》，江苏古籍出版社 1999 年版
张宏生著《清代词学的建构》，江苏古籍出版社 1998 年版
张宏生著《清词探微》，上海古籍出版社 2008 年版
姚蓉著《明末云间三子研究》，广东高等教育出版社 2004 年版
江合友著《明清词谱史》，上海古籍出版社 2008 年版
闵丰著《清初清词选本考论》，上海古籍出版社 2008 年版
于翠玲著《朱彝尊〈词综〉研究》，中华书局 2005 年版
杨柏岭著《晚清民初词学思想建构》，安徽大学出版社 2004 年版
朱惠国著《中国近世词学思想研究》，上海古籍出版社 2005 年版
鲍恒著《清代词体学论稿》，人民文学出版社 2007 年版
孙克强著《清代词学批评史论》，上海古籍出版社 2008 年版
沙先一著《清代吴中词派研究》，人民文学出版社 2004 年版
莫立民著《近代词史》，人民文学出版社 2010 年版
孙琴安《中国评点文学史》，上海社会科学院出版社 1999 年版
朱万曙著《明代戏曲评点研究》，安徽教育出版社 2004 年版
廖可斌著《明代文学复古运动研究》，商务印书馆 2008 年版
徐朔方、孙秋克著《明代文学史》，浙江大学出版社 2009 年版
王运熙、顾易生主编《中国文学批评史》，上海古籍出版社 2002 年版

章培恒、王靖宇主编《中国文学评点研究论集》，上海古籍出版社 2002 年版

张伯伟著《中国古代文学批评方法研究》，中华书局 2002 年版

陈寅恪著《柳如是别传》，上海古籍出版社 1980 年版

王文才辑校《杨慎词曲集》，四川人民出版社 1984 年版

王文才著《杨慎学谱》，上海古籍出版社 1988 年版

丰家骅著《杨慎评传》，南京大学出版社 1998 年版

雷磊著《杨慎诗学研究》，中国社会科学出版社 2006 年版

邱江宁著《明清江南消费文化与文体演变研究》，上海三联书店 2009 年版

热拉尔·热奈特著，史忠义译《热奈特论文集》，百花文艺出版社 2001 年版

陈子龙著《安雅堂稿》，辽宁教育出版社 2003 年版

陈振孙撰《直斋书录解题》，上海古籍出版社 1987 年版

永瑢等撰《四库全书总目》，中华书局 1965 年影印本

永瑢等撰《四库全书总目(整理本)》，中华书局 1997 年排印本

冯惠民等选编《明代书目题跋丛刊》，书目文献出版社 1994 年版

王兆鹏、刘尊明主编《宋词大辞典》，凤凰出版社 2003 年版

王洪主编《唐宋词百科大辞典》，学苑出版社 1990 年版

三、期刊论文

李康化《明代词论主潮辨述》，《华东师范大学学报》1999 年第 2 期

张仲谋《明代词学的构建》，《徐州师范大学学报》2000 年第 3 期

杨万里《论〈草堂诗余〉成书的原因》，《文学遗产》2001 年第 5 期

叶辉《从明代的〈草堂诗余〉批评看明人的词学思想》，《人文杂志》2002 年第 6 期

郭杨波、周啸天《论杨慎词对花间词的沿袭与突破》，《西南民族学院学报》2002 年第 11 期

刘军政《明代〈草堂诗余〉版本述略》,《南阳师范学院学报》2004 年第 2 期

范松义《明代〈花间集〉接受史论》,《中国社会科学院研究生院学报》2004 年第 4 期

孙克强《明代词学思想论略》,《河南大学学报》2004 年第 1 期

丁建东《〈花间集〉与〈草堂诗余〉在明代的接受比较》,《枣庄学院学报》2005 年第 6 期

李越深《论〈幽兰草〉的创作、结集时间以及价值定位》,《浙江大学学报》2005 年第 3 期

周焕卿《论〈草堂诗余〉在明清两代地位之升降》,《中国诗学》第十一辑,人民文学出版社 2006 年版

张仲谋《论明代词学的理论建树》,《文学遗产》2006 年第 5 期

朱惠国《论明代的明词批评》,《文艺理论研究》2007 年第 5 期

朱崇才《论张綖"婉约—豪放"二体说的形成及理论贡献》,《文学遗产》2007 年第 1 期

丁放、鲍菁《论〈花草粹编〉选词的主导倾向》,《安徽教育学院学报》2007 年第 5 期

丁放、葛旭芳《从明代词选看词学观念的演变》,《学术研究》2008 年第 6 期

张仲谋《论徐师曾〈文体明辨〉的词谱性质——兼论〈啸余谱〉与〈词体明辨〉之关系》,《西北师大学报》2008 年第 5 期

张宏生《杨慎词学与〈草堂诗余〉》,《南京师大学报》2008 年第 2 期

朱秋娟《清初清词评点的风尚成因与原生面貌》,《文艺研究》2008 年第 11 期

周焕卿《云间词派的比兴说在明清之际的发展》,《词学》第二十二辑,华东师范大学出版社 2009 年 12 月版

张宏生《宏观把握与微观示范——从评点看朱彝尊的词学成就》,《南京大学学报》2010 年第 2 期

张宏生《统序观与明清词学的递嬗——从〈古今词统〉到〈词综〉》,《文学遗产》2010 年第 1 期

张仲谋《张綖〈诗余图谱〉研究》,《文学遗产》2010 年第 5 期

陈水云《唐宋词集"副文本"及其传播指向——以明末清初编刻的唐宋词集为讨论中心》,《江西师范大学学报》2010 年第 4 期

张仲谋《文献价值与选本价值的悖离——论陈耀文〈花草粹编〉》,《文学遗产》2012 年第 2 期

四、学位论文

李睿《清代词选研究》,华东师范大学 2006 年博士论文

李亭《〈草堂诗余〉研究》,南京大学 2007 年硕士论文

岳淑珍《明代词学研究》,河南大学 2008 年博士论文

凌天松《明编词总集述评》,华东师范大学 2008 年博士论文

许秋群《中晚明词的传承与新变》,广西师范大学 2010 年博士论文

夏志颖《乾嘉词坛专题研究》,南京大学 2010 年博士论文

后　记

这本书是在我的博士论文基础上修订完成的。我在博士论文后面没有写后记，不是没有话说，而是当时感到思绪万千，不知从何写起。现在小书要出版了，得一补写后记的机会，正好借此记录青葱岁月的点滴，勾勒一段求学生涯的轨迹，作为过往时光的纪念，也作为自己前行的动力。

1998年9月，桂子飘香时节，我从家乡"三袁"故里——公安县来到坐落于武汉沙湖之滨的湖北大学人文学院学习汉语言文学专业。当时的人文学院院长是青年词学研究专家王兆鹏先生，当年王先生四十岁不到，在人文学院新生入学大会上作报告，意气风发，富有激情和感染力，让我们这些刚考入大学的新生大开眼界，对未来的学习和生活充满期待。入学不久就听学长们说，王兆鹏先生、刘尊明先生是词学大师唐圭璋先生的高足，不少学子在聆听王、刘二位先生的学术讲座和文学史课程后对唐宋词产生了浓厚兴趣。人文学院的何新文先生、蒋方先生、曾广开先生、朱伟明先生等治学严谨，在辞赋、唐诗、戏曲小说等研究领域各有成就，诸位先生授课风格虽不相同，但都给我们很多教诲和启发。耳濡目染，我暗下决心，毕业后要攻读唐宋文学方向的研究生，也研究唐宋诗词。

机缘凑巧，2002年6月本科毕业时，我被保送为本校的硕士研究生。蒙刘尊明先生不弃，收入门下，研习唐宋词学。尊明师是一位纯粹的学者，蔼然有君子古风，门下弟子如沐春风，专心向学。当时尊明师正主持国家社科基金项目“宋词与宋代文化”，在尊明师的启发和指导下，我有幸参与了课题的研究，2005 年春夏之交以“宋代宫廷词研究”为题完成了硕士毕业论文。尊明师的国家社科基金项目结项成果为《唐宋词与唐宋文化》一书（凤凰出版社 2009 年出版），书中收录了拙文，并将我列为第二作者。著作出版后，刘老师才打电话告知我此事。其实，我做的工作很有限，不用署名，著作的后记中说明一下即可。这件事体现出尊明师对学生的热切鼓励和大力提携。2007 年底，尊明师从湖北大学调到深圳大学工作，我与老师一直保持着联系，尊明师不时赐教，鼓励我在学术道路上继续前进。研究生毕业后，多次在中国韵文学国际学术研讨会、中国词学国际学术研讨会等学术会议上聆听刘尊明、王兆鹏等先生的教诲，深感幸运。

人生往往有缘。2005 年春夏之交，我硕士快毕业的时候，还没想过会去合肥工作，更没想到有机缘跟随丁放师读博士并在丁老师关怀下学习和工作。2004 年前后，丁放师应尊明师（时任湖北大学文学院院长）之邀，聘为湖北大学特聘教授。丁老师到湖北大学给低年级硕士生上课，我慕名旁听，课后请丁老师为我手头新购的《金元词学研究》一书（中国社会科学出版社 2002 年出版）签名，丁老师欣然题签。2005 年 5 月份快毕业时，我有几个工作单位可以考虑，最后选择了安徽教育学院（2007 年底改制为现在的合肥师范学院）。2005 年 7 月上旬，我从武汉到合肥报到，在校园里碰巧遇见丁老师（丁老师当时还在安徽师范大学文学院担任硕士生与博士生导师），后来又到丁老师家中求教，丁老师提携我参加他正在主持的国家社科基金项目“元明词选本研究”，我当然深感荣幸。于是，我在丁老师的指导下研读明代词学文献，到外地查阅资料，尤其是明代词选、词谱、词学评点等方面的文献，开始涉足明代词选方面的研究。丁老师的国家社科基金项目的结项成果为《宋元明词选研究》一书（商务印书馆 2012 年出版），我做的工作不多，但丁老师仍将我列为第二作者，老师的提携令人感动。十余年来，向丁放师请益问学，深感丁老师为人和蔼，对门下弟子要求严格，“望之俨然，即之也温”。我们学生常登门打搅，老师不以为忤，热情接待，接待我们之前几分钟还坐在客厅兼书房的大电脑桌前看书做研究。师母曲老师，温和善良，如慈母一般关爱着我们这些学生，我这个外乡人所受照拂尤多，感触尤深。

有了涉猎明代词选的一点基础，再加上新世纪以来明清词学研究方兴未艾，成为新的学术增长点，我赴芜湖安徽师范大学跟随丁放师攻读博士学位时，自然而然地在明代词学研究领域思考论文选题。在丁放师指导下，我将博士论文题目定为“唐宋词选的接受与明代词学演进”，研究思路是以唐宋词选在明代的传播、接受为切入口，从词选、评点、词谱、创作、批评等层面多维度研究明代词学的演进过程及原因。博士论文的部分章节与导师合作在《文学评论》《复旦学报》《安徽师范大学学报》等期刊上公开发表。读博前后和论文写作过程中，我还有幸得到安徽师范大学余恕诚先生，澳门大学施议对先生，中国人民大学朱万曙先生，中南民族大学王兆鹏先生，华东师范大学朱惠国先生、彭国忠先生，安徽师范大学胡传志先生、杨柏岭先生、刘运好先生，安徽大学吴怀东先生，华中科技大学路成文先生，江苏第二师范学院邓子勉先生等的指点和鼓励，深受教益，在此表示诚挚的感谢！

2011 年底，我抱着试一试的心态，以博士论文题目申报了教育部人文社科研究青年基金项目，承蒙评委先生眼青，幸运立项。2014 年 5 月，在博士论文答辩会上，有幸聆听中国社会科学院蒋寅先生、华东师范大学彭国忠先生、安徽师范大学胡传志先生和潘啸龙先生的教诲，使我受益匪浅。虽然外审专家和博士论文答辩专家对我的博士论文总体评价较高(毕业后被评为安徽师范大学 2015 年优秀博士学位论文)，但我深知自己才疏学浅，功力不够，疏漏错讹之处定有不少，只有恳请学界方家批评指正了。

本书出版过程中，安徽大学文学院卢坡兄给予热心关照和帮助，安徽大学出版社编辑张锐老师为出版具体事宜辛劳付出，令人感动，在此一并深表谢意！

一本小书的问世，还真是不太容易。衷心感谢刘尊明先生、丁放先生引导我走上学术之路，感谢诸多师长的教诲和提携，感谢亲友的支持和理解，也感谢自己的梦想和坚持……

甘 松

2018 年 3 月于合肥